Monochrome Saiteninstrumente in ambulanten und klinischen Settings

Christiane Trost (Hg.)

Monochrome Saiteninstrumente in ambulanten und klinischen Settings

Wissenschaftliche Analysen, Falldarstellungen und Erfahrungsberichte

herausgegeben von

Christiane Trost

zeitpunkt musik
Reichert Verlag 2024

Bibliografische Information der Deutschen Nationalbibliothek
Die Deutsche Bibliothek verzeichnet diese Publikation in der Deutschen Nationalbibliografie; detaillierte bibliografische Daten sind im Internet über http://dnb.dnb.de abrufbar.

Gedruckt auf säurefreiem Papier
(alterungsbeständig – pH 7, neutral)

Dr. Ludwig Reichert Verlag Wiesbaden
Tauernstraße 11, 65199 Wiesbaden
info@reichert-verlag.de, www.reichert-verlag.de
ISBN: 978-3-7520-0720-6 (Print)
eISBN: 978-3-7520-0258-4 (E-Book)
https://doi.org/ 10.29091/9783752002584

INHALTSVERZEICHNIS

Einleitung

Christiane Trost

Wir leben in einer Zeit zunehmender psychischer Krankheiten in der Bevölkerung (Galuska, 2016) mit einem steigenden Anteil an strukturellen Ich-Störungen. Diese tiefergehenden intrapsychischen Beeinträchtigungen der Persönlichkeitsentwicklung und Entfremdung des Selbst bestimmen mehr und mehr die psychotherapeutische Arbeit. Dadurch wurde in Arbeitsbereichen psychosomatischer Kliniken deutlich, dass bislang genutzte Methoden für neurotische Erkrankungen nur noch teilweise greifen und sich deshalb die Ansätze der Therapien mit dem Wandel der grundlegenden Veränderungen im Störungsbild der zu behandelnden Menschen anpassen müssen.

Bei einer strukturellen oder frühen Störung (Balint) geht man davon aus, dass eine Deformierung des Ichs (keine ausreichende Strukturbildung) oder die Nicht-Gestaltung der Autonomie des Selbst bereits in der vorsprachlichen Entwicklung des Kindes, also im Säuglingsalter, stattgefunden haben.

In diesem Bezugsrahmen gewinnt die Musiktherapie[1] als Komplementärmedizin zunehmend an Bedeutung, denn nonverbale Psychotherapien können genau dort ansetzen. So ist es unentbehrlich, therapeutische Erfahrungen zu teilen und wissenschaftliche Erkenntnisse weiterzugeben. Dieses Buch soll einen Beitrag dazu leisten.

Das Gebiet der rezeptiven Musiktherapie mit monochromen oder auch monotonal genannten Instrumenten bietet neben bereits gut erforschten Wirkungsbereichen wie der Palliativmedizin (Dietrich, 2015; Teut et al., 2014, Warth et al., 2015), der Schmerz- und neurologischen Medizin (Sandler, 2018; Bossert & Marz, 2020; Vuissa, 2020), dem weiten Feld der medizinischen Musiktherapie (oder auch als Musikmedizin bezeichnet) Erfahrungshorizonte, die im Bereich der sogenannten Frühstörung entwicklungspsychologische Reifeschritte ermöglichen. Da ein strukturschwacher Mensch grundlegende Beziehungserfahrungen nicht machen konnte, reicht das rein verbale Aufarbeiten und Wissen um Lebensumstände nicht aus. Es ist ein Nachnähren (Loos, 1986), Nachreifen, Reparenting oder Nachsozialisieren notwendig. Das therapeutische Beziehungsangebot enthält ein so verstandenes „leistungsfreies" Bespieltwerden, das Für-Spiel, welches eine konstruktive Regression[2] im Dienste des Ichs erlaubt und eine Persönlichkeitsentwicklung unterstützt. Kontrovers diskutiert steht der von Loos geprägte Begriff des Nachnährens im-

1 Dazu Musiktherapie in der Behandlung struktureller Defizite (Moreau, 2014).

2 „Lernprozesse, die nicht in rational kontrollierbaren Schritten, sondern auf dem Weg einer emotional getragenen Identifizierung ablaufen, erfordern ein gewisses Maß an Regression." (Schmidbauer, 2002, S. 71).

mer wieder im Focus von (Musik-)Therapeuten (Moreau & Wölfl, 2002). Wichtig ist, diesen Begriff der Missdeutung zu entziehen, dass der Therapeut ein besseres Elternteil sein könne oder die ungünstigen Lebenserfahrungen[3] des Klienten ausgelöscht seien. Das Nachnähren, so Frohne-Hagemann, solle eher als ein Prozess aufgefasst werden, in dem der Therapeut dem Klienten hilft, in die Welt hineinzukommen. Dieser erlaubt, differenzierte Beziehungserfahrungen[4] zu machen, um so eine innere Souveränität auszubilden. Defizite sollen erkannt und verstanden werden, damit im Sinne des Nachnährens Bindungserleben möglich gemacht wird, das befriedigende Kontakte zulässt. So nimmt Frohne-Hagemann in die musiktherapeutische Arbeit das Konzept des Inneren Kindes hinein, um ein Wahrnehmen von kindlicher Unbefangenheit und kindlichen Bedürfnissen im Klienten selbst zu fördern. Ein Ernst- und Annehmen dieser Bedürfnisse, ein Gewahrwerden von gesellschaftlich unerwünschten Emotionen, wie Hilflosigkeit und Angst, können zur Entwicklung der liebevollen Mutter in sich selbst beitragen. „Der Sinn ist, die Fähigkeit des *selfparenting* zu entwickeln. Man kann auch sagen: Sich selber zum inneren Gefährten werden." (Frohne-Hagemann, 2002, S. 14).

Doch warum Musiktherapie mit all ihren Erfahrungshorizonten in der gegenwärtigen Gesellschaft so wichtig ist, erlaube ich mir, noch in einem kurzen Gedankenausflug zu umreißen.

In den Jahren der Pandemie mit der vorübergehenden Aufhebung des strukturgebenden Alltags wurde besonders deutlich, dass viele Menschen auf äußere Strukturen zur Erhaltung der psychischen Gesundheit angewiesen sind. Gerade aus therapeutischer Sicht ist es ganz natürlich, nach Hintergründen zu fragen und die Störungsproblematik in größere Zusammenhänge zu bringen: Was verbirgt sich hinter dem Gleichgewichtsverlust, dem Versinken in Depressionen, dem übermäßigen Ausagieren von Wut? Welche Rolle spielt im Störungskontext eine Hochleistungsgesellschaft, die auf Selbstoptimierung ausgerichtet ist? Warum trifft die Ausnahmesituation so viele Menschen in ihrer tiefsten Angst? Was haben wir versäumt? Inwieweit sind Themen wie Tod und Gewalt ausgelotet? Wo stehen wir in der Vergangenheitsbewältigung[5], dem psychotherapeutischen Aufarbeiten des Ers-

3 Hegi: „Es gibt keine Wunde, die wir einfach wegmachen können. Das ist wahrscheinlich eine Verirrung, die aus der naturwissenschaftlichen überbewerteten Medizin kommt, der Machbarkeits-Medizin, wo alles weggemacht wird, was stört, medikamentös oder operativ." (2002, S. 60).

4 Zu den differenzierten Beziehungserfahrungen zählt Frohne-Hagemann: 1. Erlernen der Selbstwahrnehmung, 2. im Wahrnehmen, jemanden, der wahr-nimmt spüren, 3. Wahrnehmen als Selbsteinwirkprozess verstehen und 4. diese Erkenntnis ins Selbst rückwirken lassen, 5. das Anderssehen anderer auf einen selbst wahrnehmen, 6. Fremd- und Selbsteinschätzung als unterschiedliche Perspektiven begreifen, 7. erkennen, dass man Interessen teilen oder nicht teilen kann, 8. Beziehung als Interesse selbst verstehen und erfahren, dass Austausch und Teilen von Gefühlen möglich ist (2002, S. 17).

5 Können wir als Therapeuten, wenn nötig, Themen der vergangenen Generationen Gewicht geben, wie Reddemann (2018) es in ihrem Buch „Kriegskinder und Kriegsenkel in der Psychotherapie. Folgen der NS-Zeit und des Zweiten Weltkriegs erkennen und bearbeiten" darstellt.

ten und Zweiten Weltkriegs, dem Mauerfall? Es gilt einen Blick für das zu bekommen, was unter der Oberfläche ist. Ist das „erschöpfte Selbst"[6] noch therapiefähig?

Im Prozess der Anamnese geht es nicht nur darum, die Vorgeschichte der potentiell medizinisch relevanten Informationen über den Klienten zu erfahren, sondern vor allem geht es dem Therapeuten um die psychischen Belange, Ursprungsfamilie, häuslicher Kontext, Arbeitsfeld, Freundeskreis usw. Es entsteht ein Gesamteindruck der Persönlichkeit, der nicht unabhängig von sozialpolitischen Bezügen gesehen werden kann. D. h., auch der Therapeut sollte sich mit Phänomenen der Gesellschaft auseinandersetzen, um Störungen und Probleme in dieser Hinsicht auf eine übergeordnetere Ebene zu bringen, vielleicht einen therapeutischen Perspektivwechsel zu ermöglichen. Daraus entstehende Fragestellungen könnten sein: Warum nehmen psychische Störungen in dieser materiell reichen Umwelt zu? Wodurch wird die Entfremdung bewirkt? Welche Kräfte ziehen den Menschen ins Außen, nehmen ihm den Kontakt zu sich selbst? Warum entstehen zu wenig stärkende Beziehungserfahrungen?

Diesen Fragen könnten noch viele folgen. Deutlich soll werden, dass die spürbare Macht der gesellschaftlichen Realität im therapeutischen Prozess eine nicht zu ignorierende Rolle spielt[7].

Der psychologisch-analytische Blick auf die Gesellschaft war für viele Therapeuten ein Anlass der kritischen Auseinandersetzung[8]. Donald Woods Winnicott (1988, 1990) beschäftigte sich in den 1950-er Jahren neben der umfassenden Forschung zu kindlicher Entwicklung mit den Zusammenhängen zwischen gesellschaftlichen Aspekten und Persönlichkeit. Mit der These, dass eine demokratische Gesellschaft emotionale Reife bräuchte, entstand die Frage, wie viel anti-soziale Individuen sie gleichzeitig verkrafte, Menschen, die sich aus innerer Unsicherheit mit Autoritäten identifizieren, eine Identifikation mit dem Aggressor vornehmen und damit eine Selbst-Entdeckung verhindern. Arno Gruen, Psychoanalytiker, intensivierte diese Auseinandersetzung über 40 Jahre bis zu seinem Tod 2015, um mehr Transparenz in das gegenwärtige Menschsein zu bringen (Gruen, 1984, 1987, 1997, 2000, 2014, 2015, 2016). Er wies auf veränderte Ich-Strukturen hin und suchte die Psychopathologie, die sich hinter der „Maske der geistigen Gesundheit" verbirgt, herauszuarbeiten. Schlüssig zeigt er, wie Autonomiebestrebungen schon in früher Kindheit unterbunden werden und als gesellschaftlich wünschenswertes Ergebnis ein angepasster, aber von seinen Gefühlen abgespaltener Mensch entsteht. Diesen gesellschaftlichen Sozialisierungsprozess in den gegenwärtigen Kulturen bezeichnet

6 Ehrenberg (2004, 2008) untersuchte den Zusammenhang von Depression und Gesellschaft in der Gegenwart.

7 „Nicht nur direkt wirken die ökonomischen Verhältnisse auf das Individuum ein, sondern auch indirekt auf dem Umwege über die Änderung seiner psychischen Struktur" (Fenichel, 1934, S. 283).

8 Schon um 1550 geht es bei La Boétie in „Freiwillige Knechtschaft" um die Entfremdung des Eigenen und die Idealisierung des Unterdrückers.

Gruen als einen Weg der Macht[9], der Autonomiebestrebungen[10] blockiert. Es entwickeln sich Menschen, die eine Ideologie des Herrschens[11] widerspiegeln. Hilflosigkeit und Angst werden als Schwäche abgelehnt und können so keine Integration ins Selbst finden.

Können die Bedürfnisse eines Kindes durch die Eltern nicht empathisch aufgenommen werden, kommt es zu einer Verformung des Selbst.[12] Der Heranwachsende wird bei der Integration der Gefühle von der Außenwelt abhängig, wird in diese Abhängigkeit hineingezwungen. Erfahrungen der Hilflosigkeit führen beim Kind so zum Ausgeliefertsein oder werden vom Selbst abgespalten.

„Auf diese Weise werden ganze Teile seines angehenden Seins vom Bewusstsein abgespalten, um die Spaltung aufrechtzuerhalten, muß Hilflosigkeit zum Objekt der Ablehnung und des Hasses werden. [...] Und so wird alles, was zu einem eigenen Ansatz zur Autonomie führen könnte, gehaßt. Der unablässige Drang nach Erfolg und Leistung tritt an die Stelle der Autonomie." (Gruen, 1984, S. 26).

In einer Welt des Erfolges ist der, der sich am besten anpasst, am erfolgreichsten und gleichzeitig am meisten abgetrennt von seiner Gefühlswelt. Insofern ist Anpassung bedenklich, da sie bis zu einem gewissen Grad unfreiwillig geschieht und ein Leben nach dem Willen anderer mit sich bringt. Früh wird dem Muster, Forderungen anderer Menschen nachzukommen, gefolgt, da der werdende Mensch von liebender Beziehung abhängig ist. Ohne darüber nachzudenken, wird so Freisein mit Ungehorsam gleichgesetzt. Freiheit erweckt Angst (Fromm, 1941) in dem Moment, wenn das ursprüngliche Selbstgefühl erwacht. Die Sehnsucht nach Freiheit verliert, sowie die Suche nach Anerkennung und Bestätigung im Außen beginnt (Gruen, 1984, S. 38 ff.).

Feldenkrais (1949) erforschte anhand von Bewegungsabläufen den Zwang der Sozialisierung und konnte belegen, wie kognitive Modelle sich hemmend und einengend auf unsere Lernfähigkeit auswirken. Er legte dar, dass durch den Sozialisierungsprozess vermittelte Denkmuster über den Körper eine Anpassung unterstützen, die soziale und affektive Sicherheit zu gewähren scheint und damit zu einer Abspaltung von Körperempfindungen führt.

9 Canetti (1960) analysiert die Aspekte und Elemente der Macht und spricht bezeichnend von ihren Eingeweiden, welche aus Befehlen bestehen, die Erziehung genannt werden, und damit zu einer Verhaltenskonstante führen, die schließlich über Leben und Tod entscheiden.

10 „Autonomie ist derjenige Zustand der Integration, in dem ein Mensch in voller Übereinstimmung mit seinen eigenen Gefühlen und Bedürfnissen ist." (Gruen, 1986, S. 17).

11 Schröder untersucht umfassend die Grundlage für extremistische Machtansprüche und Haltungen in der Bevölkerung und kommt zu folgendem Schluss: „Das eigene Selbstwertgefühl, das verlorengegangen ist, soll [...] aufgebläht werden. Dem entsprechen die merkwürdigen Gratwanderungen zwischen Minderwertigkeit und Größenwahn, zwischen Ohnmachtsgefühlen und Machtgeilheit, zwischen dem Sich-Selbst-Verlieren in der „Volksgemeinschaft", in einem fiktiven Kollektiv, und dem Anspruch, die Elite zu sein. Wer nicht weiß, wer er ist, kennt seine Grenzen nicht mehr." (1990, S. 103).

12 „Die tiefste und ursprünglichste Art, in der wir kommunizieren ist eine empathische." (Gruen, 1986, S. 24). Empathie erleben und erlernen wir durch die Erfahrung des mütterlichen Berührt- und Gehaltenwerdens im Säuglingsalter.

Eine weitere Schwierigkeit in unserem Gesellschaftssystem, und ich spreche von „unserem", denn jeder Mensch ist durch Teilwerdung involviert, ist die Überschätzung der Intelligenz, einhergehend mit der Glorifizierung des abstrakten Denkens. Paradoxerweise ist es bis heute der Entwicklungsprozess der Wissenschaft selbst, der diese Vorgänge unterstützt. Es entstand die Annahme, dass die Realität vollständig mittels abstrakter Begriffe beschrieben werden könne. Dadurch erhielt die Abwertung des Gefühls gegenüber der Intelligenz ihre kulturelle Anerkennung. Eine reduzierte Wahrnehmung, die zwar kurzfristigen Erfolg verspricht, die mit ihrer Eingeschränktheit aber unvermeidlich destruktiv aufs Leben durch Spaltung des Selbst wirken muss (Gruen, 1984, S. 49 ff.). Leider zählt in unserem Werte- und Normensystem nur, welcher Erfolg uns begleitet und nicht, wer wir in unseren Gefühlen und liebenden Beziehungskompetenzen sind.

So lassen sich viele auf dem Weg der Selbstoptimierung zur Größe antreiben und folgen der nimmer endenden Suche nach Helden. Anstelle von warmer Geborgenheit werden Beziehungen zum Nährboden für Größenfantasien und Überlegenheitsansprüchen. Alice Miller (1979) schildert sehr eindrücklich, welche Spur die Unterdrückung des kindlichen Selbst um des Erfolges willen hinterlässt. Auf Kosten der Autonomie wird Intelligenz gefördert. Hier entsteht eine untergründige Aggression gegenüber einem Zwang, der ohne offenkundige Strafen auskommt und den Weg der „Manipulation durch Belohnung" (Gruen, 1984, S. 72) geht. Der Grund für Unzufriedenheit bleibt versteckt und wird durch Leistungsstreben gedeckelt, welches fortwährend durch Aggression angetrieben wird.

In der Therapie sollten die gesellschaftlichen Faktoren in den Äußerungen der Klienten wahrgenommen und erkannt werden. Der Therapeut hat die Aufgabe, offen und kritisch die soziale und gesellschaftliche Wirklichkeit einzubeziehen, so dass Innen- und Außenwelt in ihrem komplexen Wechselspiel verstanden werden können. Das Aufdecken des Maskierten, des falschen Selbst, des sozialen Selbst, ist verbunden mit der gemeinsamen Suche nach dem wahren, (mit D. Sterns Ausdruck, u. a. 1991) nach dem verleugneten Selbst. Mit dem Begründen neuer väterlicher und mütterlicher Instanzen im Selbst wird in der Musiktherapie eine Grundlage für Autonomie[13] und Selbstverantwortung geschaffen (Hegi, 2002, S. 60), darüber hinaus birgt die Klangerfahrung das Potenzial des spirituellen Wachstums. So ist in der (Musik-)Therapie eine besondere Sensibilität notwendig, die zum Entfalten des Selbst und der Ich-Du-Beziehung jeweils angemessene Mittel nutzt: Verlässlichkeit, Stetigkeit, Behutsamkeit, Geduld, Halt, Begrenzung, Spielraum, unmittelbare sinnliche Erfahrung, nonverbale Wege der Kommunikation, emotionale Resonanz. Nichtsdestotrotz, wie Schulz betont, wird das, was wachsen kann, zerbrechlich sein (2002, S. 106). Eine Wirklichkeit der Spuren und Narben bleibt.[14]

13 Damit sind die eigene innere Mutter (Beziehungsfähigkeit) und der eigene innere Vater (Freiheitsfähigkeit) gemeint (Hegi, 2002, S. 60).

14 „Gelingende Therapie mag die Möglichkeiten eines Lebens erweitern können hin zu mehr Selbstbestimmung und Eigenständigkeit und damit die Grundlage für eine etwas glücklichere Erwachsenenwelt

Mit den Worten von Tüpker möchte ich den Gedankenausflug schließen: „Musik ist leibnah und gleichzeitig symbolisch, sie bietet sich so als Vermittlerin dessen an, was im Körperlichen sprachlos geworden ist. Sie kann als Rückübersetzerin ins Seelische wirksam werden“ (1996, S. 28).

Wieso und warum die rezeptive Musiktherapie mit der monochromen/monotonalen Klangarbeit so wertvoll ist, wird aus verschiedensten Blickwinkeln in den folgenden Artikeln dargelegt. Neben wissenschaftlichen Analysen stehen gleichberechtigt Erfahrungsberichte. Zu den jeweiligen Hauptthemen gibt es eine Fokussierung auf psychodynamische Prozesse. An diesem Punkt ist es aus meiner Sicht nochmal wichtig, sich den Unterschied zwischen der therapeutischen Arbeit mit musikalischen Elementen und mit Klang bewusst zu machen. Musik an sich ist definiert durch die Parameter Rhythmus, Harmonie und Melodie, daneben kommen Aspekte wie Struktur, Form, Dynamik, musikalisches Geschehen, Klangfarben und Spezifika der verwendeten Instrumente zur Geltung. Diese Vielfalt erlaubt es, Übertragungen stattfinden zu lassen, Emotionen in Klängen und Rhythmen auszudrücken, bis hin zum Sich-selbst-Wiederfinden im rezeptiven Erleben von Musik, die entweder als Aufnahme wiedergegeben wird oder improvisiert durch den Therapeuten gestaltet ist. Musik wird überwiegend emotional und kognitiv aufgenommen. In der therapeutischen Arbeit mit monochromen[15] Klängen kann eine Befreiung von kognitiven Anknüpfungspunkten gelingen. Das Gehirn ist nicht von Struktur, Rhythmik, Dynamik oder ähnlichem abgelenkt, im Gegenteil wird es eher einer monotonen Bespielung, einem sich wenig verändernden Klangfluss ausgesetzt, der keine Informationsverarbeitung erwartet oder benötigt, der in keiner Weise das Denken anregt, sondern ein verändertes Wachbewusstsein induziert, zu Tranceerleben und Loslassen des Gewohnten einlädt. Mit diesem Bewusstsein der Verschiedenheit von Musik und Klang folgt nun eine Einführung in den Buchinhalt.

Der erste Abschnitt ist der Gruppe von Instrumenten gewidmet, auf denen man liegen kann: Liegmonochord, Monochord-Klangliege, Klangliege.

Die Schweizer Musiktherapeutin **Eva Klaus** führt im ersten Artikel „Im Einklang – Besonderheiten der Klangerfahrung auf dem Liegemonochord“ ins Thema des Buches ein. Ausführlich bespricht sie die umfassende Wirkungsweise des Liegemonochords, benennt diese als physiologischen, psychologischen, kognitiven, sozialen und transpersonalen Stimulus von außen nach innen. Klaus geht differenziert auf Erkenntnisse der Neurowissenschaft, Gleichzeitigkeit von Hören und Fühlen, das Berühren durch Schwingung und Klang von Leib und Seele ein.

schaffen. Zu den wesentlichen Bedingungen von Selbstbestimmtheit und Freiheit aber gehören Wahrhaftigkeit und Authentizität. Und damit das Anerkennen der bleibenden, unüberschreitbaren Grenzen, des Unabänderlichen, des Leidens an Wunden“ (Schulz, 2002, S. 107).

15 In Artikeln aus der Schweiz wird der Klang häufig als monotonal bezeichnet.

Schlüssig ergeben sich Therapiemöglichkeiten aus dem geschilderten Resonanzspektrum. Zwei eindrückliche musiktherapeutische Behandlungsbeispiele aus verschiedenen Bereichen runden den Artikel ab.

Christoph Dachauer, Schweizer Musiktherapeut und Soziologe, betrachtet in seiner Studie „Anklang Monochord – Beziehung von Klang und Wohlbefinden. Untersuchungsreihe zur Wirkung von Interventionen mit der Monochord-Klangliege“ gesunde Probanden. Dies ist eine erste Erhebung im Präventivbereich, ein zu begrüßendes Novum. In einem standardisierten Setting wurde der Behandlungseffekt in einer Behandlungsserie bestehend aus fünf Monochordinterventionen untersucht. Vier ausgebildete Klangtherapeuten behandeln 48 freiwillige und gesunde Probanden in einem naturalistischen Setting. Die Befindlichkeit der Probanden wurde vor und nach der Intervention anhand eines standardisierten Fragebogens erfasst. Die Resultate in Abhängigkeit von den Variablen Alter, Geschlecht und Behandler belegen einen signifikanten Behandlungseffekt in Bezug auf positives Wohlbefinden. Die Studie untersucht zusätzlich in einem gesonderten Setting die persönlichen Erlebnisse von sechs Probanden während einer Behandlung an ihrem Arbeitsplatz. Die positiv signifikanten Ergebnisse und Limitationen werden diskutiert und Vorschläge für künftige Forschungsprojekte skizziert.

Christiane Trost, Musik- und Körpertherapeutin in Norddeutschland, konzentriert sich in ihrem Artikel „Klangliegenbasierte Tranceerfahrung – Triebfeder und Nährboden einer verstärkten Psychodynamik“ auf einen weiteren Aspekt der Klangerfahrung. Veränderte Bewusstseinszustände stehen im Mittelpunkt der Betrachtung, da sie aus ihrer Sicht das Wesen der Klangerfahrung prägen. Die Themen Bewusstsein und Trance werden auf der Grundlage wissenschaftlicher Theorien und Erkenntnisse neurobiologischer, physikalischer und philosophischer Ansätze ausgelotet und in Zusammenhang gebracht. Schließlich wird gezeigt, warum gerade Bilder eines Tranceerlebens von besonderer Wirkkraft sind und so psychodynamische Prozesse aus dem intrapsychischen Erleben unterstützen. Erfahrungen aus Einzeltherapien dienen als Beispiele.

Die folgenden Artikel konzentrieren sich auf die Arbeit mit dem Monochord.

Dr. **Urs Rüegg**, Philosoph, Mediziner und Psychotherapeut in der Schweiz, führt o. g. Aspekt weiter aus. Im Artikel „Monochord und mystisches Erleben – Klangtrance auf der Basis eines bewusstseinspsychologischen und spirituellen Verständnisses“ widmet er sich den tiefgreifenden Erfahrungen, die durch die Klanggeleitete Trance (Strobel, 1992, 1999) im monochromen Klang ermöglicht werden. Das Setting der Psychotherapie mit musikinduziertem veränderten Bewusstsein (Rüegg, 2007) erlaubt einesteils Arbeit mit den individuellen Prägungen dieses Themas, also durchaus auch in seiner leidvollen Form der fehlenden Hingabefähigkeit oder der Angstbesetzung und begünstigt andernteils durch ein hohes Maß an Präsenz der therapierenden Person eine Vertiefung „gnadenvoller Momente“ von Gewahrsein und Erkenntnis. Sowohl in einem gemeinsamen sprachlichen Dialog (spezielles Setting von Klangtrance und gleichzeitiger Zwiesprache, vgl. Katathym-Imaginative Therapie oder Hypnose), als auch während eines vorübergehenden totalen Verzichts auf rationale Sprache und Deutung, sind Erfahrungen einer mystischen Dimension keine Seltenheit.

Anhand der geschilderten Betrachtungsweise werden grundsätzliche therapeutische Themen diskutiert. Einesteils die Bedeutung der Sprache (Sprechen als performativer Akt, der Wirklichkeit herstellt, Sinapius, 2021) und andernteils die Bedeutung der therapeutischen Präsenz in der Begleitung mystischer Erfahrungen (Rüegg, 2018).

Harald Neudert, deutscher Musik- und Tinnitustherapeut, lässt uns durch eine Reihe von Fallbeispielen an seinen Erfahrungen in der Suchtbehandlung teilhaben. In seinem Artikel „Das Monochord als Katalysator für psychotherapeutische Prozesse“ erläutert er sein Verständnis für die Klangarbeit mit dem Instrument. Das spezielle „emotionale *framing*“ ermöglicht dem Unterbewusstsein, Lebenserfahrungen, die mit Gefühlen von Sicherheit und Geborgenheit verbunden waren, in Form von multisensorischen oder körperlichen Erinnerungen zugänglich zu machen. Zudem bietet die Klangerfahrung die Chance, Perspektiven zu entwickeln bzw. stagnierende Prozesse und Entscheidungen in Bewegung zu bringen. Neudert schildert ein zyklisches Gruppensetting mit dem Monochord. In Einzeltherapien nutzt er das Körpermonochord, auf dem Oberkörper der liegenden PatientInnen aufgelegt. Als Indikation für den Einsatz des Klanges wird ein auf verbal-bewusster Ebene stagnierender Therapieprozess gesehen oder das im Therapieverlauf entstehende Bedürfnis, Zugang zu frühen Lebenserfahrungen zu bekommen, die bewusst nicht zugänglich sind, oder das Fehlen basaler Erfahrungen von Sicherheit und Verbundenheit.

Christoph Dachauer bekommt nochmal das Wort. Mit „Beobachtungen im Monochord-Für-Spiel in der Kinder- und Jugendpsychiatrie. Herausforderungen und Chancen im klinischen Kontext. Ein Erfahrungsbericht.“ ist ein wenig beachteter Forschungsbereich aufgetan. Wie durch seinen anderen Artikel werden Ergebnisse veröffentlicht, zu denen es bislang noch keine bzw. hier wenige Untersuchungen gibt. Dachauer wertet ein über vier Jahre gesammeltes Datenmaterial aus. Eine große Anzahl von Kindern und Jugendlichen konnte über diesen Zeitraum dem Konzertmonochord begegnen. Der Bericht schildert Beobachtungen und zieht Schlussfolgerungen über das Verhalten und den Ausdruck der jungen Menschen im Kontext der therapeutischen Klangbehandlung, potentielle Funktionen und Wirkungen werden abschließend subsummiert. Die Monochordintervention wird als Brücke zur Kontaktanbahnung, niederschwelliger Einstieg in die Therapie, positiv besetztes Mittel im Aufbau der therapeutischen Beziehung und vor allem das schnelle Erleben von Selbstwirksamkeit der Kinder und Jugendlichen gewertet.

Der letzte Abschnitt hat die Körpertambura im Fokus.

Olaf Zeigert, österreichischer Musiktherapeut in Akutpsychiatrie und psychiatrischer Rehabilitation, setzt seit mehr als zehn Jahren fast täglich die Körpertambura im Therapiesetting mit durchgehend positiven Ergebnissen ein. Im Artikel „Die Körpertambura – Entwicklung, Wirktheorien und Einsatz" soll auf wenigen Seiten seinen Erfahrungen Rechnung getragen werden. Die (kurze) Geschichte der Körperinstrumente, deren Inhalt aus den von Zeigert geführten Interviews und Recherchen stammt, bildet den Auftakt des Artikels. Dann führt er über verschiedene Ansätze in die Klangwirkung der Körpertambura ein und erläutert mit Therapiebespielen deren Anwendung im psychiatrischen Gruppenkontext. Klangtherapeutische Ergebnisse, die sich in psychischen und emotionalen Veränderungen der PatientInnen ausdrücken, werden abschließend zusammengefasst. Der Text entstand in enger Zusammenarbeit mit Christiane Trost.

Maike Krullmann (Deutschland), Musiktherapeutin in Psychiatrie und Hospiz, geht in ihrem Artikel „Die Körpertambura in der Einzelmusiktherapie bei Angststörungen – eine Einzelfallanalyse" auf die therapeutische Arbeit im psychiatrischen Kontext ein. Mit Hilfe der Grounded Theory wertet sie verbales Datenmaterial aus und kommt damit zu Ergebnissen nach wissenschaftlichem Standard. In der Einzelfallstudie werden die qualitativen Wirkungen der klang- und körpertherapeutischen Interventionen mit der Körpertambura bei einer Patientin mit Phagophobie (Schluckangst), einer seltenen spezifischen Phobie, untersucht. Es wird gezeigt, dass die Arbeit mit der Körpertambura aufgrund der körperlichen und psychischen Wirkungsmöglichkeiten bestimmte Themenfelder berührt und bewusst macht und so den Verlauf der Therapie positiv beeinflusst. Angststörungen gehören zu den häufigsten psychischen Störungen. Hinsichtlich der Einschätzung als mit Behinderung gelebter Lebensjahre liegen sie laut WHO weltweit auf dem sechsten, in hoch entwickelten Ländern auf dem vierten Rang aller psychischen und somatischen Erkrankungen. Der Falldarstellung steht ein theoretischer Teil voran, in dem die Körpertambura ausführlich beschrieben wird und deren Wirkungen aus verschiedenen Perspektiven dargestellt werden.

Marie Luise Zimmer, Musiktherapeutin in freier Praxis und klinischer Tätigkeit in Onkologie, Neonatologie, Palliativbereich, schließt mit ihren „Erinnerungsspuren" das Buch. Fallbeispiele aus der musiktherapeutischen Arbeit mit schwerkranken und sterbenden Menschen prägen ihren Artikel „Wegbegleitung am Ende des Lebens mit monochromen Klängen und der Stimme. Lebensgeschichten aus vierzig Jahren musiktherapeutischer Arbeit mit schwerkranken und sterbenden Menschen." Eingebettet in die Erinnerungsspuren ist ein Interview mit Christiane Trost. Jahrzehnte musiktherapeutischer Praxis liegen dem Bericht zugrunde, die ihren Schwerpunkt in der Arbeit mit monochromen Instrumenten hatten. In den Fußstapfen von G. K. Loos bewirkte Zimmer vieles, so dass der Artikel wie ein therapeutisches Lebensresümee gesehen werden kann. In dem Beitrag greift sie die Wirkkraft des Klanges für Menschen auf, die sich akut mit der eigenen Endlichkeit auseinandersetzen und bildet damit einen außergewöhnlichen, berührenden Abschluss der Aufsatzsammlung.

Literatur

Behfeld, M., & Sinapius, P. (2021). *Handbuch künstlerischer Therapien. Kritik und Philosophie der therapeutischen Praxis.* Göttingen: Vandenhoek & Ruprecht.

Bossert, S., & Marz, J. (2020). Der Einsatz des Behandlungsmonochords in der psychosomatischen Neurorehabilitation. In B. Roelcke & S. Lutz Hochreutener (Hrsg.): *Musiktherapie in der Neurorehabilitation. Beobachtungen, Untersuchungen, Forschung.* Züricher Schriften zur Musiktherapie, Band 7 (S. 135–198). Wiesbaden: Reichert.

Canetti, E. (1960). *Masse und Macht.* Hildesheim: Claasen.

Dietrich, C. et al. (2015). Treating palliative care patients with pain with the body tambura. A prospective case study at St. Joseph's Hospice for dying destitute in Dindigul South India. *Indian Journal of Palliative Care, May–Aug 2015, Vol. 21,* Issue 2, 236–241.

Ehrenberg, A. (2004). *Das Unbehagen in der Gesellschaft.* Frankfurt am Main: Suhrkamp.

Ehrenberg, A. (2008). *Das erschöpfte Selbst: Depression und Gesellschaft in der Gegenwart.* Frankfurt am Main: Suhrkamp.

Feldenkrais, M. (1949/1995). *Der Weg zum reifen Selbst.* Paderborn: Junfermann.

Fenichel, O. (1934/1985). Über die Psychoanalyse als Keim einer zukünftigen dialektisch-materialistischen Psychologie. In: *Aufsätze*, Band I, (S. 275–295). München: Ullstein.

Frohne-Hagemann, I. (2002). Vom Sinn und Unsinn des Nachnährens. In D. von Moreau & A. Wölfl (Hrsg.): *Zur Idee des therapeutischen Nachnährens – was kann Musiktherapie leisten?* (S. 11–28). Wiesbaden: Reichert.

Fromm, E. (1941a/1989). Furcht vor der Freiheit. Gesamtausgabe, Band 1, *Analytische Sozialpsychologie* (S. 217–392). München: dtv.

Galuska, J. (2016). Eröffnungsvortrag der Jahrestagung Kliniken Heiligenfeld. Videoaufzeichnung. Auditorium.

Gruen, A. (1984/1986). *Der Verrat am Selbst.* München: dtv.

Gruen, A. (1987). *Der Wahnsinn der Normalität: Realismus als Krankheit.* München: Kösel.

Gruen, A. (1997). *Der Verlust des Mitgefühls. Über die Politik der Gleichgültigkeit.* München: dtv.

Gruen, A. (2000). *Der Fremde in uns.* Stuttgart: Klett-Cotta.

Gruen, A. (2014). *Wider den Gehorsam.* Stuttgart: Klett-Cotta.

Gruen, A. (2015). *Wider den Terrorismus.* Stuttgart: Klett-Cotta.

Gruen, A. (2016). *Wider die kalte Vernunft.* Stuttgart: Klett-Cotta.

Hegi, F. & Scheytt-Hölzer, N. (2002). Der Therapeut als Mann und Mutter – die Therapeutin als Frau und Vater. In D. von Moreau & A. Wölfl (Hrsg.): *Zur Idee des therapeutischen Nachnährens – was kann Musiktherapie leisten?* (S. 45–70). Wiesbaden: Reichert.

La Boétie, E. de (1574/2009). *Freiwillige Knechtschaft.* Frankfurt am Main: Trotzdem.

Miller, A. (1979). *Das Drama des begabten Kindes.* Frankfurt am Main: Suhrkamp.

Loos, G. (1986). *Spiel-Räume. Musiktherapie mit e. Magersüchtigen u. a. frühgestörten Patienten.* Stuttgart: Fischer.

Moreau, D. von & Wölfl, A. (Hrsg.) (2002). *Zur Idee des therapeutischen Nachnährens – was kann Musiktherapie leisten?* Wiesbaden: Reichert.

Moreau, D. v. (2014). Musiktherapie in der Behandlung struktureller Defizite. *Musiktherapeutische Umschau, 35*(3), 192–200.

Reddemann, L. (2018). *Kriegskinder und Kriegsenkel in der Psychotherapie. Folgen der NS-Zeit und des Zweiten Weltkriegs erkennen und bearbeiten.* (5. erw. Aufl.). Stuttgart: Klett-Cotta.

Rüegg, U. Z. (2007). Psychotherapie und musikinduziertes verändertes Bewusstsein. *Wiener Medizinische Wochenschrift, 157* (17/18), 428–434.

Rüegg, U. Z. (2018). *Mystisches Bewusstsein und Psychotherapie; Therapeutische Präsenz in der Begleitung mystischer Erfahrungen.* Zürich: Masterarbeit.

Sandler, H. (2018). *Das Körpermonochord in der Psychosomatischen Medizin – Subjektives Erleben und psychophysiologische Parameter.* Universitätsmedizin Berlin, Dissertation.

Schmidbauer, W. (2002). Bisher haben Sie mit mir Therapie gemacht – jetzt müssen Sie mir wirklich helfen! In D. von Moreau & A. Wölfl (Hrsg.): *Zur Idee des therapeutischen Nachnährens – was kann Musiktherapie leisten?* (S. 71–84). Wiesbaden: Reichert.

Schröder, B. (1990). *Spuren der Macht.* Reinbek bei Hamburg: Rowohlt.

Schulz, S. (2002). Von der Sprachlosigkeit ins eigene Wort. In D. von Moreau & A. Wölfl (Hrsg.): *Zur Idee des therapeutischen Nachnährens – was kann Musiktherapie leisten?* (S. 85–108). Wiesbaden: Reichert.

Stern, D. (1991). *Tagebuch eines Babys.* München: Piper.

Strobel, W. (1992). Die klanggeleitete Trance. Eine analytisch orientierte Form nonverbaler Hypnotherapie. *Hypnose und Kognition, 9*(1+2), 98–117.

Strobel, W. (1999). Die klanggeleitete Trance in der Psychotherapie. In W. Strobel: *Reader Musiktherapie* (S. 99–142). Wiesbaden: Reichert.

Teut, M., Dietrich, C., Deutz, B., Mittring, N., & Witt, C. (2014). Perceived outcomes of music therapy with BodyTambura in end of life care – a qualitative pilotstudy. *BMC Palliative Care.* Verfügbar unter http://www.biomedcentral.com/1472-684X/13/18 [22.02.2022].

Tüpker, R. (1996). Nichts ist ohne Grund. Musiktherapie bei funktionellen Störungen. In: *Konzeptentwicklung musiktherapeutischer Praxis und Forschung.* Münster: LIT.

Vuissa, A. (2020). Die rezeptive-musiktherapeutische Arbeit mit dem Monochord zur Entspannung bei Patienten mit Mutipler Sklerose. In B. Roelcke & S. Lutz Hochreutener (Hrsg.): *Musiktherapie in der Neurorehabilitation. Beobachtungen, Untersuchungen, Forschung.* Züricher Schriften zur Musiktherapie, Band 7 (S. 201–257). Wiesbaden: Reichert.

Warth, M. et al. (2014). Musiktherapie in der palliativmedizinischen Versorgung. Gegenwärtiger Stand und aktuelle Entwicklungen. *Musiktherapeutische Umschau, 35*(4), 261–274.

Winnicott, D. W. (1988). *Aggression. Versagen der Umwelt und antisoziale Tendenz.* Stuttgart: Klett-Cotta.

Winnicott, D. W. (1990) *Der Anfang ist unsere Heimat. Essay zur gesellschaftlichen Entwicklung des Individuums.* Stuttgart: Klett-Cotta.

I
Liegemonochord
Klangliege
Monochord-Klangliege

Im Einklang –
Besonderheiten der Klangerfahrung auf dem Liegemonochord

Eva Klaus

Immer wieder neu bin ich überrascht und fasziniert von den Klangerfahrungen auf dem Liegemonochord. Ich erlebe die starke und enorm unterschiedliche Resonanz, mit der die Klienten[1] darauf reagieren. Jemand äußert: „Es ist wie im Himmel", eine andere: „...so möchte ich sterben...".

Wie kommt es zu so intensiven Reaktionen in kurzer Zeit? Welche Elemente tragen zu dieser besonderen Wirkung bei?

Im Folgenden gehe ich dem Einzigartigen der Klangerfahrung des Liegemonochords nach.

1 Eine ungleiche (Macht-)Position

Die musiktherapeutische Arbeit mit dem Liegemonochord schafft eine völlig andere Situation als die aktive dialogische Musikimprovisation. Anstelle eines musikalischen Dialogs erleben Klientin und Therapeutin hier beide gleichzeitig eine Klangerfahrung in großer, ja intimer Nähe, aber ungleicher Position. Die Klientin liegt auf dem Klangbett, die Therapeutin sitzt daneben und spielt mit ihren Händen unter ihr und bringt sie in Schwingung.

Liegen ist von Geburt an, nach dem Verlassen der Schwerelosigkeit im Fruchtwasser des Uterus, eine biologische Notwendigkeit. Sich hinlegen ermöglicht Beruhigung. Schlafen, ohne sich hinzulegen, ist meist wenig erholsam. Legen leitet sich vom Althochdeutschen *letar* = Gebärmutter ab (Milz, 1994).

Liegen als bewusst wahrgenommene Position wird von unterschiedlichen körper- und bewegungstherapeutischen Methoden praktiziert und fördert, auf den Körper zu hören und „langsam in die Gegenwart hinein [zu] erwachen" (Brooks in Milz, 1994, S. 78). Freud hat für das psychoanalytische Setting die liegende Position gewählt, damit Alltagsfunktionen und Rollen abgelegt werden.

Timmermann beschreibt die horizontale Position als die intensivste Körperposition zum Musikhören. Der Hörende ist hier sehr regressionsfähig, ungeschützt, preisgegeben, ausgeliefert, aber auch aufgehoben, getragen und geborgen. Er empfiehlt, dass die Therapeutin vor der Klangerfahrung dem Klienten die Möglichkeiten im Umgang mit bedrohlichem Erleben aufzeigt, z. B. Augenöffnen, Sichaufsetzen und Stoppsagen (Timmermann, 2004). Die unterschiedlichen Positionen der liegenden, sich hingebenden Klientin und der aufrecht spielenden Therapeutin verlangen besondere Achtsamkeit und einen sicheren therapeutischen Rahmen.

---

1 In diesem Text wird die weibliche Sprachform bevorzugt.

2 Ein Klang – monoton?

In meiner Praxis arbeite ich mit einem 55-saitigen Liegemonochord, das mittels eines beweglichen Steges zwischen c–c' eingestimmt werden kann. Durch die Reduktion auf ausschließlich eine Tonhöhe werden beim Zupfen der Saiten in stetiger Wiederholung des Tones eine Fülle von Naturtönen hörbar (Obertöne, Kombinationstöne, Differenztöne usw.).

Der monotone Klang (von Spätlateinisch *monotonus*, ursprünglich Griechisch *monótonos* = aus einem Ton) ist gleichzeitig auch ein reicher Klang. In der archaischen Klangqualität entstehen durch wechselnde Obertonqualitäten[2] Melodien und Rhythmen, die die innewohnenden Naturgesetze hörbar machen. Dass das reiche Klanggeschehen, das auf dem Liegemonochord zu hören ist, seinen Ursprung in nur einer Tonhöhe hat, versetzt die Klienten immer wieder in Erstaunen.

Als MusiktherapeutInnen wissen wir: Klang wirkt als physiologischer, psychologischer, kognitiver, sozialer und transpersonaler Stimulus von außen nach innen. Klang kann viele Funktionen erfüllen:

- Der Klang kann als **basaler Stimulus** von Wahrnehmungen dienen. Er bietet neue sensorische Impulse und kann damit neue neurobiologische Verknüpfungen anbahnen.
- Der Klang kann zu Beruhigung, **Entspannung,** Tiefenentspannung führen oder zu **Aktivierung** und Vitalisierung.
- Das Klangerleben kann einen tragenden Rahmen als ***Holding*** (= haltend) oder die Bedeutung eines ***Safe Place*** (= sicherer Ort), eines Schutzraumes haben.
- Der Klang kann einen **Klang-Raum** bilden im Sinne eines *Potential Space* (= Möglichkeitsraum), eines Spielraums, Zwischenraums (Therapeut-Klient-Klang).
- Der Klang kann als **Klangimagination** der Erlebnisaktivierung und Assoziation dienen. Das sich mit Klang füllende Feld kann die Funktion einer anfangs noch leeren, dann sich inhaltlich füllenden Trancematrix oder eines **Übertragungsobjekts** ausüben.
- Der Klang kann **Bedeutungsträger** sein für Erlebnisqualitäten und atmosphärische (Klang)Räume.
- Er kann **Anklang** auslösen an frühe Erinnerungsspuren, die bis in transpersonale Erfahrungsbereiche weisen (Gindl, 2002).
- Der fließende Klang ist **Bewegung,** indem er das Erleben in der Zeit weiterträgt und in sich Wandlung und Veränderung enthält (Timmermann 2004; Hegi-Portmann, 2006).
- Das Klangerleben kann Verbindung von der Gegenwart in die Vergangenheit und in die Zukunft ermöglichen, indem es **Erinnerungen** anklingen

2 Ausführlicher zu den Obertönen die Artikel von Olaf Zeigert in Kapitel 3.2 und Maike Krullmann in Kapitel 2.1 und 2.3.

lässt, Perspektiven und **Visionen** für die Zukunft im Hier und Jetzt hörbar werden (Timmermann, 2004).
- Der Klang kann Anstoß zur **Kommunikation** geben (Latein *communicare* = mitteilen, teilnehmen lassen).
- Der Klang des Liegemonochords erfüllt nach meinen Erfahrungen sämtliche obige Funktionen in verschiedensten Kombinationen.

3 Die Gleichzeitigkeit von Hören und Fühlen – eine Urerfahrung

Die Klientin hört den eintönigen und gleichzeitig reichen Klang des Liegemonochords und kommt durch das direkte Liegen auf dem Instrument auch körperlich in Schwingung, wird selber Teil des Resonanzkörpers.

Tast- und Gehörsinn sind so eng verwandt, dass sie manchmal schwer voneinander abzugrenzen sind. Beide Sinne reagieren auf mechanische Reize, beide antworten auf Schwingungen der Luft, elastischer Platten oder anderer Resonanzkörper (Cramer, 2005). Bei der Liegemonochorderfahrung kann man deshalb von leibmusikalisch sprechen, von Hörfühlen, von leiblichem Hören oder Hören durch die Haut. Tiefe Töne von weniger als 60 Hertz werden mehr durch die Haut als durch das Ohr wahrgenommen. Der Tastsinn ist die Oberflächensensibilität der Haut. Er vermittelt dem Gehirn alle notwendigen Informationen zum Erkennen von Form, Gewicht, Bewegungszustand und Oberflächenbeschaffenheit.

Die Tatsache der vorgeburtlichen Hörfähigkeit ist für MusiktherapeutInnen relevant. Schon in der Mitte der Schwangerschaft ist das Gehör des Fötus vollständig ausgebildet. Auch taktil ist er schon weit vor der Geburt aktiv: ab der achten Woche reagiert er auf Berührung und macht selber Erfahrungen mit seinen Fingern, Händen und Beinen. Er versucht, in jedem Entwicklungsstadium seine Welt zu begreifen und entwickelt in diesem Hörfühlmodus sein Körpergefühl.

Diese ganzheitliche vorgeburtliche Hör- und Fühlerfahrung ist eine Urerfahrung von uns Menschen. Sie ist unser existenzieller Hintergrund. Sie beeinflusst die Wahrnehmung und Entwicklung unserer Sinne, die Gefühls- und Empfindungsfähigkeit, unser Selbstempfinden und unser Bezogensein.

Rezeptive Musiktherapie mit dem Liegemonochord kann durch verändertes Wachbewusstsein eine Lockerung psychischer Abwehrvorgänge hervorrufen und frühe, sonst kaum zugängliche unbewusste Erinnerungen aktivieren, die dann psychotherapeutisch durchgearbeitet werden können und/oder Ressourcen und Resilienzfähigkeiten anklingen lassen (Gindl, 2002).

4 Ausflug in die Hirnforschung

Die Hirnforschung versucht mit Hilfe bildgebender Verfahren, wie PET (Positron Emittierende Tomographie) und MRI (Magnet Resonanz Imaging), die hochkomplexen Prozesse, welche beim musikhörenden, -erlebenden und -spielenden

Menschen ablaufen, sichtbar zu machen. So kann gezeigt werden, dass Musik das Gehirn auf sensorischer, motorischer, perzeptiv-kognitiver und emotionaler Ebene anspricht und neuronale Vernetzungen auf musikspezifische Weise stimuliert und integriert. Die Prozesse der Musikverarbeitung finden zentral in beiden Hirnhemisphären sowie im limbischen System und im Hirnstamm (*formatio reticularis*) statt. Im Hirnstamm werden u. a. Informationen aus dem Ohr verarbeitet, bevor sie zum Cortex weitergeleitet werden. Das bedeutet, dass das Hören beim Menschen nicht an einen funktionierenden Cortex gebunden ist, weil subcortical ein erstes Integrationszentrum existiert, welches ermöglicht, dass Menschen durch Klänge vegetativ, emotional und motivational beeinflusst werden (Nöcker, 2004).

Früh Erlebtes hinterlässt schon vor dem Erwerb der Sprache Erinnerungsspuren im neuronalen Netzwerk des Gehirns und beeinflusst so spätere Erfahrungen wesentlich. Musik als nonverbales, sensomotorisch erlebbares Medium kann den Zugang zum frühen vorsprachlichen Gedächtnis ermöglichen und zu einer Harmonisierung und Synchronisierung verschiedener Hirnareale führen. Sie kann gezielt beruhigend und spannungslösend wirken, kann aber auch Gedächtnisprozesse und Denkleistung steigern und dadurch das Lernen erleichtern (Nöcker, 2004; Spitzer, 2002).

Der Neurobiologe Hüther stellte fest, dass es im Laufe der menschheitlichen Entwicklung zu einer fortschreitenden Öffnung der ehemals starren, die Hirnentwicklung lenkenden genetischen Programme kommt, die nachträgliche Veränderungen der das Verhalten bestimmenden neuronalen Verschaltungsmuster zulassen. Die Hirnentwicklung ist ein sich selbst organisierender Prozess, der von jeder Sinneswahrnehmung schon in der pränatalen Zeit beeinflusst wird (Hüther, 2005). Gemäß Hüther kommt der Mensch mit zwei Grunderfahrungen zur Welt: der eben geschilderten des beständigen körperlichen, seelischen und geistigen Wachstums und der Erfahrung der untrennbaren Verbundenheit mit den engsten Bezugspersonen.

Erlebt ein Mensch etwas Neues gleichzeitig auf kognitiver, emotionaler und körperlicher Ebene, können Muster verändert oder neue angelegt werden. Er kann so gestaltend seine eigenen Möglichkeiten entdecken und die in ihm angelegten Potentiale entfalten. Neue Erfahrungen von Selbstwirksamkeit und Gestaltungsfreiheit und -lust, Kompetenz und Selbstreflexion stärken die Resilienz, die seelische Widerstandskraft gegenüber Belastungen (Reddemann, 2007), und die Stressbewältigungsfähigkeit eines Menschen.

Die Resonanz- und Harmonisierungseffekte des Klangs tragen dazu bei, dass sich das Ausbreiten und Aufschaukeln von Angst- und Erregungszuständen vermindert. Vertrautheit, Rhythmus und Ordnung sind dabei laut Hüther (2008) hilfreiche Faktoren. Die Vertrautheit ermöglicht die assoziative Verknüpfung mit frühen und/oder inneren Bildern, die ein Gefühl von Sicherheit und Geborgenheit vermitteln. Die innere Ordnung, die der Musik eigen ist, erfüllt die entscheidenden Voraussetzungen zur Aktivierung emotional-kognitiver Verarbeitungsprozesse (ebd.).

Als einen weiteren neurowissenschaftlich bestätigten wichtigen Aspekt zeigt Daniel Siegel in seinem Buch „Das achtsame Gehirn“ die Wirkungen eines vollständigen Präsentseins im Hier und Jetzt, wie dies im achtsamen Hören geschieht. Durch bewusste Fokussierung der Aufmerksamkeit werden positive Veränderungen in unserer ganzen Physiologie, in allen Funktionen unseres Geistes und unseren zwischenmenschlichen Beziehungen bewirkt (Siegel, 2014). Er verwendet das Konzept der Einstimmung, um zu untersuchen, wie eine Person ihre Aufmerksamkeit auf die innere Welt eines andern richtet. Dieser Fokus auf den Geist einer andern Person macht sich den neuronalen Schaltkreis zunutze, der es zwei Menschen ermöglicht, sich vom jeweils anderen „gefühlt zu fühlen“ (ebd.). Seine Studien zeigen, dass eingestimmte Beziehungen Resilienzfähigkeiten fördern.

Joachim Bauer beschreibt das neurobiologische Korrelat dazu, wie es möglich ist, sich vom andern gefühlt zu fühlen oder „Warum ich fühle, was du fühlst“ (Bauer, 2006, Titel des Buchs*)*. Spiegelneuronen befähigen uns dazu, Handlungen, die von anderen begonnen werden, ohne Nachdenken zu Ende zu führen, oder vorauszusehen, wohin der andere sich bewegen wird, um entsprechend ausweichen zu können (ebd.). Im Beobachter werden die entsprechenden Nervenzellen aktiviert, die bei Handlungen oder dem Gefühlsausdruck des Beobachteten gereizt werden. Diese Neuronen reagieren, noch bevor wir nachdenken können, und lösen in uns aus, was im anderen vorgeht, schwingen uns auf ihn ein. Auf der Spiegelneuronen-

Abb. 1: Liegemonochord

ebene gibt es keinen Unterschied zwischen Ich und Du. Auf diese Weise können wir uns einfühlen und verbinden, gemeinsam erleben und andere Menschen verstehen (Bauer, 2006; Reddemann, 2007).

5 Schwingen

5.1 Was kommt körperlich in Schwingung?

Der Klang auf dem Liegemonochord wird körperlich erlebt und kann Körperreaktionen vielfältigster Art[3] hervorrufen. Es werden krampflösende und muskelentspannende Wirkungen beschrieben sowie allgemeine Entspannung. Muskelgruppen und Organe werden vor allem von tiefen, kleinere Körperstrukturen von höheren Tönen stimuliert. Schmerzen des Bewegungsapparates und postoperative Beschwerden können so gelindert werden.

„Durch die feinen Vibrationen können sich die Muskeln wie von allein lösen. Ein fester Körper wird locker, er wird schwer und sinkt gleichsam in den Boden, oder er wird leicht und vermittelt ein Gefühl des Schwebens" (Cramer, 2005, S. 67).

Der menschliche Körper besteht zu über 70 % aus Wasser. Wasser ist ein hochgradig schwingungssensibles Element. Wenn Klang einen menschlichen Körper in Schwingung versetzt, kommt jedes Wassermolekül in jeder Zelle und jedem Organ in Schwingung. Masaru Emoto (2021) untersucht seit Anfang der neunziger Jahre die Eigenschaften von Wasser und vertritt die These, dass Wasser lebt und die Fähigkeit hat, Gefühle und Informationen aufzunehmen und zu speichern.[4]

Klang wird direkt über die Schädelknochen in die Cochlea geleitet. Menschen mit Mittelohr- oder Hörproblemen können über diesen Weg hören und spüren. Auch der wachsende Fötus, in der Gebärmutter angeschmiegt an die Wirbelsäule der Mutter, empfängt die tieferen Frequenzen vermutlich über die Knochenleitung (Rittner, 1997). Diese wird durch den direkten Kontakt des Körpers mit dem Liegemonochord aktiviert. Durch die entspannende Klangwirkung des Liegemonochords vertieft sich die Atmung, wodurch die Sauerstoffzufuhr vermehrt wird. Auch Verschleimungen, etwa bei Atemwegsinfekten, können besser abtransportiert und abgehustet werden.

3 Änderungen der Temperatur, Atmung, Herzschlag; Körperschemawahrnehmung, Körpererinnerung, Körpermuster, pränatal erlebte Körperempfindungen, Hautreaktion, Schmerzlinderung oder -verstärkung usw.

4 Ein ehemaliger Mitarbeiter von Emoto, Ernst Braun (wasserkristall.ch), interessiert sich für den Einfluss des Liegemonochordklangs auf Wasser. Er legt ein kleines Fläschchen mit destilliertem Wasser 20 Minuten lang auf das Instrument, während es ruhig gespielt wird. Anschließend friert er das Wasser tropfenweise ein und fotografiert dann die gefrorenen, wieder antauenden Wassertropfen. Die Bilder zeigen deutlich die Gestaltveränderung des Wassers nach dem Bespieltwerden im Vergleich zum Ausgangsbild des destillierten Wassers. Es stellt sich die Frage, ob sich daraus eine harmonisierende und formende Wirkung des Liegemonochords auf das Körperwasser ablesen lässt?

Sympathikus und Parasympathikus regulieren das vegetative System. Blutdruck, Puls, Atmung, Körpertemperatur, Verdauung verändern sich, je nachdem, ob der Sympathikus oder der Parasympathikus angeregt sind. Im Zustand der Herzkohärenz (Latein *cohaerere* = zusammenhängen) befindet sich das vegetative Nervensystem in einem optimalen Gleichgewicht. Sympathikus und Parasympathikus wechseln harmonisch zwischen einem sanften Beschleunigen und Abbremsen der Herzfrequenz ab, und die Herzratenvariabilität[5] ist ausgewogen. Dieser Zustand tritt besonders in Momenten tiefer Entspannung, im Schlaf, bei *Flow*-Erfahrungen und bei starken Gefühlen von Liebe, Freude und Glück auf. Der Begriff *Flow* wird von Csikszentmihalyi (2006) als eine besondere Form eines Glückszustandes beschrieben, als Im-Fluss-Sein oder Fortgetragenwerden, von dem, was man tut oder erlebt. Verlangsamte Atmung begünstigt die Herzkohärenz, es kommt zu einer Synchronisierung mit endogenen kardiovaskulären Rhythmen (Bossinger, 2005).

5.2 Das schwingende Zusammenspiel von Leib und Seele im therapeutischen Verständnis

Für Gertrud K. Loos, einer Pionierin eines körperorientierten Ansatzes, sind Körper, Klang, Rhythmus, Sinnesleben untrennbar verbunden: „Der Mensch ist ein Dreiklang aus Körper, Seele und Verstand“ (Loos, 1996, S. 183). Die therapeutische Aufgabe sah sie darin, einen Liebesraum zu schaffen für den kindlichen Teil des emotionsverarmten Erwachsenen, einen Raum zum Dasein, um sich neu einzurichten, in dem eine Person da ist, die auch seine Destruktivität aushält. Das gilt meines Erachtens auch heute und ganz besonders in der Arbeit mit dem Liegemonochord. Frühe Störungen lassen sich als Erinnerungsspuren im Körper wiederfinden und können therapeutisch am ehesten in der Arbeit über den Körper und mit den entsprechenden klanglichen Qualitäten aufgespürt und bearbeitet werden. Loos (1995) plädierte für bewusste Körperwahrnehmung zur Integration von Körper und Seele: Es ist lebensnotwendig wahrzunehmen, zu fühlen, zu spüren, zu erkennen und zu erinnern, was der Körper signalisiert, braucht oder ablehnt.

Auch Gindl (2002) postuliert, dass in einem entwicklungspsychologischen Ansatz Musiktherapie, Körpertherapie und Psychotherapie nicht voneinander

---

5 Ein **Eigenversuch** soll die Wirkung des Liegemonochords auf die Herzratenvariabilität illustrieren. Unter Heart-Rate-Variability (HRV) wird die Fähigkeit des Herzens verstanden, die zeitlichen Abstände der Herzschläge den Belastungen und Umweltbedingungen entsprechend zu verändern. Sie ist ein Ausdruck des regulierenden Einflusses von Sympathikus und Parasympathikus in Abhängigkeit von den Bedürfnissen des Organismus. Eine zu geringe oder zu hohe Herzratenvariabilität weist auf Einseitigkeiten im vegetativen Nervensystem hin, welche pathologische Prozesse begünstigen kann (Bossinger, 2005). Im Selbstversuch nach der genormten Versuchsanordnung war der Wert der körperlichen Fitness in der graphischen Darstellung vor dem Liegemonochord 10/5. Nach 15 Minuten Liegemonochord verbesserte er sich auf 8/4 (bei einem theoretischen Optimum von 1/1), was eine messbare Harmonisierung des vegetativen Nervensystems bedeutet. Außerdem zeigten sich vor der Klangsitzung zahlreiche Ausschläge durch Extrasystolen, welche sich nach der Behandlung normalisiert hatten.

getrennte Therapieverfahren sein müssen, sondern sich zu einer Therapieform vereinen können, in der ein psychotherapeutisches Verständnis der Beziehung den nonverbalen musik- und körpertherapeutischen Mitteln zugrunde liegt. Die (nonverbale) Körpersprache hat eine existenzielle Bedeutung. Tarr-Krüger u. a. differenziert zwischen dem Körper als dem physikalisch-biologischen Organismus und dem beseelten Leib, der als Resonanzkörper das Psychische umfasst. Der Leib als Eigenraum, Lebensraum, Lebenszeit, Geschichte und Vitalität: Wer leibt, lebt (Tarr-Krüger, 1995).

In einem integrativen Konzept ist das menschliche Bewusstsein von den Tiefen des Unbewussten bis zu den Höhen des Nichtbewussten im Leib verankert. Leiblichkeit ist somit implizit korrespondierend und kommunizierend, expressiv, memorativ, kreativ und werthaft. „Über die Leibarchive können wir Zugänge zum komplexen Bewusstsein öffnen“ (Frohne-Hagemann, 2004, S. 312).

Rezeptive Musiktherapie fokussiert aus körpertherapeutischer Sicht den Zugang zum Leibwissen und damit zu Erinnerung und Gedächtnisspeicher. Sie hilft dabei, im Leib festgehaltene respiratorische und muskuläre Verspannungen, Konflikte, usw. zu bearbeiten (Frohne-Hagemann, 2004). Klangerfahrungen auf dem Liegemonochord können Gefühle von Grundvertrauen und Geborgenheit ermöglichen und damit eine Nachsozialisation von Menschen mit frühen Beziehungsschäden herstellen, sowie diese gleichzeitig neurobiologisch verankern. Klienten können mit ihren auftauchenden Empfindungen in Fühlung gehen, um ein neues Gespür für die eigene beseelte Leiblichkeit zu entwickeln und damit ein kohärentes Selbstgefühl und Daseinsgewissheit zu gewinnen.

6 Reise ins Offene

Das weite Feld von Spiritualität (Latein *spiritus* = Geist), Transzendenz (Latein *transcendere* = übersteigen) und transpersonalem Erleben (Latein *trans* = jenseits) soll hier angetönt werden, weil das Klangerleben oft in eine tiefe Entspannung und Trance, einen veränderten Wachbewusstheitszustand führt.

Gleichzeitig mit den leiblichen Wirkungen zeigen sich hörfühlend Erinnerungen, Vergessenes, verborgene Wünsche, Ressourcen, Seelenbilder, Visionen. Ob der Weg in unbekannte Räume des Innern führt oder in eine Weite, die über uns hinausgeht – es werden durch den veränderten Wachbewusstheitszustand Erfahrungen geschildert, die in eine spirituelle Dimension führen:

„In der Musik kann der Hörer haptisch-akustisch seine Verbundenheit mit der Schöpfung erleben. Er kann sich da einschwingen und mitschwingen als Teil eines größeren Ganzen. Hier liegt bereits ein großes therapeutisches Potenzial begründet“ (Timmermann, 1993, S. 211).

Spirituelle Erfahrungen sind nicht mach- oder programmierbar. Ein stimmiger Rahmen kann einladen zu tiefer Selbsterfahrung. Ob das Erleben über das Persönliche hinausführen wird, ist nicht voraussehbar.

Der Philosoph Wilhelm Schmid findet es unwichtig, ob die Beziehung zur Unendlichkeit, zu einem „überwölbenden Horizont der Transzendenz“ nur menschliche Projektion ist oder unbestreitbare Wirklichkeit. Entscheidend findet er die Frage, ob ein solcher Horizont zu einem schönen und bejahenswerten Leben beiträgt. Das eigene Erleben zu öffnen zur Dimension der Transzendenz kann seiner Meinung nach ein wesentlicher Beitrag für ein erfülltes Leben sein (Schmid, 2007, S. 68).

Ken Wilber sieht das Heilsame des bewusstseinserweiternden Erlebens im Auflösen von selbst gesteckten Grenzen, so dass Gegensätze, die unser Selbstgefühl begrenzen, einschränken und einengen, harmonisiert werden und das Feld des Gewahrseins ausgedehnter, offener, freier und unverteidigter wird (Wilber, 2008).

Sich seinen eigenen Lebenssinn und einen eigenen Bezug zum Transpersonalen zu erschließen, war Jung in seiner analytischen Psychologie und Frankl im Verständnis der Existenzanalyse ein zentrales Anliegen. Diese Haltung sollte grundlegend zur sinnstiftenden Lebensorientierung und lebendigen Kommunikation mit den un- und überpersönlichen Wirkkräften der Seele beitragen.

In der intensiven Klangexposition auf dem Liegemonochord ergibt sich eine Konzentration aus multisensorischen und deckungsgleichen Informationen an das Gehirn. Verändertes Wachbewusstsein und damit ungewohnte Wahrnehmungen, Imaginationen und Erfahrungen können innerhalb einer kurzen Zeitspanne heilsame Wirkungen ermöglichen. Der hör- und spürbare Sphärenklang auf dem Liegemonochord ist laut Klein allgemein untrennbar mit Heilung, Ganzheit und Gesundsein verbunden und ein wunderbares Medium, den Weg zur Spiritualität zu öffnen (1991). Hess erlebt den Klang als verbindend zu allen Wurzeln, als Rückbindung an Glaube und Spiritualität (2005).

7 Im Einklang – in vielfacher Resonanz

Auf dem Liegemonochord entsteht Resonanz gleichzeitig auf vielen Ebenen: im Instrument, im Raum, in der hörfühlenden Resonanz der Klientin mit dem Klang und in der emotionalen Resonanz zwischen Therapeutin und Klientin. Der ganze Organismus wird durch diese multiresonante Wirkung zu einem schwingenden Resonanzkörper, der Seelisches und Geistiges einschließt und anklingen lässt.

In ihrer Arbeit über die Belebung innerer Resonanzräume beim Musizieren und im therapeutischen Prozess stellt Karin Nohr fest, dass die als Verschmelzung erlebte Verbindung mit einem Resonanzkörper eine wichtige Voraussetzung darstellt, dass Vitalisierungs- und Ich-Stärkungsprozesse, sowie eine Lockerung neurotischer Einschränkungen geschehen können (Nohr, 2003).

Musiktherapeuten sind darin geübt, sich Instrumente spielend in Klangräume hineinzubegeben, Resonanz zu spüren und die Klientin und sich selbst gleichzeitig wahrzunehmen. Die Arbeit mit dem Liegemonochord ist eine Be-Schwingung der Klientin durch die Therapeutin. Es werden jedoch beide zum Resonanzkörper: die Klientin auf dem Instrument, die Therapeutin mit dem Klang und in emotionaler Resonanz mit der Klientin.

Gindl prägte den Ausdruck „Anklang fühlen“, der für das Liegemonochord wie geschaffen scheint. „Klingen und Anklingen, Lauschen und Erlauschen ist der Basisbeitrag der Musiktherapie für die Psychotherapie“ (Gindl, 2002, S. 16). Je größer die Fähigkeit zum Mitschwingen ist, desto mehr emotionale Resonanz wird erfahren. Durch das gemeinsame Einschwingen auf einen Klang, verstärkt durch Summen, Tönen und Singen, geschieht eine Affektabstimmung, wie wir sie aus der Mutter-Kind-Beziehung kennen. „Dabei gehen die musikalische Synchronisation, die emotionale Synchronisation und die Synchronisation des Herzschlags Hand in Hand“ (Neugebauer in Gindl, 2002, S. 259).

Während des Klanggeschehens ist die Resonanz der Klientin durch ihre Körperreaktionen, in der Atembewegung, durch Seufzer, spontane Bewegungen, durch ihre Tränen, ihr Strahlen wahrnehmbar und wird durch das Gespräch vertieft.

Die Qualität der Beziehung spielt eine entscheidende Rolle, da es hier um eine therapeutische Bezogenheitserfahrung geht, die dem Klienten ermöglichen kann, eine leibliche Basis von Daseinsgewissheit oder Grundvertrauen zu erleben. Die liegende Position im Zusammenhang mit dem archaischen Klanghören und -spüren hat – wie schon erwähnt – zur Folge, dass die Therapeutin einen starken suggestiven Einfluss auf ihre Klientin nehmen kann. Loos sieht dies als Tatsache und Chance, als wichtigen Teil des therapeutischen Tuns, wenn es kunstgerecht eingesetzt wird (Loos, 1995). Überall da, wo Asymmetrie herrscht, kann die Bildung von Übertragung gefördert werden. Diese „ist die Vergegenwärtigung alter Atmosphären und Szenen in der Art und Weise, die die Gegenwart des andern verstellt“ (Tarr-Krüger, 1995, S. 31). Übertragungen haben in der Musiktherapie häufig den Charakter von aufkommenden Stimmungen, Gestimmtheiten und Atmosphären. Sie wahrzunehmen und zu klären ermöglicht Aufarbeitung und Entwicklung. Strobel hält die angstfreie „Atmosphäre der Ruhe und des Vertrauens in die haltende und heilende Kraft der Existenz“ für genauso wichtig wie die physikalischen Schwingungen des Klangs (Strobel, 1999, S. 163). Seiner Meinung nach handelt es sich um ein „geistiges Heilen mit dem Klang als Medium“ (ebd.). Das Liegemonochord soll laut Strobel bei Patienten besonders hilfreich sein, die extrem stark gepanzert, in sich eingeschlossen und/oder äußerst schwer zugänglich sind. Die Klangmassage mit ihren physisch spürbaren Schwingungen bietet hier ein ideales Medium, um Blockaden zu durchbrechen. Das Instrument steht zwischen Patient und Therapeut und kann quasi als Brücke eine indirekte Verbindung schaffen (Strobel in Klein, 1991).

Eine wichtige Funktion in der Beziehung spielt die Intuition der Therapeutin, die durch die emotionale Resonanz zum Tragen kommt und geschult werden kann (Kloter, 2007; Ausfeld-Hafter, 1999). Vom gemeinsamen Einschwingen in den Klang über präverbale Beziehungsqualitäten bis zu dialogischem Singen und verbalem Austausch während des Klangs sind viele Variationen von zwischenmenschlicher Resonanz möglich.

Abb. 2: Bild einer Klientin

8 Aus der Praxis – zwei Einblicke

Aus den vielen Erfahrungen mit dem Liegemonochord in meiner Musiktherapie-Praxis von Ressourcenfindung, therapeutischer Prozessunterstützung, Geburtsvorbereitung bis zu Sterbebegleitung schildere ich zwei Beispiele.

Grundsätzlich werden die Klienten bei jeder Einstimmung auf dem Liegemonochord dazu ermutigt, den eigenen Impulsen wie reden, summen, singen, bewegen, Körperstellung verändern usw. zu folgen und falls nötig, von der Stopp-Möglichkeit Gebrauch zu machen.

8.1 Bewegung in der Depression?

Der frühpensionierte Gymnasiallehrer Herr Huber ist seit zwei Jahren chronisch depressiv, nimmt Medikamente und wird psychiatrisch behandelt. Vom Psychiater wegen seiner Musikaffinität überwiesen, kommt Herr H. in die Musiktherapie. Er erwartet nichts und hat große Mühe, sich zu entspannen. Eigentlich spielt der Klient sehr gut Klavier, hatte als junger Mann zwischen Klavier- und Schauspielstudium geschwankt, dann aber Physik gewählt. Doch im Moment spielt er nicht und erträgt es nicht einmal, Musik zu hören. Am Anfang unserer Zusammenarbeit ist aktives Musizieren in der Musiktherapie für Herrn H. unvorstellbar. Selbstvorwürfe quälen ihn und kommen jede Stunde wie ein Refrain: „Alles falsch gemacht, meine Prioritäten falsch gesetzt“. Dazu kommt die aktuelle musikalische Kränkung: früher spielte er Klavier wie ein Profi, jetzt Musiktherapie? Wozu? Das für ihn unbekannte Liegemonochord ist annehmbar. Anfänglich staunt er, dass er sich überhaupt darauf einlässt, dann wird das Klangerleben für ihn zu einer „Oase“, die er zunehmend schätzt.

Er erlebt bildhafte Klangreisen und entdeckt neu seine imaginativen Seiten. Das Trance-Erleben setzt eine Art Heilungs- und Vitalisierungsprozess in Bewegung.

Im Folgenden werden die Themen seiner inneren Bilder skizziert:

- Gefühl wie in Höhle, orange, hell und warm, nicht getrennt von den andern Menschen
- „…neige deines Herzens Ohr“ (Satz aus einem Kirchenlied), durchdringt mich, ich sehe eine Kirchentüre, die einen Spalt breit offen ist und aus der helles Licht dringt.
- Ein geschlossenes Fenster im ersten Stock, die Vorhänge sind gezogen, Licht dahinter sichtbar. Ich stehe im dunklen Garten draußen.
- Im Grünen die Geburt meiner Kinder, die Tochter, das erste von zwei Kindern unter schwierigen Umständen. Ich selber hätte ein Mädchen sein sollen (ich bin der dritte Bub).
- In einer Höhle geschützt, orange, warm, nicht zu groß, nicht beengend. In der Brust ein gutes Gefühl: Es ist gut – es wird gut.
- Klang düster, dann durch einen dunklen Tunnel ins Helle, Leere, zum blauen Himmel, tiefe Bläue: es war eine Art Befreiung in die Höhe.
- Ganz tief, wie dunkler Boden, wo etwas wachsen kann.
- Am Meer im Sand, oranges Licht, wohl, alles ist in Ordnung.
- Auf ruhigem blauem See, später auf ruhigem Fluss mit hohen grünen Bäumen an den Ufern: nur der Himmel und die Sonne sind zu sehen.
- Im Sand am Meer, in der Bucht, geschützt, muss nichts… wie in glücklichen Familienferien.
- Im Boot liegend auf dem Meer oder einem großen See.
- Auf der Alpweide mit Alphörnern.
- Auf Fluss getragen zwischen Bäumen, in der Ferne das Meer.
- In einer Höhle mit einem Fenster, an dem draußen verschiedene Landschaften vorbeiziehen, weckt leise Sehnsucht, es hat aber keine Türe.
- Auf ruhigem, warmem Weiher mit Schilf ringsum, gelb, liege in grünem Boot getragen.
- Auf Bergmatte in der Höhe, weite Aussicht, der Hang sehr abschüssig.
- An Berghang mit Blumen und Steinen, Sicht auf Täler, es geht abwärts.
- In Höhle, in der ich mich dem Ausgang nähere, Ausblick auf Thunersee-Landschaft, die sich öffnet wie ein Bild von Ferdinand Hodler.
- Auf sonniger Lichtung im Urwald, es kommt im Moment kein Tiger aus dem Wald.

- Bergmatte mit Blumen, ringsum Tannen, flache Alp, vertraut, einheimisch.
- Feierlich wie in einer Kirche, wo Menschen ein- und ausgehen.
- In einem Kirchenraum feierlich, allein, ein Sonnenstrahl dringt durch die farbigen Glasfenster.
- Vor dem Alphüttli auf dem Bänkli mit meiner Frau, dann liegend auf der Bergmatte.
- Feierlich wie in Kirche: ein heiliger Raum um mich und in mir.
- In Kirche, einem großen heiligen Raum, Kirchenglocken.
- Zum Sonnenaufgang auf sonnigem Bänklein vor der Kirche, wo Glocken läuten.
- Auf grüner Wiese, vis-à-vis grüne Hügel und der Niesen (= Berg am Thunersee, Schweiz)

Die Sequenz auf dem Liegemonochord wird für Herrn H. zum erträglichen und später unentbehrlichen Element mit ritualhaftem Charakter für Entspannung und Körperwahrnehmung. Das entspricht der Beobachtung von Hess, der beschreibt, dass besonders depressive Menschen in ihrer sonstigen zwanghaften, negativen Gedanken- und Gefühlswelt eine Sitzung auf dem Klangstuhl als eine Insel der Ruhe und Klarheit erleben können (Hess, 2005). Herr H. leidet unter einem unangenehmen „tauben“ Körpergefühl, das sich zunächst für Momente, dann für immer längere Zeitspannen auflöst. Erstaunlich, wie schnell er jeweils in seine ganz persönlichen Bilderwelten eintauchen kann.

Hilfreich ist es für ihn, dass er den archaischen Klang als angenehm erlebt. Herr H. drückt kaum je direkt Emotionales aus, erlebt jedoch starke Bilder. Er nimmt die entspannende Wirkung und die inneren Bilder als Ressourcen und Resilienzfaktoren wahr. Dass er überhaupt etwas erlebt, dass er innere Bilder hat, die ihm eine gewisse Geborgenheit vermitteln in einer Lebensphase, in der er sich äußerlich fast gar nichts zutraut und innerlich hauptsächlich angespannt ist, ist beruhigend für ihn. Er kann einen Moment unabgelenkt präsent im Hier und Jetzt sein und dadurch mit sich und der Therapeutin in Beziehung treten. Die Bilder, die er auf dem Liegemonochord erlebt, werden nachher verbal bearbeitet und im Verlauf der Therapie zunehmend aktiv auf andern Instrumenten umgesetzt und weitergeführt.

Am Anfang geht es um die Höhle, in der er warm geborgen ist und um einen heiligen Raum (Kirche), der ihm zunächst verschlossen ist. Es folgen Bilder mit Ambivalenz von spaltbreit offen oder ganz verschlossen, aber Licht ist sichtbar. Nach Bildern mit der Geburt (konkret seiner Kinder) und möglicherweise einem eigenen Geburtserlebnis (Tunnel) entsteht dunkler Boden, auf dem etwas wachsen kann. Es folgen ruhige wohlige Wasserbilder, dann zum ersten Mal das Grün einer Alpweide mit heimatlichen Klängen. Beim nächsten Bild kommt etwas in Fluss: der Fluss fließt Richtung Meer und die Höhle bekommt ein Fenster, der Ausblick weckt leise Sehnsucht nach draußen. Die wohlige Rückzugssituation wechselt mit Sich-ins-Offene-Wagen. In der Höhle nähert er sich dem Ausgang und die Aus-

Sicht eröffnet sich weit. Das Bild der Bergmatte zeigt sich verschieden: vom abschüssigen Steilhang, der abwärts führt, bis zur freundlichen Alp mit Blumen und Hütte, wo auch seine Frau bei ihm ist. Der Kirchenraum ist jetzt offen und einmal sogar in ihm selber. In der letzten Phase verbinden sich die Bilder. Am Meeresstrand hat es auch Bäume, auf der Waldwiese hört man die Kirchenglocken und die heimatliche Umgebung – vis-à-vis der Niesen – integriert sich ins Bild.

Herr H. hat durch das Liegemonochord intensive innere Erlebnisse in einer Zeit, wo er äußerlich fast zu nichts fähig ist. Er erfährt in der Therapie ein Angenommensein mit und durch die Bilder seiner Seele. Ob seine Bilder nun gedeutet werden als vorgeburtliche Zustände mit ambivalenten Bewegungen von zögerlicher Hinwendung zum äußeren Leben und sich wieder Zurückziehen oder als das Eingeschlossensein in seiner Depression oder beides? Durch die Akzeptanz seines Erlebens, öffnen sich die Bilder, es entsteht Bewegung und er selbst öffnet sich zart in Richtung mehr Daheim-Sein im Leben, mehr Austausch zwischen innen und außen, was sich wiederum äußert in mehr Öffnung in der Musiktherapie und im Alltag zu Hause. Er beginnt wieder Musik zu hören, später auch wieder Klavier zu spielen.

Zeitweise hatte die Therapeutin Bedenken, ob das Klangerleben eher Flucht sei vor der Realität, doch der Klient brauchte offenbar diesen langen Atem der Begleitung. Nach und nach akzeptierte er in äußerst kleinen Schritten sein Sein und kam zu mehr Versöhnung mit sich selbst und seiner Umgebung.

8.2 Das Unmögliche akzeptieren?

Wie lebt man weiter, wenn sich die eigene Tochter umgebracht hat?

Frau Weber (61-jährig) kommt präsent, wach, bewusst, freundlich. Was sie an markanten Ereignissen in ihrem Leben erfahren hat, ist der ruhigen Frau nicht leicht anzumerken. Einige Stichworte zu ihrem Leben, welches sie selbst als „reichhaltig, gefüllt, herausfordernd, schmerzhaft, vielschichtig“ beschreibt:

Sie wächst als zweites Kind im Arbeitermilieu mit drei Brüdern auf. Mit 9 Jahren erlebt sie sexuellen Missbrauch durch den Freund der Mutter (ihr Vater war beruflich oft unterwegs), welchen sie niemandem mitteilen kann. Diese traumatische Erfahrung taucht bei der Geburt der ersten Tochter J. auf. Die Klientin hatte mit 29 Jahren einen Mann aus einer „schwierigen“ Herkunftsfamilie geheiratet. Drei Jahre später kommt die zweite Tochter S. auf die Welt. Das Familienleben wird angespannt. Als der Mann gewalttätig wird, kommt es zur Trennung, danach kümmert sich der Vater nicht mehr um die Kinder.

Er verunglückt zehn Jahre später tödlich auf einer Skitour in den Bergen, als die erste Tochter J. 14 Jahre alt ist. Sie wird bald darauf magersüchtig und es beginnt ein jahrelanger Weg mit Therapien, Klinikaufenthalten, Rückfällen. Trotzdem schafft sie es, eine Lehre als Pflegefachfrau abzuschließen und zu arbeiten.

Frau W. erlebt unverschuldet einen schweren Fahrradunfall und muss danach mit einem chronischen Schulterproblem leben, welches sie weitgehend arbeitsunfähig macht.

Vor zwei Jahren machte J. einen Suizidversuch, von dem sie sich äußerlich erholt. Frau W. und die jüngere Schwester S. leben danach in Sorge, versuchen trotzdem wieder Vertrauen zu fassen und unternehmen viel Gemeinsames. Eineinhalb Jahre später nimmt sich J. das Leben. Sie hat Mutter und Schwester, Freunden und Freundinnen persönliche Abschiedsbriefe hinterlassen.

Frau W. kam bereits nach dem ersten Suizidversuch der Tochter für einige Stunden auf das Liegemonochord, was sie offenbar als so hilfreich erlebt hatte, dass sie nach dem Tod der Tochter wieder diesen Wunsch hatte.

Frau W. hat mir ihre persönlichen Notizen überlassen, die ich hier wiedergebe:

1. Stunde (ein Monat nach J.s Tod)

Von den ersten Tönen an habe ich das Gefühl von ich bin in einem Boot oder auf Wellen. Es schaukelte mich eine Zeit seitwärts und dann vor und zurück. Mein Körper war nachher wie in zwei Hälften geteilt, rechte Seite wie nicht da, nicht wichtig. Auf der linken Seite ein kalter Hauch, als ob der Wind darüber streichen würde. Am Kopf um den Schädel eine Krone, welche aufgeht, so wie ich es erlebte, als J. am 12. Mai auf ihre letzte Reise ging. Ich hörte Alphornklänge. Dann wuchs der linke Fuss und wurde groß und warm. Einen Moment ein Licht, das mich im Gesicht anstrahlt.

Als die Therapeutin langsamer spielte, zog sich die Krone zusammen, wurde die Öffnung enger, zog sich wie eine Lotusblume zu. Der „Hauch" auf dem Arm ging weg. Gegen Ende spürte ich die Wangenknochen, nicht stark, doch die Aufmerksamkeit wurde darauf gelenkt. Zwei-, dreimal in der Mitte der Behandlung vom Zwerchfell/Solarplexus ein Zittern und Durchatmen. Es war ein Gefühl von einem Frieden und gleichzeitig eine unglaubliche Wachheit.

Mir schien, als ob J. mir durch diese hauchige Berührung wie einen Trost ermöglichte.

2. Stunde

Ich höre Frauen singen. Manchmal nur eine, dann wieder viele. Ein Weben von Tönen, von nah und fern. Wunderbar tröstlich.

Spüre ein Licht in meinen Beckenraum. Das Becken wird weit und kraftvoll. Meine Füße groß und warm. Ein Licht fällt auf mein Gesicht.

Wahrnehmung in den folgenden Tagen: ich stehe gut verankert, bin mit beiden Beinen auf dem Boden. Das Becken fühlt sich breit und kraftvoll an. Es trägt mich durch meine Aufgaben.

3. Stunde

Sofort höre ich eine Frauenstimme: „Uhu", dann mehrere Frauenstimmen in einem schönen Gesang.

Spüre einen Druck auf der Brust, der wieder vergeht. Druck auf dem Wangenknochen, eine Last auf der Schulter. Durch Pendeln des Kopfes (nicht real) wird die Last wieder leichter. Immer wieder höre ich das „Uhu“, lauter und weniger. Eine Frau oder mehrere. Der Schultergürtel wird leichter. Nasenspitze kribbelt.

Ich höre in den nachfolgenden Tagen oft das „Huhu“, Lied von Hawaii.

Es ist wie eine Begleitung, gibt mir das Gefühl umhüllt und aufgehoben zu sein mit dem Lied (Huhu me ke aloha).

4. Stunde

Heute ging es einfach nicht weiter, kein Klangfluss. Wie vor etwas stehen und keine Richtung sehen. Interveniere bei der Therapeutin, die darauf die Tonhöhe änderte.

Der veränderte Klang ließ mich ein Alphorn oder Büchel[6] hören und wie auf einer Hochebene in eine karge Landschaft gehen. „Wenn ich diesem Klang folge, folge ich meinem Weg.“ Ich hörte dies näher und weniger nah. Nicht Stimmen, vielleicht eine Wahrnehmung vom Alphorn oder ein Gefühl? Manchmal mehrere Alphörner und manchmal fühlte ich, dass J. auch da war.

Meine Hände fühlten sich stark an. Kraftvoll spürte ich es auch noch, als ich davon schrieb nach der Behandlung. Ich habe und halte einen Stab, Führung in der Hand!

Beide Wangenknochen stark gespürt. Bis am Schluss hörte ich Alphorn und Büchel.

Gedanken: Zwei kraftvolle Bilder. Dem Klang folgen, dem Herzen folgen. Meine Hände können kreativ, aktiv sein, wenn sie offen sind.

Ich habe es auf der einen Seite in der Hand, was ich „bewirken will“.

5. Stunde

Diesmal höre ich nur selten ein Instrument, manchmal wie ein Büchel.

Die Nieren werden ganz kalt. Vom Gefühl bin ich nicht mehr an einem Ort. Weder auf der Liege oder noch sonst etwas Bekanntes. Ich höre Stimmen. Ich sehe von weit oben – schwebend – eine Stadt, viele Lichter, es ist Nacht, ich sehe auch verschwommen Gebirgshügel. Der Körper ist nicht fühlbar, nur meine Hände werden ganz groß, warm und präsent. Gegen Ende kommt wieder das Frieren in der Nierengegend. Auf dem Kopf, Scheitel-Chakra, kommt etwas herein und die Öffnung zieht sich zusammen. Die Hände bleiben groß.

Es sind nur wenige Stunden. Für Frau W. ist es ein Geschenk, dass sie das Liegemonochord bereits als *Safe Place* der Erholung und des Zu-Sich-Kommens kennt und dass sie Vertrauen zu mir hat. Trotz ihrer traumatischen Vorgeschichte kann sie sich der Klangerfahrung hingeben. Die Klientin ist dankbar dafür, in einer Situation in Schwingung gebracht zu werden, in der sich ihre Gedanken oft festhaken und blockiert sind.

Im jeweils anschließenden Gespräch wirkt Frau W. entspannt und ruhig. Sie beobachtet genau, spricht achtsam aus, was sie wahrnimmt und gibt ihrem Erleben Wert und Bedeutung. In ihren Notizen sind die vielen Elemente zu erkennen, die in Schwingung kommen und auch die ganzheitliche Dimension, die über sie

6 Dem Alphorn verwandtes Instrument.

hinausführt und ihr neue Impulse gibt. Fast überwältigend erlebt sie die Gleichzeitigkeit von bildhaftem, leiblichem (verändertes Körperbild, Licht- und Temperaturveränderungen), akustischem und transpersonalem Erleben.

So wird Frau W. auf dem Boot geschaukelt, sowohl seitwärts wie vor und zurück – durchgeschüttelt – fühlt sich nicht ganz, nur eine Körperseite, dazu ein Kälteempfinden, ja sogar ein kalter Wind und gleichzeitig über ihrem Schädel ein Kronengefühl, etwas, was über das rein Körperliche hinausgeht. Alphorntöne – sie hat eine tiefe Beziehung zu den Bergen, wohnte in einem Bergtal – und zugleich der linke Fuß, der warm wird und ein Licht, das sie anstrahlt, erst dann zieht sich die imaginäre Krone zusammen und der kalte Hauch verschwindet. Mit dem Kronengefühl erinnert sie sich an die Stunde des Todes ihrer Tochter, fühlt sogar ihre Anwesenheit, indem sie den „kalten Hauch" als zarten Gruß deutet. Das intensive Spüren der Wangenknochen erinnert sie an die Enge im Geburtskanal und sie spürt gleichzeitig Bewegung in der Körpermitte mit „Zittern und Durchatmen", was ein friedliches Gefühl hinterlässt.

Die Vielschichtigkeit der Erfahrungen ist für sie nicht verwirrend. Frau W. betont nur mehrmals, dass ihre Wahrnehmungen fast nicht in Worte zu fassen sind. Die Worte seien viel zu wenig präzis, eigentlich zu grob – und zu wenig gleichzeitig.

Therapeutisch wichtig ist das Erleben, dass sie sich nicht allein fühlt, sondern ringsum von (Frauen-)Stimmen, einem tröstlichen Netz, getragen wird. Ihr Becken – als Kind verletzt – wird ein licht- und kraftvoller Ort, der trägt.

Der Tod der Tochter ist in ihren Gedanken als Druck und Schmerz auf der Brust spürbar. Sie hört im Klang ein Lied, das ihr weiterhilft. Der Inhalt des hawaiianischen Liedes spricht vom göttlichen Kern eines jeden Menschen in Liebe.

Dieser Wille zum zuversichtlichen Weitergehen, zum Weiterleben zeigt sich auch im starken imaginativen Bild der kargen Hochebene, in dem sie sich das Motto gibt: „Wenn ich diesem Klang folge, folge ich meinem Weg". Den Weg ins Offene, Unbekannte will sie wagen und da kommt ein Stab als Stütze dazu und die bleibende Verbundenheit zur Tochter.

Dass ihre Hände groß und warm sind, spürt sie auch in der letzten Stunde. Sie hat es „in der Hand", sie kann etwas bewirken, weiter wirken, ist ihre Deutung.

Gleichzeitig hat Frau W. ein körperliches Kälteempfinden und eine weitende transpersonale Erfahrung, die sie weit oben über dem Alltag im unbekannten Dunkeln schweben lässt.

Sie erlebt eine Fülle von Eindrücken, nimmt verschiedene körperliche Empfindungen wahr, wird von den Tönen in Landschaften getragen, ordnet sie aber auch konkreten Instrumenten zu, fühlt zarte Verbindungen zu ihrer verstorbenen Tochter und gibt sich selbst in diesem komplexen Erleben tröstliche und Mut machende Impulse, die sie in den Alltag mitnimmt. Das Klangerleben gibt ihr wichtige, aus dem Selbst heraus entstandene Anregungen zu ihrer Haltung des Weiterlebens, und schenkt ihr Boden unter den Füßen für den nächsten Schritt.

9 Zusammenfassung

Die Besonderheit des Liegemonochords entsteht durch die direkte Berührung von bespielter Person und Instrument. Es kommt zu einer leibmusikalisch intensiv wahrgenommen Erfahrung, in der der liegende Mensch selbst zum Resonanzkörper wird. Die ungleiche Ausgangsposition verlangt von der Therapeutin große Achtsamkeit und erhöhte Aufmerksamkeit.

Das Klangbad wird multisensorisch und multiresonant intensiv erlebt, man könnte es als **Klang-Initation** bezeichnen (*initiare* von Latein eintreten, sich in einen anderen persönlichen Seinszustand einlassen). Das leibhaftige musikalische Erleben im archaischen Klangbad mit den identisch spürbaren Schwingungen bewirkt vielfache Resonanzen.

Der entwicklungspsychologische Ansatz zeigt, dass körperliche und elementar musikalische Eindrücke menschliche Urerfahrungen sind und dass diese untrennbar zusammenhängen. Das besondere verbindende Schwingungsfeld von Klientin und Therapeutin bietet einen Raum für eine gemeinsame emotionale Resonanz, entsprechend einem frühen menschlichen Zustand von Bezogenheit, einen **Liebes-Raum** im ursprünglichsten Sinn. Musiktherapie mit diesem Hintergrund ist wachstumsfördernd, nährend und gewährend.

Durch die Trancesituation des einen vieltönigen Klanges können sich Wege öffnen für Erfahrungen und Bilder, die auch neue Sinndimensionen erschließen, im Sinne einer **Erweiterung des Horizonts.** In einer spirituellen Klangerfahrung kann sich der Klient mitschwingend als Teil eines größeren Ganzen erleben.

Einen Klang erleben – wer möchte nicht „im Einklang“ sein, mit sich und der Welt? – kann ein zutiefst ganzheitliches Erleben bedeuten. Was zuerst ungläubiges Erstaunen hervorruft, dass in einem Ton ein vielfarbiger reicher Klangkosmos hörbar ist, wird dann für viele eine tief tröstende Erfahrung.

Ein schwingender Weg, in dem ein nährender Reichtum steckt, wenn man sich auf ihn einlässt.

Literatur

Ausfeld-Hafter, B. (Hrsg.) (1999). *Intuition in der Medizin. Grundfragen zur Erkenntnisgewinnung. Komplementäre Medizin im interdisziplinären Diskurs.* Bern: Lang.

Bauer, J. (2006). *Warum ich fühle, was du fühlst. Intuitive Kommunikation und das Geheimnis der Spiegelneuronen.* München: Heyne.

Bossinger, W. (2005). *Die heilende Kraft des Singens. Von den Ursprüngen bis zu modernen Erkenntnissen über die soziale und gesundheitsfördernde Wirkung von Gesang.* Norderstedt: Books on Demand.

Cramer, A. (2005). Erfahrungen mit dem therapeutischen Monochord der Ton-Transfer-Therapie. In J. Dosch & T. Timmermann (Hrsg.): *Das Buch vom Monochord. Hören – Spielen – Messen – Bauen* (S. 56–73). Wiesbaden: Reichert.

Csikszentmihalyi, M. (2006). *Flow. Das Geheimnis des Glücks.* Stuttgart: Klett-Cotta.

Emoto, M. (2021). *Die Botschaft des Wassers: das Vermächtnis.* Ramerberg: EchnAton.

Frohne-Hagemann, I. (2004). Rezeptive Musiktherapie aus der Sicht der Integrativen Musiktherapie. In I. Frohne-Hagemann (Hrsg.): *Rezeptive Musiktherapie. Theorie und Praxis* (S. 307–340). Wiesbaden: Reichert.

Gindl, B. (2002). *Anklang – die Resonanz der Seele. Über ein Grundprinzip therapeutischer Beziehung.* Paderborn: Junfermann.

Hegi-Portmann, F., Hochreutener, L. & Rüdisühli-Voerkel, M. (2006). *Musiktherapie als Wissenschaft. Grundlagen, Praxis, Forschung und Ausbildung.* Zürich: Eigenverlag.

Hess, P. (2005). Der Einsatz des Monochords in der Psychiatrie. In J. Dosch & T. Timmermann (Hrsg.): *Das Buch vom Monochord. Hören – Spielen – Messen – Bauen* (S. 43–55). Wiesbaden: Reichert.

Hüther, G. (2005). Pränatale Einflüsse auf die Hirnentwicklung. In I. Krens & H. Krens (Hrsg.): *Grundlagen einer vorgeburtlichen Psychologie.* Göttingen: Vandenhoeck & Ruprecht.

Hüther, G. (2008). Über die Kunst, sein Gehirn in salutogenetische Schwingungen zu versetzen. In W. Bossinger & R. Eckle (Hrsg.): *Schwingung und Gesundheit* (S. 105–118). Battweiler: Traumzeit.

Klein, H. P. (1991). *Die „Ur-Ton"-Musiktherapie mit dem Somachord.* Verfügbar unter http://www.klangliege.net/deutsch/html/musiktherapie.html [01.07.2008].

Kloter, C. (2007). *Darf Intuition mitspielen? Die Bedeutung der Intuition in der musiktherapeutischen Arbeit.* Masterarbeit der Zürcher Hochschule.

Loos, G. K. (1995). Was wirkt in der Musiktherapie? *Musiktherapeutische Umschau, 16*(2), 165–169.

Loos, G. K. (1996). Therapeutische Liebe. In H.-H. Decker-Voigt, P. J. Knill & E. Weymann (Hrsg.): *Lexikon Musiktherapie* (S. 392–395). Göttingen: Hogrefe.

Milz, H. (1994). *Der wiederentdeckte Körper. Vom schöpferischen Umgang mit sich selbst.* München: dtv.

Nöcker-Ribaupierre, M. (2004). Zur therapeutischen Verwendung von Klängen in der frühesten Lebenszeit. In I. Frohne-Hagemann (Hrsg.): *Rezeptive Musiktherapie. Theorie und Praxis* (S. 51–64). Wiesbaden: Reichert.

Nohr, K. (2003). Die Stimmenimago. Über die Belebung innerer Resonanzräume beim Musizieren und im therapeutischen Prozess. *Musiktherapeutische Umschau, 24*(4), 345–355.

Reddemann, L. (2007). *Überlebenskunst. Von Johann Sebastian Bach lernen und Selbstheilungskräfte entwickeln.* Stuttgart: Klett-Cotta.

Rittner, S. (1997). Die Arbeit mit dem Ganzkörper-Monochord in der Musikpsychotherapie. In L. Berger (Hrsg.): *Musik, Magie & Medizin.* Paderborn: Junfermann.

Schmid, W. (2007). *Glück. Alles, was Sie darüber wissen müssen, und warum es nicht das Wichtigste im Leben ist.* Frankfurt am Main: Insel.

Siegel, D. (2014). *Das achtsame Gehirn.* Freiburg: Arbor.

Spitzer, M. (2002). *Musik im Kopf. Hören, Musizieren, Verstehen und Erleben im neuronalen Netzwerk.* Stuttgart: Schattauer.

Strobel, W. (1999). *Reader Musiktherapie. Klanggeleitete Trance, musiktherapeutische Fallsupervision und andere Beiträge.* Wiesbaden: Reichert.

Tarr-Krüger, I. (1995). Körperlandschaften und Spielräume. *Beiträge zur Musiktherapie, Band 1,* 61–65.

Timmermann, T. (1993). Geistige Hintergründe und spirituelle Dimensionen musikalischen Erlebens. *Musiktherapeutische Umschau, 14*(3), 207–218.

Timmermann, T. (2004). Erfahrungen mit dem Unterrichtsfach „Rezeptive Musiktherapie" an der Universität für Musik und darstellende Kunst Wien. In I. Frohne-Hagemann (Hrsg.): *Rezeptive Musiktherapie. Theorie und Praxis* (S. 381–398). Wiesbaden: Reichert.

Wilber, K. (2008). *Wege zum Selbst. Östliche und westliche Ansätze zu persönlichem Wachstum.* München: Kösel.

Grundlage des Artikels:

Klaus, E. (2009). Im EinKlang. Die leibmusikalische Erfahrung auf dem Liegemonochord in der Musiktherapie. MAS-Arbeit an der ZHdK. Zürich.

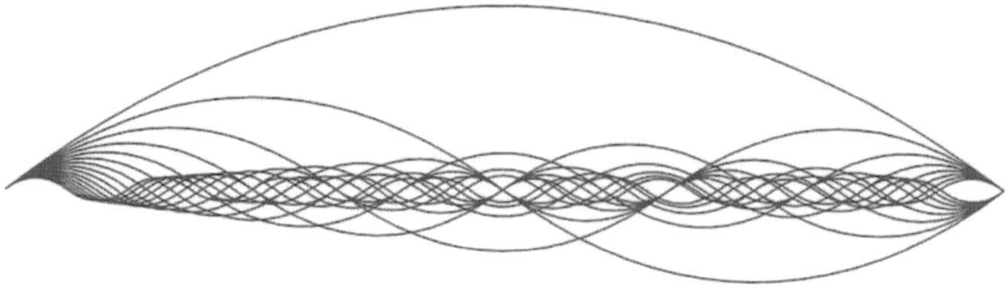

Anklang Monochord – Beziehung von Klang und Wohlbefinden

Untersuchungsreihe zur Wirkung von Interventionen mit der Monochord-Klangliege

Christoph Dachauer

„Eine feinfühlige Seele wird von Farben angesprochen,
und eine noch feinfühligere Seele vom Klang.
Mein alleiniger Ursprung ist Klang."
(Khan, 2004, S. 15)

Die vorliegende Forschungsarbeit untersucht die Variation der Befindlichkeit von 48 Probanden[1] im Rahmen eines standardisierten Settings bestehend aus fünf Monochordinterventionen. Die gesunden Teilnehmer wurden von ausgebildeten Klangtherapeuten[2] in einem naturalistischen Setting behandelt. Die Befindlichkeit wurde vor und nach der Intervention anhand eines standardisierten Fragebogens erfasst. Die erzielten Ergebnisse wurden zusätzlich in Abhängigkeit der Variablen Alter, Geschlecht und Behandler untersucht.

Die Resultate weisen auf einen signifikanten Behandlungseffekt in Bezug auf positives Wohlbefinden hin. Die Gruppe der jüngeren Probanden und die weibliche Gruppe zeigen eine stärkere Veränderung der Befindlichkeit. Zwischen den Therapeuten zeigen sich nur geringe Unterschiede im Behandlungseffekt. Die Forschungsarbeit untersucht zusätzlich in einem gesonderten Setting die persönlichen

1 In diesem Artikel werden unter der geschlechtsneutralen männlichen Bezeichnungsform alle Geschlechtsformen subsummiert.

2 Ein Musiktherapeut, der seine spezifische Berufsbezeichnung durch die Ausbildung in der Schule für Klangtherapie KLA erhält.

Erlebnisse von sechs Probanden während einer Behandlung an ihrem Arbeitsplatz. Die Ergebnisse und Limitationen werden diskutiert und Vorschläge für künftige Forschungsprojekte skizziert.

1 Einleitung

Viele Therapeuten arbeiten mit Einton-Instrumenten, wie z. B. Gongs, Klangschalen, Monochorden oder Didgeridoos. Das Monochord wurde in den 1980-er Jahren als Behandlungsinstrument in der Musiktherapie eingeführt (Timmermann, 1989; Dosch & Timmermann, 2005). Gemessen an seiner jungen Geschichte, hat das Instrument einen respektablen Platz im Feld der Therapie eingenommen. Es wird in der musiktherapeutischen Praxis zumeist zur Entspannung eingesetzt und nimmt in rezeptiven Ausbildungsteilen (Schweiz) von angehenden Musik- und Klangtherapeuten einen zentralen Stellenwert ein. Der Klang des Monochords mag immer gleich tönen, aber von den Rezipienten wird die Wirkung des Klanges sehr unterschiedlich wahrgenommen. Aus der musiktherapeutischen Praxis ergaben sich zentrale Fragen, die die Grundlage für diese Untersuchung bilden: Welche Wirkung entfaltet das Monochord bei den Zuhörenden und welche Themen finden Anklang im Rahmen einer Behandlung?

Diese Arbeit hat zum Ziel, die Wirkung des Monochords differenziert zu untersuchen. Im Fokus stehen folgende zentrale Fragestellungen:

- Welchen Effekt hat die Intervention mit einer Monochord-Klangliege auf das Wohlbefinden der Probanden im Rahmen einer Serie von mehreren Behandlungen?
- Zeigen sich alters- und geschlechtsspezifische Unterschiede in der Änderung der Befindlichkeit und gibt es Varianzen im Behandlungseffekt zwischen verschiedenen Therapeuten?
- Von welchen Erlebnissen berichten die Probanden und wie lassen sich diese Erlebnisse in bestehende theoretische Konzepte einordnen?

Im Rahmen der Forschungsarbeit werden zwei Probandengruppen untersucht. Zum einen handelt es sich um Klienten aus freien Praxen für Klangtherapie, bespielt von ausgebildeten Klangtherapeuten, zum anderen um Mitarbeitende einer Sozialinstitution, bespielt vom Verfasser dieser Arbeit.

2 Die therapeutische Arbeit mit dem Monochord

2.1 Das Monochord in der Klangtherapie und Musiktherapie

In der rezeptiven Form der Musik- bzw. Klangtherapie ist das Hören respektive Lauschen zentral. Beim Monochord – und im speziellen bei der Monochord-Liege – kommt aufgrund der vibro-akustischen Stimulation noch ein taktiler Reiz als

Wirkfaktor hinzu. Die Wahrnehmungsebenen gehen somit über das reine Hören hinaus zu einer ganzheitlichen Propriozeption. Diese Eigenschaft wird für den therapeutischen Prozess genutzt und soll aus diesem Grund folgend differenziert betrachtet werden.

Die Klangtherapie als Spezialform der rezeptiven Musiktherapie umfasst heute ein weites Feld von Methoden und therapeutischen Ansätzen. Dies beginnt beim Einsatz von einzelnen ausgewählten Frequenzen in Form von elektronischen Sinus-Tönen oder Klanggabeln und endet bei der Verwendung von natürlichen zumeist Einton-Instrumenten mit unzählig vielen Frequenzen wie beim Gong. Häufig werden diese Instrumente und einfache Lautgebungen organischen und nicht-organischen Ursprungs mit einer magischen Vorstellung und deren ursprünglicher Verwendung dem Kulturkreis von Naturvölkern zugeschrieben (Wörner, 1980, S. 27). Den klangtherapeutischen Ansätzen ist gemein (Steinbach, 1990; Silber, 2007; Beaulieu, 2012; Hess, 2010; Estermann & Hägi-Santana, 2018), dass sie die Präsentationsform bzw. die Modalität der Musik im Sinne eines gleichbleibenden Grundtones sowie die Bedeutung der Obertonreihe für die therapeutische Wirkung hervorheben. Die musiktherapeutischen Ansätze nutzen meist archaische Instrumente (wie Monochord, Gong, Didgeridoo, Klangschalen). Diese zeichnen sich nach Silber dadurch aus, dass sie weniger auf das Spielen von Melodien ausgelegt sind, sondern vielmehr obertonreiche Klänge produzieren, welche unter Umgehung des rationalen Bewusstseins in tiefere Schichten unseres Leibes und der Psyche hinabdringen (2007, S. 8). Beim Ansatz nach Steinbach (1990), auch bekannt unter der Tomatis-Methode, werden die Obertöne technisch moduliert und ab Tonträger dargeboten. Bei dieser Form der Klangtherapie handelt es sich vorwiegend um einen funktionalen Ansatz mit der Erwartung einer linearen Wirkung von Klang auf den Menschen. Bei den Methoden nach Strobel, Hess, Estermann und Hägi-Santana wird ausschließlich in einem Live-Setting mit Instrument und Therapeut gearbeitet. Die Resonanzfähigkeit des Klienten hat dabei eine unmittelbare Auswirkung auf die Spielweise des Therapeuten. Die „individuelle Einschwingung" zwischen Spielendem und Bespieltem ist ein zentrales Element der Behandlung (Silber, 2007, S. 25). Der Ansatz der Klangtherapie nach Estermann & Hägi-Santana zielt darauf, den Menschen zu ermöglichen, „zu ihrer Mitte zu finden" und so den „Zugang zu Urvertrauen und Selbstheilungskräften" zu vermitteln (2018, S. 6).

Musik hat im Gegensatz zum Spiel mit archaischen Klanginstrumenten meist noch eine kreative Komponente. Nach Meyers Taschenlexikon (1983, S. 562) geht es in der Musik um die absichtsvolle Organisation von Schallereignissen. Musik, im Sinn von μουσική = Musiké aus dem Altgriechischen, ist die Kunst der Musen, welche auch die Dicht- und Tanzkunst umfasst, in ihr geht es um die künstlerische Gestaltung des Klingenden (Pimmer, 1996, S. 3). Die Gestaltung der Abfolge von Tönen und die Zusammensetzung von Harmonien sind zentrale Elemente für die Definition von Musik. Silber (2007, S. 30) spricht in Bezug auf die westliche Musik von einer „horizontalen Abfolge" von Tönen. Das Obertonspektrum spielt hier nur eine untergeordnete Rolle. Silber führt dazu kritisch aus, dass „die westliche Musik mit den Tönen das getan hat, was Descartes mit der Natur tat: Sie hat sie abstrahiert, isoliert, sie aus ihrem natürlichen Zusammenhang herausgelöst". Der Begriff der „Funktionsharmonik" sei hier sehr passend, denn der Mensch wolle seine eigenen Abläufe in der Musik gestalten; es gehe um die Relation des Tons mit seinen Nachbartönen (2007, S. 30 ff.).

In Bezug auf die obertonreiche Musik des Ostens und der Musik früherer Kulturen hingegen spricht Silber von einem Gewährenlassen im musikalischen Prozess. Der Mensch ist beobachtender und mitschwingender Erlebender. Der Musiker gibt einen Impuls, durch welchen sich die Obertöne spielerisch im Klangraum entfalten und ist dabei gleichzeitig Schöpfer und beobachtender Teilnehmer. Töne werden nicht als getrennte Einheiten betrachtet, sondern diese schwingen immer in einem Wechselwirkungsfeld. Diesem aufklingenden Wechselwirkungsfeld wird mehr Achtung geschenkt. Der Hörende entwickelt durch das achtsame Hinlauschen ein partizipierendes Bewusstsein (ebd.). Nach Estermann und Hägi-Santana (2018, S. 5) komponiert sich das „Stück" selbst in diesem Wechselwirkungsfeld, und zwar über Resonanzprozesse zwischen Musiker und Zuhörenden, welchen die Möglichkeit geboten wird, mit der obertonreichen Klangstruktur in Resonanz zu treten.

Bei klangtherapeutischen Methoden stehen das Herbeiführen von Tiefenentspannung sowie die Steigerung des Wohlbefindens im Zentrum der therapeutischen Arbeit. Klangtrance und musikpsychotherapeutische Ansätze der klanggeleiteten Trance (Hess & Rittner, 1996, S. 401) zielen zusätzlich auf die tiefenpsychologische Deutung und Einordnung des Erlebten. Der Ansatz der Klangtherapie (KLA) nach Hägi-Santana zielt auf die Förderung der Selbstheilungskräfte und des Urvertrauens. Es steht dem Klienten offen, bei Bedarf etwas vom Erlebten mitzuteilen (Estermann & Hägi-Santana, 2018, S. 8). In dieser Arbeit wird für die Untersuchung der Monochordwirkung nach letztgenanntem Ansatz gearbeitet.

2.2 Montonale Klänge und die klanggeleitete Trance

Das Monochord – sei es in Form des Konzert-Monochords oder als Klangliege – wird in diversen Anwendungsfeldern (Klangtherapie, Musiktherapie, Musikpsychotherapie, Klangtrance, klanggeleitete Trance, Klangreisen, Wellness, schamanische Arbeit) als Medium zur Selbsterfahrung eingesetzt. Strobel (1999) nutzt das Monochord psychotherapeutisch in der klanggeleiteten Trance im Einzel- und Gruppensetting. Letztere ist gemäß Hess und Rittner (1996, S. 169) eine Sonderform der rezeptiven Musiktherapie, bei der über den Klang gezielt Trancezustände induziert und die Erfahrungen anschließend therapeutisch aufgearbeitet werden. Der Begriff Trance lässt sich definieren, als „Zustand veränderten Wachbewusstseins, der mit Hilfe verschiedener Verfahren mit unterschiedlichsten Zielsetzungen induziert werden kann und der Veränderungen der Körperfunktionen einschließt" (ebd., S. 395). Verändertes Wachbewusstsein oder *altered states of con-*

sciousness ist nach Ludwig ein Fachbegriff aus dem Englischen (1966). Diese Bewusstseinszustände können durch psychologische Stimuli, wie z. B. Reizentzug, Reizüberflutung oder über halluzinogene Substanzen, hervorgerufen werden. Die klanggeleitete Trance mittels monochromer Klänge führt nach Hess und Rittner zu einer Reduktion des Wahrnehmungsfeldes und wirkt körperlich beruhigend; die Aufmerksamkeit richtet sich auf innere Prozesse. Die Autoren nennen diesen Prozess Entase = ἔντασις, von Intensität aus dem Griechischen (1996, S. 401).

Die klanggeleitete Trance zählt nach Strobel zur passiven Trance (siehe klassische Hypnose in der Hypnotherapie nach Erickson & Rossi, 1981), in der die Klangwirkung von Ein-Ton-Instrumenten im Zentrum der therapeutischen Arbeit steht. Es kann ein außergewöhnlicher Bewusstseinszustand oder veränderter Wachbewusstseinszustand via monochromer Klänge hervorgerufen werden, bei dem das rationale Bewusstsein nicht aufgehoben, sondern lediglich transformiert wird. Strobel erwähnt in diesem Zusammenhang, dass Schamanen seit Menschengedenken solche Bewusstseinszustände über akustische Stimuli (z. B. Rassel, Trommel) für Heilzwecke nutzten (1999, S. 85). Im Rahmen dieser Arbeit sollen die Erlebnisberichte der Probanden aufzeigen, in welchem Ausmaß und in welcher Qualität die trance-induzierende Wirkung einer Monochordbehandlung erlebt und erfahren wird.

3 Archetypische Klänge und deren Anklang im Bewusstsein

3.1 Der Monochord-Klangarchetyp

Das Herbeiführen von Tiefenentspannung und Trancezuständen und das daraus ableitbare Potential für therapeutische Prozesse werden in der Theorie zur Wirkung monotonaler Klänge immer wieder hervorgehoben. Timmermann (1983, 1987) beschäftigt sich seit den frühen 1980-er Jahren mit der Wirkung monotonaler Klänge, Rhythmen, musikalischer Strukturen wie Intervalle und Skalen im Gruppensetting. Er (1987, S. 30 ff.) ordnet das Erklingen eines einzelnen Tones dem archaischen Bewusstsein (Gebser[3], 1978) zu – im Sinne eines Samenkorns, aus dem sich alle weiteren musikalische Gestalten als Abfolge entwickeln. Dieser einzelne Ton beinhaltet ein reichhaltiges Obertonspektrum, welches sich individuell entfaltet und als „Archetyp der Archetypen" bezeichnet wird (Timmermann, 1987, S. 66). Timmermann assoziiert den Klang mit dem intrauterinen Erleben, denn der Klient erfährt die vorgeburtliche Phase des Eingehülltseins in einem Klangraum (ebd.). Zur konkreten Wirkung des Klanges schreibt Strobel, „dass durch akustische Eindrücke ausgelöste Erfahrungen in der rezeptiven Musiktherapie sich oft als Erlebnisregression auf vorsprachliche Zeiten verstehen lassen" (1999, S. 85 ff.).

3 Jean Gebser (1905–1973), ein deutsch-schweizerischer Philosoph, war mit C. G. Jung befreundet. In seinem Werk „Ursprung und Gegenwart" (1978) entwickelt er eine Typologie von fünf Bewusstseinsstrukturen, die archaische, magische, mythische, mentale und integrale.

Timmermann sieht im Klang und in der Musik eine archaische, strukturierende Kraft. Diese Idee geht auf den pythagoreischen Mystiker Johannes Kepler (1571–1630) zurück, der Verbindungen harmonikaler Art zwischen Strukturen der Seele und musikalischen Intervallen und ganzzahligen Proportionen vermutete (1987, S. 65). Timmermann führt in diesem Zusammenhang den Begriff der „musikalischen Archetypen" ein (ebd., S. 64 ff.). Der Begriff steht für musikalische Muster im kollektiven Unbewussten und ruft bestimmte Assoziations- und Reaktionsmuster beim Rezipienten hervor.

Diese konzeptionellen Bezüge und die praktische Arbeit von Timmermann im Gruppensetting weckten das Interesse von Strobel (Dachauer, 2020, Anhang[4]), welcher sich infolge auf die Wirkung monotonaler Klänge spezialisierte. Er experimentierte mit der Wirkung von u. a. Gong, Ocean Drum, Monochord, Didgeridoo und führte den Begriff der „Klang-Archetypen" in die Literatur ein (Strobel, 1999, S. 103). Mit diesem Begriff wollte Strobel auf den Umstand hinweisen, dass auch im akustischen Feld „energetische Urmuster und Urkräfte" existieren (ebd.).

Archaischen Klangstrukturen bzw. Klangarchetypen werden auch von weiteren Autorinnen und Autoren eigene zeit-räumliche Qualitäten zugesprochen. Hess und Rittner ergänzen hierzu, dass die Klangarchetypen einen „bestimmten Bedeutungshof" bereitstellen (1996, S. 170), der von den Rezipienten meist intuitiv erfasst wird. Auch Oehlmann (2014, S. 81) spricht in diesem Zusammenhang von archaischen Klangstrukturen, welche spiegelbildlich der ununterbrochenen, fließenden, ewigen, alles umfassenden Zeit entsprechen und nicht rhythmisch strukturiert sind. Diese Klangstrukturen sind ungerichtet, offen, tragend und weiträumig begleitend – im Sinne von „ich bin da" mit gleichzeitiger Ausweitung oder Auflösung von Grenzen.

3.2 Das Monochord und sein Anklang in den Schichten des Bewusstseins

Strobel (1999, S. 108) weist dem Monochordklang eine einhüllende Wirkung zu, welche gleichzeitig „ozeanische Gefühle von Selbstentgrenzung" auslösen kann. Nach Timmermann (Dachauer, 2020, Anhang) hat das Monochord eine zentrierende Wirkung, weil sich die Tonhöhe nicht ändert und sich die Obertöne wie ein Mandala um einen Zentralton gesellen. Bezüglich des harmonikal-einhüllenden Klangcharakters spricht Timmermann auch von einer Sphärenharmonie, einem Äquivalent zum Lichterleben und vom Aufgehobensein in etwas Größerem. Strobel (1999, S. 85 ff.) ordnet dem Klangarchetyp explizit das Thema „Ureinheit mit der Mutter" zu. Das Monochord hat das Potential, Erfahrungen aus der Vergangenheit zu aktualisieren, welche mit diesem Themenkreis in Verbindung stehen. Diese Erlebnisse können im therapeutischen Rahmen eingeordnet werden.

Timmermann (1987) und Strobel (1988) schreiben aus teilweise tiefenpsychologischer Perspektive über die Zusammenhänge zwischen Klangstrukturen

4 Transkription eines Einzelinterviews mit Tonius Timmermann.

und Bewusstseinsinhalten. Sie nehmen in ihren theoretischen Ausführungen zur Klangwirkung auch Bezug auf Stanislav Grof (1978) und seine Konzeption der menschlichen Bewusstseinsstruktur. Dieser hat im Rahmen einer umfassenden Forschungsarbeit zur Wirkung des Halluzinogens LSD (Lysergsäurediethylamid) ein psychodynamisches Konzept und Einordnungsmodell entwickelt, um die Erfahrungen von Klienten unter LSD systematisch zu erfassen.

Grof geht von der Idee aus, dass prägende Erfahrungen in den unterschiedlichen Phasen des Geburtsprozesses zur Entwicklung von individuellen verinnerlichten Steuerungssystemen führen. Diese bezeichnet er als *Condensed Experiences* (COEX-Systeme). Es sind verdichtete Erfahrungen, die verschiedene Schichten des Bewusstseins durchdringen und zu individuellen Systemen der Selbstregulation und Verhaltenssteuerung führen.

Strobel greift in seiner Konzeption der veränderten Wachbewusstseinszustände auf das Modell von Grof zurück (Strobel, 1999, S. 87) und ordnet das Monochord der ersten perinatalen Phase zu, der vorgeburtlichen Ureinheit mit der Mutter. Dieser Zustand weist folgende Charakteristiken auf: Gefühle von Ruhe, Frieden, Glückseligkeit, Transzendierung von Zeit und Raum, Erfahrung des reinen Seins und eine Fülle von Einsichten in die kosmische Relevanz, Verbindung mit einer Unendlichkeit, universales Bewusstsein und Verlust des Ich, Gefühl von zugleich existierend und nicht-existierend, Einheit mit dem Göttlichen, Transzendierung der Dichotomie von Subjekt und Objekt, undifferenzierter ozeanischer Bewusstseinszustand, Fehlen von konkreten biologischen Elementen.

Nach Strobel (ebd., S. 109) bietet sich das Monochord an, um Blockierungen in der persönlichen Entwicklungsgeschichte sowie Themen im Zusammenhang mit der „Ureinheit mit der Mutter“ bewusstseinsfähig zu machen. In seiner theoretischen Konzeption geht er davon aus, dass verschiedene Schichten oder Ebenen des Bewusstseins auf die wahrgenommenen Klangstrukturen Antwort geben (ebd., S. 87). Strobel stellt für die Wirkung von Klang die These auf, dass ein Klangarchetyp Reaktionen in den Bewusstseinsschichten anstoßen kann und dadurch zu spezifischen Erlebnissen führt. Vor diesem theoretischen Hintergrund können beim qualitativen Erleben unter einer Monochord-Klangtrance prä- und perinatale Themen auftauchen.

Grof (1978) unterscheidet vier Bewusstseinsebenen für die Einordung der Klientenberichte unter Einfluss von LSD. Für die Klangtrance fügt Strobel diesem Modell noch drei Erfahrungsebenen hinzu und nennt dieses Modell „Schichten des Wachbewusstseins“ (1999, S. 87). Die Tabelle (Abb. 1) veranschaulicht diese sieben Schichten, welche fließend von einem „normalen Wachbewusstsein“ zu einem Zustand des „veränderten Wachbewusstseins“ übergehen:

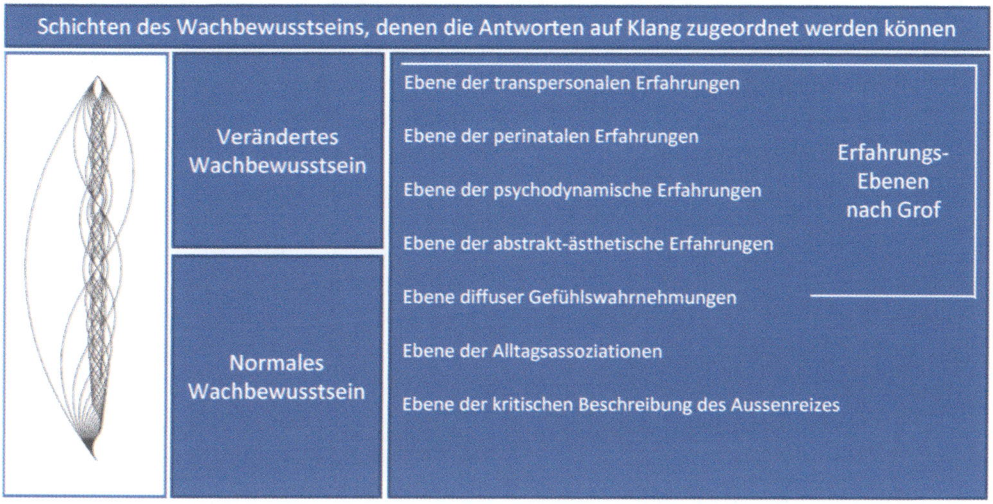

Abb. 1: Schichten des Wachbewusstseins, denen die Antworten auf den Klang zugeordnet werden können (Strobel, 1999, S. 87)

Der Klang (oder auch halluzinogene Stoffe) kann unbewusste Inhalte ins Bewusstsein rücken. Dies geschieht zumeist über Bilder, Emotionen oder körperliche Reaktionen. Strobel führt hierzu aus: „Die verschiedenen Klangstrukturen scheinen, [...] energetischen Urmustern zu entsprechen und Urkräfte darzustellen, welche ganz bestimmte Themenkomplexe im Unbewussten des Menschen anzustoßen vermögen." (1992, S. 101). Auch Hess (Silber, Hoeren & Hess, 2007, S. 163 ff.) erläutert in diesem Zusammenhang, dass Klänge nicht manipulieren, sondern über ihre Schwingung Resonanzprozesse auf körperlicher und psychischer Ebene anstoßen. Die jeweiligen Reaktionen der Menschen sind durch die individuellen Vorerfahrungen geprägt.

3.3 Wissenschaftliche Studien zur Monochordwirkung

Für die Festlegung eines adäquaten Forschungsdesigns in dieser Studie wird die Analyse bisheriger Forschungsprojekte hinsichtlich deren Studiensettings untersucht. Folgende Punkte werden analysiert: Welche Monochordtypen wurden verwendet? Wie gestaltet sich das jeweilige Untersuchungssetting? Zu welchen Erkenntnissen kommen die Studien in Bezug auf die Wirkung einer Monochordintervention?

In den letzten fünfzehn Jahren wurden gemäß vorliegender Recherche von elf unterschiedlichen Autorengruppen klinische Studien zur Wirkung des Monochords durchgeführt[5]. Die Ergebnisse werden hier verkürzt dargestellt.

5 Vgl. Gäbel, Garrido, Koenig, Hillecke & Warth, 2017; Sandler, Fendel, Busse, Rose, Bösel & Klapp, 2017; Bieligmeyer, 2016; Warth, Kessler, Kotz, Hillecke & Bardenheuer, 2015; Dill-Schmölders & Grün,

Grundsätzlich zeigt sich ein sehr heterogenes Bild im Design der Monochordstudien. Dieses spiegelt sich in der Auswahl der Instrumente und in der Darbietung des Klangs (Abspielen von Sounds ab Tonträger bis Livespiel mit mehrstimmiger Vibroakustik) wider. Hinzu kommen intuitiv gestaltete Interventionstechniken wie die Hinzunahme von verbalen Instruktionen oder das Singen. Jede Studie hat ihr eigenes Verständnis für den Begriff „Monochord". Die Klänge werden von unterschiedlichen Liegemonochorden, von Konzertmonochorden oder abgespielten Monochordsounds ab Tonträger produziert. Bei den verwendeten Liegemonochorden werden monotonale Einton-, Grundton-Quint-Oktav- bis über mehrere Oktaven gehende polytonale Stimmungen verwendet. Die Sounds in den einzelnen Studien sind sehr unterschiedlich gestaltet – während sich ein Einton-Monochord keiner Skalen bedient und nur die Obertöne des Grundtones erklingen, entwickelt sich bei den Monochorden mit Quinten und Oktaven, schon nach einem Strich über alle Saiten eine mehrstufige Stimmung mit mehreren parallel erklingenden Obertonreihen.

Zum Wirkfaktor Monochordklang lässt sich festhalten, dass dieser sehr heterogen dargeboten wird, wie z. B. über Kopfhörer, Lautsprecher, Konzertmonochord oder im Rahmen einer Live-Behandlung mit Liegemonochord. Die Studien machen wenige Aussagen über die Lautstärke, Dynamik, bewusst intonierte Skalen, Begründungen für Auswahl der Tonhöhe oder zur Stärke der vibro-akustischen[6] Stimulation, die ebenso heterogen ausfällt.

Beim Livespiel des Monochords beeinflussen spontan auftretende Übertragungs- und Resonanzprozesse das Spiel des Therapeuten und den resultierenden Klang, während eine CD den Klang statisch wiedergibt.

Die Heterogenität der verwendeten Monochordtypen relativiert aus vielerlei Hinsicht die Aussagekraft zur Wirkung.[7] Zudem müsste in aussagekräftigen Studien klar unterschieden werden zwischen Intervention mit oder ohne vibro-akustische Stimulation.

Die in den Untersuchungen verwendeten Designs (umfassende Übersicht in Dachauer, 2020) reichen vom Pilotstudiencharakter, double-blind bis zu randomisierten experimentellen Studien mit Kontrollbedingungen bzw. Vergleichsstudien.

Die therapeutische Beziehung wird in keiner dieser Studien explizit thematisiert oder als relevante Einflussgröße kontrolliert. Wie Oehlmann (2014, S. 79; auch Timmermann, 2014) erwähnt, spielt in der „neuen rezeptiven Musiktherapie"

2013; Lee & Bhattacharya, 2013; Bossert & Marz, 2012; Lee, Bhattacharya, Sohn & Verres, 2012; Kern, 2011; Rose & Weis, 2008; Rittner & Fachner, 2004; Jungaberle, Altieri, Gerloff, Kurze & Verres, 2003. Eine detaillierte Übersicht und Analyse bietet Dachauer (2020).

6 Vibroakustik im therapeutischen Setting mit dem Monochord bedeutet, dass die Schwingung des Resonanzkörpers direkt auf dem Körper des Klienten wirkt.

7 Die Studienresultate beziehen sich primär auf das jeweilige Setting sowie den jeweils verwendeten Monochordtyp. Ein erklärender Ansatz zur Wirkung von Monochordsounds müsste sich grundsätzlich auf den Einsatz von Einton-Monochorden beschränken. Timmermann spricht in diesem Zusammenhang von der Reinheit des Klanges, der mit einer Quinte oder weiteren Zusatztönen verfälscht würde (Timmermann, 2020).

die therapeutische Beziehung durchaus eine Rolle als Wirkfaktor, dieser könnte grundsätzlich mittels Befragung der Probanden gemessen werden.

Nach Peters (1996) gehört auch das Setting zur therapeutischen Beziehung. Bisherige Monochordstudien weisen z. T. labor-ähnlichen Charakter auf und *Safe-Place* wird in keiner Studie explizit thematisiert. In den untersuchten experimentellen Settings könnten nicht kontrollierte soziale Faktoren wie die Beziehung zum Behandler die Compliance beeinflussen.[8] Es stellt sich dabei grundsätzlich die Frage, welche Elemente eines Untersuchungssettings unter das Konzept der therapeutischen Beziehung subsummiert werden müssen und wie diese Beziehung als Variable kontrolliert werden kann.

Zur Monochordwirkung kann nach Dachauer (2020, S. 35) zusammenfassend festgehalten werden, dass bisherige Studien trotz unterschiedlichen Studiensettings und verwendeten Monochordtypen zu ähnlichen Resultaten kommen:

Die Monochordintervention führt zu einer Steigerung des subjektiv eingeschätzten Wohlbefindens. Der Klang kann unabhängig von der Art der Darbietung einerseits körperliche Entspannungsreaktionen hervorrufen, andererseits kann er auch mentale Prozesse in Gang setzen. Zumeist handelt es sich um einmalige Behandlungen. Es ist unklar, ob und wie lange die erzielten Effekte anhalten und ob sie bei einer nachfolgenden Behandlung in gleicher Weise auftreten.

Die vorliegende Arbeit verfolgt das Ziel, in einem hoch standardisierten Setting die Ergebnisse bisheriger Studien zu stützen. Es soll aufgezeigt werden, wie sich das Wohlbefinden der Probanden über einen längeren Behandlungszeitraum entwickelt. Im Rahmen der Behandlungsserie soll der individuelle Prozess der Probanden qualitativ nachgezeichnet werden.

4 Die Studie

Die Analyse der Monochordwirkung besteht aus zwei Teilen, für die retrospektive Untersuchung mit 48 Probanden wurde auf einen bestehenden Datensatz der Schule für Klangarbeit zurückgegriffen, für die prospektive wurden vom Autor im gesonderten Setting Daten von sechs Probanden erhoben. Die Anzahl von Probanden lässt differenzierte Aussagen bezüglich der unabhängigen Variablen wie Alter, Geschlecht und Therapeut zu. Für die qualitative Analyse von persönlichen Erlebnissen wurden die Rückmeldungen von den sechs Probanden aus dem prospektiven Setting ausgewählt. Die abschließende Diskussion soll die vorliegenden Resultate mit den theoretischen Erläuterungen in Zusammenhang bringen.

8 Um den Wirkfaktor der „therapeutische Beziehung“ zu bestimmen, müsste eine zusätzliche Kontrollbedingung komplett neutral und ohne anwesenden Behandler konzipiert sein. Dieses könnte mittels einer Selbstbehandlung mit einer elektronischen Monochord-Klangliege oder eine Intervention ohne sprachliche und visuelle Interaktion mit dem Behandler geschehen.

4.1 Methodik

Die Standardisierung sowie die aus wissenschaftlicher Perspektive gewünschte Reproduzierbarkeit von musiktherapeutischen Interventionen und deren Wirkung entspricht der Forderung an die Forschung (Tischler, 1983, S. 104). Die Methode der rezeptiven Monochordintervention bietet sich im Vergleich zur aktiven Musiktherapie mit meist dynamisch-interaktivem Dialog an, um standardisierte Untersuchungen mit größeren Fallzahlen durchzuführen. Dies ist notwendig, um den Behandlungseffekt zwischen verschiedenen Probanden zu vergleichen und statistisch erhärtete Resultate hervorzubringen.

4.1.1 Zielsetzungen und Fragestellung

Für diese Forschungsarbeit wurde ein standardisiertes und wiederholbares Untersuchungssetting zur Monochordintervention entwickelt. Untersucht wird die Entwicklung des Wohlbefindens von Probanden über eine Serie von fünf Behandlungen. Hierbei wird die Hypothese geprüft, ob es zu einer positiven Veränderung der Befindlichkeit kommt. Es soll auch der Frage nachgegangen werden, ob Alter, Geschlecht oder die Person des Therapeuten einen Einfluss auf den Behandlungseffekt haben? Für sechs Probanden wurde zudem das persönlich qualitative Erleben im Rahmen der Intervention nachgezeichnet.

4.1.2 Untersuchungsdesign

In der Studie wird ein auf F (Kammerton A = 432 Hz) gestimmtes 55-saitiges Liege-Monochord verwendet, ein monotonales Polychord mit einer Liegefläche von 190 x 80 cm. Die Probanden liegen auf einer Hirsespreumatte direkt auf dem hölzernen Resonanzkörper.

Abb. 2: Monochord-Klangliege von „Mandala Music" (www.mandalamusic.ch)

Das Monochord von „Mandala Music“ (Abb. 2) wird als Serienprodukt vom Instrumentenbauer Hans Hägi-Santana in der Schweiz fabriziert. Der Frequenzbereich des Monochords umfasst gemäß der Spektralanalyse (Dachauer, 2020, S. 38), den Hörbereich von 85 Hz bis über 20.000 Hz.

Ein Vorteil der Wahl dieses Instrumentes ist der Transfer von Forschungserkenntnissen in den Praxisalltag, da es sich um ein naturalistisches Setting mit einem verbreiteten Therapieinstrument handelt.

4.2 Die Therapeuten und die Interventionstechnik Klangtherapie KLA

In Zusammenarbeit mit der Schule für Klangtherapie KLA mit Sitz in Hellbühl (Kanton Luzern, Schweiz) wurde ein standardisiertes Behandlungssetting definiert. Die Spielweise, standardisiert und technisch einfach gehalten, entspricht der Therapieform „Klangtherapie KLA“, welche von allen Therapeuten eingehalten wird. Sie beinhaltet folgende zentrale Aspekte: 1. ein gleichmäßiges resonantes Spiel mit einer Strichdauer von drei bis fünf Sekunden über die 55 gleich gestimmten Saiten, 2. eine harmonische Entfaltung des Klangs ohne absichtliche Rhythmisierung, 3. der Spielende versucht, nicht aktiv etwas zu gestalten oder auf ein musikalisches Ziel hin zu arbeiten, 4. die Intervention umfasst eine zwanzigminütige Behandlung ohne Stimmeinsatz.

Die Bespielung der Probanden wurde von ausgebildeten, praxiserprobten Klangtherapeuten in den jeweiligen Klangtherapiepraxen vorgenommen. Zweimalig wurde durch die Ausbildungsleiter der Schule für Klangarbeit KLA hinsichtlich Einhaltung der Behandlungsform supervidiert.

4.3 Die Probanden

Alle Probanden waren gesunde Personen ab 18 Jahren ohne Vorerfahrung in der Bespielung mit dem Monochord. Sie wurden über das Studiensetting und die Monochordintervention informiert, ihnen war bewusst, dass sie Studienteilnehmer sind, deren erhobene Daten im Rahmen einer umfassenden Studie anonymisiert ausgewertet werden.

Die Gruppe A bestand aus 48 freiwilligen, welche über eine Ausschreibung (Flyer, Aushang) gesucht wurden. Diese Probanden wurden von vier ausgebildeten Klangtherapeuten KLA in den jeweiligen Klangtherapiepraxen im Zeitraum von fünf Monaten behandelt. Die Gruppe B bestand aus sechs freiwillig teilnehmenden Mitarbeitern einer sozialen Institution und wurde während dreier Monate vom Autor an ihrem Arbeitsort behandelt.

4.4 Das Setting

Es handelt sich hier um ein experimentelles Setting ohne Kontrollgruppe, bei Gruppe A geht es um ein retrospektives und Gruppe B um ein prospektives Einzel-Prä-Post-Design. Die Therapeuten führten jeweils fünf Behandlungen pro

Proband durch und nach Möglichkeit im ein- bis zweimaligen Wochenrhythmus. Die Befragung der Probanden mittels Befindlichkeitsfragebogen fand unmittelbar vor (prä) und nach der Behandlung (post) statt. Somit resultierten zwei Testwerte pro Behandlung. Es fand vorgängig kein therapeutisches Gespräch statt, aber aus ethischen Gründen wurde die Befindlichkeit mündlich erfragt. Es handelt sich somit um ein naturalistisches Setting, welches Rückschlüsse auf die Behandlungssituation in der musik- und klangtherapeutischen Praxis zulässt.

4.5 Untersuchungsablauf

Es war das Ziel, einen etablierten Fragebogen zur Messung der Befindlichkeit prä-post sowie für die Darstellung von Befindlichkeitsverläufen auszuwählen. Der oft in der klinischen Praxis verwendete Fragebogen Bf-SR' (Befindlichkeits-Skala), mit zwei Parallelformen Bf-SR und Bf-SR', wurde im Jahr 1976 durch Detlev von Zerssen entwickelt (Zerssen & Petermann, 2011). Er ist für Probanden selbständig und in kurzer Zeit vor und nach der Bespielung ausfüllbar.

Über 24 Frage-Items wird mit Gegensatzpaaren die momentane Befindlichkeit von Personen zwischen den Polen von maximaler und minimaler Befindlichkeit (starkes Unwohlsein = Maximalwert vs. hohes Wohlbefinden = Minimalwert) erfasst. Die Gegensatzpaare charakterisieren Zustände des *Zumuteseins* auf der Dimension *gesteigertes* vs. *beeinträchtigtes* Wohlbefinden. Gemäß Zerssen und Petermann (2011, S. 8) betreffen die Items die Bereiche Stimmung (*froh – schwermütig*), Antrieb (*frisch – matt*), Selbstwerterleben (*selbstsicher – unsicher*), Vitalgefühl (*schwerfällig – lebhaft*) und eignen sich für die verbale Differenzierung des Zumuteseins.

Die qualitativen Aspekte im Rahmen der Behandlung wurden mittels Ratingskala und offenen mündlichen Fragestellungen Gruppe B untersucht, welche auf das Thema Safe-Place, Atmosphäre und Alignement (sich auf Bespielung einlassen) gerichtet waren:

1. Safe Place: Die Behandlung war… (1–10) unangenehm – angenehm
2. Atmosphäre: Ich fühlte mich… (1–10) ungeschützt – geschützt
3. Alignement: Ich konnte mich… auf die Bespielung (1–10) gar nicht – sehr gut einlassen
4. Im Anschluss an diese drei Ratings bestand die Möglichkeit für eine offene Rückmeldung zu den Erfahrungen und Erlebnissen im Rahmen der Behandlung.
5. Eine weitere Rückmeldung wurde nach der 1. Bespielung mittels Nachfrage per SMS angefordert (24 Stunden Follow-up bei T1): *Wie geht es am Tag nach der Bespielung?*
6. Eine abschließende schriftliche Rückmeldung wurde nach Abschluss der fünf Behandlungen angefordert (retrospektiver Follow-up bei T5): *Was sind deine Gedanken, Erinnerungen zum persönlichen Prozess nach Abschluss der Behandlungsserie? Welche Erfahrungen hast Du gemacht?*

Bei der Auswertung der Daten werden die Fragen 1 und 2 (Fühlt sich der Proband sicher, aufgehoben und geschützt während der Behandlung?) zusammengefasst und als Indikatoren für die Safe-Place-Atmosphäre interpretiert. Die Frage 3 wird in den Auswertungen als Alignement, im Sinne von Sich-Einlassen-Können bezeichnet. Im Anschluss an die Behandlung (Punkte 4 bis 6) bestand die Möglichkeit, freiwillig über die Erlebnisse zu berichten. Dieser Teil der Datenerhebung zielte darauf, mehr über das qualitative Erleben der Probanden zu erfahren und gleichzeitig Rückschlüsse auf die Befindlichkeitsveränderungen zu ziehen.

5. Daten und Resultate

In einem ersten Teil 5.1 werden die Daten der Gruppe A ausgewertet. Nach den deskriptiven Auswertungen zum Behandlungseffekt werden die Einflussvariablen Alter, Geschlecht und Therapeut dargestellt. Die Stichprobengröße (N = 48) sichert den Signifikanzwert im wissenschaftlichen Sinn. Im zweiten Teil 5.2 werden die Befragungsdaten der Gruppe B für die Untersuchung der qualitativen Klangerlebnisse analysiert.

5.1 Quantitative Auswertung Gruppe A

Die Altersspanne der Probanden reicht von 27 bis 88 Jahren. Ca. 77 % der Probanden sind zwischen 40 und 69 Jahre alt. 79 % der Probanden sind Frauen und 21 % Männer. Die Therapeuten haben jeweils zwischen 10 bis 16 Probanden in einer Praxis behandelt. Für die Berechnung des Behandlungseffekts über die Serie von 5 Behandlungen (T1 – T5) werden die ermittelten Befindlichkeitswerte der Probanden zu den Zeitpunkten vor der Behandlungsserie (Prä T1) und beim Abschluss der Behandlung (Prä T5 und Post T5) verglichen. Der gesamte Behandlungseffekt (GBE) bezieht sich auf die Befindlichkeit nach der letzten Behandlung (Post T5) und der nachhaltige Behandlungseffekt (NBE) bezieht sich auf die andauernde Grundbefindlichkeit, gemessen anhand der Befindlichkeit vor der letzten Behandlung (Prä T5). Der angewendete t-Test prüft, ob der Zufall beim Zustandekommen der Unterschiede zwischen den Befindlichkeitswerten ausgeschlossen werden kann.

Die durchschnittlichen Befindlichkeitswerte der Probanden entsprechen beim Behandlungsstart mit T1 = 54.8 einem Normwert. Der Normbereich umfasst T-Werte zwischen 41 bis 60, mit der Grenze ($T \geq 60$) zu „leicht erhöhte Beeinträchtigung des Wohlbefindens". Nach der letzten Behandlung liegt das Befindlichkeitsniveau mit Post T5 = 46.1 weiterhin im Normbereich.

Der Verlauf der Befindlichkeit über die 5 Behandlungen (T1, T2, T3, T4, T5):

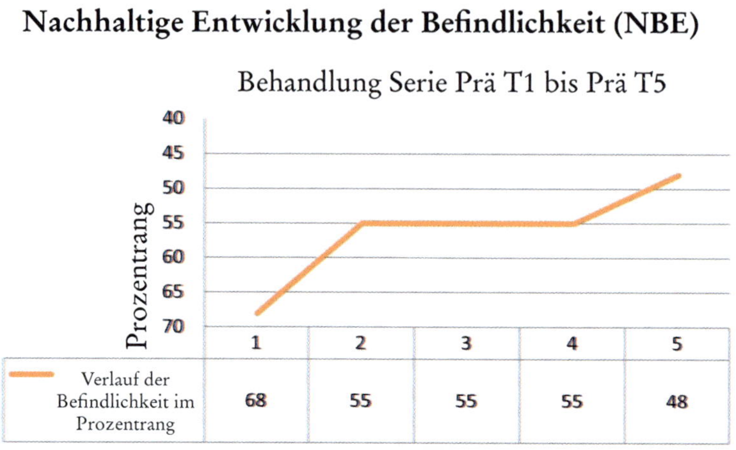

Abb. 3: Verlaufskurve für die Nachhaltige Befindlichkeit (NBE) für 48 Probanden

Die Abbildung (Abb. 3) zeigt eine stetig ansteigende Kurve für die Befindlichkeit der Probanden vor der jeweiligen Behandlung (NBE). Anfänglich haben 68 % der Normstichprobe ein besseres Wohlbefinden als die Probanden in den Klangpraxen. Im Zeitraum nach der ersten Behandlung steigt die Kurve relativ stark an, danach bleibt sie auf dem 55 %-Niveau stabil und zieht nach der vierten Behandlung nochmals an. Die Kurve als Indikator für die Befindlichkeitssteigerung zwischen den einzelnen Interventionen scheint also schon nach der ersten Behandlung etwas abzuflachen. Der Behandlungseffekt soll im folgenden Diagramm etwas genauer betrachtet werden.

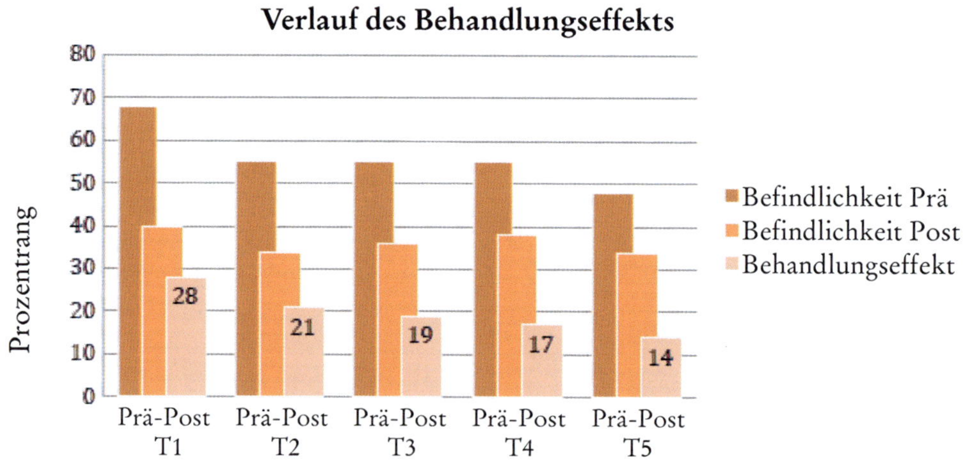

Abb. 4: Verlauf des Behandlungseffektes als Differenz im Prozentrang

Die Auswertung (Abb. 4) zum Verlauf des Behandlungseffekts über fünf Behandlungen (gemessen als Verschiebungen im Prozentrang, vgl. helle Balken mit Zahlenwerten in der Abbildung) veranschaulicht, dass der Behandlungseffekt pro Behandlung im Verlauf der Zeit abnimmt. Die dunklen Balken (Befindlichkeit Prä) zeigen, dass das Ausmaß der Beeinträchtigung des Wohlbefindens über die Behandlungsserie sinkt. In anderen Worten: Das positive Wohlbefinden hat sich stetig erhöht und der Behandlungseffekt hat sich über die Serie hinweg verringert.

Der t-Test, der feststellt, ob die Mittelwerte der Befindlichkeit sich vor und nach der Intervention zufällig unterscheiden, ist für sämtliche Mittelwertsvergleiche signifikant. Mit einer Irrtumswahrscheinlichkeit von $p < 0{,}1\ \%$ (und $p < 1\ \%$ für T4) kann damit ausgeschlossen werden, dass die Behandlungseffekte zufällig entstanden sind.

Zusammenfassung

Das ermittelte durchschnittliche Wohlbefinden für die 48 Probanden in den Klangpraxen hat sich im Rahmen der Behandlungsserie gesteigert. Ein positiver und signifikanter Behandlungseffekt (Reduktion der Beeinträchtigung des Wohlbefindens) zeigt sich zu jedem Behandlungszeitpunkt. Der Effekt ist in der ersten Behandlung am stärksten. Eine positive Veränderung der Befindlichkeit ist auch über die weiteren vier Behandlungen zu beobachten. Das Wohlbefinden bleibt nachhaltig auf einem um 18 Prozentränge erhöhten Befindlichkeitsniveau. Es handelt sich dabei um eine positive Veränderung in den Bereichen Stimmung, Antrieb, Selbstwerterleben und Vitalgefühl. Die Werte zum Wohlbefinden bleiben vom Behandlungsbeginn bis Abschluss innerhalb eines Normbereichs.

Noch stärker zeigt sich der gesamte Behandlungseffekt (GBE) zwischen der Startbefindlichkeit (Prä T1) und der Befindlichkeit nach der letzten Behandlung (Post T5) mit einer Verschiebung vom Prozentrang 68 auf 34. Der positive Effekt der Behandlung scheint grundsätzlich nachhaltig zu sein (zumindest für die Zeiträume von 1–2 Wochen zwischen den Behandlungszeitpunkten). Den Nachweis hierzu liefern die steigenden Werte zum Wohlbefinden bzw. der Grundstimmung vor der jeweiligen Bespielung (Prä T1–T5).

5.1.1 Der Einfluss der Variable Therapeut auf den Behandlungseffekt

Die Analysen fokussieren dabei auf die Grundstimmung gemessen anhand des nachhaltigen Behandlungseffekts (NBE) mit den Zeitpunkten Prä T1 und Prä T5. Die Abbildungen zeigen die Resultate dieser Analysen.

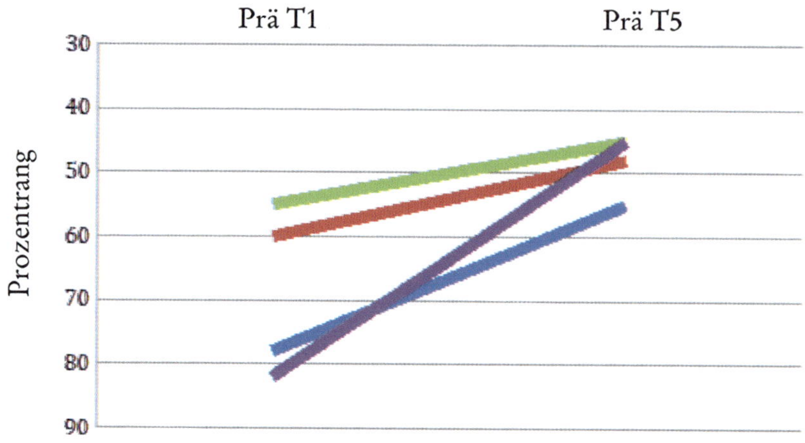

Abb. 5: Behandlungseffekt nach Therapeut (Prozentrang).
TH_1 blau, TH_2 rot, TH_3 grün, TH_4 lila.
Zeitraum Start bis vor letzter Behandlung

Die Abbildung (Abb. 5) veranschaulicht, dass es zu einer Konvergenz der Befindlichkeit kommt. Diese steigt im Kontext mit allen Therapeuten und scheint sich vor der letzten Behandlung in einer Region rund um den Prozentrang 50 einzupendeln. Die Baseline zwischen den Therapeuten ist unterschiedlich. D. h., die Probanden in der einen Praxis des TH_4 haben im Schnitt ein höheres Missbefinden als die Probanden in der Praxis des TH_3. Die Daten zeigen, dass der Behandlungseffekt beim Therapeuten mit Probanden mit beeinträchtigtem Wohlbefinden stärker ausfällt als bei der Gruppe mit höherem Wohlbefinden. Es sind Unterschiede im Behandlungseffekt zu beobachten, es kann aber nicht behauptet werden, dass die Therapeuten mit unterschiedlichem Erfolg therapieren. Das Auftauchen dieser Unterschiede kann teilweise durch die unterschiedlichen Befindlichkeiten in den Gruppen (hohes/geringes Missbefinden) zu Beginn der Untersuchung erklärt werden. Auszuschließen ist nicht, dass die Therapeuten mit unterschiedlichem Erfolg behandeln und mit der gleichen Gruppe zu unterschiedlichen Behandlungsresultaten kämen.

5.1.2 Der Einfluss der Variable Alter auf den Behandlungseffekt

Die Ergebnisse weisen eine Differenz vom Startwert T1 bis zum Zeitpunkt vor der letzten Behandlung Prä T5 auf und verdeutlichen damit den nachhaltigen Behandlungseffekt bzw. die Zunahme des Wohlbefindens für die zwei Probandengruppen. Ein leicht stärkerer Anstieg (23 Prozentränge) ist für die Gruppe der bis 50-Jährigen im Verhältnis zu der über 50-Jährigen (18 Prozentränge) zu beobachten. Der zusätzlich ausgeführte t-Test[9] lässt den Schluss zu, dass das Ausmaß der positiven Veränderung der Befindlichkeit über die Behandlungsserie für beide Gruppen etwa gleich groß ist. Der Verlauf der Grundbefindlichkeit wie auch der Behandlungsef-

9 Eine detaillierte Betrachtung der Daten bei Dachauer (2020, S. 55 ff.).

fekt ist über die fünf Behandlungen betrachtet für die ältere Gruppe etwas stetiger, für die jüngere Gruppe etwas volatiler. 21 % der Probanden sind Männer und 79 % Frauen. Die Ergebnisse für den t-Test für den nachhaltigen und gesamten Behandlungseffekt sind sowohl bei Frauen als auch Männern signifikant.

5.1.3 Der Einfluss der Variable Geschlecht auf den Behandlungseffekt

Das Ausmaß der positiven Veränderung der Befindlichkeit zwischen Startwert (Prä T1) bis zum Zeitpunkt vor der letzten Behandlung (Prä T5) für die Frauen und Männer ist deutlich. Die Frauengruppe hat ihr Wohlbefinden um 20 Prozentränge gesteigert, die Männergruppe um 9 Prozentränge.

Der t-Test für die Bestimmung der Unterschiede zwischen den Geschlechtern im Behandlungseffekt ist nicht signifikant.

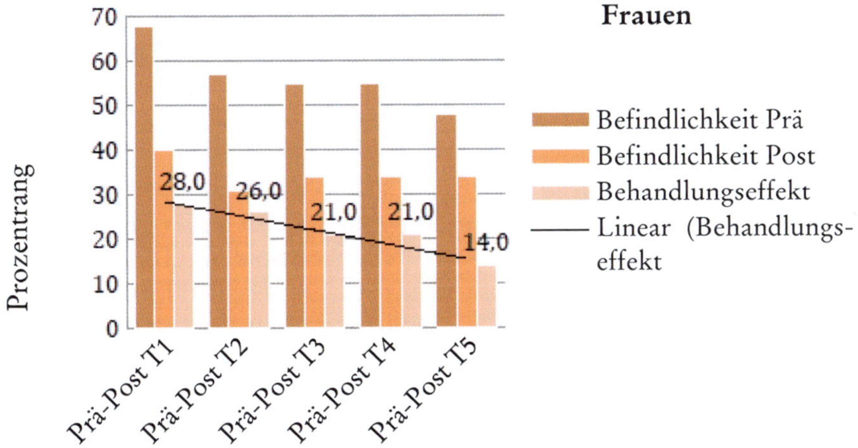

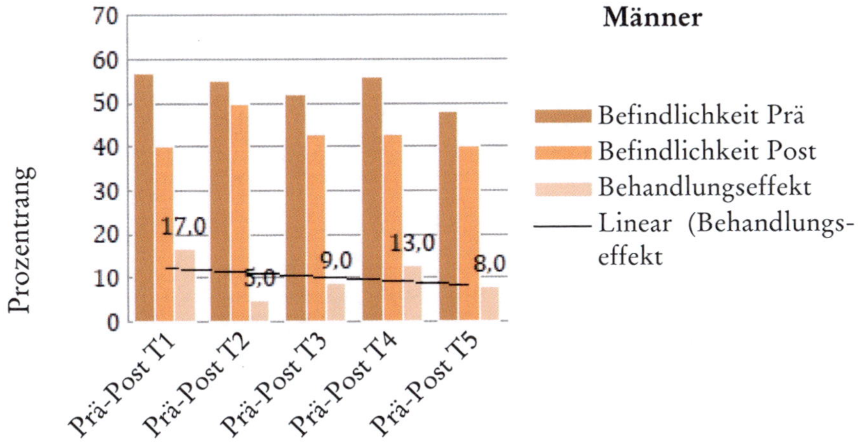

Abb. 6 und 7: Befindlichkeitsverlauf und Behandlungseffekte für T1 bis T5 nach Geschlecht

Durch die Balkendiagramme (Abb. 6 und 7) ist ersichtlich, dass für Frauen höhere Werte für den Behandlungseffekt resultieren und die Beeinträchtigung des Wohlbefindens im Verlauf der Behandlungen stärker abnimmt als bei den Männern. Bei letzteren zeigt sich in der ersten Behandlung ein hoher Behandlungseffekt, in den anschließenden Behandlungen fällt dieser Wert tiefer aus. Bei den Frauen hingegen scheint es keinen Abfall im Behandlungseffekt zu geben. Es muss hierbei berücksichtigt werden, dass die Baseline bzw. der Ausgangswert (T1) bei den Frauen 10 Prozentränge höher liegt (Start T1 = 68) als bei den Männern (Start T1 = 57).

Zusammenfassung

Die Behandlungsserie zeigt für beide Altersgruppen und für beide Geschlechter eine positive Veränderung der Befindlichkeit. Die Steigerung des Wohlbefindens vom Start bis nach der letzten Behandlung umfasst einen Wertebereich von 17 Prozenträngen für die Männer und 34 Prozentränge für die Frauen.

Bei den unter 50-Jährigen umfasst der Zuwachs des Wohlbefindens 35 Prozentränge und bei den Älteren 30 Prozentränge. Der Behandlungseffekt (Differenz der Prä-Post-Werte) für die Gruppen ist hoch signifikant. Hingegen sind die Unterschiede zwischen jüngeren und älteren Probanden sowie Frauen und Männern nicht signifikant. D. h., zwischen Jung und Alt zeigt sich keine statistisch nachweisbare Differenz in der Veränderung des Wohlbefindens. Für Männer und Frauen zeigt sich ein Unterschied im Behandlungseffekt. Mit einer Wahrscheinlichkeit von 16,7 % ist auch dieser Effekt eher zufällig entstanden. Dennoch sind in der deskriptiven Betrachtung der Verlaufskurven Unterschiede im Behandlungseffekt zwischen Alt und Jung sowie zwischen Frauen und Männer zu beobachten

Es können nur Vermutungen angestellt werden, warum diese Unterschiede auftreten. Die Lebenserfahrung und das gesetztere Alter können hierbei einen großen Einfluss ausüben und Männer reagieren möglicherweise weniger sensitiv auf eine Behandlung mit dem Monochord. Es müssen auch Limitierungen in der Aussagekraft der Studien bezüglich der Heterogenität in der Geschlechterverteilung beachtet werden. Nur zwanzig Prozent der Probanden sind Männer, und somit sind die Resultate bei der Variable Alter vorwiegend auf den Effekt bei Frauen zurückzuführen. Bei der Gruppe 50+ sind nur fünf Männer und zwanzig Frauen vertreten. Die Bf-SR‘ Fragebogen-Daten der 48 Probanden liefern statistisch und wissenschaftlich wertvolle Erkenntnisse

5.2 Quantitative Auswertung Gruppe B

Bei den sechs Probanden handelte es sich um gesunde, leitende Mitarbeiter sowie Betreuer einer Wohnstiftung, die sich während ihrer Arbeitszeit für die Klangbehandlung zur Verfügung stellten. Die Teilnehmer wurden fünfmal über den Zeitraum von etwa drei bis vier Wochen bespielt. Das Arbeitsplatzsetting war im Vergleich zur Gruppe A mit den interessierten und intrinsisch motivierten Klienten in der Praxis kein naturalistisches Setting, sondern hatte einen experimentellen Charakter. Der Behandlungsablauf gestaltete sich wie für Gruppe A.

Für Gruppe B zeigt sich ein differentes Bild bezüglich der Veränderung der Befindlichkeit über die Behandlungsserie. In der zweiten und dritten Behandlung sind überraschend hohe negative Veränderungen in der Befindlichkeit zu beobachten. Die Werte zum Wohlbefinden bleiben über die ganze Serie hinweg im Normbereich. Die weiteren Analysen sollen aufzeigen, warum es zu diesem Resultat kommt.

5.2.1 Wirkfaktor Untersuchungssetting

Die Behandlungsatmosphäre sowie die persönliche Bereitschaft, sich auf die Behandlung einzulassen, sind elementare Wirkfaktoren in einer Behandlungssituation und können die Richtung des Behandlungseffekts positiv und negativ beeinflussen. In einem ersten Schritt werden die nach der Behandlung gestellten Anschlussfragen (Fragen 1–3) analysiert.

5.2.2 Der Safe-Place

Die erste Frage nach der jeweiligen Behandlung bezog sich auf das Empfinden des Settings und der mündlichen Nachfrage, ob die Behandlung eher unangenehm oder angenehm war und ob sich die Person eher ungeschützt oder geschützt/aufgehoben gefühlt hat (Rating 1–10). Diese beiden Fragen werden für die Auswertung unter dem Begriff „Safe-Place-Atmosphäre“ zusammengefasst.

Der Verlauf der erzielten Werte deutet darauf hin, dass die Behandlungen in einer als „sicher“ und „angenehm“ eingeschätzten Atmosphäre abgehalten wurden. Die Atmosphäre scheint bei diesen Probanden keinen negativen Einfluss auf den Behandlungseffekt auszuüben.

5.2.3 Das Alignement

Wie gut konnten sich die Probanden auf die Behandlungssituation einlassen? Der Verlauf des Alignements lässt die Vermutung zu, dass sich die Probanden unterschiedlich gut auf die Behandlung einlassen konnten. Ein Wert von knapp 7 von 10 möglichen Punkten für die erste Behandlung zeugt von einer gewissen Hemmung, sich auf das Behandlungssetting einlassen zu können. Der Wert steigt nach der ersten Behandlung. Dies kann ein Kennlerneffekt bzw. die Integration der Erfahrung aus der ersten Bespielung sein. Danach sinkt der Wert beinahe wieder auf Ausgangsniveau. Ein wahrscheinlicher Grund für die Schwankungen im Alignement könnte das Setting am Arbeitsplatz sein. Die Behandlungen wurden während des Arbeitsalltags durchgeführt und fanden im Rahmen des institutionellen Settings des Wohnheims statt. Das Alignement und die qualitativen Forschungsergebnisse werden im Folgenden für jeden Fall einzeln betrachtet.

5.2.4 Die Fall-Vignetten[10]

Proband Männlich 1 (25 Jahre)

Es zeigen sich in der Behandlungsserie durchweg Verbesserungen im Wohlbefinden. Auffällig ist das sehr schwankende Grundbefinden, das Alignement ist ebenfalls sehr schwankend. D. h., Männlich 1 konnte sich nicht in jeder Serie gleichermaßen auf die Bespielung einlassen. Für diesen Probanden schien die Behandlung teilweise zu einer emotionalen Stabilisierung beizutragen. Die Befindlichkeitswerte vor der Bespielung sind über die Behandlungsdauer gesehen sehr schwankend. In Momenten hoher emotionaler Aktivität (Stress, Unruhe vor der vierten Behandlung) schien die Behandlung einen starken Effekt Richtung positive Befindlichkeit zu haben. Hierbei zeichnet sich eine drastisch anmutende Prozentrang Verschiebung von 95 % auf 21 % ab. Der Fragebogen Bf-SR‘ dokumentiert, dass er sich *guter Dinge* und *optimistisch* einschätzte und *eher ausgeglichen*, *geliebt* und *lebendig* fühlte. Gleichzeitig aber auch *ziellos*, *ernst*, *grüblerisch*, *träge*, *erschöpft*, *ängstlich* und *kraftlos* – viele dieser Einschätzungen waren begründet in seiner beruflichen Situation (aktuell bevorstehende Beförderung, Übernahme von Verantwortung). Nach der Behandlung schätzte sich der Proband eher *aufgeschlossen* statt *gehemmt*, *zielstrebig* statt *ziellos*, *heiter* statt *ernst*, *sorglos* statt *grüblerisch*, *aktiv* statt *träge*, *kraftvoll* statt *kraftlos*, *erholt* statt *erschöpft*, eher *unerschrocken* statt *ängstlich* ein. Es kam durch die Behandlung zu positiven Verschiebungen in den Bereichen Stimmung, Antrieb und Vitalgefühl. Grundsätzlich zeigt sich für Männlich 1 in jeder Behandlung ein positiver Behandlungseffekt.

Nach Abschluss schrieb der Proband Folgendes:

> „Nach der ersten Monochordbespielung war ich in einem richtigen Hochgefühl. Ich fühlte mich leichtfüßiger, ausgeglichener, zufriedener und zielgerichteter. Während der Bespielung sah ich violette Farbennebel vor Augen, was mich überraschte. Auch war mein Eindruck, dass ich etwa vier bis fünf Tage brauchte mich wieder etwas zu erden. Habe mich dabei aber immer wohl gefühlt.
>
> Bei der zweiten Bespielung war die Farbennebelreise am intensivsten, ebenfalls immer in einem violetten/blau/weißen Ton. Danach fühlte ich mich entspannter und zentrierter, jedoch blieb das intensive Hochgefühl aus. Die nächsten Bespielungen empfand ich aber nicht mehr so intensiv wie zuvor. Zudem hatte ich das Gefühl, dass die Wirkung schneller wieder abklingt. Teilweise habe ich direkt nach der Bespielung mein Gegenüber als abgegrenzter oder etwas entrückter erlebt. Grundsätzlich erlebte ich die Monochordbespielungen als angenehm, entspannend und zentrierend. Die Tage direkt nach den Bespielungen habe ich mich als geerdeter erlebt. Auch war es jeweils von meiner eigenen Befindlichkeit abhängig, wie gut ich mich darauf einlassen konnte. Hierbei möchte ich erwähnen, dass keine neuen Prozesse ausgelöst wurden, sondern ich mich bei den vorhandenen geführter und aufgrund des Bauchgefühls entscheidungsfreudiger und sicherer fühlte.“

10 Für eine detaillierte Darstellung der Fall-Vignetten wird auf Dachauer (2020, S. 66 ff.) verwiesen.

Der Proband äußert sich primär zu Erlebnissen auf der Ebene der Imaginationen und der Gefühle und etwas geringer zu Körperempfindungen. In den meisten Behandlungen treten Farbwahrnehmungen auf. Die Intensität dieser scheint mit dem jeweils rückgemeldeten Grad des Alignement über den Bespielungsverlauf zu korrelieren. Und das Alignement wiederum wird vom Ausmaß der emotionalen Belastungen bzw. Stärke der Affekte vor der Behandlung beeinflusst. Bei diesem Probanden liegt die Vermutung nahe, dass das Monochord eine beruhigende Wirkung auf die Affektlage hatte und der Grad der Entspannung positiv mit der Intensität der Farbwahrnehmung korrelierte. Zum Körperschema ist anzumerken, dass sich der Klient nach der Behandlung wie „high und 10 cm über Boden" fühlte. Am Tag nach der Bespielung verspürte er ein vitaleres Eigenerleben. Der Proband schien die Behandlung weitgehend im normalen Wachbewusstsein zu erleben. Das Ausmaß und die Intensität der visuellen Wahrnehmungen (Farbwahrnehmungen) im Rahmen der Behandlung scheinen mit seiner persönlichen Affektlage zu korrelieren. Die wolkenartigen Gebilde in Verbindung mit den Farbwahrnehmungen können der Ebene der abstrakt ästhetischen Erfahrungen (s. o. Bewusstseinsschichten nach Strobel) zugeordnet werden. Aufgrund der SMS-Rückmeldung zur Wirkung der Behandlung am Tag nach der 1. Bespielung („...dass es mir sehr vieles aufschließt") kann davon ausgegangen werden, dass in der Bespielung auch psychodynamische Prozesse angestoßen wurden. Der Proband erlebte während der Monochordintervention auch Phasen von verändertem Wachbewusstsein.

Probandin Weiblich 1 (46 Jahre)

Bei Weiblich 1 ist nur in der 4. Behandlung ein klar positiver Behandlungseffekt ersichtlich. In der Serie T1 und T2 zeigen sich eher negative Effekte auf das Wohlbefinden.

Eine genauere Analyse der Bf-SR'-Fragebogen-Items für die Serie T2 verdeutlicht, dass sich die Probandin nach der Behandlung *eher träge*, *müde*, *ziellos*, *gleichgültig* einschätzte und einige Antworten in die Kategorie „weder-noch" zugeteilt wurden. Dennoch fühlte sich die Probandin nach der 2. Intervention *zugewandt*, *zufrieden* und *ausgeglichen* und *guter Dinge*. Die Behandlung scheint einen starken Effekt auf die körperliche Befindlichkeit und Vitalität gehabt zu haben. Dies wirft doch einige Fragen bzgl. dem Messinstrument Bf-SR' auf, die in der Diskussion angegangen werden.

Weiblich 1 berichtet mehrheitlich von Erlebnissen auf der kognitiven Ebene und auf der visuellen Sinnesebene. Körperliche Beschwerden „etwas liegt auf dem Magen" wurde in einem traumartigen Zustand „rausgespuckt". Sie oszillierte oft zwischen innerem Festhalten und Loslassen. Intensive Farbwahrnehmungen kamen in der dritten Bespielung auf – dies ist auch die Behandlung mit dem höchsten Alignementwert (T1–T5: 6 – 7,5 – 10 – 6 – 6). Die Probandin kam jeweils vor oder unmittelbar nach ihrem Arbeitsstart in die Behandlung. Dieser Zeitpunkt hatte einen starken Einfluss auf den Behandlungsverlauf und die Erlebnisse. Die Arbeitslast und anstehende Pendenzen reduzierten die Bereitschaft, sich auf die

Bespielung einzulassen, dies zeigen nicht nur die Alignementwerte, sondern bestätigen auch ihre eigenen Äußerungen im Anschluss an die Behandlung.

Aktuelle sowie die Erwartung kommender Ereignisse können ein wichtiger Prädiktor für das Alignement sein und beeinflussen den resultierenden Behandlungseffekt. Zum Abschluss der Behandlung schrieb Weiblich 1:

> „Die Behandlungen haben mir ein Gefühl von Tiefenentspannung und Geborgenheit vermittelt. An den Behandlungstagen hatte ich in der folgenden Nacht einen unruhigen Schlaf. Am Tag danach war ich trotz unruhigem Schlaf sehr energiegeladen und positiv gestimmt. Rückblickend konnte ich mich in zwei Behandlungen nicht auf die Klänge einlassen und da hatte ich auch meinen gewohnt ruhigen Schlaf. Ansonsten war die Behandlung faszinierend und eine gute Erfahrung für mich."

Probandin Weiblich 2 (25 Jahre)

Für Weiblich 2 ist in jeder Behandlung eine Verbesserung des Wohlbefindens nachweisbar. Dies äußerte sie auch jeweils nach den Behandlungen. Die Probandin hatte im Vorfeld großen Respekt vor den zu erwartenden Effekten der Behandlung. Dies zeigt sich im Alignement-Rating mit dem Wert 4 für die erste Sitzung. Auch die Einschätzung des Safe-Place ist relativ niedrig mit 7 Punkten. Das Alignement zeigt anschließend höhere Werte, das Vertrauen in die Methode schien gestiegen zu sein. Die Probandin berichtete, dass sie seit der Behandlung weniger Kopfschmerzen verspüre, einen ruhigeren Schlaf und weniger Menstruationsbeschwerden habe. Weiblich 2 konnte zudem ein rezidivierendes Angstthema für sich besser einordnen. Nach Abschluss der Behandlung schrieb Weiblich 2 Folgendes:

> „Vor der ersten Bespielung hatte ich starke Angst, was mich erwartet. Nicht vor Bespielung selbst, sondern was geistig und psychisch dadurch ausgelöst wird. Dass statt Ordnung Chaos passiert. Was ich grundsätzlich verspürte, waren körperliche Schwingungen. Die wahrgenommenen Schwingungen haben sich von Mal zu Mal verändert. Diese waren während der Bespielungen, ein Kitzeln in den Füssen, ein nicht mehr Wahrnehmen der Körpergrenzen oder ein tiefer Herzschlag im Bauchbereich.
>
> Ungewollt kam ich dennoch teilweise in einen Trancezustand. Eine lieblich singende Frau, welche ich hörte, empfand ich als sehr beschützend. Ein ständig wiederkehrender Rauch-Ring hingegen störte mich in meinem Dasein.
>
> Nach den Bespielungen fühlte ich mich meist etwas high. Ein schwebendes Gefühl, Gelassenheit und eher unkonzentriert. Es dauerte etwas, bis ich wieder in den Arbeitsalltag starten konnte.
>
> Ein tief verankertes Problem zum Thema „Ablehnung" konnte ich im Rahmen der Behandlungen auf ein Minimum reduzieren und ein Stück Versöhnung erleben.
>
> Grundsätzlich würde ich die Monochordbespielung als Therapieform wieder begehen, jedoch außerhalb der Arbeit. Dies aus dem Grund, dass es mir schwer fiel, von den eher stressigen Gedanken an die Arbeit in kurzer Zeit Abstand zu nehmen und das Erleben während der Intervention nachwirken zu lassen."

Die Behandlungsserie war für Weiblich 2 sehr wertvoll, um in einem persönlichen Thema einen Schritt weiterzukommen. Die therapeutische Beziehung wirkte als gute Basis für das hier notwendige Nachgespräch in Hinsicht auf die Klangwirkung und den Umgang mit der Angst.

Das Monochord mit seinem Klangarchetyp „Verbindung mit der Ur-Mutter“ hat in diesem Prozess einen starken Anklang gefunden und zu einem ungelösten Urthema geführt, das sich als konflikthafte Beziehung zwischen der Probandin, ihrer biologischen Mutter und ihrer eigenen Gebärmutter herausstellte. Sie konnte dieses mit Erfolg bearbeiten.

Proband Männlich 2 (57 Jahre)

Für Männlich 2 zeigen sich eher untypische Behandlungseffekte. Während in der ersten Behandlung eine leichte Zunahme des Wohlbefindens resultiert, zeigt sich in der Serie 2 und 4 eine starke Verschiebung zu einem Missbefinden. Die qualitativen Berichte können hier möglicherweise eine Erklärung liefern.

Männlich 2 hat beim Alignement eher niedrige Werte (Alignementwerte T1–T5: 7.5 – 6 – 6 – 6 – 6), während die Werte für Safe-Place sehr hoch sind. Er kam jeweils über die Mittagszeit von der Arbeit und schien fokussiert und zielstrebig. Während der Behandlung trat eine Tiefenentspannung mit teilweisen Schlafphasen ein, was sich im Bf-SR‘ anschließend in Befindlichkeitswerten wie z. B. *träge*, *müde*, *ziellos*, *gleichgültig*, *zerstreut*, *ernst*, *antriebslos* äußerte. Diese Werte werden als Beeinträchtigung des Wohlbefindens klassifiziert. Auch hier sind die Resultate zum negativen Behandlungseffekt, mit Vorsicht zu betrachten. In der Bespielung zeigen sich starke Behandlungseffekte, aber das Grundbefinden scheint über den Zeitraum sehr stabil zu sein.

Männlich 2 berichtet jeweils von intensivem Bildererleben. Die Daten verweisen auf eine starke Befindlichkeitsveränderung in der 4. Behandlung. Er berichtet das erste Mal über die körperliche Wahrnehmung der Klänge, was die Vermutung zulässt, dass eine körperliche Resonanz entstanden ist. In der Serie T5 erlebt der Proband unter Klangtrance eine körperliche (sinnbildliche) Verschmelzung mit einer Pflanze, was auf ein Erleben im veränderten Wachbewusstseins hindeutet.

Zusammenfassend zum Prozess hat Männlich 2 sich mündlich geäußert:

> „Der Grad der Entspannung war bei mir abhängig von der Tageszeit – ich kann mir vorstellen, dass man sich vor, während oder nach der Arbeit jeweils unterschiedlich auf die Behandlung einlässt. Ich habe jeweils versucht, Lösungen zu finden für Themen, welche in Zusammenhang mit der Arbeit stehen. Die Behandlung war für mich ein Anstoß zur bewussten Wahrnehmung von muskulären Verspannungen und deren Lockerung im Körper, bei mir oberhalb des Leistenbereichs und im Nackenbereich.“

Probandin Weiblich 3 (51 Jahre)

Die Daten zu Weiblich 3 veranschaulichen – ähnlich wie bei Männlich 1 – sehr unterschiedliche Behandlungseffekte mit Zu- und Abnahme des Wohl- bzw. Missbefindens. Weiblich 3 konnte sich gut auf das Behandlungssetting einlassen (Alignementwerte T1–T5: 8 – 8 – 7 – 9 – 7). Niedrige Alignementwerte hingen gemäß ihren Aussagen mit Stressoren im gegenwärtigen persönlichen Umfeld zusammen. Sie schien stark auf die Behandlung zu reagieren und erzählte sehr bildhaft von ihren Erlebnissen. Weiblich 3 war immer sehr neugierig und fühlte Vorfreude vor der jeweiligen Sitzung. Sie berichtet von visuellen Erscheinungen und schien, jeweils sehr schnell in phantastisch anmutende Bildwelten einzutauchen. In ihrem Bilderleben erscheinen Köpfe in verschiedenen Größen und Erscheinungen. In ihren Schilderungen von visuellen, kaleidoskopähnlichen Phänomenen finden sich gleichzeitig Lösungen für anstehende Probleme, so dass es während der Klangphasen zu intensiven Alltagsverarbeitungsprozessen kommt. Ähnlich wie Männlich 2 scheint sie Ebenen des veränderten Wachbewusstseins zu erleben.

Nach Abschluss der Behandlung schrieb die Probandin:

> „Neue Erkenntnisse habe ich eigentlich keine. Aber ich fand es immer sehr effektiv und wirkungsvoll bei innerer Unruhe und Nervosität oder Konzentrationsschwierigkeiten. Nach der Behandlung empfand ich mich ruhiger, fokussierter und grundsätzlich positiv gestimmt.“

Probandin Weiblich 4 (62 Jahre)

Weiblich 4 hatte nur eine Behandlung mit einem Alignementwert von 6. Die Daten zeigen einen negativen Behandlungseffekt.

Die Behandlung wird von der Probandin grundsätzlich als erholsam eingeschätzt und die Safe-Place-Atmosphäre mit 8.5 als sehr angenehm eingestuft. Gemäß der mündlichen und schriftlichen Rückmeldung war das persönliche Erleben im Rahmen der Behandlung sehr intensiv und tiefgreifend. Die Behandlung hatte einen regressiven Effekt und rückte ein Thema in den Vordergrund, dem sie sich lange Zeit nicht gestellt hatte und auch in diesem Moment nicht stellen wollte. Weiblich 4 hat einen Migrationshintergrund, musste als Kind aus der Region Tibet flüchten. Es existiert ein tagebuchähnlicher Nachtrag, welchen die Probandin aus eigener Motivation verfasst hat und anschließend für die Studie zur Verfügung stellte. Hier wird der gesamte Text wiedergegeben:

> „Montag: Monochordsitzung
>
> Den Fragebogen (vor der Behandlung) auszufüllen, bereitete mir Vergnügen und fiel mir leicht. Meine Grundstimmung war neugierig und leicht angespannt, wie es auf einer Abenteuerreise sein sollte. Die Wahl mit oder ohne die Decke zu liegen, fand ich super.
>
> Nach den ersten Klängen dachte ich, zwanzig Minuten ruhig zu liegen, werde ich als eher lang empfinden. Meine Atmung war wie immer gut spürbar, der Puls etwas

schneller als üblich, ansonsten alles klar. Augen offen behalten oder schließen? Sie fielen automatisch zu.

Nach diesem kurzen Checkup ließ ich mich auf die ersten Klänge ein und blitzschnell katapultierte es mich zurück in die Kindheit, in eine andere Welt. Begleitet vom Vater, Hand in Hand, war ich als 4-Jährige unterwegs zum Kloster. Dort ließen wir uns wie üblich auf Kissen nieder und lauschten den Klängen der singenden und musizierenden Mönche und Lamas. Ich war laut Aussagen anderer ein äußerst wildes Kind, sogar für tibetische Verhältnisse. Im Kloster sei ich auffallend beseelt und ausgeglichen geworden. Die vielen Klosterbesuche sowie unser beider ausgelassene Fröhlichkeit verbanden uns für immer.

Ich fühlte Wehmut und Sehnsucht und gebot mir, mich aus der Situation zu lösen. Ich fokussierte mich auf meinen Atem, der erstaunlich und ungewohnt flach war, und spürte, wie der Körper nur linksseitig die Klangwellen aufnahm. Dies beschäftigte mich eine gute Weile, doch eher wissenschaftlich.

Erneut befand ich mich plötzlich wieder in Tibet, nahe an meiner Urquelle. Den langen, aber unbeschwerlichen Weg zu Fuß, obwohl ich üblicherweise die Weite und Weitsicht dabei genieße, mochte ich diesmal nicht begehen. Ich katapultierte mich direkt zur Quelle, doch der Platz blieb unscharf. Irritiert, ratlos und leicht unwillig stand ich der Ursache gegenüber. Ich verspürte tiefes Bedauern, und verließ den Platz.

Nun spürte ich wieder meinen flachen Atem, der anscheinend genügte, um am Leben zu bleiben. Meine rechte Körperseite spürte inzwischen von der Schulter bis zum unteren Brustkorb die Tonwellen.

Eine Sekunde lang befand ich mich als Fünfjährige auf der Flucht. Bitterkalt, vor mir nur die eisige weiße Landschaft, lief ich aufwärts, Richtung einem bereits ersichtlichen Pass des Himalayas. Die Gefühle waren erstarrt, das Ziel klar – ich riss mich aus der Situation raus.

Mein Körperempfinden fand ich unverändert vor. Das rechte Auge öffnete sich ungewollt ganz kurz.

Ich stand im Büro der Mitarbeiterin M. gegenüber. Sie hatte ein persönliches Problem, für das ich bis anhin keine befriedigende Antwort fand – jetzt, in dieser entspannten Form, kam die Lösung automatisch, absolut klar und perfekt. Ich war froh, ihr dies anbieten zu können und wunderte mich, weshalb mir dies bis anhin nicht einfiel.

Die zwanzig Minuten waren um. Sie erschienen mir wie fünf bis acht Minuten.

Dasselbe Frageformular füllte ich halb benommen aus und stellte schmunzelnd fest, dass die Antworten sich innerhalb zwanzig Minuten sehr verändert haben.

Ich fand mich nicht in die „alte" Form zurück, trotz Klopfen auf der Brust. Die zwei Mal dreißig minütige Autofahrt mit fünfzehn Minuten Pause war ein irrsinniger kräfteraubender Stress und ich fühlte mich danach erschöpft. Ich setzte mich trotzdem hinter den Computer und erledigte gefühlsmäßig unbeteiligt die Korrespondenzen und Aufgaben. Zuhause erzählte ich meinem Mann über meine veränderte Wahrnehmung. Er stellte sie von außen ebenfalls fest. Ich ging wie gewohnt mit dem Hund am See spazieren. Die Umgebung, trotz Beinahe-Vollmond dünkte mich düster-kühl und unfreundlich. Ich schrieb dies dem verhangenen Himmel zu, der das Wasser sich dunkelgrau färben ließ. In der Nacht wachte ich zweimal unerklärlich auf, normalerweise schlafe ich tief durch. Die Nacht war ruhig und traumlos.

Dienstag:

Anstatt zweier Hohlräume im Oberkörper spürte ich plötzlich nur noch einen grossen, durch den der Atem ganz flach durchfloss. Eine bewusste Steuerung war nicht möglich. Ich fühlte mich antriebslos, bei reduzierter Anteilnahmefähigkeit und Körperwahrnehmung. Die Arbeit erledigte ich gewissenhaft, fühlte mich unbeteiligt, abgegrenzt, ohne die Abgrenzung wirklich wahrzunehmen.

Am Abend testete ich meine Leistungsfähigkeit mit einem einfachen Computerspiel. Geahnt, aber doch überrascht, gelang es mir nur noch die Hälfte der Leistung zu erbringen. Auch die Freude am Spiel blieb aus.

Nochmals thematisierte ich es mit meinem Mann. Er bestätigte meine Vermutung, dass ich eventuell in eine leichte depressive Form eingetaucht bin und dort verharre. Kaum bestätigt, fühlte ich mich wieder ein Stück wohler. Wellenförmig spürte ich mein „altes“ Ich wieder und die Fußsohlen begannen zu kribbeln.

Diese Nacht schlief ich wieder durch.

Mittwoch:

Der wellenförmige Zustand blieb bis zum Feierabend. Die Thematik und Problemlösung für eine Mitarbeiterin fällt mir bis heute nicht wieder ein. Am Abend ruft meine Freundin mich an, die ich von Tibet her kenne und fragt, ob wir gemeinsam nach Tibet reisen wollen.

Fragestellung: Kann ich es halten oder nicht? Ist der Zeitpunkt richtig? Kann er es halten oder nicht? Muss ich alles mitmachen, nur weil ich es spannend finde?“

Die Schlussfragen von Weiblich 4 verweisen darauf, dass ein tiefgreifender Prozess angestoßen wurde und fraglich war, ob der Zeitpunkt und das Setting (die Bespielung im Rahmen einer Studie) passend waren. Der Behandler hat regelmäßig mit der Probandin über ihr Erleben und das Befinden gesprochen. Das Erlebnis konnte über einen Zeitraum von ca. 5 Tagen gut verbarbeitet werden. Die Probandin wirkte in dieser Zeit ruhig und entspannt. Sie entschied sich danach, die Sitzungen nicht weiterzuführen.

Die Behandlung führte zu Veränderungen des Körperschemas während und auch nach der Klangerfahrung (Asymmetrien in der Körperwahrnehmung), beeinflusste die persönliche Gemütslage und die Wahrnehmung ihres persönlichen Umfeldes. Die Affektverflachung und der Empathieverlust kann als eine temporäre depressive Symptomatik umschrieben, als autonomer Schutzmechanismus oder als dissoziative Reaktion in Verbindung mit dem Fluchttrauma verstanden werden.

Der Bericht von Weiblich 4 ist eine differenzierte Schilderung der Erlebnisse in den Tagen nach der Behandlung. Der Bericht liefert viel Material für eine tiefenpsychologische Analyse, welche den Rahmen dieser Arbeit übersteigt. Die retrospektiv aufgezeichneten Erlebnisse mit biographischen Anteilen und Symbolik können als eine Condensed Experience (COEX-System nach Grof, 1978) betrachtet werden. Die Behandlungssituation mit dem Monochordklang hat die Probandin direkt mit diesem Kindheitserleben verbunden. D. h., eine in den Schichten des Bewusstseins mit starken Emotionen und intensiven Erlebnissen verankertes Thema hat auf den Klang geantwortet und ist in voller Stärke ins Bewusstsein getreten.

Zusammenfassung der Fall-Vignetten

Die Rating-Skalen zum Alignement weisen gewisse Schwankungen auf. Die Probanden sind in unterschiedlichem Ausmaß bereit, sich auf die Behandlung einzulassen. Dies zeigt sich sowohl in den Werten zwischen den Serien als auch in den Rückmeldungen zum Erleben. Eine mögliche Interpretation ist, dass zeitnahe und die Affektlage betreffende Ereignisse am Arbeitsplatz einen starken Einfluss darauf hatten, je bedeutender (d. h. wichtig und dringend) die betreffenden Themen waren, desto weniger konnten sich die Probanden auf die Intervention einlassen. Es dauerte entsprechend länger, bis sie im Rahmen der Bespielung in einen entspannten Zustand gelangten. Der Übergang vom Arbeits- zum Behandlungssetting und zurück war für die Studienteilnehmer teilweise herausfordernd.

Zu den Erlebnisberichten kann zusammenfassend festgehalten werden, dass sich Probanden neben den körperlichen Reaktionen auf den mentalen Ebenen vorwiegend zu abstrakt-ästhetischen Erlebnissen äußerten, letztere wurden diffus und nicht direkt fassbar alltagsbezogen wahrgenommen. Teilweise begannen psychodynamische Prozesse, die von den Probanden nicht bewusst gesteuert werden konnten.

Das Monochord hat das Potential trotz „Arbeitsplatzsetting" mit einer Spieldauer von zwanzig Minuten tiefgreifende Prozesse anzustoßen und zu tief entspannenden Phasen zu führen. Die Berichte der Probanden belegen das im Rahmen dieser Studie. Die Klänge scheinen u. a. im ersten Moment auch leichte Ängste auszulösen. Oftmals wurde von Gefühlen des Kontrollverlustes und ungewolltem Hinübergleiten in den Schlaf berichtet. Die Probanden beschrieben bildhafte Erscheinungen, von abstrakten Farbwahrnehmungen bis zu realen Personen, fließenden Übergängen zu Phantasiegestalten, metaphysisch anmutenden Tempelgebäuden und Begegnungen mit phantastischen Pflanzen.

Gleichzeitig existierten auch Momente, in denen ein Gefühl von Anklang und Resonanz ausblieb. Meist wurde diese ausbleibende Resonanzerfahrung (der Klang klingt nicht an) in den ersten fünf bis zehn Minuten erlebt. Eine zumindest kurze Phase des Abtauchens war bei allen Probanden zu beobachten.

In der Monochordbehandlung wurden unterschiedliche Bewusstseinsebenen angesprochen. Dies können biographische Themen sein, welche wie bei Weiblich 4, als eine starke Kindheitserinnerung (Flucht, Tibet) auftauchte, und wie bei Weiblich 2 durch Mutter-„Gebärmutter"-Beziehung. Es werden sehr wache, präsente Momente geschildert mit bewusstem Wahrnehmen der Vibroakustik und deren Wirkung auf den Körper (Innen- und Außenreize). Die Probanden berichten auch von wachen, mentalen Prozessen wie dem Abarbeiten von Pendenzen. Themen scheinen sich bei jedem Probanden individuell zu zeigen.

Im Rahmen der kurzen Zeit von zwanzig Minuten beginnen teilweise intensive Verarbeitungsprozesse und die Probanden gelangen in Zustände von verändertem Wachbewusstsein. Es bleibt unklar, wann welche Themen auftauchen. Eine systematische Einordnung der Berichte könnte etwas Licht in diese geschilderten Erlebnisse und Bewusstseinsinhalte bringen.

Von mehreren Probanden wurde die Veränderung des Zeiterlebens geschildert. Die Wahrnehmung von linearer Zeit und Zeitempfinden scheint sich zu verändern. Die Zeit der Bespielung wurde meist als kürzer empfunden. In tranceähnlichem Zustand erschienen oftmals unbekannte Personen, Gesichter und auch deformierte Gestalten. Bei Männlich 2 sind es eher schleierhafte Gestalten, bei Weiblich 3 eher Personen mit großen Köpfen, bei Weiblich 2 der Rauchring. Im Rahmen der Monochordintervention gelangten die Probanden auch zu Antworten auf akute persönliche Fragestellungen in diversen Lebensbereichen.

Trotz einer teilweise negativen Veränderung der Befindlichkeit berichteten die Probanden von einer nachhaltigen Wirkung hinsichtlich Entspannung, Fokussierung und Vitalisierung.

Die Analyse der Verschiebungen der Fragebogen Bf-SR' Wertepaare hat aufgezeigt, dass trotz quantitativ gleichbleibenden Befindlichkeitswerten (d. h., die Summe der Werte Prä-Post-Behandlung bleiben gleich) ein qualitativer Behandlungseffekt vorhanden ist. Es kommt zu Verschiebungen bei den Wertepolaritäten von einem Pol zum anderen, welche sich gegenseitig, als Rohwert berechnet, wieder aufheben, oder es kommt zu Verschiebungen bei den „Weder-noch“ Kategorien, welche sich quantitativ nicht auf den Befindlichkeitswert niederschlagen.

6 Ergebnisse, Schlussfolgerungen und Ausblick auf den Monochordanklang

Ausgangspunkt für die Studie war die Untersuchung der Entwicklung des Wohlbefindens von Probanden über eine Serie von fünf Behandlungen in einem standardisierten Setting. Hierbei wurde auch der Frage nachgegangen, ob es im Rahmen einer Behandlungsserie zu positiven Veränderungen der Befindlichkeit kommt und welche qualitativen Erlebnisse eine solche Behandlung mit sich bringen kann.

6.1 Analyse zum Wohlbefinden

Die Resultate der Monochordintervention zeigen für die Probanden in den Klangpraxen durchweg eine positive Veränderung in der Befindlichkeit mit signifikanten Werten. Die Anzahl von 48 Probanden in einem standardisierten Untersuchungssetting führt zu einem statistisch aussagekräftigen Nachweis. Ein Behandlungseffekt ist in jeder Behandlung nachzuweisen. Den größten Zuwachs an positiver

Befindlichkeit findet sich in der ersten. Eine Behandlungsserie wirkt nachhaltig positiv und stabilisierend auf die Grundbefindlichkeit.

Die Resultate zeigen Unterschiede im Behandlungseffekt bezogen auf Alter und Geschlecht. Die Analysen deuten daraufhin, dass die Frauen und die Gruppe der unter 50-Jährigen etwas sensitiver auf die Intervention reagieren (bei der Generalisierung von Aussagen zum Behandlungseffekt muss beachtet werden, dass mehr Frauen an der Studie teilnahmen und das Alterssegment der 40- bis 70-Jährigen stark übervertreten war).

Die vier geschulten Klangtherapeuten KLA schienen ähnliche Behandlungseffekte zu erzielen. Der Unterschied in der Behandlungswirkung war primär auf die Zusammensetzung der Probandengruppe zurückzuführen. Die Ausgangsbefindlichkeit der Probandengruppen zu Beginn der Untersuchung variiert relativ stark. Der Behandlungseffekt war für diejenige Probandengruppe am stärksten, welche mit geringerem Wohlbefinden die Behandlungsserie begann. Trotz unterschiedlichen Wohlbefindens zu Beginn zeigt sich eine Konvergenz der Befindlichkeit für die Teilnehmer. Die Therapeuten scheinen somit, ähnliche Ergebnisse erlangt zu haben.

Das Untersuchungsdesign hatte zum Ziel, möglichst viele Einflussfaktoren zu kontrollieren. So wurde in allen Behandlungen das gleiche Monochordmodell genutzt. Alle Therapeuten wendeten die standardisierte Spielmethode der Klangtherapie KLA in ihrer Praxis an. Die Frage, ob diese Vorgabe im Ablauf auch einen Einfluss auf die Gestaltung der therapeutischen Beziehung hatte, kann hier nicht beantwortet werden. Es ist jedoch davon auszugehen, dass das Vertrauen in den Behandler und die Behandlungssituation eine wichtige Voraussetzung für den Behandlungseffekt war.

Das Behandlungssetting, welches kein therapeutisches Gespräch vorsah, und die therapeutische Beziehung, in dieser Untersuchung primär definiert über das gemeinsame vertrauensvolle Lauschen zum Klang und dem Hinspüren zur Klangwirkung, waren relevant für das Alignement und den persönlichen Prozess, wie die qualitativen Analysen für die sechs Mitarbeiter des Wohnheims aufzeigen. Das sich vertrauensvolle Einlassen auf den Prozess, vermittelt über die Persönlichkeit des Therapeuten und die Atmosphäre, lieferte das Fundament für ein gelingendes Alignement und die eigenständige Bearbeitung von persönlichen Themen.

Während die Behandlungssituation am Arbeitsplatz grundsätzlich als Safe-Place beurteilt wurde, war die Herstellung des Alignements für die Probanden oftmals herausfordernd. Eine mögliche Erklärung hierzu ist, dass im Rahmen der Behandlung nicht genügend Freiraum (zeitlich und physisch) für den persönlichen Prozess vorhanden war. Ein weiterer Faktor für das fehlende Alignement kann der Bias in der therapeutischen Beziehung gewesen sein, d. h., dass die Beziehung zwischen Probanden und Behandler sich verzerrte aufgrund der bestehenden Arbeitsbeziehung (Behandler als Arbeitskollege und Therapeut). Dieser Umstand ist auch aus den schriftlichen Rückmeldungen der Probanden in der Gruppe B ersichtlich.

Der Therapeut liefert den Rahmen für den Prozess des Probanden und der Klang wirkt gleichzeitig als Verstärker in der Beziehung zwischen Proband und

Therapeut. In der rezeptiven Methode mit dem Monochord rückt der Therapeut als Projektionsfläche für Übertragungen in den Hintergrund. Die Rückmeldungen zeigten, dass die Probanden ihre Themen weitgehend autonom im Rahmen des Monochordspiels bearbeiteten.

Der Klang hat eine verstärkende, ordnende und klärende Wirkung im persönlichen Prozess. Diese Sichtweise entspricht dem harmonikalen Ansatz in der Musik- und Klangtherapie, so wie ihn auch Timmermann (Dachauer, 2020, Anhang) vertritt. Es kann nicht abschließend beurteilt werden, ob das Monochord aufgrund seiner obertonreichen, harmonikalen Struktur diese Behandlungseffekte auslöst.

Bei einzelnen Probanden kann es zu einer negativen Veränderung der Befindlichkeit führen, statistisch fallen solche zwar nicht ins Gewicht, aber diese Fälle müssen im Einzelfall therapeutisch begleitet werden.

Der Fragebogen umfasste verschiedene Befindlichkeitsdimensionen wie die Stimmung, Antrieb, Selbstwerterleben und Vitalgefühl. Verschiebungen innerhalb dieser Dimensionen wurden in der Studie nicht erhoben. Die Befindlichkeitsveränderung wurde anhand der Test-Wert-Differenzen „Prä-Post" gemessen. Ein niedriger Differenzwert weist grundsätzlich auf einen ausbleibenden Effekt auf die Grundbefindlichkeit hin. Die detaillierte Analyse verdeutlichte, dass sich im Rahmen einer Behandlung die Werte-Polaritäten verschoben und sich ein Behandlungseffekt ergab. Eine retrospektive Analyse der Polaritätsverschiebungen in den Frage-Items erlaubt einen tieferen Einblick in die Wirkung einer Behandlung. Dieser nicht erfasste Behandlungseffekt im Fragebogen Bf-SR' sollte in ähnlich gelagerten Prä-Post-Studiensettings berücksichtigt werden.

6.2 Verknüpfungen zwischen Klang und Bewusstsein

Der Klang des Monochords führt zu Resonanzprozessen auf unterschiedlichen Bewusstseinsebenen. Dieser Prozess wird über die Berichte der Probanden nachgezeichnet. In der theoretischen Konzeption zur Musik- und Klangwirkung nehmen Strobel und Timmermann, wie bereits erwähnt, Bezug auf Grof. Er entwickelte auf der Basis der Wirkung von LSD bei 3800 Probanden eine Topographie des Bewusstseins und kommt zu der Erkenntnis, dass dieser Wirkstoff ein hochwirksamer unspezifischer Verstärker oder Katalysator biochemischer und physiologischer Prozesse im Gehirn ist. Die undifferenzierte Aktivierung ermöglicht das Aufdecken von unbewussten Persönlichkeitsanteilen. In der Anwendung von LSD und den einhergehenden Erlebnisberichten existiert eine hohe Variabilität. Diese wird zurückgeführt auf die unspezifische Wirkung des LSDs und dessen Interaktion mit biologisch-sozial-ökologischen Faktoren wie Persönlichkeitsstruktur des Probanden sowie des Therapeuten und innere und äußere Umstände.

Nun könnte im obigen Text, in einem vielleicht streitbaren, aber nicht minder ernsthaft gemeinten Versuch, das Wort „LSD" durch das Wort „Monochordklang" ersetzt werden, denn die tranceinduzierten Wahrnehmungen ähneln phänomenologisch der Wirkung von LSD.

Was Grof in seinen Vorstudien auffällt, ist die „außerordentliche Verschiedenheit der individuellen Reaktionen“ der Probanden. Es scheint keine klare pharmakologische Wirkung von LSD auszugehen, Wirkungen und Symptome sind inter- und intraindividuell sehr verschieden. Diese individuellen, unspezifischen Phänomene können auch bei der Klangwirkung des Monochords beobachtet werden.

Grof (2002, S. 31 ff.) beschreibt z. B. die Veränderung der visuellen Wahrnehmung unter LSD mit dem Aufflammen von Lichtern, geometrischen Figuren, komplexen Bildern von ganzen Personengruppen oder Tieren. Die visuellen Wahrnehmungen in der Monochordtrance treten bei geschlossenen Augen auf, während diese unter LSD auch bei geöffneten Augen wahrgenommen werden. Vergleichbar sind Klangerleben und LSD-Wirkung auch hinsichtlich der Veränderungen des Körperschemas sowie der Verzerrungen in Zeit- und Raumwahrnehmung.

Die Monochordintervention wie auch die Wirkung von LSD führen zur Beschleunigung von Denkprozessen, zu Bewusstseinserweiterungen bzw. zur Transformation des Wachbewusstseins bis hin zu traumähnlichen Zuständen und können in mystischen Erfahrungen münden. In beiden Interventionen sind das Set und Setting (innere und äußere Umstände) wichtige Einflussfaktoren für das Erleben.

Weitere Parallelitäten in der Wirkung zeigen sich bei der Tendenz zur Regression in verschiedenen Phasen der eigenen Lebensgeschichte sowie im veränderten Zeiterleben. So wird z. B. die Zeit als beschleunigt oder verlangsamt wahrgenommen, oder das lineare Zeitempfinden löst sich auf und Vergangenheit, Zukunft und Gegenwart fallen zusammen. Den Wirkungen gemeinsam ist auch das Gefühl der ozeanischen Selbstentgrenzung, die Verschmelzung mit dem oder ein Sich-Auflösen im Raum.

Es bestehen aber auch graduelle Unterschiede in der Wirkung der zwei Methoden. Zur spirituellen Wirkung von LSD werden Erlebnisse von Tod, Wiedergeburt, Vereinigung mit einer göttlichen Quelle, die Idee von früheren gelebten Leben oder auch die Begegnung mit Dämonen beschrieben. Die katalytische Wirkung des Monochords für solche Erlebnisse ist eher gering, doch der Erlebnisbericht von Probandin Weiblich 4 auf ihrem Weg zur Quelle bzw. Urquelle weist auf eine spirituelle Wirkung hin. Das Erleben von spirituellen Dimensionen im Rahmen einer Monochord-Intervention scheint stark vom persönlichen Hintergrund und dem individuellen Zugang zu spirituellen Themen abhängig. Ein angenehmes, sicher anmutendes Umfeld ist nach Grof insbesondere für spirituelle Erlebnisse relevant. Beim Monochord wie auch unter LSD lässt sich dies über eine gute Safe-Place-Atmosphäre, eine tragende therapeutische Beziehung und eine innere Erlebnis- und Reisebereitschaft von Klient und Therapeut etablieren.

Starke emotionale Ausbrüche oder Affekte kommen unter dem Einfluss von Monochordklängen weniger vor, während diese bei LSD häufig in extremer Weise auftreten (Euphorie, lautes Lachen, tiefe Gefühle von Frieden oder auch Angst und Panikattacken).

Auf der körperlichen Wirkungsebene werden unter LSD Phänomene beschrieben, welche im Vergleich zu den körperlichen Phänomenen im Rahmen einer

Klangbehandlung eher konträr anmuten. Grof schildert phänomenologische Polaritäten von psychomotorisch starker Erregung bis zu gehemmten, katatonischen Zuständen. Heftige Bewegungen sind beim Monochordklang selten der Fall, beim Eintreten von körperlicher Entspannung ist ähnlich wie beim Einschlafen ein gelegentliches Zucken des Körper zu beobachten. Das Auftreten einer katatonischen Starre trat in Einzelfällen auf, bildet aber die Ausnahme.

LSD wie Monochord aktualisieren individuelle, biographisch bedingte Themenkomplexe, wobei der Klang eine sanftere Themenhinführung gestaltet.

Zusammenfassend sollen hier die zentralen Erkenntnisse der Arbeit festgehalten werden:

Die Monochordbehandlung hat immer eine Wirkung und diese ist unspezifisch. Auf welchen Ebenen und in welchen Schichten des Bewusstseins das Monochord Anklang findet, ist bestimmt durch das Behandlungssetting, die aktuellen Umstände sowie durch die Biographie des Klienten vom uterinen Erleben bis in die Gegenwart. Das Ausmaß der unspezifischen Wirkung ist jeweils abhängig von der Offenheit zum Behandlungssetting und für die Wirkung von Klang.

Zum Abschluss soll eine Hypothese zur Wirkung von Klang formuliert werden:

Klang wirkt unspezifisch als Katalysator auf verschiedenen Ebenen des leib-seelischen Daseins und kann die Reaktionsgeschwindigkeit von psychophysikalischen Prozessen beschleunigen. Die harmonikale Grundstruktur des Verstärkerreizes (Monochordklang) führt zu Resonanzprozessen auf leib-seelischer Ebene, welche im Nachklang zumeist als wohltuend, klärend und das Wohlbefinden steigernd empfunden werden.

6.3 Kritik und Ausblick

Es gibt einige Faktoren, welche zuzüglich des Behandlungssettings einen Einfluss auf den Behandlungseffekt haben könnten, die aber in der Auswertung nicht berücksichtigt wurden, wie z. B.:

- Tageszeit der Behandlung
- Ereignisse vor dem Zeitpunkt der Behandlung
- Belastungen im Alltag
- Soziale Erwünschtheit in der Beantwortung des Befindens
- Unklarheit, wie gut das eigene Befinden beurteilt werden kann.

Diese Faktoren sollten in weiterführenden Studien als zusätzliche Einflussgrößen berücksichtigt werden.

Der Einfluss des Wirkfaktors therapeutische Beziehung ist in dieser Studie teilweise berücksichtigt, wurde aber nicht umfassend operationalisiert. In den einleitenden Worten zu den Wirkzusammenhängen wurde auf die Bedeutung dieses Faktors hingewiesen. Durch das standardisierte Setting wurde versucht, die Variation der therapeutischen Beziehung möglichst klein zu halten. Im Forschungsteil wurde die therapeutische Beziehung über das Thema Safe-Place und Alignement erfasst und kontrolliert.

Offen bleibt dennoch, welchen Einfluss die emotionale und psychische Verfassung des Behandlers in Form von Übertragungen auf den Probanden hat, in welchen Momenten der Behandler im Spiel eine Stütze ist und wo vielleicht ein eigener Prozess den des Probanden hindert. In den Momenten des Zusammenklingens sind möglicherweise viele Anteile des Behandlers involviert und können das gegenseitige Vertrauen in die Behandlung beeinflussen. Ein standardisiertes Protokoll mit der Beschreibung des Verlaufs und der Wahrnehmung von Gegenübertragungen könnte die Auswertungen bereichern.

Der Bf-SR' Fragebogen erfasst unmittelbar nach der Behandlung eine Befindlichkeit, welche sich erfahrungsgemäß in den Folgestunden noch stark ändern kann. Die Wertepaare im Fragebogen zur Zielgerichtetheit, Antrieb, Einfallsreichtum, Aktivität und Fokus eignen sich unmittelbar nach einer Behandlung nur bedingt, das Wohlbefinden adäquat zu erfassen. Denn nach einer Phase von tiefer Entspannung mag man antriebslos, ziellos, einfallsarm etc. sein, aber dennoch in einer angenehmen, gelösten Stimmung. Für die Bestimmung eines nachhaltigen Effekts wäre ein Follow-up mit dem Messzeitpunkt 24 Stunden nach der Behandlung indiziert.

Im Rahmen dieser Studie war das Alignement der Probanden einerseits atmosphärisch als Übertragungsphänomen zu spüren, andererseits schien sich die fehlende innere Bereitschaft zur Behandlungssituation auch im Klangverhalten des Monochords über einen dumpf und statisch wirkenden Klang zu zeigen. Das Kontrollverhalten der Klienten war als konkordante Übertragung auch im Spielfluss des Therapeuten subjektiv wahrnehmbar. Wie könnten diese Phänomene untersucht und dazu vertiefte Erkenntnisse gewonnen werden? Als konkrete These wird davon ausgegangen, dass die hör- und messbare Breite des aufscheinenden Obertonspektrums sowie die Dynamiken im Klang, wie z. B. die feststellbaren Skalenwechsel auf den Obertonskalen, als Hinweise auf psychodynamische Prozesse beim Klienten verstanden werden können. Diese Interpretation des Klanggeschehens entspricht einer phänomenologischen Sichtweise auf Klang, welche den Monochordklang als Verstärker der momentanen leib-seelischen Verfassung des Klienten (und Therapeuten) versteht. Solchen klanglichen Resonanzprozessen sollte auch gemäß Silber (2007, S. 25 ff.) mehr Beachtung geschenkt werden.

Für die fundierte Erforschung dieser Wirkzusammenhänge wäre es notwendig, möglichst viele ableitbare Signale in der Behandlungssituation zu erfassen und mittels statistischer Verfahren korrelierende Aspekte zu finden. Die erfassten Signale umfassen dabei biologische Signale (wie z. B. EEG, EKG, Hautleitfähigkeit) von Probanden und Therapeuten sowie zeitliche parallel erfasste Audioaufnahmen des Monochordklangs.

Die Suche nach Korrelationen zwischen den biologischen Messwerten und den Audioaufzeichnungen (mittels Vergleich der biologischen und Audiofrequenzwerte im Zeitverlauf) könnte neue Zusammenhänge zur Monochorwirkung aufzeigen. Die Methode für Audioanalysen im Zeitverlauf ist die Fast-Fourier-Transformation, welche aber sehr rechenaufwändig ist und viel mathematisches Knowhow benötigt.

In dieser Arbeit sind biologische und neurologische Erklärungsmodelle zur Wirkung von Klang über das Hörorgan nicht vertieft behandelt. Es ist davon auszugehen, dass das Feld der Neurologie und der Einsatz von technischen Hilfsmitteln zur Ableitung von Biosignalen künftig einen großen wissenschaftlichen Erklärungsbeitrag zur Monochordwirkung liefern kann.

6.4 Topographie des Anklangs in den Schichten des Bewusstseins

Ein zentrales Anliegen dieser Arbeit war, den Fokus vermehrt auf psychodynamische Prozesse zu richten und die Erlebnisberichte der Probanden im Rahmen der Monochordintervention systematisch zu erfassen. Ein mögliches Modell für die Einordnung der Erlebnisse sind die Bewusstseinsstufen nach Strobel (Abb. 1, Tabelle).

Als Abschluss dieser Arbeit wird ein retrospektiver Zuordnungsversuch der Probandenerlebnisse aufgeführt. Dieser quantitative Approach soll als Grundidee für künftige, prospektiv orientierte Studien verstanden werden: Rückmeldungen und Erlebnisse der sechs Probanden wurden inhaltlich analysiert. Daraus ließen sich gesamthaft siebzig Einzelerlebnisse bestimmen (z. B. Farbwahrnehmung, Vibrationswahrnehmung, Auftauchen von Gestalten). Die folgende Abbildung veranschaulicht die Anzahl der Nennungen und deren Zuordnung zu den Bewusstseinsschichten nach Strobel (Abb. 8):

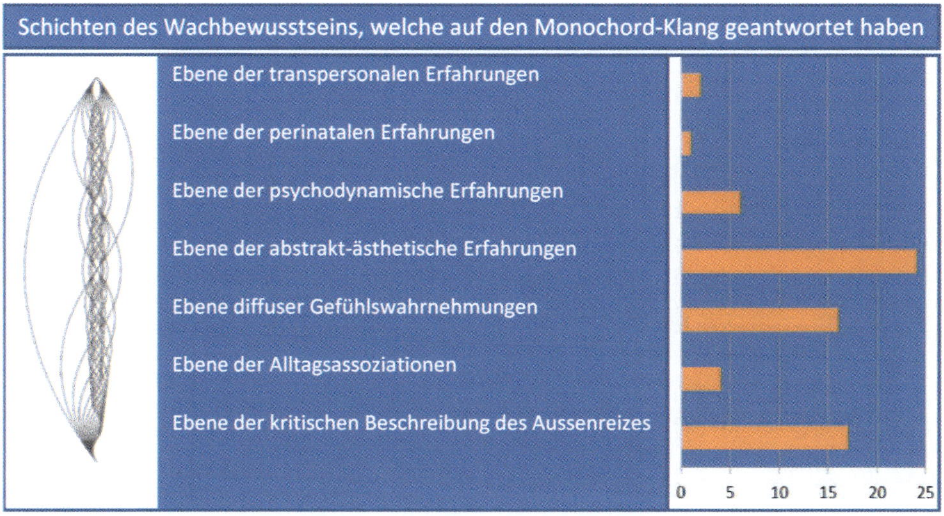

Abb. 8 : Anzahl der Nennungen von Erlebnissen auf den Erfahrungsebenen nach Strobel (1999, S. 87)

Eine fundierte Erfassung und Auswertung der persönlichen Erlebnisse war in dieser Arbeit ursprünglich nicht vorgesehen. Die Fragen nach der Behandlung waren in dieser Arbeit primär auf persönliche Erlebnisse gerichtet – ähnlich der Fragen nach dem Inhalt von Träumen, wie z. B. „Was hast Du erlebt?“, „Hattest Du bildhafte Erlebnisse?“. Diese Art der Fragestellungen widerspiegelt sich möglicherweise in einer Häufung der Nennungen im Bereich der abstrakt-ästhetischen Erfahrungen.

Die quantitative Zuordnung der Erlebnisse zu den Schichten des Bewusstseins kann ein Ansatz für die Entwicklung einer „Topographie des Anklangs“ für unterschiedliche trance-induzierende Klangarchetypen sein und macht die Resonanz von Klängen quantifizierbar.

Die Berichte der Probanden waren ein spannendes Widerfahrnis im Rahmen dieser Arbeit. Den qualitativen Probanden- und Klientenberichten sollte in künftigen Forschungsarbeiten mehr Beachtung geschenkt werden. Die systematische Dokumentation und Einordung der Erlebnisse kann einen wertvollen Beitrag für das Verständnis der Wirkzusammenhänge im Monochordspiel liefern.

Literaturverzeichnis

Beaulieu, J. (2012). *Klangheilung mit Stimmgabeln.* Aarau, München: AT Verlag.

Bieligmeyer, S. (2016). *Klangraum Körper – Einfluss einer musiktherapeutischen Intervention mit der Klangliege auf Resilienz und Wohlbefinden in der Onkologie.* Dissertation, Tübingen. Verfügbar unter http://dx.doi.org/10.15496/publikation-9891 [15.05.2018].

Bossert, S. & Marz, J. (2012). *Strukturiertes musiktherapeutisches Setting mit Behandlungsmonochord bei Patienten mit psychischen Störungen nach einem Unfall.* Unv. Masterarbeit, Zürich: Hochschule der Künste.

Dachauer, C. (2020). *Anklang des Monochords.* Unv. Masterarbeit, Zürich: Hochschule der Künste.

Dill-Schmölders, C. & Grün, M. (2012). Der Einfluss der Klangliegentherapie auf Körpererfahrung und körperlich-seelische Befindlichkeit von MS-Patienten in der neurologischen Rehabilitation. *Musiktherapeutische Umschau, 33*(4), 350–363.

Dosch, J. & Timmermann, T. (2005). *Das Buch vom Monochord. Hören – spielen – messen – bauen.* Wiesbaden: Reichert.

Erickson, M. H. & Rossi, E. L. (1981). *Hypnose. Induktion, Psychotherapeutische Anwendung, Beispiele* (7. Aufl.). Stuttgart: Klett-Cotta.

Estermann, L. R. & Hägi-Santana, H. (2018). *Klangtherapie KLA Handbuch.* Hellbühl: Schule für Klangtherapie.

Gäbel, C. et al. (2017). Effects of Monochord Music on Heart Rate Variability and Self-Reports of Relaxation in Healthy Adults. *Complementary Medicine Research, 24*(2), 97–103.

Gebser, J. (1978). *Gesamtausgabe*, Band 2. Schaffhausen: Novalis.

Grof, S. (1978). *Topographie des Unbewussten. LSD Im Dienst Der Tiefenpsychologischen Forschung*. Stuttgart: Klett-Cotta.

Hess, P. & Rittner, S. (1996). Trance. In H.-H. Decker-Voigt, P. J. Knill & E. Weymann (Hrsg.): *Lexikon Musiktherapie,* (S. 395–398). Göttingen: Hogrefe.

Hess, P. & Rittner, S. (1996). Verändertes Wachbewusstsein. In: H.-H. Decker-Voigt, P. J. Knill & E. Weymann: *Lexikon Musiktherapie,* (S. 234–241). Göttingen: Hogrefe.

Jungaberle, H. et al. (2003). „Töne strömen ein" – Beiträge zur Musikpsychologie des Monochords. Eine qualitative Studie. *Musiktherapeutische Umschau, 24*(4), 319–332.

Khan, I. K. (2004). *Musik und kosmische Harmonie aus mystischer Sicht.* Heilbronn: Weinstadt.

Kern, M. (2011). Ich hör und spür, das Leben kriegt wieder Sinn. *Musiktherapeutische Umschau, 32*(2), 103–113.

Lee, E. J. & Bhattacharya J. (2013). Heart rate variability during monochord-induced relaxation in female patients with cancer undergoing chemotherapy. *Music Medicine, 5*, 177–186.

Lee, E. J. et al. (2012). Monochord sounds and progressive muscle relaxation reduce anxiety and improve relaxation during chemotherapy: a pilot EEG study. *Complement Therapy Medicine, 20*(6), 409–416.

Ludwig, A. M. (1966). Altered States of Consciousness. *Archives of general psychiatry, 15*, 225–234.

Oehlmann, J. (2014). *Die Klangreise*. Wiesbaden: Reichert.

Pimmer, H. (1996). *Klangtherapie – Musiktherapie. Lexikon*. Egelsbach: Deutsche Hochschulschriften.

Rittner, S. & Fachner, J. (2004). Klang und Trance im EEG. Brainmapping mit dem Ganzkörper-Monochord im therapeutischen Setting. *Musiktherapeutische Umschau, 25*(1), 70–80.

Rittner, S.; Fachner, J. & Hess P. (1996). Klangtrance. In: H.-H. Decker-Voigt, P. J. Knill & E. Weymann: *Lexikon Musiktherapie*, (S. 234–241). Göttingen: Hogrefe.

Rose, J. P. & Weis, J. (2008). Klangmeditation in der onkologischen Rehabilitation. Pilotstudie zu einer rezeptiven Gruppenmusiktherapie mit dem Monochord. In: *Forschung Komplementärmedizin, 15*, 335–343.

Sandler, H. et al. (2017). Relaxation – Induced by vibroacoustic Stimulation via a Body Monochord and via relaxation Music is associated with a Decrease in Tonic Electrodermal Activity and an Increase of the Salivary Cortisol Level in Patients with Psychosomatic Disorders. *PLOS One, 12*(1), e0170411, doi: 10.1371.

Silber, O. H., Hoeren, J. & Hess, P. (2007). *Klangtherapie. Wege Zur Inneren Harmonie* (erw. Neuaufl.). Battweiler: Traumzeit.

Steinbach, Ingo (1990). *Klangtherapie. Transformation durch heilende Klänge*. Südergellersen: Bruno Martin.

Strobel, W. (1988). Klang-Trance-Heilung. Die archetypische Welt der Klänge in der Psychotherapie. *Musiktherapeutische Umschau, 9*(2), 119–139.

Strobel, W. (1999). *Reader Musiktherapie. Klanggeleitete Trance, musiktherapeutische Fallsupervision und andere Beiträge*. Wiesbaden: Reichert.

Timmermann, T. (1983). *Musikalische Strukturen und ihre psychische Wirkung*. München: Freies Musikzentrum.

Timmermann, T. (1987). *Musik Als Weg. Das Erfahren des Seins mit dem Klang*. Zürich: Pan.

Timmermann, T. (1989). Das Monochord – eine Wiederentdeckung. *Musiktherapeutische Umschau*, 6, 308–319.

Tischler, B. (1983). Ist Musiktherapie empirisch begründbar? *Musiktherapeutische Umschau*, 4, 95–106.

Warth, M. et al. (2015). Effects of vibroacoustic stimulation in music therapy for palliative care patients: a feasibility study. *BMC Complementary and Alternative Medicine, 15*(436), 1–8.

Zerssen, D. von & Petermann, F. (2011). *Die Befindlichkeits-Skala. Revidierte Fassung.* Göttingen: Hogrefe.

Bild einer Klientin im Kontext der musiktherapeutischen Arbeit

Klangliegenbasierte Tranceerfahrung – Triebfeder und Nährboden einer verstärkten Psychodynamik

Christiane Trost

> *„Bewegungs-Klang ist etwas anderes als Bewegung. Bewegungs-Klang entfaltet sich aus der Bewegung im Innen, der Bewegung des Geistes. […] Scheinbare Unbeweglichkeit des Körpers im Außen […] kann in intensive, tiefste Bewegungen im Inneren führen, in wandelnden Bewegungs-Klang."* (Nauwald, 2015, S. 55)

Es war die fünfte Klangliegensitzung, die der 36-jährigen Frau Meyer[1] ein ganz besonderes Tranceerleben gewährte. Die schlanke, gebildete Frau hatte sich mit der Diagnose Burnout mit psychovegetativen Begleiterscheinungen in meiner Praxis vorgestellt. Während unserer ersten Sitzung hatte sich die Klientin entlastet und über ihre schwierige Arbeitssituation im Kontext von Corona als alleinerziehende Mutter gesprochen. Die leitende Bezugsperson für viele Mitarbeiter zu sein, die fast ausschließlich im Homeoffice tätig waren, erforderte Fingerspitzengefühl und stellte sie täglich vor neue Entscheidungsfragen, da ein Teil dieser Menschen grenzwertig belastet schien.

Frau Meyer war seit Jahren nie krankgeschrieben, fühlte sich nun aber wie der letzte Steuermann auf dem sinkenden Schiff. Die erste Sitzung hatte sie schon so weit mit sich in Kontakt gebracht, dass die Klientin sich überwinden konnte, eine Arbeitsunfähigkeitsbescheinigung zu akzeptieren. Der Klang hatte sie eingehüllt, so dass die Entspannung ein Loslassen auf allen Ebenen erlaubt hatte. Die körperlichen Schmerzen waren zeitweise wie weggeblasen und zeigten Frau Meyer, dass Veränderung dringend stattfinden müsse. Im Gespräch gestand sie ein, dass sie sich gnadenlos ausgebeutet hatte und immer nur den Blick auf all die Menschen gerichtet hatte, die in ihrer Verantwortung waren. Ihr wurde ihre menschenfeindliche Selbstverleugnung bewusst. Mit der dritten Klangsitzung begannen die Glocken für Frau Meyer zu läuten. Völlig verdutzt sprach sie nach dem Klangerleben über dieses Phänomen.

> „Ich bin absolut atheistisch aufgewachsen, ich weiß nicht, was das bedeuten soll und trotzdem war es wunderschön. Es hat mich unglaublich beruhigt, dass da etwas ist, was weiter und größer ist, als ich es bin."

In unseren Gesprächen griffen wir die Themen Selbstverantwortung, Lebensqualität, Freude, Zeit für sich haben auf, und Frau Meyer räumte ein, dass sie ohne ihr Kind wohl all diese Aspekte aus dem Auge verloren hätte. So bemühe sie sich we-

---

1 Die Maskierung aller Daten soll dazu beitragen, einmal die originale Identität der Klientinnen zu schützen, aber gleichzeitig der Leserin auch erlauben, sich eine Vorstellung von dem persönlichen Geschehen zu machen. Dazu sind alle für den Therapieprozess wichtigen Fakten unverfälscht geblieben.

nigstens darum, dass es ihrem Kind gut ginge. In die Zeit unserer Therapie fiel nun auch ein ungünstiger histologischer Befund, der die Klientin zusätzlich wachrüttelte und das Thema Endlichkeit mit evozierte.

Als Frau Meyer zum fünften Mal kam, fühlte sie sich insgesamt schon deutlich besser. Die körperlichen Schmerzen hatten nachgelassen, ihr Geist fühlte sich freier an, so dass sie sogar Lust hatte, mal wieder ein Buch in die Hand zu nehmen. Außerdem war sie sehr erleichtert, da sie die seit Monaten liegengebliebenen bürokratischen Familienangelegenheiten geordnet hatte. Frau Meyer schilderte ihr Klangerleben, wie folgt:

> „Erst habe ich wieder den Klang genossen und mich entspannt, doch dann kamen Gedanken. Jetzt, wo es mir besser geht, ist einiges zu bedenken, doch kaum kamen Gedanken, fingen die Glocken an zu läuten. Ich hatte das Gefühl, dass es da einen Zusammenhang gab. Also löste ich mich von den Gedanken und die Glocken wurden leiser. Dann kamen wieder Gedanken und mehr Gedanken und die Glocken wurden plötzlich wahnsinnig laut. Dann habe ich versucht, alles loszulassen und dann sah ich einen Vulkan. Alles wurde still. Aus diesem strömte Lava, goldene Lava. Ich konnte in den Krater sehen, es war eine riesige Öffnung mit goldener Lava in der Mitte und langsam floss sie da heraus und dann spürte ich, dass dieser Vulkan irgendwie ich bin und dieser goldene Lavafluss aus meinem Herzen kommt."

Frau Meyer war sehr bewegt.

> „Ich dachte, so etwas gibt es nicht in mir",

nach einer Pause und äußerst leise:

> „oder gibt es schon sehr lange nicht mehr in mir."

Sie konnte dieses Bild für sich als Teil ihrer selbst interpretieren. Sie empfand es als tiefstes Geheimnis, als Seelenbild, als eine Kraft, die ihr nun zugänglich wurde und die sie nicht mehr verlieren oder verleugnen wollte.

In den nächsten Wochen veränderte Frau Meyer viele ihrer Lebensumstände. Sie verkürzte ihre Arbeitszeit, veränderte Arbeitsaspekte für Mitarbeiter und verteilte Aufgaben, so dass sie in ihrer Führungsposition entlastet wurde und Verantwortung an andere übergeben konnte. Schon bald darauf, war die gemeinsame Musiktherapie zu Ende. Glücklicherweise hatte eine zweite histologische Untersuchung keinen Befund ergeben.

Für eine tiefergehende Therapie wäre es sicher sinnvoll gewesen, nach den Ursachen der Selbstverleugnung zu suchen, habituelle Muster zu entlarven und vielleicht mit Hilfe einer Familienanamnese neurotische Schemata zu erkennen und auf die Ursprungsfamilie zurückzuführen. Doch im Zusammenhang mit einer Symptomentlastung und der Kurztherapie von zehn Stunden waren die Veränderungen, die insbesondere durch die eindrückliche Trance, ein Peak-Erleben im klassischen Sinne, ausgelöst wurden, bemerkenswert umfangreich.

Die Expression der veränderten Wachbewusstseinszustände wird aus meiner Sicht vor allem durch das Bild der Klangerfahrung geprägt. Da ich immer wieder erlebe, wie stark die inneren Eindrücke (mit der dazugehörigen Verarbeitung und Integration) im Therapieprozess wirken und Klienten veranlassen, Lebensumstände, Einstellungen, Haltungen zu ändern, möchte ich mich im folgenden dem Verständnis der Trance aus verschiedenen Blickwinkeln nähern. Eine Aneignung der Begriffe Trance und Bewusstsein soll mit Hilfe verschiedener Ansätze vollzogen und wichtige Einflussfaktoren inkludiert werden. Zwischenzeitlich wird immer wieder Bezug auf die Frage genommen, warum gerade die Bilder des Tranceerlebens von besonderer Wirkkraft sind und so psychodynamische Prozesse im Intrapsychischen unterstützen. Darstellungen aus Einzeltherapien, wie die vorangestellte, sollen jeweils als Beispiele für theoretische Ausführungen dienen.

Seit über hundert Jahren wird Tranceerleben im therapeutischen Kontext wissenschaftlich[2] untersucht. In die aktuelle therapeutische Arbeit finden vor allem die Ergebnisse Ericksons und neuere Forschung Eingang, weshalb diese aufgegriffen werden sollen. Vielfältig konnte belegt werden, dass dieses Erleben förderlich ist und Körper, Seele (alt. Psyche) und Geist als lebendige Resonanzkörper positiv[3] beeinflusst. Guttmann, ein österreichischer Therapeut und Psychologe, widmete sich experimentellen neurologischen Untersuchungen zur neuronalen Aktivierung. 1990 veröffentlichte er eine Studie zu Tranceerfahrungen. U. a. stellte er fest, dass es sich bei der Hypnose um einen entspannten Wachzustand handelt, dass während der Meditation trotz starken Erlebens keine beträchtlichen Veränderungen im EEG-Wellenmuster und keine merkliche Erhöhung der Großhirnrindenaktivierung stattfinden[4] und erst während des Erlebens einer durch Klang erzeugten Trance[5] signifikante Schwankungen[6] auftreten. Die Brainmapping-Studie[7] von Ritt-

2 Trance wird und wurde schamanisch weltweit zur Heilung eingesetzt, wie Anthropologen herausfanden, älteste Belege in Form von bearbeiteten Steinfiguren bezeugen eine Tradition von etwa dreißigtausend Jahren (Goodman, 1992). In wissenschaftlichen Untersuchungen wird die schamanische Arbeit dokumentiert, analysiert und durch Erfahrungsberichte bereichert, zu finden bei Bonin (1986), Eliade (1957), Goodman (2001), Harner (1994), Kalweit (1987), Teldock (1978), Ulrich (1980) und Uccusic (1991) u. a.

3 Rittner, Fachner und Hess (2009b) betonen, dass Trance nicht an sich heilsam ist und sich die eigentliche therapeutische Wirksamkeit erst entfalten kann, wenn die Erfahrungen aufgearbeitet und in den Alltag integriert werden.

4 Halsband (2015) konnte diesen Punkt widerlegen und stellte bei Meditationsmeistern die *Paradoxial-Arousal*-Reaktion fest.

5 Zur Spezifizierung wird diese Klangtrance genannt. Rittner, Fachner und Hess (2009a) definieren sie als eine Sonderform der rezeptiven Musiktherapie, bei der durch Musik gezielt Trancezustände hervorgerufen und aufgearbeitet werden. Als Methode kann sie innerhalb verschiedener therapeutischer Kontexte eingesetzt werden. Im musiktherapeutischen Kontext wird das Wort Trance für ein breites Spektrum an Erfahrungen genutzt und geht vom normalen bis zum veränderten Wachbewusstsein. Guttmann (1990) ist der Meinung, dass diese umfassende Zuordnung überdacht und z. B. Prozesse der Hypnotherapie nicht mit Trance gleichgesetzt werden sollten.

6 Hier wurde die Klangtrance kombiniert mit rituellen Körperhaltungen.

7 „Während sich das Monochord bei der männlichen Versuchsperson (Vp) in einer frontalen Desynchronisierung mit deutlichem Zuwachs von Beta II äußerte und somit einer ergotropen Trance entsprach,

ner und Fachner (2004) verzeichnete während der Klangtrance sowohl ergotrope[8] als auch tropotrophe[9] Reaktionen. Andere Forscher[10] fanden Zusammenhänge zur Hormonausschüttung (Nucleus accumbens), Kleinhirn und Veränderungen im frontalen Kortex. Guttmann entdeckte, dass in der ekstatischen Trance ambivalente Hirnreaktionen zu verzeichnen waren. Er bezeichnete diese als entspannte Hochspannung (*paradoxial arousal*). Sandler (2018) belegte ähnliches bei der Bespielung durch das Ganzkörpermonochord, er verzeichnete den Anstieg der frontalen Theta-Aktivität und eine stärkere Reduktion der Alpha-2-Power, was mit Loslassen der willentlichen Kontrolle im Kontext von fokussierter Aufmerksamkeit als Flow-Erleben gedeutet wurde.

Das sind neurologische Fakten, die belegen, dass etwas Besonderes im rezeptiven Klangerleben passiert, die Inhalte oder das Warum der Trance sind damit nicht geklärt. Nauwald (2015) vermutet, dass es sich um starke Gleichschwingungen in bestimmten Gehirnarealen handelt, die durch veränderte Bewusstseinszustände den Kontakt mit dem nichtpersönlichen Bewusstseinsfeld[11] erlauben und so eine Aufnahmefähigkeit von außergewöhnlichen Erlebnissen ermöglichen. Schweizer Wissenschaftler entdeckten 2008 bei der Untersuchung von Epileptikern, „dass sich beim Hören von rhythmischen und harmonischen Strukturen im linken Hippocampus eine „Pforte" zum Gedächtnis und zum Unbewussten öffnet, zum Index verborgener Erinnerungsspuren, zu Empfindung und Gefühl." (Nauwald, 2015, S. 49). Anthropologen vermuten, dass Tranceerleben durch chemische und verhaltensbedingte Induktionsformen im Zusammenhang mit kultureller Wissensvermittlung stand. Bewusstseinsveränderungen dienten dazu, Gepflogenheiten und Grundsätze über die Realität zu durchbrechen und die Wachsamkeit für neue und komplexere Informationen zu erhöhen (Freeman, 2000). Dass auch in der Gegenwart Bewusstseinsphänomene eine wichtige Rolle spielen, konnte die Anthropologin Bourguignon (1973) belegen. Sie untersuchte weltweit 488 Gesellschaftsformen und zeigte, dass neunzig Prozent dieser bestimmte Techniken der Bewusstseinsveränderung nach Regeln und Ritualen praktizieren (nach Vaitl, 2012, S. VII).

---

zeigte das EEG der weiblichen Vp eine Synchronisierung mit hochsignifikanten ($p<0.001$) Veränderungen in visuellen und somatosensorischen Regionen des Gehirns. Globale Alpha-Änderungen deuten dabei auf eine Umschaltung der Verarbeitung im Sinne einer trophotropen Trance. Beiden Versuchspersonen gemeinsam ist der Anstieg von hochfrequenten Beta-Wellen (16–30 Hz) […] [und] Beta-Änderungen" (Rittner & Fachner, 2004, S. 70).

8 Frontale Desynchronisation, sprich Beschleunigung der EEG-Wellen, mit starkem Zuwachs von Beta-II-Wellen, was für gesteigerte Wachheit steht.

9 Synchronisation im visuellen und somatosensorischen Bereich, was für visionäres und kinästhetisches Erleben spricht, mit einer gleichzeitigen Alpha-Wellen-Veränderung, d. h. entspannter Zustand.

10 Levitin (2008) vermutet, dass der Nucleus accumbens, der in PET-Scans nicht leicht sichtbar ist, die Freisetzung von Dopaminen als Reaktion auf Musik initiiert. Es fand eine Aktivierungskaskade ausgehend von den Hörzentren statt, die Veränderungen in Teilen des frontalen Kortex, den mesolimbischen Belohnungszentren und dem Nucleus accumbens (Ausschüttung von Dopaminwellen) mit sich brachte. Kleinhirn und die Basalganglien wurden aktiv, Regionen, die an Dopamin-, Motor- und Timing-Prozessen beteiligt sind, die Rhythmus und Metrum in Musik analysieren (Yacubian & Büchel, 2009).

11 Knüpft u. a. an die Feldtheorien von Sheldrake an.

Doch was ist Trance und warum ist sie wertvoll für die psychotherapeutische Arbeit? Folgt man dem Lateinischen, bedeutet es hinübergehen oder überschreiten. In diesem Fall meint dies ein Verlassen des Alltäglichen und ein Hinübergehen in den veränderten Wachbewusstseinszustand[12]. Es wird geistig eine Grenze überschritten, die erlaubt, Räume des Bewusstseinsfeldes mit allen Sinnen zu erfahren.[13] Allerdings ist die westliche Welt nichtsichtbaren Wirklichkeiten gegenüber mit Vorurteilen behaftet, ist nach Descartes mechanisch-wissenschaftlich geprägt, so dass Sicht- und Messbares das Denken bestimmen. Erfahrungen, die nicht an den Verstand gebunden sind, werden kritisch betrachtet. Rittner, Fachner und Hess definieren Trance als Oberbegriff für „verschiedenste leibseelische Veränderungen, die bei Menschen in veränderten Wachbewusstseinszuständen auftreten können" (2009a, S. 538). Ergänzt werden kann, dass nonpharmakologisch induzierte Trancen durch die Fokussierung der Aufmerksamkeit ausgelöst werden, der Fähigkeit jedes Menschen entspringen, durch soziale Rollen bestimmt werden und mit Hingabe, kontrolliertem Kontrollverlust und als psychophysiologischer Lernprozess mit Konditionierung zu tun haben (Rittner, 2006; Vaitl, 2012). Der Anthropologe Hunter (2015) erweitert das Verständnis für Trance, indem er darauf hinweist, dass die Wurzel *transe* im Altfranzösischen u. a. sterben heißt und durchaus in Kontexten des Tranceerlebens zu sehen ist; ein Vordringen in einen Bereich zwischen Leben und Tod kann geschehen. Maas und Strubelt belegen dies durch ihre Beforschung der Iboga-Einweihungszeremonie des Mitsogo. Es handelt sich dabei um einen intensiven Tranceakt, der als eine „kontrollierte Nahtoderfahrung" (2003, S. 8) interpretiert werden kann, da die Erfahrungen viele phänomenologische Gemeinsamkeiten mit denen aufweisen, die in der traditionellen Nahtoderfahrungsliteratur (Lommel, 2013) dokumentiert sind. In der anthropologischen Literatur ist der Zusammenhang zwischen (ritueller) Musik und der Kommunikation mit der Geisterwelt durch veränderte Bewusstseinszustände anerkannt (Hunter, 2015). Es wird betont, dass dieser Geisteszustand gekennzeichnet ist durch einen Zugang zu Arten von Wissen und Erfahrungen, die in Nicht-Trance-Zuständen unzugänglich sind (Becker, 1994, S. 41).

In der therapeutischen Trance wird der Mensch für eine kurze Zeit seines urteilenden Intellekts enthoben, so dass er nicht der Unmittelbarkeit des Eindrucks und der Spontanität der inneren Antwort in der Begegnung mit einer neuen Welt beraubt wird. Der Klangreisende hat so die Möglichkeit, innere Erfahrungen mit einer geistigen Welt zu machen, die auf diesem Weg nur ihm zugänglich ist. Diese

12 Als Wachbewusstseinszustand, oft synonym zu Bewusstseinszustand verwendet, werden Arten des bewussten Erlebens bezeichnet, Merkmale wie Wahrnehmung, Selbstbewusstsein, Wachheit, Handlungsfähigkeit und Intentionalität sind kennzeichnend. Da allerdings der Begriff Bewusstsein (noch) nicht ausreichend definiert und geklärt werden konnte und bislang eher in deskriptiven Bewusstseinskonzepten seine eingrenzende Form gefunden hat, muss Trance hier von ihrer phänomenologischen Seite gesehen werden, die ausschlaggebend für die therapeutische Arbeit ist.

13 In heute nur noch wenigen Kulturen ist dies eine anerkannte Methode, um heilsame Ausgeglichenheit zu halten und Störungen wieder in Balance zu bringen (Nauwald, 2015, S. 15).

andere Wirklichkeit kann bewirken, dass Vorstellung und Wertung der materiellen Welt infrage gestellt werden und sich wandeln dürfen. Erst durch das Überschreiten der Grenzen des gewohnten Bewusstseins, des kognitiven Horizonts, in dem Überzeugungen aufgrund intellektueller Argumente und Syllogismen vorherrschen, die uns nicht aus dem Kreis des schon Bekannten und der Welt des gesunden Menschenverstandes entlassen, können neue Erfahrungen mit uns und der Umwelt gemacht werden. Trance ist einem schöpferischen Prozess[14] gleichzusetzen, der die Erforschung weiterer Bewusstseinsdimensionen und tieferer Wirklichkeitsbereiche erlaubt. Es wird eine Fähigkeit unterstützt, die geistig gesundes Leben fördert. Dieses „ist auf innere Wahrnehmungs- und Erlebnisfähigkeit gegründet, die kein Aufwand an Denken hervorbringen kann, denn Denken und Argumentieren sind nur ein Prozeß geistiger Verdauung und Assimilierung" (Wangchuk, 1973, S. 38 f.).

Frau Sauer hatte schon Erfahrungen mit verschiedenen Klängen machen können und arbeitete an intrapsychischen Themen, die in der Ursprungsfamilie ihre Wurzeln hatten. Aus der Trance zurückgekommen berichtete sie sehr bewegt und gleichzeitig auch gehemmt von ihrem Erleben:

> „Angekommen an einem Platz in der Natur übermannt mich plötzlich große Trauer. Ich kann die Jahreszeit nicht erkennen, erinnere mich kurz der Begegnungen, die in der Vergangenheit liegen. Plötzlich sitzt ein Wolf neben mir. Ich schmiege mich an ihn. Ich will ihn etwas fragen, doch schon hat er mich wie einen Welpen im Nacken gepackt. Ich bin nackt und nicht zu groß für ihn. Er trägt mich auf einem Waldpfad zu seinem Bau, eine Höhle unter einem riesigen Baum. Er legt mich auf einem Lager ab und dringt in mich ein – es fühlt sich nicht erotisch, sondern sehr verbunden an. Dann leckt er mich ganz und gar ab – Gesicht, vorderer Körper, als ich umgedreht bin, auch die ganze Rückseite. Er deckt mich zu und legt sich in einer kleinen Entfernung ganz wach nieder. Ich bin beschützt und kann schlafen. Später bringt er mich zurück zu dem Platz in der Natur."

Irritiert und sichtlich peinlich berührt (der Frontallappen hatte seine Arbeit bereits wieder angetreten), berichtete Frau Sauer von den inneren Bildern. Bedeutungsfindung und Einordnung in den therapeutischen Kontext waren wichtig. Auf die Frage, welche Gefühle im Erleben der Klientin aufgetaucht waren, benannte sie Hingabe und Loslassen, Freiheit, sich anvertrauen, versorgt und beschützt sein. Diese Emotionen standen deutlich im Kontrast zum wertenden Intellekt. Vor allem die letzten zwei Gefühlsaspekte brachten mich auf ein mütterlich assoziiertes Thema. Unsere Arbeit hatte bislang eher der Vaterbeziehung gegolten, die im Gegensatz zum Mutterkontakt problematisch schien. Jetzt berichtete die Klientin, dass ihre Mutter, wie viele Frauen mit DDR-Vergangenheit, schon sechs Wochen nach der Entbindung hätte wieder arbeiten müssen. In Hinsicht auf das Thema

14 Durch diesen schöpferischen Prozess ist eine Wiederholbarkeit, die als empirisches Kriterium und die Generierung objektiver Evidenz angesehen wird, kaum möglich. Das Sich-Bewegen in wissenschaftlichen Grenzbereichen und die Unbeständigkeit der Untersuchungsergebnisse machen eine naturwissenschaftlich orientierte Beforschung zweifelhaft.

mütterliche Zuwendung müsse sie sich eingestehen, dass es ihr sehr schwer falle, sich versorgen zu lassen oder sich wirklich anzuvertrauen. Am vergangenen Wochenende, als ein Freund ganz liebevoll für sie da war, hätte sie wieder erlebt, wie schwer sie solche Zuwendung annehmen könne. In der folgenden Zeit widmeten wir uns thematisch, angeregt durch das Tranceerleben, der tiefen Trauer des einsamen Säuglings und der Mutterbeziehung. Das bis dahin sicher unter einem Deckel gehaltene Verlassenheitsthema resp. -trauma konnte bearbeitet werden. Auch die anderen Aspekte des Erlebens von Hingabe und Loslassen fanden Eingang in unsere Therapie.

„Therapeutisch ausgerichtete veränderte Wachbewusstseinszustände ermöglichen eine Intensivierung der Wahrnehmung und eine Schwächung der psychischen Barrieren des Alltagsbewusstseins“[15] (Aldridge & Fachner nach Fachner & Rittner, 2011, S. 243). Erfahrungen, die in der Trance gemacht werden können, sind wertvoll. Erickson und Rossi unterstreichen, „[t]herapeutische Trance ist eine Periode, in der es dem Patienten gelingt, aus seinem gewohnten Bezugsrahmen und seinen Überzeugungen auszubrechen, so daß er innerlich andere Funktionsmuster und Assoziationen erleben kann, welche die Problemlösefähigkeit fördern“ (1981, S. 3). Die inneren Erfahrungen zeigen uns nicht nur die Verbundenheit zu uns selbst, sondern können auch unabhängig von materiellen Erscheinungsformen, von Raum und Zeit, Begegnungen mit anderen Wirklichkeiten bishin zum transpersonalen Erleben beinhalten. So ist neben dem persönlichen Wachstum in der psychotherapeutischen Klangtherapie auch ein spirituelles Wachstum möglich[16].

Herr Ludwig kam wegen einer Krebsdiagnose mit einer akuten Anfrage für eine Therapie. Er war ein durchaus sportlicher Typ in Führungsposition, dessen Leben bislang Geld und Materiellem gegolten hatte. Dringend empfahlen ihm die Ärzte eine umfassende schulmedizinische Behandlung, doch er wollte vor dem Unvermeidlichen unbedingt noch etwas Alternatives probieren. Ich konnte ihm eine Kurztherapie auf der Klangliege einräumen. Das Erstgespräch offenbarte, wie kaum anders zu erwarten, eine fast unhaltbare ungünstige Arbeits- und Familiensituation. Nach dem Aussprechen dieser Fakten entstand ein ungewöhnliches Trancebild in Herrn Ludwig, eine Gruppe tibetischer Mönche sang für ihn. Weder hatte der Klient asiatische noch buddhistische Erfahrungen, so dass er völlig überrascht aus der Klangtrance zurückkam und mir das Erlebnis im Himalaya schilderte. Ihm war klar, dass die Mönche zu seiner Heilung gesungen hatten, dass diese

15 Originalzitat: „Therapeutically intended ASCs enable an intensification of perception and a weakening of the psychic barriers of everyday consciousness. They also facilitate access to association and imagination and other healing resources“.

16 U. a. beschreibt Sabine Rachl (2017) dieses Phänomen sehr berührend anhand ihrer Arbeit im Kinderhospiz. Sie schildert Kinder, die die Erfahrung des großen sie umgebenden spirituellen Raumes, des Unendlichen machen. Rittner und Fachner (2011) stellen fest, dass die Sehnsucht nach Transzendenz, Religiosität und Spiritualität durch therapeutische Ansätze erfüllt werden, die Musik, Trance und Ekstase in Ritualen und Verfahren verwenden, die eine Erfahrung sensorischer Ganzheit hervorrufen.

Begegnung wie ein Schlüssel zu seinem Tun war. In den nächsten Sitzungen sangen die Mönche wiederholt für ihn, bis zu dem Tag, da sie nicht mehr kamen und er nur noch wunderbar entspannen konnte, wie er sagte. Herr Ludwig hatte intensiv über Leben und Tod mit mir nachgedacht, war tieferschüttert über diese Themen durch manche Tage gegangen. Er hatte seinen Lebensrhythmus verändert, Ernährung, Freizeitgestaltung und dem Freundeskontakt ein neues Gewicht gegeben. Ungünstige Bedingungen aus der Ursprungsfamilie waren benannt worden, aber ohne weitere therapeutische Bearbeitung geblieben. Trotzdem veränderten sich Dinge in seiner Familie zu seiner Erleichterung wie von allein. Der medizinische Befund, der nach den Wochen unserer Musiktherapie nochmals erhoben wurde, war überraschend: das Wachstum der Krebszellen war zum Stillstand gekommen bzw. rückläufig[17]. Herr Ludwig sollte sich erst in einem halben Jahr wieder zur Nachuntersuchung begeben.

Hatte in dieser Zeit das wiederholte innere Bild der singenden Mönche die Selbstheilungskräfte aktiviert? Bekam die andere Seite des Sichtbaren, des Materiellen mehr Raum in Herrn Ludwig? Waren die konfrontierenden Gespräche über die menschliche und seine Endlichkeit Türenöffner zum Inneren geworden? Klang kann als spirituelles Erlebnis wirken, kann durch achtsame Wahrnehmung, Bewusstmachung und Reflexion des Erlebten zur inneren Verankerung führen und so zu einer Befreiung aus dem erlebten, gefühlten Getrenntsein. Ein Prozess in die (Er-)Lösung von psychischer Einengung. Eine Restriktion, die durch Angst geschieht und ihre Grundlage im Beziehungsgefüge der Ursprungsfamilie wie auch in der Gesellschaft hat, die wiederum durch Orientierung auf Materielles im eigentlichen Sinne eine Verlustgesellschaft ist. Der Mensch kann nur im Inneren (im Geist oder in buddhistischer Vorstellung im Bewusstsein) fortwährend wachsen, im Äußeren nur besitzen. Hier herrschen Verlust oder Gewinn; im Sinne von „Haben oder Sein" (Fromm, 1976a) können diese beiden Seiten differenziert werden. Der Mensch macht sich in der Therapie auf die Suche nach diesem Seinsgrund, nach dem Selbst, welches verschüttet ist oder scheint, versucht mit sich, dem Urgrund seiner Selbst in Resonanz zu kommen. Der offene Klang bietet einen Erlebnisraum, der frei vom urteilenden Intellekt Momente des Absoluten, des Unvermittelten und Spontanen ermöglicht. Erfahrungen dieser Art werden als mystisch[18] bezeichnet. Solch ein Erleben trägt dazu bei, dass das eigene Selbst und Sein im Überindividuellen wahrnehmbar und erfassbar wird. Es öffnet und ebnet den Weg des Annehmens und Integrierens intrapsychischer Prozesse.

Spirituelles Wachstum der ihnen Anvertrauten erleben viele Musiktherapeuten in ihrer Arbeit besonders im Kontext von schweren Krankheiten, deshalb möchte

17 Das ist schulmedizinisch gesehen ein Ausnahmebeispiel, bei dem es in diesem Kontext um die aktivierenden Tranceerfahrungen geht.

18 Vor allem verwendet in Hinsicht auf transzendente Erfahrungen durch Kontemplation oder Meditation, Erfahrungen und Erkenntnisse wie sie in den Texten von Meister Eckart 13. Jahrhundert beschreiben werden.

ich einen Moment bei diesem aus meiner Sicht wichtigem Thema bleiben. In der Fachliteratur wird Spiritualität als Ressource beschrieben (Frankl, 1988, Jäger & Grimm, 2007, Längle, 1998, Röhr, 2012, Wilber, 1991). Doch was meint Spiritualität und weshalb ist diese für den Menschen wichtig? Etymologisch kann das Wort auf das Lateinische *spiritus* = Geist und *spirare* = Atmen zurückgeführt werden, lebenswichtige Prinzipien, die den Menschen ausmachen. Vielleicht könnte man sagen, dass Spiritualität eine Dimension jenseits vom materiellen Leben ist, die als transzendenter Bereich kontrapunktisch durch Erfahrung eröffnet wird. Erfahrung, die wissenschaftlich schwer messbar ist. Renz unterstreicht den Aspekt des Beziehungsgeschehens zwischen dem Menschen und dem unfassbar Anderen (2007, S. 214). Lauzon hebt hervor, dass ein grundlegender Aspekt der Spiritualität das Bewusstsein der Transzendenz ist, „ein Verständnis dafür, dass es jenseits des alltäglichen Bewusstseins Ebenen der Realität gibt, die nicht sofort offensichtlich sind" (2020, S. 32). Er spricht vom Jenseits der Person, Gries und Kapteina (2007) vom Über den Moment Hinaussehen. Utsch (2008) geht so weit, dass er die spirituelle Haltung als unumgänglich annimmt, da sie unbedingtes Vertrauen in sich und das Leben vermittelt, wie auch die Quelle in die eigene Lebendigkeit öffnet. Auch für Röhr ist diese andere Dimension entscheidend: „Der Mensch benötigt für seine seelische und körperliche Gesundheit eine positive Beziehung zu sich selbst, eine grundsätzlich positive Beziehung zu seinen Mitmenschen und eine grundsätzlich positive Beziehung zu etwas Höherem." (2012, S. 112). Auf einer Metaebene könnte dies als eine Art Triangulierungsprozess verstanden werden, wobei es um eine weitreichendere Positionierung in der Gesellschaft und in der Welt geht, die vom Selbst zum Gegenüber als Ausdruck der dyadischen Beziehung reicht, dann aber, um den Schritt in die Welt zu machen, noch der anderen Dimension bedarf (Trost, 2021, S. 91). Aus meiner Sicht geht es in der Therapie darum, eine Ganzheitlichkeit des Menschen zu fördern, die ihm erlaubt, sich im Kontext der Umwelt, des Kosmischen zu sehen und ihm ein Verständnis für sein Verbundensein zu geben und ihn dieses fühlen zu lassen. Damit meine ich, dass dem Klang letztere Qualität immanent[19] ist und der Therapeut in der Beziehungsgestaltung diesen Wert ebenso anbieten sollte. So liegt es in der Verantwortung des Therapeuten, transparent zu sein in dem, was er tut und was er ist, wie es Renz ausdrückt (2007, S. 209), um dadurch sein Gegenüber und sich von Vorprägungen und Verhaftungen zu befreien, denn es gibt keine Begegnung ohne Einflussnahme. „Spirituelle Erfahrung ist ein Bezogensein auf ein Größeres. Sie macht ein solches überhaupt erfahrbar" (ebd., S. 214).

Zusammenfassend könnte man formulieren, dass Spiritualität[20] der Musik implizit ist, da sie mit dem Unsichtbaren, Unsagbaren und Vergänglichen zu tun hat.

19 Musikerleben lässt sich schwer von spiritueller Versenkung trennen: „Musik und Religion erwachsen aus derselben Wurzel. In beiden erschließt sich, dass die Realität nicht im Sagbaren aufgeht, in beiden bekundet sich eine Erkenntnis, die aus radikaler Verwunderung erwächst" (Heymel, 2004, S. 154).

20 Von *spiritus* als Erfahrung des Geistes im Gegensatz *religio* der Erfahrung der Rückanbindung an einen Gott. Aldridge ergänzend auf die Bezogenheit von Spiritualität und Musik: „Das Unsichtbare und das

Sie erlaubt, an und über erlebte Grenzen zu reisen, Übergänge, Veränderung und Transzendenz zu erleben; eröffnet die Existenz einer anderen Wirklichkeit, die über Körperliches und Verbalisierbares hinausgeht (Kapteina, 2009). „Statt abzuspalten und demontieren, zu trennen und fragmentieren, zu isolieren und separieren, hat der Klang das Potential, den Menschen zu einer Urerfahrung der Einheit zurückzuführen. Je nach Veranlagung kann die Begegnung mit der anderen Dimension gewaltig sein […] oder auch klein und fein […] ausfallen." (Trost, 2021, S. 92)

Während meiner Arbeit auf der Palliativstation begegnete mir Frau Büttner, ihrer 48 Jahre zum Trotz hatte sich das Harnwegskarzinom in ihrem Körper metastasierend ausgebreitet. Etliche Operationen lagen hinter ihr, der Klinikaufenthalt jetzt sollte bei der Medikamenteneinstellung helfen. Im Gespräch ließ sie mich verstehen, dass Musiktherapie, egal was das wäre, ihr sicher gut tun würde. Sie war niedergeschlagen. Trost und Entspannung könne sie gut gebrauchen. Ich zeigte ihr die Körpertambura und strich einen Moment zur Probe die Saiten. Frau Büttner reagierte positiv überrascht und sagte:

> „Gerne mehr".

Ich spielte lange, in einer Pause sprachen wir über ihre Ängste sich mit dem Tod auseinanderzusetzen und mit ihrem Mann zu sprechen, der alleine nicht könne und noch immer hoffte, dass sie wieder gesund würde. Darauf erfüllte der Klang wieder das Klinikzimmer. Meine folgenden Fragen wurden offensiv: Wie sie sich das eigentlich vorstelle, wenn sie tot wäre? Ob es endgültig wäre, oder ob da noch etwas übrig bliebe? Eine letzte Musik rundete die erste Sitzung ab. Bei dem Besuch am nächsten Tag strahlte mich die Patientin an:

> „Das ist so schön gewesen, ich habe mich so gut entspannen können. Außerdem habe ich viel nachgedacht."

Dann umhüllte uns wieder der Klang. In den Pausen vertraute sie mir ihre Lebensgeschichte an. Nach der Klangphase am dritten Tag erzählte mir Frau Büttner von einem Bild, das sie nun Mal für Mal gehabt hätte, eine Elfe auf einer Lichtung im Wald. Diese Erscheinung war erleichternd, tröstend und hätte so gut getan, ein Seelenbild. Die Themen Seele, Tod und die Beziehung zu ihrem Mann ergaben sich wie von selbst. Ich ermunterte Frau Büttner, da sie scheinbar eine sehr enge, vertraute Beziehung zu ihrem Mann hatte, ihm von ihrem inneren Bild zu berichten.

> „Ja, da kann er mir doch, wenn ich gegangen bin, nachkommen, wenn die Seele so eine Lichtgestalt ist."

Offensichtlich schaffen es atheistische Erziehungsformen und Lebenshaltungen nicht, tiefe innere Bilder von Seele und Verbundensein aus unserem Bewusstsein

---

Unaussprechliche sind ihr Wesen; Zeit ist ihr Thema. In ihrer Flüchtigkeit wird sie zur Metapher für Vergänglichkeit, Werden und Vergehen, Geburt, Lebensspanne und Sterben; für »Chronos«, die geplante und verplante Zeit, und für »Kairos«, den erfüllten Augenblick" (1999, S. 60 ff.).

zu löschen, als ob die geistige Dimension jenseits der materiellen Erscheinungsformen ihre fortwährende Präsens im Menschen ausdrücken wollte.

Allerdings fehlen trotz positiver klinischer Erfahrungen evidenzbasierte Erkenntnisse in diesem Bereich. Beobachtet werden Einflüsse auf Entspannung, Lebensqualität und spirituelles Wohlbefinden, doch nur bestimmte Qualitäten kann man statistisch erfassen. Gerade im Bereich der palliativen Medizin gibt es ein steigendes Interesse an ganzheitlich ausgerichteter Therapie. So schildern Warth et al., dass hier die Musiktherapie u. a. die Aufgabe hat, die Menschen in ihrem spirituellen Ausdruck und Erleben zu unterstützen. Klänge helfen bei der Auseinandersetzung mit Themen, die den physischen Erlebnisraum übersteigen. Es können innere Räume eröffnet werden, die den Prozess der Umdeutung von persönlicher Leidenserfahrung ermöglichen und damit Hoffnung und Trost geben (2014, S. 267). Trotz der zu erwartenden Verschlechterung der körperlichen Verfassung kann es so zu einer Verbesserung des seelischen resp. psychischen Zustands kommen, sich damit eine Steigerung der Lebensqualität vollziehen und damit den Abschied aus dem Leben erleichtern.

Auch Frau Janus war atheistisch aufgewachsen und hatte in der DDR eine Erziehung zu einer sozialistischen Persönlichkeit durchlaufen. Die Anfang Vierzigjährige mit einer stark ausgeprägt zwanghaft-kontrollierenden Persönlichkeit litt neben dem metastasierenden Mamakarzinom unter krankheitsbedingten depressiven Episoden. Für das Pflegepersonal der Palliativstation war sie eine schwierige Patientin. So sollte die Musiktherapie beginnen und Frau Janus kommentierte:

> „Naja, eigentlich wollte ich ja gerade rauchen gehen, aber wenn die Musiktherapeutin schon gerade da ist, könnte ich das ja mal ausprobieren."

Nachdem die Patientin erst eher negativ und nervös war, ständig ihren Einfällen folgen musste, mit entschuldigenden Worten, dies oder jenes wäre ihr gerade eingefallen und müsse eben erledigt werden, alles Tun kommentierte, kam doch nach und nach mehr Entspannung in die Situation, so dass ich am Ende eine längere Zeit auf der Körpertambura spielte. Frau Janus:

> „Naja, dass ist ja ziemlich laut gewesen, ich bin da sehr empfindlich, immer schon. Ich kann mich ja sonst überhaupt nicht entspannen, aber schließlich war es dann doch irgendwie ganz schön gewesen."

Nach dieser ersten Begegnung fragte Frau Janus überraschend, ob wohl später Hausbesuche möglich wären. Ein halbes Jahr danach lernte die Klientin in meiner Praxis die Klangliege kennen, die sie auf ihrem Abschiedsweg aus dem Leben trug. Der Klang ließ sie in ein wiederkehrendes Bild eintauchen, das die Kraft hatte, all ihre Schmerzen zu verbannen und die Niedergedrücktheit auflöste. Eine Beschreibung des Gesehenen und Gefühlten fiel der Klientin schwer, in dem Versuch das auszudrücken, fielen Worte wie: Ein warmer unendlicher Raum, der gleichzeitig beschützend und freundlich ist. Als Frau Janus das letzte Mal aus der Trance auftauchte, sagte sie zu mir:

„Ich möchte von dort nicht mehr zurück, ich kann nicht mehr, ich möchte dort bleiben."

Wir verabredeten, dass sie in dieses innere Bild eintauchen würde, wenn es soweit wäre, und sie ihre Reise in die andere Welt begänne.

Zurück zum Verständnis der Trance. In den letzten zweihundert Jahren wurden Erklärungen zu solchen Erfahrungen gesucht und als Energiekanalisierungen, Schlaf, Dissoziation, Suggestibilität und Pathologie beschrieben (ausführlich in Ellenberger, 1973 & Gilligan, 1991); heute werden Regression, Dissoziation, motiviertes inneres Mitgehen, Rollenübernahme bis Lernen durch Erfahrung in Betracht gezogen. In der hypnotherapeutischen Trance[21], die die Fruchtbarkeit des Unbewussten betont, wurde das Phänomen ausführlich erforscht. Diese wird hier als eine Entwicklungsressourcen stärkende und erweiternde Kraft gesehen, die als natürliches Phänomen und biologisch wesentlich, die Einzigartigkeit einer Person auf vielen Ebenen würdigt und im Unterbewusstsein dieser fruchtbar wirksam werden kann (Gilligan, 1991, S. 17 ff.). Da Tranceerfahrungen in biologischen, soziologischen, ideologischen und psychologischen Kontexten gemacht werden, ist es die Aufgabe des Therapeuten, bei der Einordnung des Erlebens auf eine wertschätzende, wertvolle Interpretation zu achten, damit die Wahrnehmung zu Entwicklung und Wachstum der Persönlichkeit beiträgt. Es wird hervorgehoben, dass Trance in erster Linie eine Erfahrung ist, die unterschiedliche Individuen jeweils verschieden erleben. Die statistische Nichtmessbarkeit eines solchen Zustandes wird sowohl dem, dass Äußerungen individualisierte Modelle der Wirklichkeit widerspiegeln, zugeschrieben als auch dem, dass Durchschnittswerte kein Verhalten oder Erleben abbilden können.

Aktuellere neurobiologische Untersuchungen mit Hilfe von EEG, fMRT und PET[22] (Halsband, 2015) zeigen, dass die hypnotische Trance zu plastischen Veränderungen im Gehirn führt. Damit ist belegt, dass Trance die neuronale Selbstorganisation komplexer, dynamischer Systeme beeinflusst. Heute bezeugen neurobiologische Studien o. g. empirische Erkenntnisse. Dazu gehören gleichermaßen die große interindividuelle Variabilität der Frequenzbandgrenzen von gemessenen Theta- und Alpha-Wellen wie auch die Aktivitätsverminderung im frontalen Kortex mit gleichzeitiger Aktivierung im occipitalen und rechten temporalen Kortex (d. h., störende Wahrnehmungen wie visuelle und akustische Reize können dissoziiert werden, sprich, die kritische Beurteilung ist vermindert). Zudem wurden Konnektivitätsveränderungen in allen erfassten Bereichen (Synchronisierungspro-

21 Nach Erickson, der bereits Ende der 20-er Jahre des 20. Jahrhunderts anfing systematisch dieses Phänomen anzuwenden und in großem Umfang klinisch zu erforschen.

22 fMRT bedeutet funktionelle Magnetresonanztomographie und ist eine Weiterentwicklung der Magnetresonanztomografie. Es ist ein wichtiges bildgebendes Verfahren, um physiologische Funktionen im Gehirn abzubilden. Dazu nutzt man die magnetischen Eigenschaften der Wasserstoff-Kerne, der häufigsten vorkommenden Atome im menschlichen Körper. Die PET oder Positronen-Emissions-Tomografie wird genutzt, um Stoffwechselaktivitäten im Gewebe bildlich darzustellen. Mit Hilfe von Radiopharmakonen werden biochemische und physiologische Funktionen sichtbar gemacht.

zesse) beobachtet. Bei Versuchspersonen mit guter Imaginationsfähigkeit korrelierte die Alpha-Aktivität.

Der Ericksonsche Ansatz folgert weiter, dass, da Trance ein natürlicher Zustand ist, dieser einen idealen Kontext bietet, um tiefgreifende Veränderungen zu bewirken. Es werden sowohl die Begegnung mit der eigenen Einzigartigkeit als auch eine Verknüpfung von ganzheitlich orientiertem unbewussten Geist und gradlinig strebendem bewussten Verstand möglich. „Die vielleicht radikalste Behauptung bei alledem ist, daß unbewußte Prozesse intelligente, organisierte und kreative Ressourcen sind. Mehr noch, das Unbewußte kann bewußten Prozessen gegenüber wirksam sein (was allgemein dissoziative Verarbeitung genannt wird) und ist tiefgreifender Veränderungen fähig.“ (Gilligan, 1991, S. 46). Die Prämisse liegt auf dem außer Kraft setzen von bewussten zugunsten der unbewussten Prozesse.

In den Kontext der Klangtrance gestellt, scheinen mir die empirischen Erkenntnisse von Gilligan wichtig (durch Halsband, 2015, s. o. belegt), in Tranceerlebnissen zeigt sich einerseits Ideodynamismus (ohne Kontrolle bewusster Prozesse) und andererseits die Logik des Sowohl-als-Auch (keine Differenzierung von Beziehungen). Auch die Spezifik vom „Zustand tiefer Konzentration, in dem eine Person unabhängig von den Zwängen fehlerorientierter bewußter Steuerungsprozesse funktionieren kann“ (ebd., S. 63), ist auf die Arbeit mit dem Klang zu übertragen. Zudem lassen die o. g. Messergebnisse von Guttmann (1990)[23], Rittner (2004) und Sandler (2018) darauf schließen, dass eine Klangtrance eine andere, stärkere Intensität im Gehirn auslöst, d. h., wiederum andere spezifische Veränderungen neuronaler Aktivierungsmuster mit sich bringt.

Grof (1978) systematisierte sieben Ebenen der Trancetiefe in der Topographie des Unbewussten: 1. kritische Beschreibung des Außenreizes, 2. Alltagsassoziationen, 3. diffuse Gefühlswahrnehmungen, 4. abstrakte und ästhetische Erfahrungen, 5. psycho-dynamisch zu interpretierende Erfahrungen (konkrete oder symbolisierte Lebensgeschichte), 6. prä- und perinatale Erfahrungen, 7. transpersonale Erfahrungen. Strobel (1999) ordnet die ersten vier Ebenen dem normalen und die verbleibenden drei[24] dem veränderten Wachbewusstsein zu (S. 86 f., vertiefend Trost, 2021, S. 33 ff.). Die Dynamik der intrapsychischen Wirkung resultiert nach meiner Erfahrung nicht immer aus der Trancetiefe, da unterschiedlichste persönliche Erkenntnisse den therapeutischen Prozess aufbauen und gestalten.

23 Halsband (2015) hat neben eigenen Untersuchungen eine Vielzahl von Studien ausgewertet, durch welche sie hochsignifikante Veränderungen der Aktivität der Alpha- und Theta-Power in der tiefsten Phase bei Meditierenden nachweisen konnte. Gleichzeitig wird auf allgemein heterogene Ergebnisse hingewiesen, die weitere Studien notwendig machen.

24 Diesen werden wiederum sieben Phänomene zugerechnet: primärprozessartige Veränderungen der Denkabläufe, Veränderung des Zeiterlebens, Angst vor Verlust der Selbstkontrolle, intensive Emotionen, Körperschemaveränderungen, optische halluzinatorische Phänomene und verändertes Bedeutungserleben.

Frau Drosten stellte sich mit einer rezidivierenden depressiven Störung vor, schnell konnte man in ihr die ausgeprägt ängstlich abhängige Persönlichkeitsstruktur wahrnehmen, die ihre nahen und Alltagsbeziehungen bestimmte. Seit Kindertagen litt die Anfang Fünfzigjährige unter Verstimmungen und hatte sowohl diverse Kliniken als auch Psychotherapeutinnen mit verhaltenstherapeutischer, tiefenpsychologischer und analytischer Ausrichtung über lange Zeiträume konsultiert. Als die letzte dieser Therapien nach drei Jahren zu Ende ging, hatte die Klientin die Empfehlung bekommen, Musiktherapie auszuprobieren, um vielleicht doch noch etwas zu finden, was sie außer der bereits verschriebenen Medikamente unterstützen könne. Frau Drosten liebte Musik und konnte sich gut eine solche therapeutische Arbeit vorstellen. Nach einer Weile der Zusammenarbeit wollte sie die Klangliege kennenlernen. Da diese eine prominente Position im Therapieraum einnimmt, wunderte mich das Verlangen nicht. Wie auch in der rezeptiven Erfahrung mit anderen Instrumenten fehlten weder Vorbereitung noch Hinführung zum Klang und doch, nachdem ich noch keine fünf Minuten gespielt hatte, wurde die Klientin unruhig und ich ließ den Klang langsam zu Ende gehen. Sie wisse auch nicht, was los wäre, aber sie hätte sich so gelangweilt und die Zeit wäre ja gar nicht vergangen. Sie hätte sich gar nicht entspannen können und es fühlte sich an, als ob schon ewig gespielt würde. Entspannen, loslassen, genießen war nichts für Frau Drosten, wie sie mir erzählte. Genaueres Nachfragen zeigte, dass ihr Alltag so gefüllt war, dass sie sich fortwährend beschäftigte. Ihr voller Plan machte ihr so zu schaffen, dass sie sich häufig erschöpft fühlte, doch wenn sie sich weniger vornahm, dann bekam sie ein schlechtes Gewissen. Dieses Alltagskarussell drückte so nieder, dass sie oft das Gefühl hatte, dem nicht entfliehen zu können und schon gar nicht dem gewachsen zu sein. Themen wie die entstehende Leere hinter dem Nichtstun, bewundert werden zu wollen, eine durch und durch gute Person zu sein, sich selbst zu beweisen, dass man etwas wert war, kamen dadurch zum Vorschein und konnten so in unsere Arbeit einfließen. Frau Drosten probierte immer wieder die Klangliege und gelangte nach und nach zu einem entspannten Genießen, bei dem der schwingende Körper durchflutet wurde und die angenehmen Vibrationen bis zu leichten erotischen Wahrnehmungen führten, die sie voll Freude und ohne Hemmung schilderte. In dieses Vertrautsein und Wohlbefinden mit dem Klang konnte die Arbeit mit dem inneren Kind aufgenommen werden. Das Aufdecken von dem Verlorensein in der Großfamilie, das Betrachten der unguten innerfamiliären Mechanismen und schließlich das Eingestehen, dass es vor allem eine fehlende, überforderte und distanzierte Mutter gab, schmerzten Frau Drosten sehr. Die Klangliege half in einer darauffolgenden thematischen Sitzung, das innere Kind zu sich zu nehmen und andere verlorene Anteile zu entdecken, die in den mütterlichen geborgenen Klangraum, der am Anfang der Therapie noch störend besetzt war, hineingenommen und von der Klientin liebend vereint werden konnten. Ein wichtiger Schritt in der gemeinsamen Therapie. Schließlich gab es auch für diese Klientin ein Peak-Erleben, dass aber erst durch das Nachgespräch volle Geltung erlangte. Frau Drosten rutschte aus dem herrlichen Loslassen im Klang in ein inneres Bild und fand sich in einem dunklen ganz angenehmen Raum wieder. Es war dort viel los, aber das interessierte sie nicht, sie fühlte sich wohl.

> „Plötzlich werde ich irgendwie geschoben und gedrängt, so dass ich Angst bekomme. Es wird heller und plötzlich gleite ich auf einer langen Rutsche hinunter. Unten angekommen merke ich, dass ich nackt bin. Ich werde von einer Frau ganz in weiß in Empfang genommen. Irgendwie fühlt sich das alles toll und gut an."

Nachdem sie mir das erzählt hatte, schaute die Klientin mich mit großen fragenden Augen an. Mir drängte sich durch die Bilder von Kanal, Nacktheit und Empfängnis in weißer Tracht das Thema Geburt auf und ich berichtete ihr von der Assoziation. Diese zweite Geburt passte zu ihrem neuen inneren Gefühl. Staunend und freudig sagte sie:

> „Ja, ich bin irgendwie neu geboren."

Mit den Leitsätzen: „Ich akzeptiere und liebe mich so, wie ich bin." und „Ich bin eine starke und wunderbare Frau." findet unsere Therapie ihren Abschluss.

Frau Drosten hatten oberflächliche und tiefe Trancebilder immer wieder geholfen, sich innerlich zu orientieren, um so Stück für Stück einen Teil der ängstlich, abhängigen Persönlichkeitsstruktur abzulegen. Sie konnte in Dienstgesprächen nun ihre Frau stehen, hatte geübt eigene Impulse wertzuschätzen, begann sich um ihr Wohl zu kümmern, sich selbst eine gute Mutter werdend. Sie fühlte sich oft unternehmungslustig und energiegeladen, hatte den Alltag entschlankt und emotionale Freiheit für sich gewonnen. Schließlich, nachdem Frau Drosten während der Therapie in Scheidung gegangen war, sehnte sie sich nach einer neuen, möglichst adäquaten Beziehung, einer, in der sie durch mehr Selbstsein besser in Kontakt mit sich bleiben konnte. Dem Satze Benjamins gemäß: „Glücklich sein heißt, ohne Schrecken seiner selbst innewerden können." (1928, S. 113).

Auf die größte Errungenschaft unserer Zeit die sogenannte Individualisierung reagiert der Mensch in seiner Vereinzelung mit dem Gefühl, die zur Einsamkeit gehört, der Angst. Dieses Grundgefühl ist wandlungsfähig, kann sowohl in eine Kraft wie auch in eine Kraftlosigkeit führen, die entweder durch Wut oder Depression zum Ausdruck kommt. Nur in Kontexten von Beziehung kann sich ein Mensch entwickeln. Gerät er zu früh in das Abgetrenntsein, in das Einzelnsein (Safranski, 2021), kann er nicht die notwendigen Resonanzprozesse spüren, nicht die Beziehungserfahrung erleben, eine Atmosphäre von Geborgensein verinnerlichen, auf die eine mögliche Selbstfindung gründet. Ein sich in dem anderen Spüren (Spiegelneuronen) oder das Erleben, ein wertvoller Teil eines größeren Ganzen zu sein, fehlt. In der Musiktherapie werden Grundlagen für diese Erlebnismuster zur Verfügung gestellt: Beziehung, Schwingung, Atmosphäre[25]. Das Angebot in der

25 Weymann greift die Bezeichnung Atmosphäre auf, da ihr in der Neuen Phänomenologie durch präverbale und vorgestaltliche Erlebensformen eine bemerkenswerte Bedeutung zugewiesen wird, die die

vertrauten Beziehung Sicherheit zu erfahren, ein stabiles Selbst als gegenüber zu erleben und durch interpsychische Prozesse auf einen reflexiven Selbstwahrnehmungsweg zu gelangen, der wiederum erlaubt, das eigene Selbst neu zu entdecken, seine Vielfalt, Kreativität und Stärke kennenzulernen, ist die Grundlage eines therapeutischen (nach Innen heilenden) Weges. Die Musik oder der Klang ermöglichen, als Schwingungsphänomene in die Tiefe des Selbst zu gelangen, Körperwahrnehmungen führen zum Selbst, innere Bilder erlauben das intensive Durcharbeiten im Hier und Jetzt, wie auch tiefere Tranceerleben die Selbstwirksamkeit bekräftigen und den Weg zu inneren Welten bahnen.

Die therapeutische Arbeit mit dem Klang ist vor allem durch letztbenannte Schwingungsphänomene gekennzeichnet. Diese bringen nicht nur Materie[26] in Resonanz, sondern ganze Energiefelder. Körper, Seele[27], Geist geraten in Schwingung[28] und können sich durch physikalische Prozesse synchronisieren, agieren interferenziell, bewegen sich in einem elektromagnetischen Feld, in festen, flüssigen und gasförmigen Wellen. Einige für die Therapie wichtige Resonanzphänomene (wie bio-, neuro-, neuropsycho- und entwicklungspsychologische) wurden bereits erforscht, von denen einige leichter, andere schwerer zu erfassen und zu belegen sind. So hat sich Gindl vor allem der emotionalen Resonanz gewidmet. Sie nennt diese eine basale Erfahrung, die eine bestimmte Form zwischenmenschlicher Interaktion beinhaltet, ein ganzheitliches Aufeinander-Bezogensein, welches als prä- und extraverbales Geschehen gleichermaßen die seelische, körperliche und geistige Ebene miteinbezieht. Es lässt etwas anklingen, was weder mach- noch kontrollierbar ist, aber dem Grundbedürfnis von Gehört- und Wahrgenommenwerden entspricht und ebenso das Verlangen durch das eigene Sosein[29] andere zu berühren beinhaltet.

Verknüpfung zu den zentralen Aspekten der musiktherapeutischen Behandlung darstellt. Mit diesem Begriff kann ein Bereich erfasst werden, der zwar alltäglich, aber schwer in Worte fassbar ist (2005, S. 236). „Sich innerhalb einer Umgebung zu befinden und darin die eigene Befindlichkeit zu spüren, ist ein Merkmal der Atmosphäre und bestimmt auf vergleichbare Weise auch das musikalische Erleben. Ausgehend von dieser Entsprechung wird eine Wahrnehmungseinstellung beschrieben, die den Beziehungsraum in der musiktherapeutischen Behandlung erweitern und vertiefen kann. Das in der Musik entstehende „gemeinsame Anwesendsein" wird zur Vorform und Voraussetzung der Beziehung" (Deuter, 2005, S. 222). Umfassend dazu Sonntag mit der Entwicklung des Atmosphärenkonzepts (2016). Therapeutische Atmosphäre ist für ihn eine Kategorie basalen Wohlbefinden, ein resonanzreicher Raum, der Selbstgewahrsam und Erfahrung erlaubt, ohne Handlungs- und emotionalen Druck. 2020).

26 Physiker entdeckten auf atomarer und planetarer Ebene, dass Materie nicht das zu sein scheint, was wir bisher angenommen haben. Sie besteht zu 99,9 % aus leerem Raum.

27 „Zeige uns die Seele. Führe sie uns vor, laß sie uns greifen, wägen und mit Säuren untersuchen. Sage uns ihre Molekular-Zusammensetzung, ihre chemische Reaktion. Beweise, Beweise, wir müssen Beweise haben." (Rampa, 1957, S. 134).

28 „Da Resonanzwirkungen immer von einem schwingend Bewegten oder einem dynamischen Kraftfeld […] ausgehen, sind sie in der Lage, ebenso im angeregten System Bewegungen des Mitschwingens auszulösen, die entweder zu inneren Veränderungen wie Lockerung erstarrter Strukturen und gar zu ganz neunen Formbildungen oder aber auch zur Auflösung bzw. Zertrümmerung bestehender Ordnungsgefüge führen können." (Lauterwasser, 2015, S. 67).

29 Emotionale Resonanz und körperliche als Mitschwingen und Erklingen eines Eigentones.

Durch Gindls Verständnis, dass emotionale Resonanz entwicklungspsychologisch ein zentrales Merkmal in der frühen Interaktion ist, bekommt die Musiktherapie (als eine in der Entwicklungspsychologie verankerte Form der Psychotherapie) eine Schlüsselposition im therapeutischen Prozess. In ihr kann Leiden an unerfüllter und/oder abgewehrter Sehnsucht nach fehlender Antwort, eigener Resonanzlosigkeit, Nicht-Fühlen, Nicht-Spüren und Leere einen Platz finden und in eine fühlbare Schwingungsneuerfahrung geführt werden (Gindl, 2001, 2002, 2021).

Die komplexen Wahrnehmungs- und Verarbeitungsprozesse[30] von Musik und Klang lassen das Gehirn als vernetztes System reagieren (Koelsch & Schröder, 2011; Hüther, 2010). Den therapeutischen Effekten liegen Synchronisierung und Harmonisierung von neuronalen Aktivitätsmustern zugrunde, welche wiederum durch Resonanzprozesse ausgelöst werden (Hüther, 2004). Spiegelneuronen (Siegel, 2007) unterstützen die Netzwerkbildung, indem sie Gehirn, Körper und Umwelt aufeinander abstimmen. Der Mensch als Person, als Einzelwesen ist in einem Schwingungsumfeld, das ihn vollständig durchdringt und auf welches er ebenso vollständig reagiert. Klang- und Musikerfahrungen spiegeln sich als komplexe, alle Gehirnregionen erfassende Vorgänge wieder. Wichtig dabei ist die direkte Verbindung von Ohr und limbischem System, welche uns Klänge unkontrolliert erfassen lässt. Der Mensch reagiert bewusst und unbewusst.[31] Ab der ersten Zellteilung ist der Fötus ein Schwingungswesen, denn ohne die Schwingung wäre die genaue Zellteilung nicht möglich. Die molekulare Kommunikation der Zellen ist u. a. von Schwingungen und Energiefeldern abhängig. Resonanzen beeinflussen die Genexpression und regulieren damit auch biochemische Prozesse (Lipton, 2006). Neben der Körperschwingung von der ersten Zelle an ist auch das differenzierte Hören ab ca. dem 5. Monat möglich.[32] Als Schlüssel der postnatalen Affektabstimmung wird die Mutterstimme gesehen, die stimmlich-rhythmischen Lautäußerungen mit ihrer emotionalen Qualität sind die Entwicklungsgrundlage für Bindung (Stern, 2000; Beebe & Lachemann, 2002). Durch das Gleichschwingen von Mutter und Säugling erwächst das Vermögen späterer Interaktionen, aus biologisch rhythmischen entstehen soziale Prozesse, ein Mangel an emotionaler Resonanz und Abstimmung, einschließlich der Joint-Attention-Erfahrung, wird mit späteren Beziehungsstörungen gleichgesetzt (Feldmann, 2006; Schumacher, Calvet & Reimer, 2013).

Die Klangliege kann in dieser Beziehung Besonderes leisten, da sie die erwachsene Person in einen vollständig umhüllenden Klangraum hineinnimmt. Dieser bietet ein schwingendes, klingendes, gleichförmiges Brummen an, was der Atmo-

30 Anregung des vegetativen Nervensystems und des Assoziationskortizes, neuronale Aktivierung von Handlungsplanung und -initiierung, d. h., der Klang zeigt vegetative und hormonelle Wirkungen.

31 Klang kann auf diesem Weg ein Bewusstwerden unterstützen. Der innervierte Körper wird als Grundlage des Selbst („Proto-Selbst", Damasio, 2001) und des Selbstmodells in Schwingung versetzt und damit in ein neues Gewahrsein gebracht, daneben werden auch die nach außen gerichteten Sinnesorgane, die als Grundlage für ein Modell der Außenwelt dienen, durch den Klang und innere Bilder aktiviert.

32 Man beachte, dass auch das Ohr als Resonator, Verstärker und Erwiderer über Haarzellen, Basilarmembran und Cochlea funktioniert und damit beziehungsstiftend wirkt (Tomatis, 1987).

sphäre des pränatalen Klangraums nicht unähnlich ist. Es findet aber nicht nur das tonliche Umhüllen statt, welches durch Zudecken und Augenkissen noch verstärkt wird, sondern auch ein stark körperliches Mitschwingen, wie es pränatal auch der Fall ist. Dieses wiederum regt das Körpergedächtnis an, wodurch vorsprachliche und im Zellgedächtnis gespeicherte Erlebnisinhalte aktiviert werden. Dieser mütterliche Raum ist in besonderer Weise ungefährlich und gibt Menschen (oft nach langer Zeit wieder) das Gefühl von Leichtigkeit, Loslassen und Gehaltensein (Trost, 2021, S. 100 ff.). So können therapeutisch begleitete Neuerfahrungen mit dem Selbst in einem schützenden, nicht manipulierenden Resonanzraum gemacht werden, die zur Synchronisation und Selbstwirksamkeit im Sinne der auftauchenden eigenen plastischen Innenwelten einladen.

Herr Friedrich war schon vertraut mit der Klangliege, er nutzte diese Möglichkeit regelmäßig, um übermäßigen Stress abzubauen und einer ehemals durchlebten Krebserkrankung vorzubeugen. Er fühlte Freude, bei der Vorstellung mit dem Klang zu verschmelzen. Die Erfahrung hatte dem Klienten gezeigt, dass innere Bereitschaft und bewusste Öffnung dem Klang gegenüber wichtig sind. Er hieß ihn jedesmal willkommen, sagte aber trotzdem:

> „Es ist nicht steuerbar, und damit sind der Klang wie auch mein eigenes Befinden gemeint. Das Wollen ist dann weg, die Hingabe ist der Schlüssel. Wenn der Klang beginnt, ist das anfangs wie ein Klangteppich, der mich trägt und je länger das dauert und ich in Schwingung gerate, ich das Gefühl habe, dass der Klang zunimmt, desto stärker hebt sich das Gefühl auf, dass der Klang und ich zwei verschiedene Dinge sind. Es ist ja auch nicht nur Lauschen mit den Ohren, sondern als ob der ganze Körper Ohr wäre, ich bin Teil vom Klang, Teil des Meeres oder Teil eines großen Schwingenden. Er ist nicht mehr Teppich, sondern strömt durch mich durch, so dass das anfangs beschriebene Gefühl, Teil von einem großen schwingenden Ozean zu sein, übergeht zu: Ich bin das Meer. Um so schmerzhafter ist es, wenn sich dann plötzlich andeutet, dass es zu Ende geht. Wenn der Klang verklingt, kommt die Abgrenzung zurück, das empfinde ich als bedauerlich, aber es muss ja irgendwann zu Ende gehen, und führt mich in ein anderes Bewusstsein zurück. Mit Worten ist dies alles unzulänglich zu beschreiben, aber ich fühle mich in dem Moment nicht mehr als Subjekt, in dem Klang bin ich nicht mehr ich. So ähnlich wie in diesem Meer kann ich mir auch das Schwimmen im Fruchtwasser vorstellen. Geburt muss ein Schock sein."

Erhardt betont, dass Resonanzprozesse im und zwischen den Körpern erlebbar werden und das interpersonelle Feld öffnen (2021, S. 139). Dieses wird körperlich für Klientin und Therapeutin als sogenanntes Embodiment erfahrbar. Je stärker die Übereinstimmung physiologischer Werte ist, desto besser die therapeutische Beziehung und damit auch das Therapieergebnis, wie in älteren Studien herausgefunden wurde (Marci & Riess nach Erhardt, 2021, S. 171). In der psychobiologischen Theorie (Schore, 2000) wird der Bindung die interaktive Regulation biologischer Synchronizität von Organismen zugrunde gelegt. „Was sich atmosphärisch vermittelt in der non-verbalen Kommunikation, an affektivem und leiblichem Erleben oder implizit gespeicherten Gedächtnisinhalten in der präverbalen Repräsentation, wird sichtbar, hörbar und vor allem spürbar.“ (Erhardt, 2021, S. 165).

Doch muss Schwingung und Resonanz in einen noch größeren Zusammenhang gestellt werden. Seit der Entdeckung der Quantenphysik und dem Erstellen der Relativitätstheorie haben sich Naturwissenschaftler vertiefend mit der universellen Bedeutung von Schwingung auseinandergesetzt, mit Strukturbildung, Feldtheorien, biologischen Phänomenen, Materie. Lauterwasser (2015) sieht das Resonanzprinzip im Zusammenhang der Morphogenese[33] als zunehmend bedeutsam, da es zur koordinierenden Gestaltung zahlloser Einzelprozesse zur sinnhaften Ganzheit hin beiträgt. Gleichzeitig hat er dem Gesetz der Entropie (zufällige Unordnung und progredienter Zerfall) entgegenzusetzen, dass alle mikroskopischen und makroskopischen Erscheinungen anorganischer und organischer Beschaffenheit Prozesse periodischer, oszillierender, zyklischer und pulsierender Art widerspiegeln, Bewegungen, die bei Schwingungsimpulsen von Atomen beginnen und bis in die Umlaufbahnen von Planeten und Kometen zu beobachten sind. Kohärent-einheitliche Schwingungsfelder[34] und durch Interferenzen produzierte stehende Wellen vermutet Lauterwasser als Strukturgrundlage für natürliche Formgestaltung. Die Welle in ihrer periodischen Prozesshaftigkeit kann stilisiert als ein Auf und Ab gesehen werden, gleichzeitig hat sie einen Verlauf von Spannung und Entspannung. In der Gesamtheit der Wellen entstehen so Schwingungsknoten, in der Vielfalt des Schwingungsgeschehens aus Schwingungsknoten wiederum klare Strukturen (Jenny, 2009). Dies ist die Geburt der ruhenden Gestalt aus der Schwingung (Lauterwasser, 2002, S. 72 f.). Jenes Geschehen basiert auf Resonanz, ein schwingungsfähiges System vorausgesetzt. Veränderungen im Verständnis der Naturwissenschaften brachte vor allem die Stringtheorie[35] mit sich, die mit ihrem Schwingungsverständnis die Beobachtungen von Lauterwasser belegen. 1968 erstmals im Rahmen einer Streumatrix-Theorie von Veneziano vorgestellt, ging es um die Ablösung der Elementarteilchen aus der Quantenfeldtheorie. Dies führte zu völlig neuen Einsichten, wie das holographische Prinzip (Isham, 2015), das später nochmal im Zusammenhang mit dem Bewusstseinsverständnis aufgegriffen werden soll. Der Grundsatz der Stringtheorie besagt, sehr vereinfacht ausgedrückt, dass alles aus schwingenden Strings besteht, wobei Strings wiederum Schwingungszustände sind, deren Schwingungsmuster zu Qualitätsdifferenzierungen führen und damit zur Grundlage alles Seienden werden. Damit brechen traditionelle Vorstellungen auf und gehen in Dynamisches über.

---

33 Belegt durch aktuelle Forschung zeigt Lauterwasser einen eindrücklichen Zusammenhang von Morphogenese und Resonanz (S. 68–155).

34 So ist die Ur-Keimsilbe *Om* ein Klangsymbol für das ganze Sein und Bewusstsein. „Für die Schau der alten Inder ist die Realität des Klanges mit seinen rhythmischen Schwingungen und pulsierenden Vibrationen nicht nur die ursprünglichste Manifestation aller kosmischen Energien und besonders alles Lebendigen, sondern letztlich gehen auch alle Formprozesse aus den in diesen Tonschwingungen verborgenen Kräften und geistigen Gestaltungsimpulsen hervor.“ (Lauterwasser, 2015, S. 20).

35 Die Stringtheorie wurde bislang weder bewiesen noch widerlegt.

Herr Eppendorfer wollte die medikamentöse Behandlung seines Krebses durch alternative Methoden unterstützen und nutzte auf Empfehlung die Klangliegenbehandlung. Als Naturwissenschaftler waren ihm Schwingungen vertraut und so fühlte er sich körperlich deutlich spürbar im wogenden Wellenmeer. In großer Klarheit strömten, wie er es beschrieb, seitlich fließende Wellenberge und -täler, in der Längsachse die langsam flutenden stehenden Wellen. All diese Wahrnehmungen, Beobachtungen und Körpergefühle erfüllten Herrn Eppendorfer mit Zufriedenheit und Freude. Alles war ganz selbstverständlich. Als eines Tages innere Bilder auftauchten, die ihn besondere Naturlandschaften erleben ließen, erschien mir Herr Eppendorfer in seinen Beschreibungen ehrfürchtig getroffen und beseelt. Das Klangerleben bekam für ihn eine andere, größere Dimension.

Lauterwasser, der die Ideen und Ergebnisse der Formgebung durch Klang von Chladni (1756–1827) und Jenny (1904–1972) als Begründer der Kymatik[36] aufgriff und weiterführte, beschäftigte sich intensiv mit vor allem physikalischer Forschung, um die im kleinen beobachtete Formgebung (z. B. Wasserklangstrukturen) auf das große Ganze zu übertragen. So fasst er zusammen: „Konkrete und sich materialisierende Gestaltungen, wie sie unsere diesseitige Welt ausmachen, entstehen demnach nicht aus einer additiven Aneinanderreihung einzelner Komponenten oder Teilchen, sondern sie emanieren geradezu aus einem rein prozesshaften, durch und durch dynamischen Geschehen, in dessen inneren Dimensionen und Charakteristika die Informationen für die jeweiligen Entstehungs- und Gestaltungsvorgang codiert sind." (Lauterwasser, 2015, S. 48). Durch diese neuen Betrachtungsweisen sollten die alten Vorstellungen der Trennung von bloßer Materie im Gegensatz zu bloßem Geist aufgegeben werden. Laut Wheeler, dem Quantenphysiker, der noch mit Einstein und Bohr Kontakt hatte und die Relativitätstheorie weiterentwickelte, hat sich die Forschung so weit verändert, dass man davon ausgeht, dass es keine Materie nach alter Definition gibt, sondern der Ursprung aus dem immateriellen entstanden ist. „Materie ist nicht aus Materie aufgebaut; das Fundament der Welt ist nicht materiell! Stattdessen finden wir Informationsfelder, Führungsfelder, Erwartungsfelder" (Dürr, 2009, S. 89). Mit der Entdeckung der holistischen Beziehungsstruktur wird nicht mehr dem Stofflichen, sondern der Form der Vorzug gegeben. Görnitz äußert als Professor für Physik: „Die Quantenphysik charakterisiere ich als eine Physik der Beziehungen, der Beziehungen zwischen Individuen und innerhalb von Ganzheiten." (2006, S. 14). Schlussfolgernd ergänzt Lauterwasser, dass es kein Einzelnes geben kann, dass da außerhalb jeglicher Bezogenheit existierte, sondern nur ein Durch-ein-ander-Sein, ein Alles-in-Beziehung-Sein, was ohne Auflösung der Unterschiede alles miteinander in Über-ein-Stimmung brächte, in Ein-Klang, eine universelle Resonanz (2015, S. 51).

Dieser Ausflug in die Naturwissenschaften sollte das Bestreben vertiefen, eine Perspektive zu erlangen, die die verborgene Einheit von allem zeigt, statt dem ato-

36 Visualisierung von Klängen und Wellen.

mistischen Abtrennungs- oder Vereinzelungsblick (Teil-Ganzes-Beziehung) weiter zu folgen. Neue Theorien lassen uns leichter verstehen, wie die Verschiedenheit in der Einheit zu finden ist oder in ihr zusammengeführt werden kann.

Angesichts des enormen technologischen Fortschritts und des Wissens über äußere Phänomene ist das Erforschen der Innenräume für ein Gleichgewicht notwendig. Galuska äußert, dass wir gegenwärtig unser eigenes Bewusstsein auf vielfältige Weise beeinflussen können und darin eine zunehmende Kompetenz gewinnen. Daraus resultiert die Notwendigkeit einer weitergehenden wissenschaftlichen Erforschung dessen, wie das Bewusstsein funktioniert: biologisch, psychologisch, spirituell, individuell, sozial, kollektiv, ästhetisch. Es erfordert gesellschaftlich die Entwicklung einer Bewusstseinskultur, die uns hilft, als Menschheit aufzuwachen und unser Bewusstsein gemeinsam zu vergegenwärtigen (2014, S. VII). Bewusstsein[37] ist ein vieldiskutierter Begriff und Forschungsgegenstand nicht nur in der Psychologie und den Neurowissenschaften, sondern auch in Physik, Kognitionswissenschaften, Philosophie, Verhaltensforschung, Biologie etc. Der Begriff kann hier weder ausführlich noch umfassend ausgelotet werden, da er in vielerlei Hinsicht in seiner Konnotation strittig ist. Dieweil im Sprachgebrauch des Wortes unterschiedlichste Bedeutungshorizonte eröffnet werden, die Wissenschaften verschiedene Vorstellungsmodelle entwickelten, gibt es keine allgemeingültige Definition. Ein Grund, warum hier zunächst das etymologische Wörterbuch vorgezogen werden soll. Die Bezeichnung Bewusstsein wird als eine direkte Übersetzung des Lateinischen *ignorans* gesehen, und ist ab dem 8. Jhd. in der negierten adjektivischen Form *unbiwizzanti* im Althochdeutschen gebräuchlich. Als philosophischer Terminus wird *das bewust Sein* von Christian Wolff 1720 geprägt. Er bezeichnet eine „spezifisch menschliche ideelle Widerspiegelung der objektiven Realität, klares Wissen, Gewißheit, Zustand, in dem der Mensch seiner Sinne mächtig ist." (Pfeifer, 1993, S. 130). Sowohl lateinische als auch griechische Vorlagen verschmolzen auf der Bedeutungsebene und gestalteten so das philosophische Denkmodell. Doch es soll sich hier nicht mit Qualia oder Intentionalität, noch mit Innen- oder Außenperspektiven auseinandergesetzt werden, die Philosophie teilweise vernachlässigend geht es eher um eine psychologische Haltung bzw. einen Rahmen der aktuellen Forschung, der uns dem Phänomen der veränderten Bewusstseinszustände näher bringt und damit ggf. ein erweitertes Verständnis eröffnet.

„Da wir nicht nur Bewußtsein haben, sondern auch sind, verwickelt uns der Begriff lebendig in ihn hinein" (Heydwolff, 2000, S. 87). Jung (1946) sieht das Bewusstsein in einem komplementären, gewöhnlich selbstregulierenden Verhältnis

37 „Wir sind daran gewöhnt, dass die Alltagswelt Tag für Tag wach für uns da ist, und wir wissen an ihrer monotonen Regelmäßigkeit, was real ist und was nicht. Nachts träumen wir vielleicht, und während wir träumen, glauben wir zu wissen, dass das, was wir träumen, real ist, aber beim Aufwachen erkennen wir, dass dies nicht der Fall ist. Und manchmal, während wir scheinbar wach sind, verschwindet die Alltagswelt, und das, was wir für real hielten, ist weg, und wir werden mit dem konfrontiert, was nicht real sein soll. Und danach denken wir vielleicht, dass das, was nicht real sein soll, wirklich real ist, oder wir wissen nicht mehr, was real ist und was nicht." (Barušs, 2003, S. 3, Original engl.).

mit der unbewussten Psyche, welches archetypisch mit ausgeformt wird und durch gerichtete Funktionen nicht Passendes negiert, womit es unvermeidlich eine nicht-pathologische Dissoziation bewirkt. Bewusst für etwas, macht unbewusst einem anderen gegenüber, daraus resultiert, dass es kein totales Bewusstsein geben kann.[38]

Als die Psychologie aus den Wurzeln der Geistes- und Naturwissenschaften herauswuchs, sich im Verständnis ihrer Disziplin an der Methodologie letztgenannter orientierte, entstand der Denkansatz eines mechanistisch ausgerichteten Fachgebietes, welches die Beobachtung von psychischen Zuständen und Aktivitäten sowie Phänomene wie Denkabläufe, Wahrnehmen, Erkenntnis und Entscheiden in ihr Zentrum stellte. In den letzten Jahrzehnten wurde die Unzulänglichkeit der empirischen Denkansätze (Lück, 2013) immer deutlicher, so dass auch in der Psychologie eine Umorientierung, ein Paradigmenwechsel[39], wie Kuhn (1967) es bezeichnete, stattfand. Die Wiederbesinnung auf die geisteswissenschaftliche Tradition machte es möglich, Erfahrungen aus Anthropologie, den vergleichenden Religionswissenschaften, Philosophie, östliches[40] und westliches Verständnis von Denken und Bewusstsein aufzugreifen. Zunehmend verschmelzen die Ansätze der verschiedenen psychologischen Schulen in der psychotherapeutischen Arbeit, beeinflussen und befruchten sich positiv. Doch die zwei Lager, das eine stark durch

38 Das Gehirn empfängt sehr viel Information mit großer Bandbreite. Millionen von Bits werden zu einem bewussten Erlebnis komprimiert. Um jenen Zustand von Bewusstsein zu erreichen, entledigt sich der Mensch fast der Gesamtmenge an Information wieder, das bedeutet, dass das Bewusstsein sich weniger auf Information, als vielmehr auf ausgesonderte Information bezieht. Die bewusste Verarbeitungskapazität liegt hochgerechnet bei maximal 40 Bit, im Gegensatz zur Informationsaufnahme von mehr als 11 Millionen Bit pro Sekunde. Darüber hinaus ist es aber in der Lage, sehr viel mehr Information zu verarbeiten als es aufnimmt. Bewusstsein ist Ordnung (Struktur), es hat nichts mit Information (Entropie) zu tun. Eine Eigenheit ist entscheidend: Das Bewusstsein ist nicht an die Informationsverarbeitung und das Erleben gekoppelt. Der Mensch wird die Situation akzeptieren müssen, dass in ihm Deduktionsprozesse aufgrund komplexer Hypthesenüberprüfung und Gedächtnisdurchforstung (Informationsverarbeitung) stattfinden, die der Introspektion vollkommen unzugänglich sind. Das sind mentale Vorgänge, die in einem bestimmten, nicht im Freudianischen, Sinn generell unterhalb oder jenseits des Bewusstseins liegen. (Nørretranders nach Trost, 1999, S. 52 f.).

39 „Die grundlegende Umwälzung (sea change) [das meint die Wissenschaft des Bewusstseins neu denken] gleicht in gewisser Hinsicht, nämlich bezüglich der Auswirkung auf das wissenschaftliche Weltbild, derjenigen, die die Einführung der Quantenphysik zu Beginn des 20. Jahrhunderts ausgelöst hatte und deren Nachbeben wir immer noch spüren können. Ein entscheidender Unterschied liegt allerdings darin, dass die Quantenphysik leicht mit dem bekannten methodischen Instrumentarium der Physik geprüft werden konnte, Bestätigung fand und deren grundlegende Annahmen inzwischen zu den am besten bestätigten physikalischen Theorien gehören. Dies kann der Bewusstseinsforschung nicht gelingen, denn deren zentraler Gegenstand, das Bewusstsein, ist äußerst schwer zu fassen. Außerdem kann man nicht auf ein schon vorhandenes, gut etabliertes und allgemein akzeptiertes methodisches Arsenal zurückgreifen" (Mayer, 2019)

40 In der buddhistischen Philosophie und den hinduistischen Yogaschulen steht die ganzheitliche Erfahrung des Bewusstseins im Mittelpunkt. Übungspraktiken wie Meditation lassen den Lernenden Bewusstseinszustände erfahren, die personale und gesellschaftlich geprägte Identifikationen abbauen und so das Konzept des intra-, innerpersonell und globalen Getrenntsein aufheben, neuronale Aktivierungsmuster bishin zu neuroanatomischen Veränderungen (Ott, 2008) werden bewirkt.

Geist-, das andere durch Naturwissenschaften[41] (Materie) beeinflusst, sind immer noch deutlich. Eigentlich sollte der komplementäre Charakter der beiden Systeme mehr in den Vordergrund rücken, denn Geist ist nicht das Gegenteil von Körper resp. Materie, sondern beide gemeinsam bilden eine Einheit im Sein des Menschen.

Die psychotherapeutische Musiktherapie, in der die Methode die Musik ist, aber per se kein psychotherapeutisches Paradigma, kann sich im Kontext diverser Perspektiven frei bewegen. So finden sich in ihr z. B. die Vorstellungen der Humanistischen Psychologie wieder, die ins Zentrum die erlebende Person stellt, spezifisch menschliche Eigenschaften wie Kreativität, Wertschätzung und Selbstverwirklichung (Gegensatz zu mechanistisch-reduktionistisch) in den Fokus rückt, verbunden mit dem Interesse an der Entwicklung von dem Menschen innewohnenden Kräften und Fähigkeiten (Lück, 2013, S. 160 ff.). Grundlagen u. a. der Tiefenpsychologie im Sinne eines sich in Beziehungsnetzten entwickelnden Menschen werden selbstverständlich auch genutzt. Die Transpersonale Psychologie[42] mit ihren interkulturellen Bezügen spielt insofern eine nicht unerhebliche Rolle, da diese sich der Erforschung des Bewusstseins widmet und grundlegende Vorstellungsmodelle[43] (Maslow, Grof, Wilber) für die Bewusstseinsebenen erarbeitete. Musiktherapie kann sich mit ihrem Fokus auf die Entwicklung des Selbst, die spirituellen Erfahrungen und Bezüge, das Ganzheitsbestreben, die Einordnung von Grenzerleben und der Begleitung von Sterbeprozessen auf diese Erkenntnisse und Modelle stützen. „Der Geist, das Sein des Menschen, sein Ich ist mehr als eine neuronale Aktivität und das Bewusstsein des Menschen ist vielfältiger, als dass es auf die Funktionalität von Hirnnerven reduziert werden kann“ (Herkenrath, 2005, S. 356).

Bewusstsein ist in diesem Sinne ein unmittelbares Gewahrsein von Erlebnissen wie auch eine innere Erfahrung. Adridge weist auf den wichtigen Umstand hin, dass sowohl Bewusstsein wie auch Musik nichts Passives sind. Das Erreichen von Bewusstsein ist die zentrale Aktivität des menschlichen Wissens. Im Zentrum des Wortes, von lateinisch *con* (mit) und *scire* (wissen), steht ein Konzept der Gegenseitigkeit, des Wissens mit anderen. Bewusstsein wird damit zu einer gemeinsamen Aktivität, ist Mittel zur persönlichen Erkenntnis und Selbstbewusstsein. Das privat innere Verständnis steht im Verhältnis zu äußeren Sozialisationserfahrungen (2006, S. 10). In der Therapie ist genau diese Aktivität zur Bewusstwerdung hin notwendig, um die innere Bereitschaft der Klienten zur Flexibilität hervorzubringen, die

41 „Heute betrachtet man völlig selbstverständlich das menschliche Hirn als Rechner, der mit Daten gefüttert wird und Ergebnisse auswirft, den Geist bzw. Vernunft als die dazugehörige Software, die neuronalen Zustände des Hirns als interne Zustände eines Computers, mentale Denkprozesse als algorithmisch. Die menschliche Kognition wird zu einem Rechenvorgang“ (Drewer, 2003, S. 73).

42 „Diejenigen, die hiermit keine persönlichen Erfahrungen und Kenntnisse verbinden, neigen dazu, die transpersonale Psychologie insgesamt und pauschalisierend als regressive Flucht ins Magisch-Mystisch-Spirituelle zu etikettieren“ (Dorst, 1989, S. 324).

43 Deutliche Parallelen verschiedener Modelle sind erkennbar, da es eine vergleichbare Abfolge von Stufen gibt, so etwa bei Gebser (Kultur), Maslow (Bedürfnisebenen), Piaget (kognitive Entwicklung), Erikson (psychosoziale Entwicklung), Gilligan (moralische Entwicklung), Graves (Persönlichkeitsentwicklung), Loevinger (Ich-Entwicklung).

als Voraussetzung für die inneren Veränderungen gesehen werden kann. Eine zentrale Rolle spielt hier das Bewusstsein vom Selbst, in Bezug zum Selbstwertgefühl und Gewahrwerden eines Ichs, der Selbsterkenntnis, und damit dem in sich selbst Verankertsein versus der Vorstellung vom Ego, falschen Ego, mit Hinführung zum Ego-Tod[44].

„Bewusstsein, zu dem im allgemeinen Verständnis ein Ich-Bewusstsein gehört, das über Schlaf und Fremdwahrnehmung zu einer Abgrenzung des Selbst gegenüber des Außenwelt und zu einem kommunikativ dialogischen Verhalten gegenüber dieser führt, ist ein Kernelement des Menschseins und des menschlichen Lebens." (Herkenrath, 2005, S. 350).

Hess, Fachner und Rittner (2009) erstellten ein Gesamtmodell, welches die persönliche, kollektiv-menschliche und transhumane Ebene mit ihren Ausdifferenzierungen berücksichtigt, um die derzeit bekannten Aspekte des Verständnisses vom Bewusstsein zusammenzufassen. Die Bereiche erstrecken sich von der Ebene der freien Assoziation bis zur zellulären Ebene in Mikro- und Makrokosmos. Im Kontext des Klangerlebens der Klientinnen ist es aus meiner Sicht gut, sich in ein Wissensfeld des Möglichen zu begeben, um so eine Art „integral-aperspektivische" (Gebser, 1973) Bewusstseinshaltung einzunehmen, d. h., sich ein mögliches Sowohl-als-auch zu bewahren. Damit kann sich die Therapeutin erlauben, innerhalb wie auch zwischen den Perspektiven zu wechseln. Neben diesem o. g. Gesamtmodell ist es von Wert, sich naturwissenschaftliche Erkenntnisse und Theorien vor Augen zu führen.

Pribram, Professor für Psychologie und Psychiatrie, suchte wie viele seiner Kollegen nach neuronalen Korrelaten des Bewusstseins. Er leistete als Neurochirurg Pionierarbeit u. a. im Bereich des limbischen Systems und des Frontalkortex. Mittels Tierversuche stellte er fest, dass diese Korrelate durchaus gegeben sind und das Gehirn funktional gegliedert ist. Allerdings stieß der Forscher in der Versuchsanordnung auf überraschende Ergebnisse. Trotz fast vollständiger Entfernung des Gehirns einer Ratte, konnte sie weiterhin vorher gelöste Aufgaben bewältigen, um an ihr Futter zu gelangen. Pribam erkannte, dass Informationen, sobald sie entlang der Axone zu den Synapsen wanderten, nicht aufhörten. Diese erstreckten sich weiter im Gehirn über Dendriten, feine haarähnliche Fasern, welche oszillierten, um im Gehirn sich ausbreitende Wellenmustern zu erzeugen. Auf diese Weise wurden Informationen resp. das Gedächtnis gleichmäßig auf das Gehirn verteilt. Trotz der Funktionalität, sprich der oben genannten Korrelate im Gehirn, ist das Gedächtnis universell, werden die Informationen im gesamten Gehirn als Wellen gespeichert. Aus dieser Beobachtung entwickelte er die Idee eines holographisch arbeitenden Gehirns. 1991 war das holonomische Modell vollständig ausgereift und

44 Erfahrungen des veränderten Bewusstseinszustandes können als Sterben, psychologisch (das Gesicht verlieren) wie auch mehr oder weniger körpernah erlebt werden. Das kann ängstigen, da es Ego-Tod bedeuten kann. Gelingt dieser, geht er einher mit Einheitserfahrungen und kann so die Verbindung mit unserem gesamten ökologischen System herstellen (Jahrsetz, 2008, S. 320).

wurde in *Brain and Perception* beschrieben. Hammeroff und Penrose (1996) entwickelten diese Idee durch ihre Hypothese weiter, dass die Quantenaktivität innerhalb des Neurons nicht lokal mit anderen Neuronen interagiert und ein bewusstes Ereignis durch die Kombination mit einem Quantenhologramm[45] ermöglicht wird. Diese Theorie wurde verwendet, um veränderte Bewusstseinszustände wie Nahtod- und außerkörperliche Erfahrungen zu erklären. Andere Wissenschaftler wie Paura (2017) und Maldacena (2005) erforschten und unterstützen ebenfalls das holographische Paradigma. Diese Ideen wurden auch auf Zellen und Organsysteme jeder biologischen Einheit von Mitchell und Staretz (2011) übertragen. Sie postulierten, dass Quantenemissionen von jeder materiellen Entität Informationen über die Ereignisgeschichte der Quantenzustände der emittierenden Materie nicht lokal tragen. Die Quantenhologramm-Theorie der Physik wurde von Schrödinger (1944, Physiker und Wissenschaftstheoretiker) entwickelt, diese besagte, dass die quantenmechanische Wellenfunktion ein Bewusstseinsfeld und Bewusstsein nicht lokal sei, veränderte Bewusstseinszustände sollten zu verstehen helfen, wie unser Geist auf mehr als eine Weise funktioniert.[46]

Vor diesem Hintergrund kann die psychotherapeutische Klangarbeit ihren Stellenwert unterstreichen, da die energetisch-physikalische Vernetzheit des Menschen mit seiner Umgebung deutlich wird. „Bewusstsein ist multidimensional und kann gleichzeitig in verschiedenen Bereichen existieren. Alles, was existiert, hat eine Schwingung, die es von anderen Dingen unterscheidet“ (Valverde, 2018). Veränderte Bewusstseinszustände scheinen mit der Fähigkeit des menschlichen Bewusstseins in Verbindung zu stehen, auf verschiedene Bereiche zuzugreifen (Valverde, Korotkov & Swanson, 2022). Dieses In-Verbindung-Treten spielt in vertieften Trancezuständen eine wichtige Rolle, denn hier werden die Erfahrungen von Ganzheit und Teil eines größeren Ganzen zu sein immer wieder gemacht.

Tranceerfahrung Herrn Langes:

> „…aus mir heraus wachsen Lichtarme in alle Richtungen. Ich bin ein leuchtender Knotenpunkt des großen Netzes. Energetisch voll aufgeladen, verbinde ich mich mit meiner nächsten Umgebung, in alle Bereiche breitet sich ein riesiges Myzel aus, mein Inneres. Mein Körper ist wie der Fruchtkörper, der kommt und geht, das Myzel ist weitläufig, ewig verbunden. Ein Pilz, wie ein Seismograph.“

---

45 Das Quantenhologramm ist die Bezeichnung für das holografische Bild, das nichtlokal im Nullpunktfeld gespeichert ist. Wenn eine interne holografische Repräsentation im Geist eines Wesens mit den nichtlokalen Emissionen eines externen Objekts in Resonanz tritt, erkennt das Wesen sie. Externe holografische Darstellungen sind genaue Darstellungen des Objekts im dreidimensionalen Raum. Der Prozess ist analog dazu, wie eine Fledermaus oder ein Delphin ein Objekt erkennt, wenn er die Echos seiner Sonaremissionen empfängt. Die Klassifizierung und Erkennung von Mustern in einer solchen Klangschleife soll die Grundlage für die grundlegendste Wahrnehmungsebene aller lebenden Organismen sein (Valverde, Korotkov & Swanson, 2022).

46 Noch bewegen wir uns in einem paradigmatischen Kontext, der Wirkungen, die nicht durch lokalen Austausch von Energie und Wechselwirkungen geschehen, für nicht denkbar hält. „Nicht-materielle Wirklichkeit ist in einem solchen Weltbild nur schwer verankerbar.“ (Walach, 2014, S. 38).

Die Einheitserfahrung ist für den Menschen grundlegend, daraus kann eine innere Stabilität gewonnen werden, die u. a. körperliche und psychische Resilienz schafft. Die musiktherapeutische Klangarbeit bietet Menschen den Weg zu dieser Erfahrung, um wieder in ein inneres und äußeres Gleichgewicht zu kommen, um Geborgenheit in sich selbst zu finden und in echte Beziehung treten zu können. Dieses Erleben von Ganzheit kann man spirituelle Erfahrung nennen, vielleicht ist Ganzheit aber auch ein Urgrund alles Seienden, von dem der Mensch sich in seiner Entwicklung entfernt hat. Diese Abtrennung versuchte der Anthropologe Abram (2015) auf die Entwicklung der Schrift zurückzuführen, als Manifestation der Abstraktion weg vom Wesen des Seins. Schaut man sich einige alte philosophische Systeme an, so bergen sie alle Einheitsgedanken. Die Jains folgten 1200 Jahre vor unserer Zeitrechnung den Grundsätzen, dass das Universum ein lebendiger Organismus und in seiner wahren Essenz unvergänglich ist, dass der kosmische Mensch Materie gewordener beseelenden Geist ist, und dieser beseelende Geist innen und außen, ohne Anfang und Ende Universum ist. Im Vedanta 2000–1500 Jahre v. u. Z. findet sich die Sublimierung des Egoempfindens, das Einswerden mit der absoluten Wirklichkeit, die Aufhebung der geistigen Unwissenheit, die Überwindung der Illusion der Trennung des individuellen Wesens von allem anderen. Als letztes Beispiel die vordynastische Zeit, 5500 Jahre v. u. Z. ging man von einem Lichtreich aus, in dem Lichtwesen bis in alle Ewigkeit existieren würden (Ashby, 2001). Exemplarisch kann man hier sehen, dass es Erfahrungen gab, die diese Sichtweisen erlaubten. Heute begegnen wir eher Menschen die Abgrenzungs- statt Einheitserfahrungen gemacht haben. Der Biologe und Philosoph Weber bezeichnet Empfindung, Innerlichkeit und Subjektivität als elementare Eigenschaften des Lebens und diese nicht nur auf den Menschen bezogen, sondern auch auf Tiere, Pflanzen und Materie[47]. Hier wird ebenfalls der Bezug auf die Entdeckungen der Physik genommen mit der Schlussfolgerung, dass Lebewesen als makroskopische Quantensysteme beschrieben werden können (Markoš, 2002), die mit allen Partikeln in kohärenter Beziehung stehen, und Körper, eine in Raum und Zeit verkörperte Wellenfunktion, sind (Weber, 2014, S. 235).

Der Körper nimmt in der Klangliegentherapie eine zentrale Rolle ein. Schwingungen lassen den Menschen zum Resonanzkörper werden und regen so ein ganzes System von Zellen und damit auch das Zellgedächtnis an. Dadurch können in der therapeutischen Klangarbeit Erinnerungen und Erfahrungen und daraus erwachsene Muster und Prägungen aufgedeckt werden, die tief verschüttet, auf anderem Wege nicht zugänglich und damit auch nicht veränderbar sind.

Frau Siong hatte sich mit einem multiplen psychosomatischen Störungsbild vorgestellt, vor allem hinderte sie ihre ängstlich-vermeidende Persönlichkeitsstruk-

47 „Wir sind nicht nur Teil der Natur, sondern sie ist Teil von uns. Um uns ganz selbst zu verstehen, müssen wir uns selbst in anderen Lebewesen wiedererkennen. […] inwieweit es überhaupt Einzelwesen gibt oder ob die Biosphäre sich nicht viel eher als ein Gewebe von Intersubjektiven beschreiben lässt, zu dem jeder Einzelne von uns gehört", müssen wir uns fragen (Weber, 2014, S. 172).

tur mit zwanghaften Tendenzen daran, sich in einem sozialen Umfeld zu bewegen bzw. überhaupt Kontakte aufzunehmen. Die mangelnde Selbstwahrnehmung basierte unter anderem auf der Diskrepanz zwischen dem Körperhaben und -sein. Die Klangliege wurde in der Therapie ein wichtiges Medium, um ins Spüren zu kommen. Dieses brachte Frau Siong Stück für Stück wieder in den Körper und gleichzeitig auch in ihr Selbst zurück, die in der Kindheit traumabasierte Abspaltung konnte aufgedeckt und zurückverfolgt werden. In einer Schlüsseltrance begann die Integration und Verschmelzung der unterdrückten Anteile, die der Ausgangspunkt für grundlegende Veränderungen in der Persönlichkeit wurden. Bislang hatte die Klientin Schwingung vor allem körperlich wahrgenommen, diesmal kamen innere Bilder hinzu. Frau Siong:

> „Der Klang war heute ganz anders, er kam mir ganz unbekannt vor… [Staunen, Pause, fragender Blick]. Heute war überhaupt alles ganz anders. Da war ein riesiger Strom in mir, alles pulsierte, als ob die Energie meine Haut von innen kitzelte. Alles kribbelte. Ich habe diesen Strom auch in mir gesehen, das war ganz gewaltig. So etwas habe ich noch nie erlebt. Das war richtig toll."

Die Klientin war sehr aufgewühlt, auch beim Berichten konnte man sehr deutlich eine ungewohnte Dynamik spüren. Im Nachgespräch wurde die neue, zuvor noch nicht so wahrgenommene eigene Kraft und Energie wertgeschätzt, die im Klang eine besondere Resonanz ausgelöst hatte. Frau Siong hatte über den Körper und das innere Bild so etwas wie einen Anker für das wachsende Selbstwertgefühl und innere Kompetenzen bekommen. Tatsächlich gelang es der Klientin mit der Zeit, den ängstlichen Anteil deutlich kleiner werden zu lassen und sich nach außen zu öffnen, um den sehnlichen Wunsch nach Beziehungen zu verwirklichen.

Hüther (2017) bestätigte durch seine Forschungen, dass positive Veränderungen des Körpergewahrseins ebenso das neuronale Netzwerk[48] des Gehirns betreffen und so einen neuen Kontakt zu Kompetenzen, Selbstgefühl, Selbstvertrauen und zur eigenen Lebendigkeit mit sich bringen.

Die vorangegangenen Ausführungen sollen nun durch etwas umfangreichere Praxisbeispiele abgerundet werden. Ich möchte zeigen, wie Klangtrancen im therapeutischen Prozess aufeinander aufbauen können, sich im thematischen Kontext der Klientinnen entwickeln und durch das eigene Erleben ein starkes Potenzial entfalten, um Erfahrungsinhalte innerlich zu verankern.

Frau Mühlbruck war therapieerfahren und hatte in der Vergangenheit versucht, sie behindernde Dinge zu lösen. Zu Beginn unserer gemeinsamen Arbeit lag das schon

48 Die neuronale Vernetzung hinsichtlich des Verhältnisses von Psyche und Körper, d. h. des Zusammenspiels von Gehirn und Körper aufgrund zellulärer und biochemischer Prozesse, zeigt, dass sich negative Beziehungserfahrungen in der Entwicklung des Menschen durch Distanz zum Körper und Abtrennung vom Somaerleben ausdrücken. Diese Reaktionsmuster wiederum in einer Metarepräsentationen im Gehirn verankert werden und dann zu Problemen psychischer und sozialer Natur führen (Hüther, 2017).

mehr als 15 Jahre zurück. Aktuell gab es Probleme in der Ehe, die sie nicht alleine bewältigen konnte, so dass sie sich Hilfe erbat. In einer Kurztherapie versuchten wir, den Ursprung der Konflikte zu ergründen. In der ersten Sitzung entschied sich die Klientin für die Klangliege, da sie erschöpft war und vor allem entspannen wollte.

> „Oh, war das schön, endlich musste ich mal nicht funktionieren."

Schnell zeigte sich eine Leistungsproblematik, die sich auch in ihre Ehe eingeschlichen hatte. Ohne gut zu sein, hatte Frau Mühlbruck das Gefühl, die Liebe des Partners nicht verdient zu haben. In der folgenden Zeit konnten wir die Bezüge zur Mutterbeziehung herausarbeiten.

> „Meine Mutter wollte mich nicht, vom ersten Moment an war ich ihr zu viel. Ich kam viel zu klein zur Welt, wie unterversorgt von einer Mutter, die ihr Kind nicht will. Meine Mutter hat mich nicht gestillt, zu DDR-Zeiten war die Flasche alle vier Stunden dran. Wenn ich schrie, wurde ich weggestellt, um mir das Weinen abzugewöhnen."

Im darauffolgenden Klangerleben ging es thematisch um diesen Säugling. Im inneren Bild näherte sich Frau Mühlbruck dem Winzling, nahm ihn auf den Arm, um ihn zu beruhigen. Da erschien die Mutter, sagte, was das für ein Unfug wäre und das sie das lassen sollte. Frau Mühlbruck schrie zurück und flüchtete mit dem Baby im Kinderwagen. Als sie auf einem Feld ankam, breitete sich Erleichterung in ihr aus. Sie spürte die Weite, die Ruhe und das Baby. Plötzlich tauchte die Mutter wieder auf und der Klientin blieb nur, diese mit der plötzlich vorhandenen Waffe zu erschießen. Endlich Ruhe! Sie fühlte sich unglaublich befreit und erleichtert.

Maaz dazu: „Durch die Mutterbedrohung wird die Existenz des Kindes grundsätzlich in Frage gestellt. Die indirekt übermittelte oder offene feindselige Ablehnung des Kindes bedeutet höchste Lebensbedrohung" (2012, S. 119). In dem nachfolgenden Gespräch versuchten wir dieses Erleben zu integrieren, Gefühle und Bilder mit der Vergangenheit und Gegenwart abzugleichen. Die erschreckenste Erkenntnis für Frau Mühlbruck blieb ihre absolute Hilflosigkeit:

> „Aber ich bin ja noch ein Baby, ein ganz kleines Kind, welches noch so viel Zuwendung braucht."

Es zeigte sich, dass die Klientin fortwährend beweisen musste, liebenswert zu sein, was durch eine Haltung zum Ausdruck kam, dass sie sich bemühte sowohl stets freundlich und gut gelaunt als auch die perfekte Hausfrau, die intelligente Gesprächspartnerin und die fleißige Angestellte zu sein. Frau Mühlbruck erkannte, dass dadurch ein Druck entstand, der sie nicht nur auslaugte, sondern vor allem auch einengte. Auf die Dauer könne sie es nicht durchhalten, so sie selbst, dem Bild gerecht zu werden, gutaussehend, kompetent, jung – ewig jung zu sein und in jeder Hinsicht attraktiv. Die Klientin spürte, wie durch diese Vorstellung alle Freiräume verschwunden waren. Durch das Gespräch wurde deutlich, dass dieses Korsett ein altes war und ich fragte, ob sie weiterhin unter der Bevormundung ihrer Mutter weiterleben wolle, obwohl es diese gar nicht mehr gäbe oder es an der Zeit wäre, das Korsett abzulegen. Klangerleben:

> „Ich stand auf einer Klippe am Meer, alles war weit und frei, nur ich war eingeengt in dieses Korsett. Mit großer Anstrengung versuchte ich mich, davon zu befreien, einen kleinen Moment gelang es auch, aber dann schnappte es wieder zu. Es war wie verwachsen mit mir. Der eine Moment fühlte sich unglaublich gut an, ich konnte durchatmen. So sollte es immer sein."

Schon jetzt zeigten sich Veränderungen im Alltag von Frau Mühlbruck, sie fühlte sich entspannter und konnte einige gute Gespräche mit dem Ehepartner führen. Das Bewusstsein dafür geschärft zu haben, nicht zu müssen, hatte ihr geholfen Abstand von ihrer Leistungsthematik zu finden. Klangerleben:

> „Plötzlich ist das Korsett abgefallen und es fühlt sich herrlich frei an. Der Säugling taucht auf, um den ich mich kümmere, doch dann verschwindet er wieder und meine Tochter zeigt sich, wobei ich fühle, dass ich das irgendwie bin oder hätte sein können."

Im Nachgespräch durften so längst vergessene oder verdrängte Bilder auftauchen, u. a. dass ihre Mutter ihr immer die Haare geschoren und sie in „Jungskleidung" gesteckt hatte. Die Klientin schloss:

> „Ich hätte nie ein Mädchen sein sollen".

Als wir versuchten, diese Problematik näher zu betrachten, zeigte es sich, dass es in der Ursprungsfamilie wohl sexuelle Übergriffe gegeben hatte, auch die Erfahrungen mit der Gewalt der russischen Soldaten nach dem zweiten Weltkrieg spielten keine unwesentliche Rolle. Doch all diese längst erlittenen Schicksale waren unter dem Siegel des immerwährenden Schweigens begraben. Schlussfolgerung:

> „Ich sollte nicht Mädchen sein, ich sollte nicht sein, weil meiner Mutter Schlimmes wiederfahren war."

Den darauffolgenden Klang nahm die Klientin als frei und befreiend war, dass ihr Inneres in diesem weiten Raum nicht orientierungslos wurde, war für sie besonders wichtig. Zu erkennen, warum und wie mächtig das verkörperte Überich der Mutter war, half in der Aufarbeitung der verinnerlichten Muster. Jetzt ging es um Bewusstwerdung und Wertschätzung des bereits entwickelten Teils von Frau Mühlbruck, denn diesen gab es sehr wohl, ein Teil neben dem abhängigen, der eine interessante, wunderbare Frau geworden war, unabhängig von oder in Opposition zur Mutter. Sie hatte es geschafft, die Frau zu werden, die sie werden wollte, anders und fremd zu den Vorstellungen ihrer Mutter. Trotz der übermächtigen Ängste hatte sie ihren Traum verwirklicht. Klangerleben:

> „Ich sehe mich in einem herrschaftlichen roten Kleid, viel größer als sonst, aber ich bin es. Ich stehe am oberen Ende einer Treppe von einem Gutshaus. Es fühlt sich gleichzeitig fremd und richtig an. Das ist mein Platz, mein Haus soll ein lebendiges sein."

Mit einem Strahlen taucht Frau Mühlbruck wieder auf:

„Ja, das tat gut!“

Da die Klientin zu Hause alles erzählte und mit ihrem Mann teilte, näherten sie sich wieder an, und auch er begann von früheren Erfahrungen zu berichten.

In der nächsten Klangreise vereinten sich die inneren Bilder. Die große rotgekleidete Frau tauchte wieder auf, konnte aber den Säugling nicht halten. Frau Mühlbruck versuchte, wie sie dann berichtete, das sich auflösende Bild festzuhalten, da sie hoffte, eingreifen zu können. Doch als es zerrann, spürte sie, wie sie plötzlich selbst der Säugling wurde und die Klangliege sich wie eine nährende Mutter anfühlte.

> „Ich konnte nicht anderes, es kam einfach so. Es war gut, dass der Kopf sich ausgeschaltet hat, schließlich ist ein Säugling ja auch in einem fühlenden Stadium.“

Kein mütterliches Überich sollte die Herrschaft mehr in ihr haben. Dabei wurde Frau Mühlbruck bewusst, dass sie weder eine Liebe für die Eltern in sich hatte, noch dass sie eigentlich wusste, wer ihre Mutter gewesen war. Abschließend erlebte die Klientin im Klang:

> „Zuerst sah ich wieder das Gutshaus, einfach schön und dann bin ich immer weiter aufgestiegen, es war alles so leicht und dann bin ich eingeschlafen“.

Zuversichtlich beendet Frau Mühlbruck die Therapie und strahlt in dieser Zeit eine neue Festigkeit aus, als ob der Stand mit beiden Beinen auf dem Boden sicherer geworden wäre. Ein Zwischenergebnis der Bewusstseinswerdung und Festigung der inneren Haltung durch ein Gewahrwerden des eigenen Potenzials. Die Entmachtung der Mutter war sicher noch nicht ganz vollzogen, aber Frau Mühlbruck hatte mehr Platz in sich gefunden. Durch den sich stabilisierten Selbstwert hatten die Außenbeziehungen etwas von ihrer Gefährlichkeit verloren.

Das zweite Beispiel zeigt die enge Verwobenheit von körperlicher Gesundheit und psychischem Befinden. Auch hier kann Tranceerleben den Weg zu innerer Ordnung weisen, an eigene Potenziale anbinden, durch Bewusstwerdung den Habitus verändern und eine Neuorientierung bewirken.

Vor Jahren hatte sich Frau Pfeiffer schon mal an mich gewandt, um mit Hilfe einiger Krisensitzungen die Überlastungssituation als Angestellte zu regulieren. Auch jetzt hatte die erste Sitzung der Kurztherapie wieder einen Krisencharakter, denn alles überstürzte sich, die Haltung auf dem Stuhl war nicht weniger wackelig, als der sich schnell monologisch ergießende Wortschwall. Alles war durcheinander, musste aus der Klientin heraus. Es machte auf mich den Eindruck einer schon lange nötigen Reinigung von Geist und Seele, wie ein innerer Staudamm, der nun durchbrach. Gleichzeitig erkannte ich Frau Pfeiffer kaum wieder in dieser verbalen Unordnung, auch ihre unnatürlich Blässe und die leicht feuchte Haut waren ungewohnt, das Vegetativum schien aus dem Lot. Als Frau Pfeiffer dann ihre Krankheitsgeschichte und momentane Situation beschrieb, waren die Parallelen zwischen den von mir wahrgenommenen Dingen und den von ihr beschriebenen Problemen augenscheinlich. Der seit Jahren behandelte chronische Lymphstau in den unteren Extremitäten wurde von einer kürzlich diagnostizierten fortgeschrittenen Gelenksarthrose und starken schmerzbedingten Schlafstörungen begleitet. Ihr Anliegen war herauszufinden, was da eigentlich in ihr los war. Sie sagte, sie erkenne sich selbst nicht mehr wieder.

> „Meine Krankheit zwingt mich in die Knie. Eigentlich möchte ich aufrecht und geradeaus gehen, aber das Umfeld bringt mich ins Wanken."

Sie berichtete mir von der Verrentung des Ehegatten. Die Klientin hatte das Gefühl, als ob alles auf sie übergesprungen wäre, seine Langsamkeit, seine Krankheit, sein Anderssein. Die folgende Klangphase war begleitet von intensiven Bildern. Frau Pfeiffer beschrieb ein sehr anschauliches Bild von vielen Tönen, die ein Gewebe entstehen ließen, alle strömten durcheinander, keiner störte den anderen, jeder hatte Platz, durfte so sein, wie er war. Das Thema entfaltete sich im Nachgespräch weiter, wobei sie ihre Wahrnehmungen metaphorisch ausführte:

> „Ich habe meine Antenne aufgestellt und nehme wahr, dass alle das Bedürfnis nach senden und empfangen haben, doch da gibt es etwas das stört."

Erst auf die direkte Nachfrage erzählte die Klientin von den Spannungen mit dem alten Vater.

> „Er ist wie ausgewechselt. Ich erkenne ihn nur noch an seinen Augen, dabei war er so wichtig für mich."

Die Themen hießen: Stau statt Fließen, sich nicht mehr wiedererkennen, nicht man selbst sein dürfen, aus dem Gleichgewicht sein, keine Ordnung oder Stabilität haben, Monolog versus Kommunikation. Die Gesamtheit bildete ein weites Feld für die therapeutische Arbeit. Unsere Treffen wirkten jedoch schnell und offensichtlich entlastend, denn Frau Pfeiffer berichtete schon bei der zweiten Sitzung von Linderung der Symptome. Ihr Schluss daraus war, dass sie hier den richtigen Weg verfolgte und sich die Vermutung bestätigte, dass nicht nur ihr Körper erkrankt sei. Die nächste Klangsitzung brachte neben der verbalen auch eine innere klangbegleitete Entladung und Reinigung mit sich, wie Frau Pfeiffer beschrieb. Die Klientin bevorzugte eine ganzheitliche Betrachtung ihrer Situation, die sie bei Fachärzten vermisste, diese offene Haltung bestätigte sich im Gespräch, da in psychisch kritischen Momenten die Abwehr niedrig war. Dies zeigte sich auch im Klanghören:

> „Alles Kräftige ist mir sonst zu viel und hier war es schon da, dieses laute kräftige Brummen, es war irgendwie da, bevor ich es wahrnahm und es tat gut."

Als es um die Beschreibung des Alltagsverhaltens ging, fiel auf, dass die Klientin in ihren Aktionen punktuell einem fünfjährigen Kind glich. Ich hielt ihr das vor Augen und auch die vielleicht dahinter steckende Sehnsucht nach den abwesenden Eltern. Eine Brücke in die Kindheit war geschlagen. Es zeigte sich, dass die spezielle DDR-Biographie auch hier wieder eine wichtige Rolle spielte. Die Mutter war fortwährend durch die Familie überlastet, der arbeitende Vater nicht anwesend, die Klientin immer im Haushalt beschäftigt, um ein gemeinsames „Minütchen“ mit der Mutter zu ergattern. Doch diese Zeiten gab es nie. Außerdem war ein Aspekt ihres dauernden Tuns, alles zusammenhalten zu wollen. Erst als sie größer war, durfte sie den Vater manchmal auf seinen Dienstreisen begleiten.

> „Das hat meinen sehr beschränkten Horizont erweitert. Ich habe Menschen getroffen, die mir Vorbild wurden.“

Klangerleben:

> „Einfach nur hören und staunen. Es tut gut, nicht wissen zu müssen oder zu sagen oder Worte zu finden. Einfach nur sein und selbst, wenn der Weg zu Ende scheint oder versperrt ist, geht es weiter.“

Nach dieser Erfahrung beschrieb Frau Pfeiffer:

> „Es fühlte sich im Körper an, als ob ein Tropfen Öl in die Gelenksscharniere gebracht worden wäre, oder einem gezeigt wurde, wie bewegen eigentlich geht.“

Dann stand sie auf und tatsächlich bewegte die Klientin sich deutlich anders, fließender, sie sagte:

> „Alles ist wieder beweglich. Ich fühle mich gedehnt, wie nach einer angenehmen Übung.“

Die Therapiesitzungen zeigten Wirkung. Mittlerweile fühlte Frau Pfeiffer mehr Leichtigkeit und Bewegungsfreiheit im Alltag. Die Schlafstörungen waren deutlich zurückgegangen wie auch die Schmerzen. Die Klangerfahrungen unterstützen das anstrengungslose Sein. Sie erlebte in der Trance:

> „Alles darf sein, nichts ist falsch.“

Sechs Monate später vereinbarten wir ein Nachgespräch. Die inneren Bilder und das Erleben hatten Frau Pfeiffer fortwährend begleitet und so dazu beigetragen, loszulassen, was sich zu sehr verfestigt hatte. Die o. g. Themen, für sich weiter zu bearbeiten und sich so mit sich und der Beziehung zur Umwelt auseinanderzusetzen, bewirkten, dass die Klientin zu einer lang nicht gespürten Beweglichkeit zurückgefunden hatte, auch ein Kuraufenthalt stand in Aussicht. Das Erkennen und das Sich-Erlauben von So-sein-Dürfen und von Sich-nicht-fortwährend-anstrengen-zu-Müssen spielten im Kontext der körperlichen Erkrankungen eine entscheidende Rolle.

Im letzten Beispiel werden die Ergebnisse einer mehrjährigen Musiktherapie dargestellt, bei der die Klientin aktive Musiktherapie und mehr als fünfzig Klangliegensitzungen erlebte.

Frau Schäfer hatte sich für Musiktherapie aus verschiedenen Gründen entschieden. Einerseits liebte sie Musik und hoffte deshalb auf tiefgreifende Veränderung durch die Arbeit mit dieser, andererseits war ihr der Rahmen der persönlichen Geschütztheit ohne Kassenabrechnung wichtig.

Die fünfundvierzigjährige Bürokauffrau war früh Mutter geworden und hatte trotz fortwährender Berufstätigkeit eine sehr enge Beziehung zu ihren mittlerweile erwachsenen Kindern aufgebaut. Die Ablösung fiel ihr schwer und auch das Neusortieren in der Ehegemeinschaft stellte eine Aufgabe für sie da. Aktuelle gastrointestinale Beschwerden, die medikamentös nicht zu beheben waren, hatten zu einer längeren Krankschreibung geführt und die Hilfesuche im psychotherapeutischen Bereich bewirkt. Erste Erfahrungen auf der Klangliege führten die Klientin in die Entspannung, in die Körperwahrnehmung und mehr zu sich selbst, so dass ein intensiver Prozess der Selbstreflexion einsetzte, den sie selbst nicht für möglich gehalten hatte. Mehr als fünfundzwanzig Jahre schwere Schlaflosigkeit (ca. zwei Stunden Nachtschlaf), körperliche und gastrointestinale Schmerzen hatten sie begleitet und es schien in ihrer Schilderung, als ob das ganz normal und für Frau Schäfer ein belangloser Teil des Lebens wäre, den sie höchstens erdulden müsse. Im Verlauf der ersten Monate begriff die Klientin mehr und mehr ihre Situation und die Rolle, die sie in diesem Geschehen gespielt hatte und noch spielte. Es wurde ihr klar, dass sie keine Eigenverantwortlichkeit für ihre Gesundheit übernommen hatte, im Gegenteil, dass sie sich missbraucht, dafür aber eine übertriebene Verantwortung, beinah ein behinderndes Überbehüten für alle Familienglieder entwickelt hatte.

Durch die Klangqualität konnte Frau Schäfer eine neue Beziehung zu sich und ihrer Selbstwahrnehmung aufbauen. Sie fühlte sich geborgen im Klang, so dass sich vor allem die körperlichen Beschwerden lösten und sich die schwere Schlafstörung besserte.

> „Ich hab mich da so wohl gefühlt, einhüllt und schwebend war das. Ich konnte loslassen, den Köper habe ich nicht gespürt, nur der Geist war da. Das erfährt man ja nicht so häufig, eigentlich nur kurz vor dem Einschlafen, aber wenn man nicht schlafen kann, dann ist man immer nur angespannt und lässt gar nicht mehr los. Mit der Klangliege konnte ich die Erfahrung machen, dass der Körper ganz entspannt ist und der Geist trotzdem wach und irgendwie weicher und breiter."

Parallel zu den körperlichen Veränderungen tauchte nun Traurigkeit auf. U. a. über eigene Schwächen, die aus ihrer Sicht sonst nirgends gezeigt werden durften.

> „Ich war immer ein sehr funktionierender Mensch durch meine Geschichte, ich habe meine Leistung gebracht."

Die Klientin erkannte, dass dieses Streben nicht nur ihre Gesundheit negativ beeinflusste, sondern sie auch innerlich blockiert hatte, sie sprach in diesem Zusammenhang von innerer Erstarrtheit und Denkblockaden.

Trancebilder kamen häufig. So tauchte die eigene früh verstorbene Mutter auf und löste in Frau Schäfer starke ambivalente Gefühle von Trauer und Freude aus. Der Verlust war nochmal spürbar und wurde endlich ausgiebig beweint, was vormals im Alltag kaum Platz gefunden hatte, doch gleichzeitig gab es eine große Freude, die Mutter ein letztes Mal sehen zu dürfen, die Chance eines zweiten tröstlichen

Abschieds gen Himmel zu haben. Auch Bilder der Familienkonstellation zeigten sich, in denen die Klientin erkannte, dass die Beziehung zu ihren Kindern eine Form von Symbiose hatte, der ehemals erlebten eigenen Mutterbeziehung gleich, aus der sie Kraft schöpfte. Sie begriff die emotionale Missbräuchlichkeit. Das Loslassenwollen führte Frau Schäfer in einen Prozess, der vor allem durch den Klang begleitet wurde und ihr half, den Schmerz der Erkenntnis und der Ablösung zu beweinen. Ein immer wieder auftauchendes inneres Bild der sich entfernenden Kinder half ihr, einen neuen eigenen, abgegrenzten Platz in der Familie zu finden. Eine Veränderung der Körperwahrnehmung stellte sich ein und damit auch eine Sehnsucht, sich selbst neu zu definieren.

> „Ich bin an dem Punkt, an dem ich verstanden habe, dass die anderen Verantwortung für sich übernehmen müssen. Meine Rolle ist da zu Ende. Ich möchte für mich dasein, ich habe gespürt, dass ich auch Träume habe."

Emotional lässt sich Frau Schäfer nun berühren, äußere ungünstige Faktoren kann sie auf gesunder Distanz halten, da sie durch die Erfahrung mit dem Klang jetzt eine schützende Hülle um sich fühlt. Negative Gefühle müssen so nicht mehr geschluckt und als körperlicher Schmerz zum Ausdruck gebracht werden.

> „Mit der Klangliege war irgendwie alles weg, ich konnte mich ganz tief entspannen. Dadurch konnte ich lernen, wann ich gespannt und wann ich entspannt bin, das Spüren möchte ich auch nicht mehr hergeben. Ich möchte nicht mehr funktionieren, ich möchte meinen eigenen Weg gehen."

Schließlich fand die Klientin eine Stabilität, die das Auftauchen der eigenen kindlichen Einsamkeit und Verlorenheit erlaubte.

> „Ich kann nicht richtig weinen, obwohl mir zum Weinen ist. Mir tut es dann gut, meine Sachen zu machen. Ich spüre, dass da etwas in mir ist, was ich auch selber lösen kann."

Im therapeutischen Prozess entwickelte Frau Schäfer sehr gute Reflexionskompetenzen, die ihr erlaubten Beziehungszusammenhänge zu analysieren. So erkannte sie, dass die frühe Ehe die Auseinandersetzung und die nötige Ablösung von der Mutter verhinderte, die neue Familie wiederum die persönlichen Bedürfnisse von kindlicher Nähe und Harmoniebestreben befriedigten.

> „Früher wollte ich bei Problemen immer weglaufen, jetzt weiß ich, dass ich die Probleme in mir lösen kann."

Zum Ende der Therapie hatte sich die abhängige Persönlichkeitsstruktur von Frau Schäfer verändert. Die anklammernden Tendenzen waren bewusst und in ein neues Verhältnis zum eigenen Sein gesetzt worden, dadurch hatte die Klientin ein anderes Standvermögen und mehr Lebenslust entwickelt. Das Selbstbewusstsein, die Selbstwahrnehmung und das Selbstwertgefühl hatten sich deutlich gewandelt, auch die depressive Grundstimmung hatte sich aufgelöst.

> „Ich bin flexibler geworden und habe einen Neuanfang für mich gefunden. Das Funktionieren hat mich erstarren lassen, das hat sich gelöst. Das Korsett ist abgefallen. Ich kann jetzt für mich einstehen und grenze mich ab. Ich bin bei mir besser angekommen. Eine Abnabelung ist im positiven Sinne vollzogen, ich bin in Beziehung aber nicht abhängig.“

In einem letzten inneren Bild ist Frau Schäfer ganz allein in der Natur, das fühlt sich für sie gut und richtig an.

Im Abschlussgespräch fragte ich Frau Schäfer danach, welche Rolle die Klangliege in ihrem therapeutischen Prozess für sie hatte:

> „Die vielen Klangerfahrungen haben mir da einen Weg eröffnet und gleichzeitig aber auch auf Dinge hingewiesen, die wehtun. Die Gespräche zeigten mir vieles, was im Klang nochmal positiv bearbeitet, ja geordnet und in einer entspannten Atmosphäre zusammengefügt wurde. Manchmal war das fröhlich und manchmal sehr schmerzhaft. [...] Es greift mehr mit der Klangliege, die Themen gehen tiefer, ich hatte das Gefühl, dass die Ergebnisse der Therapie durch den Klang wie gefestigt wurden und nicht durch den Alltag wieder ausgelöscht werden konnten. Es ging vor allem um meine innere Veränderung. Die Elemente der aktiven Musiktherapie waren mit den rezeptiven Wirkungen überhaupt nicht zu vergleichen.“

Zusammenfassend kann gesagt werden, dass die psychotherapeutische Arbeit mit der Klangliege auf verschiedenen Ebenen ihre Wirkkraft entfaltet und dass nicht unbedingt die Trancetiefe für eine gelingende Psychodynamik entscheidend ist. Allein innerhalb der Therapie einen Ort zu schaffen, einen Raum zu eröffnen, eine Beziehung zu gewähren, die eine Wandlung zum Selbst ermöglichen, die dem Klienten den Mut geben, das eigene Selbst zum Erleben zu bringen und damit schließlich die Entmachtung der Angst zu bewirken, erlaubt eine psychische Bewegung aus habituellen Mustern. Für viele Klientinnen spielt das im Vorwort bereits aufgegriffene, wie ich es nenne, „leistungsfreie“ Bespieltwerden eine ganz zentrale Rolle, da sie so eine Einladung ins Sosein empfinden, ohne machen zu müssen. So entsteht aus meiner Erfahrung eine schnellere Bereitschaft für ein Trancegeschehen.

Die naturwissenschaftlichen Bewusstseins- und Schwingungsforschungen untermauern die Beobachtungen von Musiktherapeuten, dass Klang etwas Essentielles im Menschen bewirkt, der Mensch selbst Schwingungsfeld ist und dadurch höchst sensibel, ganzheitlich auf diese Therapieform reagiert; er durch Schwingung an einer Urerfahrung Teilhabe erlebt, die durch entwicklungsbedingte Abtrennung nicht möglich war. Der Klang resp. die Schwingung bildet aus naturwissenschaftlicher Sicht die Urerfahrung des Menschen auf zellbiologischer, geistiger und psychischer Ebene ab. Wenn eine Art von Ganzheitlichkeit den Menschen wieder in seine Mitte bringt, er dadurch Verbundenheit mit sich und der Umwelt erlangt, sprich eine neue Beziehungskompetenz aufbaut, ist die musiktherapeutische Arbeit auf der Klangliege mit den Aspekten von Körpererleben und Sinnfindung dem

Konzept der Integrativen Therapie[49] sehr nahe. In dieser vereinen sich Soma-, Psycho- und Nootherapie mit dem Fokus, dass der Mensch ein Körper-Seele-Geist-Subjekt in seinem sozialen und ökologischen Kontext und Entwicklungsprozess ist (Petzold, 1975; Frohne-Hagemann, 2004).

Nicht unähnlich ebenso mit dem Blick auf Transzendierung der Erfahrung ist die Initiatische Leibtherapie nach Dürckheim (1966) angelegt. Aus der Seinserfahrung entfaltet sich ein innerer Prozess, der die Verwirklichung einer dauerhaften Verbindung zum Metaphysischen durch die Bereinigung des Unbewussten[50] beinhaltet. Auch hier wird der Mensch als ganzer in einer Ganzheit betrachtet.

Das Schärfen des Körperbewusstseins bzw. der Selbstwahrnehmung, das über die Körperwahrnehmung stattfindet, ist eine Verfahrensweise, sich wieder mehr zu spüren und damit einen Weg zum Gleichgewicht der verschiedenen Daseinsebenen zu bahnen. Das aktivierte Körpergedächtnis kann den Klientinnen helfen, verschüttete und abgewehrte Themen neu zu betrachten, diese ins Bewusstsein zu heben und damit z. B. den Kreislauf der Psychomatisierung zu durchbrechen. Das Körperhaben kann sich zum Körpersein wandeln. Mit der Wahrnehmung der eigenen Physis kann ihre Rolle neu definiert werden und an der Vorstellung der Trennung von Körper und Geist gearbeitet werden, eine Integration der affektiven und sensorischen Empfindungen stattfinden. Das Körpersein darf mit Psyche und Geist verschmelzen. Daneben kommt oft die positive Veränderung im Immunsystem des Klangresonierenden zum Tragen, welche sowohl durch körperliche Reaktionen wie Entspannung und Regulation des vegetativen Nervensystems, wie auch durch die Stärkung des psychoneuronalen Netzwerkes zum Ausdruck kommt.

Die inneren Bilder entstehen im Klienten selbst. Durch diese kann ein neuer Bezug zur eigenen inneren Kreativität und Kraft als auch zum eigenen Selbst entwickelt werden, wodurch Selbst und Selbstwertgefühl positiv beeinflusst werden. Es findet eine Art Selbsterkenntnis auf außersprachlichen Wegen statt. Die Rolle der Therapeutin darf hier nicht unterschätzt werden, da innere Bilder mit ihrem Symbolgehalt oft einer Bedeutungsgebung im Sinne der Potenz der Klientin bedürfen. Die inneren Bilder können die Grundlage zu Sinnfindung, Bewusstseinsarbeit, Erforschung des Bewusstseins und Erinnerungsarbeit bilden, wie Frohne-Hagemann (2004, S. 312) es ausdrückt. Dieser Interpretationsprozess entsteht aus einem gemeinsamen Suchen und Assoziieren, in dem der Klient aus dem Erleben heraus eine schlüssige eigene Beziehung zum inneren Erleben schafft. Außerdem ermöglichen Tranceerfahrungen ein besseres Verstehen und Begreifen der eigenen Person, „ohne jedoch auf eventuelle Probleme zu fixieren oder diese zu pathologisieren" (Rittner, 2013).

49 Petzold (1975) entwickelte ein Modell des komplexen Bewusstseins, indem die verschiedenen Seinsaspekte des Menschen verankert sind und unter diesen Blickwinkel auch die Ansätze für die therapeutische Arbeit.

50 Dürckheim (1966, 1973, 1978) orietierte sich maßgeblich an den tiefenpsychologischen Denkmodellen Jungs, ebenso flossen Mystik, die Ansätze der Gestalt- und Ganzheitpsychologie in seine Therapieform mit ein.

Ich möchte mich weiteren Erkenntnissen Rittners anschließen, die der Arbeit mit rituellen Körperhaltungen und Klang zugrundeliegen. Trance erlaubt eine Rückanbindung und Verbindung mit allem Lebendigen, zeigt uns eine „ver-rückte" Seite unseres Bewusstseins, ermöglicht ein Heraustreten aus dem Alltagsgeschehen und das Öffnen für intuitives Erleben, setzt Denk- und Handlungsmuster außer Kraft und kann Tore zu vor- und unbewussten persönlichen Ressourcen öffnen, in denen Raum für Überraschendes und Neues entsteht (Rittner, 2006).

Die Eigenart des Klangs erlaubt Grenzüberschreitungen. Die psychodynamische Kraft entwickelt sich auf jeder Ebene der Trance, so kann mit alltagsnahen Gefühlen oder Erlebnissen oft auf einer personalen Ebene gearbeitet werden, die z. B. erlaubt, eingefahrene Bewertungsmuster zu durchbrechen, Ansichten und Einstellungen zu verändern. Auf einer tieferen Ebene des Tranceerlebens können neue Bezüge zu sich selbst und der Umwelt geschaffen werden. Ein spiritueller Weg kann sich öffnen. Überpersönliche Erfahrungen helfen bei der kritischen Auseinandersetzung mit Umwelt, Gesellschaft und der eigenen Endlichkeit, Tranceerfahrungen können zu einer Transzendierung des Egos führen. Die monochrome tranceinduzierende Wirkung der Klangliege wird dadurch verstärkt, dass die sich ausbreitenden Schwingungen den Körper durchdringen und umhüllen, auf diese Weise ist ein Entgrenzungserleben nicht ungewöhnlich. Auf der tiefsten Tranceebene ist schließlich ein Ganzheitserfahren[51] möglich, welches den Erlebenden mit allem verbindet, ihn seiner selbst entbindet und eine Erfahrung, wie Weber es sagt, von: „Alles Fühlt!" mit sich bringt, und damit die Ganzheitserfahrung mit dem logischen Schluss der verantwortungsvollen Haltung konnektiert. Auf jeder Ebene der Tranceerfahrung geht es um Auflösung, eine Freiheit von etwas, die durch den Klang unterstützt wird.

Fromm (1941a) setzt den Gedanken an Freiheit mit Verantwortung in Beziehung. Er mahnt, den dialektischen Charakter des Prozesses der zunehmenden Freiheit zu berücksichtigen. Damit meint er, die resultierende relative Unabhängigkeit des Menschen in Wechselwirkung mit der größeren Isoliertheit, die zu Angst führen kann. Diese äußert sich durch Flucht ins Autoritäre, Destruktive und Konformistische. Unsere Freiheit besteht auf einer quantitativen Ebene darin, viele äußere Dinge beeinflussen zu können, wobei Geld dabei die größte Flexibilität und Macht suggeriert. Diese Ebene haben wir, nicht ohne Schaden zu nehmen, erreicht. Wenn es uns gelingen sollte, Freiheit auf einer qualitativen Ebene zu erringen, werden wir dazu befähigt sein, unser individuelles Selbst zu verwirklichen und darin Vertrauen zu haben, und damit nicht mehr dem Fluchtimpuls vor der Verantwortung der Selbstwerdung folgen.

---

51 Strobel betont, dass Schwingungen als Manifestationen des schöpferischen Geistes mit dem letzten, allem zugrunde liegende Wesen des Kosmos identisch sind. Seine Erfahrungen in der Arbeit mit Klangtrancen zeigen, dass ein Erleben anderer, nichtalltäglicher Wirklichkeiten möglich ist, bei dem sich allmählich die begrenzenden Illusionen des von der Einheit getrennten Egos und die ausschließliche Identifikation mit dem Körper auflösen und ein Bewusstsein für die seelischen und geistigen Dimensionen unseres wahren Selbst vermitteln (2007, S. 287).

Letztendlich sollte der Weg zu einem von Angst befreiten Menschen führen, der sich seiner Selbst bewusst ist und so sich und der Welt gegenüber Verantwortung übernehmen kann.

Wer bereit[52] ist, sich dem Tranceerleben zu öffnen, kann neuen Facetten des Seins begegnen, kann daran wachsen, sein Inneres bereichern und seinen Blick weiten. Dieses aufmerksame Schauen nach Innen schärft die Wahrnehmungsfähigkeit in die Natur des eigenen Selbst und die der Welt. Ich möchte mit den Erfahrungen der französischen Forscherin Alexandra David-Neels schließen, die sich um die Jahrhundertwende des 20. Jahrhunderts drei Jahre in die Einsamkeit des Himalaya für intensive Meditationsübungen begab: „Geist und Sinne verfeinern sich in diesem kontemplativen, aus dauernden Beobachtungen und Reflexionen bestehenden Leben. Wird man zu einem Visionär, oder ist es nicht vielmehr so, das man bis dahin blind war?" (1929, S. 209).

Literatur

Abram, D. (2015). *Im Bann der sinnlichen Natur. Die Kunst der Wahrnehmung*. Klein Jasedow: thinkoya.

Aldridge, D. (1999). *Musiktherapie in der Medizin. Forschungsstrategien und praktische Erfahrung*. Bern: Huber.

Aldridge, D. (2006). Music, consciousness and altered states. In D. Aldridge & J. Fachner (Hrsg.): *Music and altered states – Consciousness, transcendence, therapy and addictions*, (S. 9–14). London: Jessica Kingsley.

Ashby, M. (2001). *Das Yoga der alten Ägypter. Die Philosophie der Erleuchtung.* Band 1. Burgrain: KOHA.

Bonin, W. F. (1986). *Naturvölker und ihre übersinnlichen Fähigkeiten.* München: Goldmann.

Barušs, I. (2003). *Alterations of Consciousness. An Empirical Analysis for Social Scientists.* Washington: American Psychological Association.

Becker, J. (1994). Music and Trance. *Leonardo Music Journal, 4* (1994), 41–51.

Benjamin, W. (1928/1972). Einbahnstraße. In: *Gesammelte Schriften*, Band IV/1 (S. 85–148). Frankfurt am Main: Suhrkamp.

Beebe, B. & Lachemann, F. M. (2002). *Infant Research and Adult Treatment. Co-Constructing Interactions.* New York: Analytics Press.

Damasio, A. (2001). *Ich fühle, also bin ich. Die Entschlüsselung des Bewusstseins.* München: Ullstein.

52 Das Phänomen der Trance, bei der es sich um ein heterogenes Bild von verschiedenen Bewusstseinszuständen handelt, ist nicht an eine zentralnervöse Hirnfunktion gekoppelt und wird deshalb weiter im Kontext von Bereitschaft vs. Mechanismus zu erleben und untersuchen sein.

Deuter, M. (2005). Atmosphären – Wahrnehmungseinstellungen und Wirkungen in der musiktherapeutischen Behandlung. *Musiktherapeutische Umschau, 26*(3), 222–235.

Drewer, P. (2003). *Die kognitive Metapher als Werkzeug des Denkens. Zur Rolle der Analogie bei der Gewinnung und Vermittlung wissenschaftlicher Erkenntnisse.* Tübingen: Narr.

Dürckheim, K. Graf. (1966). *Transzendenz als Erfahrung.* Weilheim: Barth.

Dürckheim, K. Graf. (1973). *Vom doppelten Ursprung des Menschen.* Freiburg: Herder.

Dürckheim, K. Graf. (1978). *Übung des Leibes auf dem inneren Weg.* München: Lurz.

Dürr, H. P. (2009). *Warum es ums Ganze geht. Neues Denken für eine Welt des Lebens.* München: oekom.

Dorst, B. (1989). Transpersonale Psychologie. *Gruppendynamik. Zeitschrift für angewandte Sozialpsychologie, 20*, 323–325.

Erhardt, I. (2021). Resonanzprozesse in der Musik und in der psychoanalytischen Beziehung. In I. Erhardt (Hrsg.): *Resonanzprozesse zwischen Werk und Biografie.* Jahrbuch für Psychoanalyse und Musik, Band 5, (S. 139–175). Gießen: Psychosozial.

Eliade, M. (1957). *Schamanismus und archaische Ekstasetechnik.* Zürich: Rascher & Cie.

Ellenberger, H. F. (1973). *Die Entdeckung des Unbewußten.* Bern: Huber.

Erickson, E. & Rossi, E. L. (1981). *Hypnotherapie. Aufbau, Beispiele, Forschungen. Leben lernen. Band 49.* München: Pfeiffer.

Fachner, J. C. (2007) Researching music and altered states in therapy and culture. *Music Therapy Today, 8*(3), 306–323. Verfügbar unter http:/ /musictherapyworld.net [28.08.2022].

Fachner, J. & Rittner, S. (2011). Ethno Therapy, Music and Trance: An EEG Investigation into a Sound-Trance Induction. In D. Cvetkovic & I. Cosic (Hrsg.): *State of Consciousness. Experimental Insights into Meditation, Walking, Sleep and Dreams* (S. 235-256). Heidelberg: Springer.

Feldmann, R. (2006). From biological rythms to social rythms. Physiological precursors of mother-infant synchrony. *Develomental Psychology, 42*(1), 175–188.

Frankl, V. (1988). *Der unbewusste Gott. Psychotherapie und Religion* (7. verb. Aufl.). München: Kösel.

Freeman, W. (2000). A neurobiological role of music in social bonding. In N. L. Wallin, B. Merker & S. Brown (Hrsg.): *The origins of music,* (S. 411–424). Cambridge, MA: MIT Press.

Fromm, E. (1941a/1989). Furcht vor der Freiheit. Gesamtausgabe, Band 1, *Analytische Sozialpsychologie* (S. 217–392). München: dtv.

Fromm, E. (1976a/1989). Haben oder Sein. Die seelischen Grundlagen einer neuen Gesellschaft. In: Gesamtausgabe, Band II, *Analytische Charaktertheorie* (S. 269–414). München: dtv.

Galuska, J. (Hrsg.) (2014). *Bewusstsein. Grundlagen, Anwendungen und Entwicklung.* Berlin: Medizinisch Wissenschaftliche Verlagsgesellschaft.

Galuska, J. (2016). *Psychotherapie mit Bewusstsein.* Müllheim-Baden: Auditorium Netzwerk.

Gebser, J. (1973). *Ursprung und Gegenwart.* München: dtv.

Gilligan, S. G. (1991). *Therapeutische Trance. Das Prinzip Kooperation in der Ericksonschen Hypnotherapie.* Heidelberg: Auer.

Gindl, B. (2001). „Anklang“ finden. Emotionale Resonanz im musiktherapeutischen Prozeß. *Musiktherapeutische Umschau, 26*(1), 7–18.

Gindl, B. (2002). *Anklang. Die Resonanz der Seele. Über ein Grundprinzip therapeutischer Beziehung.* Paderborn: Junfermann.

Gindl, B. (2021). Anklang und Berührtheit. In I. Erhardt (Hrsg.): *Resonanzprozesse zwischen Werk und Biografie.* Jahrbuch für Psychoanalyse und Musik, Band 5 (S. 198–212). Gießen: Psychosozial.

Goodman, F. (1992). *Trance. der uralte Weg zum religiösen Erleben. Rituelle Körperhaltungen und ekstatische Erlebnisse.* Gütersloh: GTB.

Goodman, F. (2001). *Maya Apocalypse: Seventeen Years with the Women of a Yucatan Village.* Bloomington: Indiana University Press.

Görnitz, T. (2011). *Quanten sind anders. Die verborgene Einheit der Welt.* Heidelberg: Spektrum.

Gries, W. & Kapteina, H. (2007). Zur Beziehung zwischen Spiritualität, Seelsorge und Musiktherapie *Musiktherapeutische Umschau, 28*(3), 259–272.

Grof, S. (1978). *Topographie des Unbewußten. LSD im Dienst der tiefenpsychologischen Forschung.* Stuttgart: Klett-Cotta.

Guttmann, G. (1990). *Zur Psychophysiologie der Bewusstseinssteuerung. Meditation – Trance – Hypnose.* Verfügbar unter https://thearmyway.herelafstudio.com/download/zbv_oQEACAAJ-zur-psychophysiologie-der-bewusstseinssteuerung-meditation-trance-hypnose [08.08.2022].

Hameroff, S. R. & Penrose, R. (1996). Conscious events as orchestrated space-time selections. *Journal of consciousness studies, 3*(1), 36–53.

Halsband, U. (2015). Neurobiologie der Hypnose. In D. Revensdorf (Hrsg): *Hypnose in Psychotherapie, Psychosomatik und Medizin* (S. 802–820). Heidelberg: Springer.

Harner, M. (1994). *Der Weg des Schamanen.* München: Heinrich Hugendubel.

Herkenrath, A. (2005). Von der Klangwerdung des Seins. Musiktherapie mit Menschen im Wachkoma – Ein musiktherapeutischer Ansatz. *Musiktherapeutische Umschau, 26*(4), 347–358.

Hess, P., Fachner, J., & Rittner, S. (2009). Verändertes Wachbewusstsein. In H.-H. Decker-Voigt, P. J. Knill & E. Weymann (Hrsg.): *Lexikon Musiktherapie* (2. verb. Aufl.) (S. 550–557). Göttingen: Hogrefe.

Heydwolff, A. v. (2000). Bewußtsein. In G. Stumm & A. Pritz (Hrsg.): *Wörterbuch der Psychotherapie*, (S. 86–87). Frankfurt am Main: Zweitausendeins.

Heymel, M. (2004). *In der Nacht ist sein Lied bei mir. Seelsorge und Musik.* Waltrop: Spenner.

Hunter, J. (2015). *Music and Altered States of Consciousness in Shamanism and Spirit Possession. An Overview of the Literature.* Verfügbar unter academia.edu.

Hüther, G. (2004). Ebenen salutogenetischer Wirkungen von Musik auf das Gehirn. *Musiktherapeutische Umschau, 25*(1), 16–26.

Hüther, G. (2010). Über die Kunst, sein Gehirn in salutogenetische Schwingungen zu versetzen. In W. Bossinger & R. Eckle (Hrsg.): *Schwingung und Gesundheit* (S. 105–118). Battweiler, Traumzeit.

Hüther, G. (2017). Wie Embodiment neurobiologisch erklärt werden kann. In M. Storch, B. Cantieni, G. Hüther & W. Tschacher (Hrsg.): *Embodiment. Die Wechselwirkung von Körper und Psyche verstehen und nutzen* (3. Aufl.) (S. 73–97). Bern: Hogrefe.

Isham, C. J. (2015). *Lectures on Quantum Theory. Mathematical and Structural Foundations.* London: Imperial College Press.

Jäger, W. & Grimm, B. (2007). *Der Himmel in dir* (5. Aufl.). München: Kösel.

Jahrsetz, I. B. (2008). Transpersonale Psychotherapie – Heilend ist was berührt. In W. Bossinger & R. Eckle (Hrsg.): *Schwingung und Gesundheit* (S. 307–324). Battweiler: Traumzeit.

Jenny, H. (2009/1967). *Wellenphänomene und Schwingungen.* Aarau: AT.

Jung, C. G. (1946/ 1972). *Theoretische Überlegungen zum Wesen des Psychischen.* Studienausgabe, Band 2. Zürich: Ex Libris.

Kalweit, H. (1987). *Urheiler, Medizinleute und Schamanen. Die Wiederkehr archaischer Lebenstherapie.* München: Kösel.

Kapteina, H. (2009). Spiritualität und Seelsorge in der Musiktherapie. In H.-H. Decker-Voigt, P. J. Knill & E. Weymann (Hrsg.): *Lexikon Musiktherapie* (2. verb. Aufl.) (S. 234–240). Göttingen: Hogrefe.

Koelsch, S. & Schröger, E. (2011). Neurowissenschaftliche Grundlagen der Musikwahrnehmung. In H. Bruhn, R. Kopiez & A. C. Lehmann (Hrsg.): *Musikpsychologie. Das neue Handbuch* (S. 525–547). Reinbek bei Hamburg: Rowohlt.

Kreitler, S. (2017). The Many Faces of Consciousness. *Psychology, Vol. 8*(1), 119–130.

Kuhn, T. S. (1989/1967). *Die Struktur wissenschaftlicher Revolution.* Frankfurt am Main: Suhrkamp.

Längle, A.(1998). Verständnis und Therapie der Psychodynamik in der Existenzanalyse. *Existenzanalyse, 98*(1), 16–27.

Lauterwasser, A. (2002). *Wasser Klang Bilder. Die schöpferische Musik des Weltalls.* Aarau: AT.

Lauterwasser, A. (2015). *Schwingung. Resonanz. Leben. Wasser-Klang-Bilder und die formen des Lebendigen.* Aarau, München: AT.

Lauzon, P. L. (2020). Music and spirituality. Explanations and implications for music therapy. *British Journal of Music Therapy, 34*(1), 30–38.

Levitin, D. (2008). *This is your brain on music.* London: Atlantic Books.

Lipton, B. (2006). *Intelligente Zellen.* Burgrain: Koha.

Lommel, P. van (2013). *Endloses Bewusstsein. Neue Medizinische Fakten zur Nahtoderfahrung.* München: Knaur.

Lück, H. E. (2013). *Geschichte der Psychologie. Strömungen, Schulen, Entwicklungen.* Stuttgart: Kohlhammer.

Maas, U. & Strubelt, S. (2003). Music in the Iboga Initiation Ceremony in Gabon. Polyrhythms Supporting a Pharmacotherapy. *Music Therapy Today, 4*(3), 1–37.

Maaz, H. J. (2012). *Die narzisstische Gesellschaft. Ein Psychogramm.* München: Beck.

Maldacena, J. (2005). The illusion of gravity. *Scientific American*, *293*(5), 56–63.

Markoš, A. (2002). *Readers of the Book of Life. Contextualizing Developmental Evolutionary Biology.* Oxford: University Press.

Mayer, G. (2019). Rezension zu I. Barušs & J. Mossbridge (2017): Transcendent Mind. Rethinking the Science of Consciousness. Washington, DC: American Psychological Association. *Zeitschrift für Anomalistik*, 223–230.

Meister Eckhart (1964). *Der Morgenstern.* Ausgewählte und übersetzte Texte. Berlin: Union.

Mitchell, E. D. & Staretz, R. (2011). The quantum hologram and the nature of consciousness. *Journal of Cosmology, 14*(1), 1–9.

Nauwald, N., & Goodman, F. (2015). *Ekstatische Trance. Rituelle Körperhaltungen.* Aarau, München: AT.

David-Neel, A. (1929/1978). *Mystiques et magiciens du Tibet.* Paris: Librerie Plon.

Nørretranders, T. (1994). *Spüre die Welt. Die Wissenschaft des Bewußtseins.* Reinbek bei Hamburg: Zweitausendeins.

Pfeifer, W. (Hrsg.) (1993). *Etymologisches Wörterbuch des Deutschen. A–L.* Berlin: Akademie.

Ott, U. (2008). *Kernspin im Nirwana. Die Zeit.* Verfügbar unter http://www.zeit.de/2008/06/P-Ulrich-Ott [28.08.2022].

Paura, R. (2017). From the Holographic Principle to the Simulation Argument. Metamorphosis of an Idea at the Edge of the Scientific Thought. Orbis Idearum. *European Journal of the History of Ideas, 5*(2), 25–52.

Pribam, K. H. (1991). *Brain and Perception. Holonomy and Structure in Figural Processing.* London: Psychology Press.

Rachl, S. (2017). *Ich wohne bald im zeitlos Raum.* Mannheim: Patmos.

Renz, M. (2007). Erfahrungen an der Grenze des Erfahrbaren – Spiritualität und das Medium Musik. *Musiktherapeutische Umschau, 28*(3), 205–216.

Röhr, H.-P. (2012). *Borderline bewältigen. Hilfen und Selbsthilfen* (2. verb. Aufl.). Ostfildern: Patmos.

Rittner, S. & Fachner, J. (2004). Klang und Trance im EEG – Brainmapping verschiedener Tranceinduktionsmethoden im rituellen Setting. *Musiktherapeutische Umschau, 25*(1), 70–80.

Rittner, S. (2006). Trance und Ritual in Psychotherapie und Forschung. In H. Jungaberle, R. Verre & F. Dubois (Hrsg.): *Rituale erneuern* (S. 165–191). Gießen: Psychosozial.

Rittner, S., Fachner, J. & Hess, P. (2009a). Klangtrance. In H.-H. Decker-Voigt, P. J. Knill, & E. Weymann (Hrsg.): *Lexikon Musiktherapie* (2. verb. Aufl.) (S. 234–240). Göttingen: Hogrefe.

Rittner, S., Fachner, J. & Hess, P. (2009b). Trance. In H.-H. Decker-Voigt, P. J. Knill, & E. Weymann (Hrsg.): *Lexikon Musiktherapie* (2. verb. Aufl.) (S. 538–541). Göttingen: Hogrefe.

Safranski, R. (2021). *Einzeln sein. Eine philosophische Herausforderung.* München: Hanser.

Rittner, S. & Hunger, C. (2013). Blute in die Erde – Der ritualisierte Einsatz ekstatischer Trancezustände in der Psychotherapie – Forschung und Praxis. In T. Passie, W. Belschner & E. Petrow (Hrsg.): *Ekstasen. Kontexte – Formen – Wirkungen* (S. 311–325). Würzburg: Ergon.

Sandler, H. (2018). *Das Körpermonochord in der Psychosomatischen Medizin – Subjektives Erleben und psychophysiologische Parameter.* Universitätsmedizin Berlin, Dissertation.

Schore, A. N. (2000). Attachment and the regulation of the right brain. *Attachment & Human Development, 2*, 22–41.

Schrödinger, E. (1944). *Was ist Leben? – Die lebendige Zelle mit den Augen des Physikers betrachtet.* München: Lehnen

Schumacher, K., Calvet, C., & Reimer, S. (2013). *Das EBQ-Instrument und seine entwicklungspsychologischen Grundlagen.* Göttingen: Vandenhoeck & Ruprecht.

Sheldrake, R. (1983). *Das schöpferische Universum. Die Theorie des morphogenetischen Feldes.* Frankfurt am Main: Ullstein.

Siegel, D. J. (2001). *Das achtsame Gehirn.* Freiburg: Arbor.

Sonntag, J. (2016). *Demenz und Atmosphäre. Musiktherapie als ästhetische Arbeit.* Frankfurt: Mabuse. Dissertation.

Sonntag, J. & Mainka, S. (2020). Neurologische Musiktherapie und das Atmosphärenkonzept – eine Resonanzbeziehung. *Musiktherapeutische Umschau, 41*(2), 152–157.

Stern, D. (2000). *Die Lebenserfahrung des Säuglings.* Stuttgart: Klett-Cotta.

Strobel, W. (1999). Die klanggeleitete Trance in der Psychotherapie. In W. Strobel: *Reader Musiktherapie* (S. 99–142). Wiesbaden: Reichert.

Strobel, W. (2007). Klänge als Wegbegleiter zu Spirituellem Erwachen. *Musiktherapeutische Umschau, 28*(3), 286–289.

Tedlock, D. & Tedlock, B. (Hrsg.) (1978). *Über den Rand des tiefen Canyon. Lehren indianischer Schamanen.* Köln: Eugen Dietrichs.

Tomatis, A. A. (1987). *Der Klang des Lebens.* Reinbek bei Hamburg: Rowohlt.

Trost, C. (1999). *Musik erleben und verstehen.* Universität Rostock, Magisterarbeit.

Trost, C. (2021). *Die Klangliege in der musiktherapeutischen Einzelarbeit.* Wiesbaden: Reichert.

Uccusic, P. (1991). *Der Schamane in uns.* Genf: Ariston.

Ulrich, H. E. (1986). *Von Meister Eckardt bis Carlos Castaneda. Reise durch eine andere Wirklichkeit.* Frankfurt am Main: Fischer.

Utsch, M. (2008). Spirituelle Psychotherapie. Modetrend oder Modell mit Zukunft? *Psychologie heute, 2*, 52–55.

Vaitl, D. (2012). *Veränderte Bewusstseinszustände. Grundlagen – Techniken – Phänomenologie.* Stuttgart: Schattauer.

Valverde R. (2018). The quantum consciousness model and the theology of the Urantia book. *NeuroQuantology, 16*(12), 98–108.

Valverde, R., Korotkov, K. & Swanson, C. (2022). The Quantum Hologram Theory of Consciousness as a Framework for Altered States of Consciousness Research. *NeuroQuantology, 20*(3), 187–197.

Walach, H. (2014). Hat Bewusstsein eine Zukunft? In J. Galuska (Hrsg.): *Bewusstsein. Grundlagen, Anwendungen und Entwicklung* (S. 35–50). Berlin: Medizinisch Wissenschaftliche Verlagsgesellschaft.

Wangchuk, A. K. (1973). *Der Weg der weißen Wolken. Erlebnisse eines buddhistischen Pilgers in Tibet.* Weilheim: Barth.

Warth, M. et al. (2014). Musiktherapie in der palliativmedizinischen Versorgung. Gegenwärtiger Stand und aktuelle Entwicklungen. *Musiktherapeutische Umschau, 35*(4), 261–274.

Weber, A. (2014). *Alles fühlt. Mensch, Natur und die Revolution der Lebenswissenschaften.* Klein Jasedow: thinkoya.

Wheeler, J. A. (1968). *Einsteins Vision.* Berlin, Heidelberg: Springer.

Weymann, E. (2005). Atmosphäre – ein Grundbegriff für die Musiktherapie. *Musiktherapeutische Umschau, 26*(3), 236–249.

Wilber, K. (1991). *Wege zum Selbst. Östliche und westliche Ansätze zum persönlichen Wachstum* (9. Aufl.). München: Goldmann.

Yacubian, J. & Büchel, C. (2009). The genetic basis of individual differences in reward processing and the link to addictive behavior. In J. C. Dreher & L. Tremblay (Hrsg.): *Handbook of reward and decision making* (S. 345–360). Burlington: Academic.

2
Monochord

Monochord und mystisches Erleben – Klangtrance auf der Basis eines bewusstseinspsychologischen und spirituellen Verständnisses

Urs Rüegg

Die klanggeleitete Trance nach Strobel und Berichte über Erfahrungen, die in diesem Setting gemacht worden sind, dienen als Ausgangspunkt, um über die Bedeutung von mystischen Erfahrungen in der Psychotherapie, die die spirituelle Dimension miteinbezieht, nachzudenken. Der methodische Ansatz Strobels geht von monochromen Klangstrukturen als Tranceinduktion aus, die veränderte Bewusstseinszustände auch inhaltlich beeinflussen können. Dem Spiel des Monochords mit seinem obertonreichen Klangspektrum wird archetypisch der Erlebnisraum von Geborgenheit, Verbundenheit und Auflösung bei gleichzeitigem Getragensein zuerkannt. Mystische Erfahrungen, die in diesem Setting gelegentlich auftreten, werden in ihrem Vorkommen, mit ihren Charakteristika und in ihrer disziplinären Zuschreibung beschrieben. Es wird der Frage nachgegangen, was es interdisziplinär und in der Praxis bedeutet, wenn solche Erfahrungsweisen in einem psychotherapeutischen Setting für relevant betrachtet werden. Eine entsprechende Grundhaltung und eine Annäherung an den Begriff Präsenz werden beschrieben.

Abschließend wird aus einer heilungsspezifischen Sichtweise zwischen einem individuellen Anteil und einem überpersonalen Anteil eines Leidens- und Heilungsverlaufes unterschieden. Mystische Erfahrung und spirituelles Bewusstsein helfen, die Gleichzeitigkeit dieser beiden Anteile zu erkennen, die narzisstische Kränkung von Leiden und Beeinträchtigung zu relativieren und die überindividuelle Teilhabe an Krankheit und Begrenzung zu begreifen. Sie führen möglicherweise zur Erfahrung, heil und aufgehoben zu sein. Gleichzeitig begünstigen sie Wachstum und Entwicklung und gegebenenfalls ein friedliches Abschiednehmen.

Prolog

Protokollauszüge von Trancesitzungen

„Ich bleibe bei mir“. Aber wo bin ich?

Wie mit dicken Pinseln wieder und wieder übermalt, scheint mir das „es ist“, das „wie es ist“, das „ich bei mir“ nicht zugänglich zu sein. Oft. Dicke, langsam ziehende, farbenschwere Pinsel der Gedanken, Gedanken, Gedanken.

Immer ähnlicher, gleichförmiger Gedanken.

Kreisender Milan. Vom Wind getragen. Vom Wind.

Ich lebe mein Leben in wachsenden Ringen, die sich über die Dinge ziehen. Milan. Baum. Lebensthemen.

Kuhglocken. Klingklangklingelingklongklangklangkling... Plötzlich höre ich andere Töne. Auch Glocken? Ich höre genauer hin. Nein, es sind Zwischentöne. Klänge dazwischen. Sie tauchen auf und gehen. Manchmal kurz. Manchmal länger.

Aufbauend. Anschwellend. Abebbend. Gläsern. Schwebend. Zaubermusik. Ich könnte ewig zuhören. So rein. Wie Glasflöten. Eine Glasorgel. So fein. Aber nur momenthaft. Die Glocken klingen weiter. Dann wieder eine Überlagerung, ein Zusammenfinden, ein Schwingen – für einen Moment gemeinsam. Das hörbare Dazwischen. Man muss verweilen und lauschen. Warten. Und ich freue mich jedes Mal erneut, wenn der gläserne Klang zu singen anhebt. Und große Dankbarkeit erfüllt mich, dass wir hier oben aufgehoben sein dürfen, umgeben von Glockenklang! Und rechts über der Wiese kreist ein Milan. (Person A)

*

Ich beschloss, mit einer Intention in die Trance zu gehen. Ich wollte herausfinden, warum ich in Beziehungen immer so hohe Erwartungen hatte. Ich versuchte, diese Intention sanft mitzunehmen [...] als einen leitenden oder führenden Gedanken, der ein Ziel finden kann, aber nicht muss.

Zunächst lauschte ich einfach nur den Klängen des Monochords, und nahm die verschiedenen Obertöne wahr. Im Hinterkopf hatte ich meine Intention, die ich auch dort lassen wollte, um mich ganz auf das Erlebnis einlassen zu können. Recht bald stieg ein Bild von mir als Kind im Garten des Hauses, in dem ich aufgewachsen war, auf.

Es wirkte sehr allein und verloren, wie es da im Garten spielte, ich wollte es beschützen und für es da sein, ihm helfen. Daraufhin kam eine zweite Johanna dazu, und die beiden spielten gemeinsam bei dem Brunnen im Wald.

Die erste Johanna begann ein Loch zu graben, und sie grub und grub, es hatte etwas Verzweifeltes, sie grub lange so manisch vor sich hin, bis die zweite Johanna zu ihr kam und ihr die Arme abriss, und es war klar, ich konnte nichts tun. (Person B)

*

Ich liege gut in Decken eingebettet. Urs Rüegg beginnt das Monochord zu spielen, ich fühle mich wohl mit Hanna, bin froh, dass sie an meiner Seite ist. Die Klänge tragen mich schnell fort.

Schnell sehe ich Farben. Grün, Lila. Wie Kreise, wellenartig ineinandergleitend. Es stellt sich ein sehr angenehmes Gefühl ein. Ich fühle mich so wohl. Die Grenzen meines Körpers verschwinden so sehr, dass ich an einem Punkt im Gespräch sage „Es fühlt sich so an, als würde ich einen Meter über dem Boden schweben. Schwebe ich?" Es war mir wichtig, mich zu erkundigen, ob es sich nur so anfühlt oder meine Kollegin diese Veränderung auch visuell bemerkt hat, so real fühlte es sich an. [...]

Plötzlich ist da etwas. Hanna sieht es anscheinend sofort in meinem Gesicht, denn sie fragt: „Was ist jetzt los?“ Wie sie mir später erzählte, habe ich mit einer Stimme, die sehr viel höher war als meine normale Stimmlage, wie ein kleines Kind darauf geantwortet „Hm, ich weiß nicht, irgendwie bin ich auf einmal so traurig.“ Ein Gefühl von Traurigkeit bahnte sich seinen Weg von mitten unten in den tiefsten Schichten im Körper, irgendwo im Bauchraum nach oben und wurde immens. Wie eine Welle, die klein beginnt und dann größer werdend nach oben schwappt. Wie eine Wallung. Ich habe noch nie so intensiv Traurigkeit gefühlt und ich wusste nicht einmal, warum oder woher es kam. Tränen laufen über meine Wangen. Ich habe das Gefühl, ich müsste richtig laut in Tränen ausbrechen, heftig schluchzen … (einen Zustand, den ich als „kontrollierte Weinerin“ kaum kenne) Aber etwas in mir möchte die Kontrolle behalten, weiß nicht, ob das passend ist für diesen Rahmen und auch vor Hanna. Wir gehen verbal wieder ein wenig weg von dem Thema und die Trance wird beendet.

Danach fühle ich mich irgendwie anders, verwundbarer. Dieser eigenartige Zustand hält noch übers Wochenende an und beschäftigt mich intensiv. (Person C)

1 Einleitung und Inhaltsübersicht

Wenn Menschen nach einer zwanzigminütigen klanginduzierten Trance über ihre soeben gemachten Erfahrungen berichten, unterscheiden sich diese Berichte (im Prolog sind Ausschnitte aus solchen) in grundlegender Weise. Das Spektrum, worüber berichtet wird, reicht von körperlichen Erfahrungen unterschiedlicher Art, visualisierten Szenen und Erinnerungsbildern, über eher geahnte als durchlebte Begebenheiten und über gefühlte Befindlichkeiten, dann über visionäre Erlebnisse oder vollkommene Glückseligkeit bis zu Erinnerungslosigkeit für die Dauer der Trance. Hingegen ist die Stimmung, in welcher berichtet wird, weitgehend übereinstimmend. Die meisten Berichtenden sind noch etwas entrückt, jedoch wach und sprechen mit viel Gestik aus einer offensichtlichen Betroffenheit heraus. Sie sind gerührt, suchen nach Einzelheiten oder ringen nach stimmigen Begriffen. Oft befinden sich die Berichtenden noch in der gefühls- und empfindungsmäßigen Verfassung einer Trancephase. Manchmal besteht Distanz zu den nacherzählten Gefühlsqualitäten, Empfindungen und Szenen. Das Spektrum der Gefühle ist groß: gelöst, freudig, innerlich glücklich, traurig, verwirrt, in Tränen aufgelöst, gelähmt, wütend, enttäuscht, belustigt; Körperschemaveränderungen und Körpersensationen wie Verspannungen, neu aufgetretene oder verschwundene Schmerzen, großes Wohlbefinden und Frische kommen vor.

Die Beziehung zur tranceinduzierenden bzw. begleitenden Person und ggf. zu anderen Gruppenmitgliedern ist mit seltenen Ausnahmen warm, entweder offen oder leicht verhalten bis scheu und zurückhaltend. Wenn die Teilnehmenden im Anschluss an die klanggeleitete Trance aufgefordert werden, von ihren Erfahrungen zu erzählen, ist ihnen davor eine geraume Zeit der Stille zu gewähren. Danach bedarf es einer wertschätzenden, nicht kommentierenden und schon gar nicht deutenden Haltung. Dem Erlebnisbericht ist von allen Anwesenden mit Respekt zu begegnen.

Das ritualisierte Berichten oder Darstellen nach einer klanggeleiteten Trance dient dem Bewusstwerden und Vertiefen der Erfahrung. In den Ausbildungsgruppen erhalten die Lernenden die Aufgabe, eine Klangtranceerfahrung zu beschreiben und darüber zu reflektieren. In diesen manchmal erst nach Monaten entstandenen Berichten wird fast regelmäßig festgehalten, wie sich das Tranceerlebnis in der Folgezeit gefestigt oder verändert hat, wie Vieles nicht mehr erinnert werden kann, wie eine Erlebnissequenz in Momenten danach prägend geworden ist und vor allem, welche Erkenntnisse sich eingestellt und Veränderungen in gewohnten Verhaltensweisen zur Folge gehabt haben.

Vor allem die unmittelbar auf eine Tranceerfahrung folgenden Schilderungen und gelegentlich auch die später schriftlich abgefassten Protokolle weisen einige typische Merkmale auf.

- Die Erlebnisinhalte oder gewisse Sequenzen sind für die Betroffenen oft schwierig in Worte zu fassen. Dies bei gleichzeitigem, offensichtlichem Mitteilungsbedürfnis.
- Die sehr individuellen Erlebnisse oder Szenen haben häufig Erkenntnischarakter oder weisen offensichtlich auf etwas (Überindividuelles) hin.
- Die Schilderungen beschreiben oft Erinnerungslücken, häufig mit der Bemerkung versehen: „dann war ich weg, ich bin jedoch nicht eingeschlafen“. Diese Lücken können sich wiederholen oder ausgedehnt sein bis zu einer vollständigen Amnesie über die Trancezeit.
- Erlebnisinhalte drängen sich auf, lassen sich kaum abweisen.

Schon hier sei auf die Kriterien für mystische Erfahrungen verwiesen, wie sie William James, Professor für Psychologie und Philosophie, bereits 1901 in „Die Vielfalt religiöser Erfahrung“ nennt:

1. Unaussprechbarkeit
2. Noetische Qualität (Erkenntnischarakter, Offenbarung, Nachgeschmack von besonderer Autorität)
3. Flüchtigkeit
4. Passivität (das Gefühl, der eigene Wille sei außer Kraft gesetzt)

(nach Rüegg, 2018, S. 16).

Meine Erfahrungen, die ich seit über dreißig Jahren mit der klanggeleiteten Trance nach Strobel in therapeutischen, in Selbsterfahrungs- und in Ausbildungssettings mache, brachten mich dazu, viele dieser Tranceerlebnisse als mystische Erfahrungen einzustufen und in allen nonverbalen Therapieansätzen radikal auf Gegenwärtiges zu achten. Die Atmosphäre während Gruppen- und Einzelsitzungen wird umso dichter, je weniger ich von Handlungs-, Denk- und Wertungsimpulsen abgelenkt werde.

Immer wieder höre ich von Menschen, die sich seit Jahren von ihrer Lebendigkeit abgeschnitten fühlten, dass sie in der Trance bzw. gleich danach durchbruchsartig eine besondere Intensität, „auf der Welt zu sein“, empfinden. Sie wissen nicht, wie sie die Erfahrung mit ihrem Leben verbinden können und sorgen sich, diesen Reichtum wieder zu verlieren. Das Unabweisbare des Erlebten bleibt jedoch für sie spürbar.

Welche Bedeutung kommt einer mystischen Erfahrung in einem therapeutischen Setting zu? Wie können diese besonderen Erfahrungen unterstützt und begleitet und wie kann ihr Auftreten gefördert werden? Psychotherapeutische und spirituelle bzw. mystische Perspektiven sind unterschiedliche Betrachtungsweisen derselben Lebensbereiche. Können beide Perspektiven komplementär berücksichtigt werden? Was bedeutet es für die therapeutische Begegnung, wenn die spirituelle Dimension explizit Teil des Krankheits- und Heilungsverständnisses der therapierenden Person ist? Der Fokus richtet sich auf Mystik als Inbegriff des Unfassbaren, des Einsseins und der kognitiv-affektiven Ergriffenheit (Scharfetter, 2012, S. 68) und darauf, wie sie sich im Krankheits- und Heilungsgeschehen manifestiert. Mystisches Bewusstsein bezeichnet ein Bewusstsein für die mystische Dimension in der Psychotherapie (Rüegg, 2018). Es entspricht einer Ausrichtung auf Inhalt und Wesen der Mystik und schließt die Möglichkeit mystischer Erfahrung mit ein. Mystisches Bewusstsein meint das Anerkennen einer allgemein gültigen metaphysischen Dimension, die für den nicht fassbaren, kaum zu beeinflussenden Anteil innerhalb des therapeutischen Geschehens steht.

Das nächste Kapitel stellt die klanggeleitete Trance, wie sie Wolfgang Strobel konzipiert hat, vor. Die monochrome Klangstruktur, die Bedeutung des Klangarchetyps eines tranceinduzierenden Musikinstrumentes und der Klangarchetyp des Monochords werden erörtert. Analyse und korrigierende Neuerfahrung sind als Ziele der Klangtrance genannt.

Das dritte und vierte Kapitel beleuchtet mystische Erfahrung interdisziplinär und ihren Wert in einem erweiterten Verständnis von Psychotherapie.

Im fünften Kapitel wird die therapeutische Haltung von Präsenz in ihrer Bedeutung für mystische Erfahrungen besprochen. Mystisches Bewusstsein innerhalb eines interdisziplinären Therapieverständnisses führt zum Begriff der atmosphärischen Dichte.

Das sechste Kapitel fasst nochmals die grundlegende Bedeutung der Mystik in einem Setting zusammen, das therapeutische und spirituelle Perspektiven verbindet.

2 Die Klanggeleitete Trance nach Strobel

Strobel sieht die Wurzeln seines Ansatzes, den er 1988 „Klanggeleitete Trance“ nannte, in der Musiktherapie, der Hypnotherapie, der Psychoanalyse, der Tiefenpsychologie und in Anleihen bei den Schamanen. Es war sein Anliegen, die vorhandenen Therapieformen um ein Element zu bereichern, welches auf sanfte Weise Wege zu Gebieten eröffne, die sonst schwer oder nur mithilfe stärker eingreifender Mittel wie beispielsweise psychoaktiver Substanzen zu betreten seien (Strobel, 1999, S. 99). Er weist darauf hin, dass unterschiedliche schamanische Kulturen die Zaubermacht der Musik, der Gesänge, Tänze und Rhythmen genutzt hätten, um einen „schamanischen Bewusstseinszustand" (Harner, 1982) hervorzurufen. Im traditionellen Kontext befinde sich der Schamane in tiefer Trance, um auf der Ebene der „nichtalltäglichen Wirklichkeit" (Castaneda, 1973) seine Arbeit zu verrichten. In der klanggeleiteten Trance sei der Patient[1] in diesem kreativen Bewusstseinszustand. Diesen zu erreichen, gelinge umso leichter, je mehr der Therapeut steuernde und schützende Funktionen übernehme. Die Wirksamkeit vergrößere sich, wenn dieser die Kunst beherrsche, sich parallel zum Patienten ebenfalls auf einen Zustand des veränderten Wachbewusstseins einzulassen (ebd., S. 100).

In der klanggeleiteten Trance entsteht durch das Spiel von sich stetig wiederholenden Klang- und Rhythmusstrukturen ein monotoner Reiz, der zu einem leicht bis ausgeprägt veränderten Wachbewusstseinszustand führt. Dittrich hat in einer groß angelegten Studie 1985 gezeigt, dass veränderte Wachbewusstseinszustände (VWB, Englisch *Altered States of Consciousness, ASC*) unabhängig von dem Reiz, der sie auslöst, die gleichen Merkmale aufweisen. Er spricht von den ätiologieunabhängigen Strukturen veränderter Wachbewusstseinszustände (Dittrich, 1985). Die drei wesentlichen Dimensionen bei Dittrich heißen: ozeanische Selbstentgrenzung, angstvolle Ichauflösung und visionäre Umgestaltung.

Strobel fand heraus, dass die Trance durch die Art des verwendeten Klanges auch inhaltlich beeinflusst werden kann. Er schreibt: „Bildlich gesprochen könnte man sagen, der Klang möchte den Erlebenden an die Hand nehmen und ihn in einen klangspezifischen Erfahrungsraum leiten" (Strobel, 1999, S. 100). Thematisch übereinstimmende Reaktionen auf die spezifischen einfarbigen Klangmuster (z. B. Gong, Trommel, Oceandrum) nennt er Klangarchetypen und bezieht sich dabei auf C. G. Jung, der die Archetypen in der Welt der Bilder und Mythen untersucht hat. Der Begriff Klangarchetyp meint zwei miteinander zusammenhängende Gegebenheiten: das energetische und physikalisch messbare Phänomen des Klanges einerseits und den damit in Resonanz stehenden psychologischen Bedeutungshof andererseits (ebd., S. 104). Im Einzelfall kann die thematische Übereinstimmung der Reaktion auf die unterschiedlichen einfarbigen Klangmuster keinesfalls erwartet werden. Das, was sich im Vorbewussten als energiereiches, ins Bewusstsein drängendes Thema befindet, kann durch jeden monotonen akustischen Reiz für den Tranceinhalt bestimmend werden (ebd., S. 127).

Dieses Phänomen konnte in unzähligen Tranceangeboten bestätigt werden. Beispielsweise ist das Geschehen im Protokoll von Person B im Prolog kaum durch den Klangarchetyp des Monochords beeinflusst. Vielmehr hat sich durch die Intention der Person B, herauszufinden, weshalb sie in Beziehungen immer so hohe Erwartungen gehabt habe, das Thema von Machbarkeit, allenfalls Kontrolle angebahnt. Wenn das zuletzt geschilderte Bild des Armabreißens auch etwas Makabres haben könnte, liegt dennoch etwas Auflösendes in dieser Szene. Die Schreibende

---

1 In dieser Arbeit wird aus Gründen der besseren Lesbarkeit das generische Maskulinum verwendet. Weibliche und anderweitige Geschlechteridentitäten werden dabei ausdrücklich mitgemeint, soweit es für die Aussage erforderlich ist.

wechselt in diesem dramatischen Moment von der dritten Person („sie grub und grub") in die erste Person („es war klar, ich konnte nichts tun").

Auch die folgende, sehr nuancierte Trancebeschreibung ist durch eine innere Bereitschaft der Betroffenen, ein frühes kindliches Trauma neu zu beleben, gekennzeichnet. Reflektierend beschreibt sie sich selbst dem Klang erbarmungslos ausgeliefert: „Wie ich mich als Kind vielleicht auch erbarmungslos ausgeliefert gefühlt haben könnte". (Person D)

„Was siehst du?"

Ich sehe eine karge Wüstenlandschaft mit drei Marterpfählen, Holzstämme, die vertikal zum Himmel zeigen.

„Fällt Dir etwas auf?"

Es fehlt ein Stück vom Bild, es müssten mehr als drei Marterpfähle sein, wahrscheinlich fünf, aber ich sehe sie nicht, der rechte Bildausschnitt ist ausgeblendet, ich nehme es nicht für wichtig. War da ein rotes Taschentuch am Boden? Eine Serviette? Ich bin mir nicht sicher, es wird nicht so wichtig sein, was und ob da etwas herumliegt. Ich schaue wieder mein Bild an, es hat sich verändert. Aus den Marterpfählen sind Kreuze geworden, drei Kreuze wie auf dem Berg Golgatha. Es ist einfach nur ein Bild, eine Szene, ich schaue sie von außen an. Das Bild ist starr, die Szene steht. Es gibt keine Bewegung. Die Kreuze stehen, der Weg führt hinauf, da ist niemand.

Ein Gedanke trifft mich wie ein Pfeil: Könnte in dem Bild doch etwas geschehen? Was könnte geschehen? Ja, es könnten diese Menschen kommen, die Menschen in Schwarz, die in einer Prozession den Weg entlangkommen. Und da sind sie. Sie kommen ins Bild. Ich bin angespannt, mein Herz schlägt beschleunigt. Ich weiß nicht, was das zu bedeuten hat, ich weiß auch nicht, wieso ich beunruhigt bin. Ich weiß nicht, inwiefern ich Teil der Szene bin, ich ahne, es gibt eine Verbindung, irgendetwas habe ich mit diesen Leuten zu tun. Diese schwarzen Menschen sind weit weg, ich kann sie nicht genau erkennen. Ich habe kreisende Gedanken: Ich kann nichts tun, ich schaue das nur an, ich kann nichts tun, ich schaue das nur an, wie durch ein Fenster. Ich kann nichts ändern, ist einfach so. Ich bin von der Szene getrennt, abgetrennt. Tränen laufen mir über mein Gesicht, ich kann kein Gefühl äußern, es ist nicht so, dass ich sagen könnte, ich wäre traurig, ich sehe mir das einfach an, die gehen da einfach und ich schaue das an und Tränen laufen über mein Gesicht. Ich kann nichts tun. Ich bin wie gelähmt.

„Wer könnte dir helfen?"

Es kann mir niemand helfen. Da ist zwar diese Frau, sie ist neben mir, sie hält mich, aber sie kann nichts für mich tun. Sie ist nicht die Richtige. Ich glaube, sie ist auch gelähmt. Sie ist erwachsen, ich bin ein Kind. Ich habe nichts mit ihr zu tun, sie ist mir völlig egal. Sie kann nichts für mich tun, auch wenn sie wollte. Sie könnte mir sagen: Es tut mir leid, aber es würde keinen Unterschied machen. Sie ist wie in einer weiteren eigenen Szene und hat keinen Zugang zu dem Geschehen. Sie ist, auch wenn sie da ist und mich hält, wie in einem eigenen Raum/Zeitgeschehen, das nichts mit meinem Raum/Zeitgeschehen zu tun hat. Die Hüllen berühren sich, die Grenze ist undurchdringbar.

Ich bin alleine in meinem Geschehen, nichts kann durchdringen durch die Hülle zu mir. Ich kann nicht hinaus, ein Zustand ohne Bewegung, ein starrer Zustand, eigentlich ein Vakuum, in dem auch körperliche Bewegungen keinerlei Luftzirkulation auslösen könnten. Eine Vakuumblase, durch die auch kein Schall transportiert werden kann. Die Frau kann nichts für mich tun, sie kann nichts an der Szene ändern, ich schaue gelähmt der Prozession zu. Es hilft kein Rufen, sie hören mich nicht, sie sind zu weit weg und das Fenster ist zu und die unsichtbare Blase schluckt alles wie ein schwarzes Loch. Die Tränen rinnen über meine Wangen. Ich bin gefangen und gelähmt in einem ausweglosen ewig dauernden Moment.

„Was kann helfen?"

Nachdem mir weder die Frau noch die schwarzen Leute helfen können und der Zustand, in dem ich gefangen bin, mich nach und nach meine Kraft kostet, habe ich eine Idee bekommen: Ich grabe mir ein Loch, eine große runde Mulde in die Erde. Es ist ein schönes erdiges Loch mit glatten feinen Wänden, rund wie eine Schüssel oder eine Schale. Da lege ich mich hinein. Ich passe genau hinein, es ist recht finster und es ist sehr angenehm. Hier kann ich mich erholen, hier fühle ich mich sicher und geborgen. Die Szene bleibt draußen. Alles bleibt draußen. Hier ist mein Platz, hier habe ich Ruhe und kann bleiben, bis ich mich kräftig genug fühle, meine Erdhöhle wieder zu verlassen. Hier darf ich mich ausruhen. Ich fühle mich erleichtert, erst jetzt spüre ich, wie erschöpft ich bin, erst jetzt, als die Anspannung nachlässt und mein Körper weich werden darf. Ich weiß nicht, was mich erwarten wird, wenn ich mein Loch wieder verlassen werde, es ist nicht wichtig, ob ich das Loch jemals verlassen werde, wichtig ist, dass ich mich ausruhe. Ich ruhe friedlich. In Frieden, wenn es sein sollte bis in Ewigkeit, ganz egal. Vielleicht wird die Szene irgendwann vorbei sein. Aber das ist jetzt nicht wichtig, vorerst ruhe ich mich aus.

Im Kommentar schreibt Person D erhellend:

Ich bin als jüngste von 8 Kindern geboren. Bereits bei der Schwangerschaft erfuhr meine Mutter von der unheilbaren Krebserkrankung meines Vaters. Mein Vater starb, als ich 3 Jahre alt war. Ich habe keine Erinnerungen an meinen lebendigen Vater, wohl aber eine Erinnerung an den im Wohnzimmer aufgebahrten toten Vater. Erst vor wenigen Jahren stellte ich mir die Frage, wieso ich keine Erinnerung an die Beerdigung hatte. Auf Nachfragen bei meiner Mutter erfuhr ich, dass ich nicht dabei gewesen war, sondern bei einer Nachbarin untergebracht war, die mit mir von ihrem Balkon aus den Leichenzug beobachtet hatte.

Ich habe in der Klangtrance diese Szene meiner Kindheit nacherlebt.

Der Klangarchetyp des Monochords

Strobel beschreibt den Klangarchetyp des Monochordes folgendermaßen: „Das Monochord löst häufig Gefühle von ozeanischer Selbstentgrenzung aus. Himmlisch, paradiesisch, glückselig sind oft verwendete Adjektiva zur Beschreibung jenes Zustandes von schwerelosem Schweben (im Wasser, in der Luft oder im All), in dem gleichzeitig ein Entgrenztsein gespürt werden kann und ein Verbundensein mit allem, in dem die Widersprüchlichkeit von Auflösung der Körperlichkeit und gleichzeitigem Getragensein überwunden wird. Es handelt sich um die Wahrnehmungsqualität der Alleinheit, zu der die Menschen in verschiedenen Momenten Zugang bekommen können: in der Natur, in Kunst und Religion oder in der Verliebtheit." (1999, S. 109).

Durch das kontinuierliche Gleitenlassen von je einer Fingerkuppe jeder Hand über alle gleich gestimmten Saiten entsteht ein kontinuierlich fließender Grundton, über den nach einiger Zeit des Einhörens der tanzende Reigen der natürlichen Obertöne wahrnehmbar wird.

Der folgende Ausschnitt einer Monochordtranceschilderung bringt sowohl das charakteristische Kontinuum der Musik als auch die archetypische Bedeutung von (embryonaler) Geborgenheit in einen bildlichen Ausdruck:

> Schon recht am Anfang der Trance entstand in mir das Bild, dass da Bienen über mir im Raum schweben (das erste Mal, dass ich ein Bild in einer Trance imaginierte). Zuerst konnte ich nur das Summen der Bienen wahrnehmen, bis ich sie dann auch vor meinem inneren Auge sehen konnte. Sie waren sehr groß.
>
> Das Bild hat sich dann weiterentwickelt und ich wurde zu einer Made, die in einer Wabe liegt. Als ich diese Made war, habe ich mich teilweise von oben gesehe – also ich in dieser Wabe – und teilweise auch aus der Perspektive, als würde ich in der Wabe drinnen liegen. Ich sehe die Bienen nur von unten und auch da nur ihre Schatten, da meine Wabe zugedeckelt ist. Ich höre das konstante Summen/Brummen über mir und ich fühle mich geborgen. (Person E)

Verschiedene Autoren und Autorinnen (Grof, Renz, Timmermann) ordnen den Klangarchetypen beziehungsweise den entsprechenden Erlebnisräumen bestimmte Phasen der embryonalen und frühkindlichen Entwicklung zu, während welcher die entsprechenden Klänge möglicherweise einen prägenden Einfluss auf Fötus und Kleinkind haben. Strobel übernimmt von Grof die Idee, dass in der Ur-Einheit mit der Mutter vom Kind charakteristische vibroakustische Signale wahrgenommen werden, die durch das Monochord „erinnert" werden und meint: „Die Erlebnisse während spontan auftauchender Altersregression in der klanggeleiteten Trance mit dem Monochord lassen die Annahme zu, dass der Säugling beim Gestilltwerden und das ungeborene Kind in der frühen intrauterinen Zeit derartiges [wie Monochordklänge, Anm. des Autors] wahrnehmen kann." (ebd., S. 109). Die Erfahrung von Ur-Einheit mit der Mutter stehe auch für die Ur-Einheit mit der Welt, der Schöpfung, dem Kosmos. Das Erleben von Geborgenheit und Harmonie kann sich in Monochordtrancen sowohl in seiner erfüllenden Art als auch in der Ambivalenz zwischen Hingabe und Angst bzw. Kontrolle oder auch in der gänzlich unerfüllten Ausgestaltung, z. B. in einer tiefen Verstimmung, zeigen. Die Zuordnung zu einer biografischen Prägung kann anfänglich höchstens vermutet werden.

Im folgenden Beispiel eines Protokolls aus einer Trancesitzung zeigt sich der Wechsel zwischen Hingabe und der Gegenreaktion als Unruhe und Angst sehr anschaulich:

> Als das Monochord erklingt, bin ich erleichtert. Der Klang ist so wunderbar tragend, wohlwollend, warm und weit. Trotz meiner Erleichterung bleibt die Unruhe. Ich bin hin und her gezogen, einerseits möchte ich bewusst wach bleiben und kontrollieren, auf der anderen Seite will ich loslassen. Ich habe Angst, eine tolle Erfahrung zu verpassen. Meine Unruhe finde ich in der Schwingung des Monochords wieder. Es ist ein schnelles hin und her, eine Bewegung von vor und zurück, die nicht enden will. Ich ändere wieder meine Position. Jetzt höre ich mein Herz ganz laut im Schwingungstempo des Monochords klopfen. Ich habe das Gefühl, es tut sich beim Pumpen schwer, ich bekomme ein bisschen Angst. Ich denke an meine eigene Therapie. Dann versuche ich, irgendwann aktiv zuzuhören. Der Grundklang/Ton des Monochords breitet sich flächig im ganzen Raum aus. Die Obertöne erinnern mich an Flöten oder Gesang. Ein Bild von in orangenes Licht getauchten Arkaden kommt. Sobald ich ein wenig „abtauche" oder „reinkippe", wache ich erschreckt auf und ich „erinnere" mich bewusst an mein soeben Erlebtes oder Gesehenes. So geht das hin und her. (Person F)

Strobel verfolgt mit dem Inhalt der durch Klang induzierten und gestalteten Trance in der Psychotherapie zwei Ziele: Zum einen führe der veränderte Bewusstseinszustand zur Erlebnisregression und mache verdrängte traumatische Themen oder verschüttete positive Erfahrungen wieder bewusstseinsfähig. Zum andern öffne der Klang auf einer energetischen oder symbolischen Ebene Pforten zu neuen Erfahrungsräumen (ebd., S. 135).

Person C (siehe Prolog) wird von einer Kollegin, Hanna, in der Rolle der Therapeutin begleitet. Das Monochord spielt der Gruppenleiter. Im Reflexionsteil zum Tranceprotokoll schreibt sie:

> Mir wird noch am selben Tag plötzlich klar, dass ich die kleine Emmy war, vielleicht drei oder vier Jahre alt. Die Gefühle der Traurigkeit und Hoffnungslosigkeit meiner depressiven Mutter, die über den Suizid ihres Lebensgefährten, meinen Vater, trauerte, welche schließlich auch zu ihrem Suizid zwei Jahre später führten (als ich im Alter von vier Jahren war), müssen immens gewesen sein. … in so einem Zustand ist ein Mensch nicht wirklich anwesend. Vielleicht habe ich auch den überwältigenden Schmerz und meine eigenen Gefühle von Traurigkeit über den Verlust meiner wichtigsten Bezugspersonen gespürt. Meine Großmutter erzählte mir, ich hätte nur gesagt, als man mir erzählte, Mama würde nicht mehr kommen: „Ach schade, und ich wollte ihr noch so viel erzählen." Während mein drei Jahre älterer Bruder alle Kleidungsstücke schluchzend an sich riss, nehme ich an, war es mir in dem Alter nicht einmal möglich, rational zu begreifen, was das bedeutete. So blieb nur ein immenses Gefühl zurück, ohne Zuordnung oder Auslebung dieser Gefühle. So auf der Hand liegend, alles, das sein möge, diese Bewusstwerdung, dass ich vielleicht traurig war als Kind unter diesen Umständen, war alles neu und wie Mini-Erkenntnisse. (Person C)

Zu Beginn der Trance fühlt sich Person C wohl und beschützt. Danach erfolgt gemäß den obigen Ausführungen sowohl eine Altersregression als auch eine Neuerfahrung. Sie kommt nicht nur mit – wie sie sagt – „verdrängter Trauer einer Vierjährigen" in Kontakt. Sie erfährt und erlebt Trauer als existenzielle Erfahrung, verbunden mit Erkenntnis. Eineinhalb Jahre später in einem Schweigeseminar sitzt sie nach einer Meditation allein im Gruppenraum, wiegt sich mit angezogenen Beinen und umschlungenen Armen hin und her und erfährt „sämtliche (unfaire, alleingelassene, schlimme) Erfahrungen von früher während der Zeit des Aufwachsens“. In ihr Tagebuch schreibt sie:

> Diesmal schiebe ich sie nicht weg. Ich fühle all die Ungerechtigkeit, die Trauer [...] und spiele während dem Weinen immer wieder für mich auf der Kantele. Das hat so etwas Tröstendes und war die schönste Begegnung mit einem früheren Teil meiner selbst, meinem inneren Kind, die ich je hatte. [...] Ich werde durchströmt von einer unglaublichen Dankbarkeit für dieses Leben, das ich jetzt habe.

3 Mystische Erfahrungen und disziplinäre Zuschreibung

Mystische Erfahrungen sind in der Menschheitsgeschichte vorrangig in religiösen oder spirituellen Traditionen anzutreffen und werden in diesem Kontext thematisiert. Heute sind sie jedoch in einem weiteren Spektrum zu betrachten. Sie können bei allen Menschen und in zahlreichen Lebenssituationen vorkommen und sind prinzipiell unabhängig von religiösen oder spirituellen Strömungen (Queckelberghe, 2016, S. 180). Die Theologin Dorothee Sölle setzte sich schon in den Neunzigerjahren für die Demokratisierung der Mystik ein. Sie will den Leser ermutigen, die eigenen Erfahrungen ernst zu nehmen, indem sie sagt: „Auch die gewöhnlichen Formen religiöser, pantheistischer oder ästhetischer Erfahrung haben mystische Elemente in sich. Oft übersteigt das [...] „religiöse“ Gefühl den gegenständlichen Inhalt des Erlebens, und die verborgenen nicht rationalen, oft unbewussten Anteile sind expressiver und mächtiger als die kenntlich gemachten. Das normale Bewusstsein weitet sich“ (Sölle, 1997, S. 32).

Aus psychologischer Perspektive sind mystische Erfahrungen als Bewusstseinsphänomene zu betrachten, die vom Alltäglichen abweichen. Von Autoren, die nicht der universitären Psychologie zuzurechnen sind, werden sie als „veränderte Bewusstseinszustände“ (Tart, 1969), „Gipfelerfahrungen“ (Maslow, 1990), „transpersonale Erfahrungen“ (Wilber, 2004) oder „kosmische Bewusstseinszustände“ (Grof, 1987) thematisiert (Rüegg, 2018). Die traditionelle universitäre Psychologie kennt keine einheitliche Terminologie für das, was in einem säkularen Kontext mit mystischer Erfahrung umschrieben werden kann.

Der Psychopathologe Scharfetter, der profunde Kenntnisse von westlichen und östlichen Religionen und Weisheitslehren hat, unterscheidet zwischen dem mittleren Tageswachbewusstsein und dem Außertageswachbewusstsein oder Außer-Alltagsbewusstsein, zu dem die veränderten Wachbewusstseinszustände (VWB) gehören (Scharfetter, 2002, S. 55). Er warnt als Psychiater vor vorschneller Pathologisierung solcher Zustände und räumt ein, dass dieselben Situationen, die bei gewissen Menschen zu psychopathologischen Syndromen führen, bei anderen nicht pathologische VWB hervorrufen, z. B. Sinnesisolation und Alleinsein (ebd., S. 55). Das Außer-Alltagsbewusstsein beinhaltet das Überbewusstsein und das Unterbewusstsein. Besonders wichtig ist, wie Scharfetter die Übergänge der drei Bewusstseinsbereiche (Alltags-, Über- und Unterbewusstsein) versteht: „Mit der Bezeichnung von diesen drei Bewusstseinsbereichen ist nicht [gedacht], dass dies klar begrenzte und getrennte Gebiete sind. Schon im mittleren Tages-Wachbewusstsein fluktuieren wir dauernd im Bewusstseinsstrom (James, 1902), in (von außen nicht immer gut erkennbaren) diskreten Schwankungen hinsichtlich Wachheit, Klarheit, Fokussierung auf inneres oder von außen angeregtes Erleben, Rezeptivität, gerichtete Aktivität usw." (ebd., S. 53). Für Scharfetter gilt Folgendes: Mystische Erfahrung ist ein religiöses Einheitserlebnis, d. h. ein Erleben des Eins-Seins, der Verbundenheit mit dem All-Einen (Scharfetter, 2012, S. 67). Es ist gekennzeichnet durch kognitiv-affektive Ergriffenheit und Intuition und tritt als unabweisbare Erfahrung auf. Es ereignet sich nicht im gewöhnlichen Alltagsbewusstsein, sondern in einem besonderen Wachbewusstseinszustand, welcher von außen nicht dramatisch erscheint, sondern diskret sein kann (ebd., S. 68). In diesem Bewusstseinszustand (Überbewusstsein) kommt es zu einer relativen oder gänzlichen Aufhebung der Ich-Grenzen und der Ich-Aktivität. Das Erlebnis der Aufgehobenheit in einer „transpersonalen, transsozialen, transrationalen Wirklichkeit" ist erfahrbar, aber nie konkretistisch greifbar. Das heißt, es ist „weder gestalthaft geformt, noch erkenntnismäßig noch sprachlich definitiv erreichbar" (ebd.).

Im folgenden Protokoll einer Klangtrance mit dem Gong werden die allmählichen Veränderungen der Ich-Grenzen und das Nicht-Greifbare erkennbar.

> Ich liege in einem Kanu und treibe über ein dunkles Wasser. Ich liege auf dem Rücken, gerade ausgestreckt und schaue in den Himmel. Ich bin mir nicht sicher, ob ein Flieger, mehrere Flieger über mir fliegen. In einem Moment merke ich, dass das Kanu gar nicht mehr da ist und ich ohne Kanu im Wasser treibe. Das Wasser umgibt mich, ich bin unter Wasser und bemerke, dass ich sinke.
>
> Das Blau des Himmels wird zum Blau des Wassers und nach und nach wird es dunkler. Ich nehme erst noch etwas von der Unterwasserwelt wahr, es sind noch ein paar seltsame Gestalten erkennbar, über die ich staune, aber mit Zunahme der Dunkelheit erkenne ich nichts mehr. Ich bin ausgestreckt, aber entspannt und lasse dem Geschehen seinen Lauf. Ich sinke weiter und nehme immer deutlicher einen tiefen, regelmäßigen Rhythmus wahr. Er ist kraftvoll, ich habe das Gefühl, er gehört zu mir. Der Rhythmus versteht mich, ist mir vertraut und gibt mir Sicherheit. Ich kenne ihn sehr gut und weiß, es kann mir nichts passieren, ich brauche mich nicht zu fürchten, ich darf weiter in die Dunkelheit sinken und mich geborgen fühlen. Ich spüre den Rhythmus überall. In mir, an mir, überall um mich herum. Es ist ein Rhythmus, der eingebettet ist in etwas ganz Großes, Dichtes, er pulsiert in der Dichtheit, die gleichzeitig Leere ist. Ich merke, ich bin der Rhythmus. Ich pulsiere in der Leere, die mich umhüllt, mich einbettet, umfasst, mich hält und gleichzeitig den unendlichen Raum aufspannt, den mein Pulsieren durchdringt. Ich steige wieder auf, es wird heller und ich finde mich in einer tosenden Brandung. Die Wellen rollen mit Wucht an Land. Das Wasser formt sich zu weißem Schaum. Ich gebe mich der Strömung, dem Wellengang hin und lasse mich treiben, in absoluter Zuversicht. Der tiefe Rhythmus hat an Deutlichkeit verloren, hat sich im Puls aufgelöst, ich habe mich aufgelöst und bin gestaltlos, aufgelöst in dem

> Ganzen, Teil des Ganzen, rhythmisch pulsierend wirft es mich hin und her, mal sachter, mal heftiger, auftauchend, überschwemmt, mal dem Land näher, dann wieder vom Land weggetragen. Ein wunderbares und aufregendes Treiben.
>
> Es fühlt sich gut und richtig an, geborgen, umhüllt, getragen, geliebt. Absolute Zuversicht, kein Zweifel, Ewigkeit. (Person D, zweite Trance)

Kriterien für mystische Erfahrung

In der Einleitung wurde bereits auf das bahnbrechende Werk von William James „Die Vielfalt religiöser Erfahrung“ verwiesen. Er untersuchte als Professor für Philosophie und Psychologie verbreitete religiöse Neigungen und deren philosophische Bedeutung. Darin schlägt er vier Merkmale vor, „die in einer Erfahrung vorkommen müssen, damit wir berechtigt sind, sie eine mystische zu nennen“ (1997, S. 384):

1. Unaussprechlichkeit. Es ist für James das handfesteste Merkmal. Dem Betroffenen fehle der Ausdruck und er könne verbal nicht angemessen über den Inhalt seiner Erfahrung berichten.
2. Noetische Qualität. „Obwohl Gefühlszuständen ähnlich, sind mystische Zustände [...] auch Erkenntniszustände“ (ebd.). Es handle sich um Erleuchtungen, Offenbarungen und sie hätten einen merkwürdigen Nachgeschmack von besonderer Autorität.
3. Flüchtigkeit. Mystische Zustände dauern nach James höchstens ein bis zwei Stunden. „Nach dem Verblassen können sie oft nur in eingeschränkter Qualität wieder erinnert werden“ (ebd.).
4. Passivität. Auch wenn vor dem Auftreten der Zustände Übungen absolviert werden und Willensleistungen diese erleichtern sollen, hat der Erfahrende „das Gefühl, sein eigener Wille sei außer Kraft gesetzt“ (ebd.). Eine tiefe Empfindung ihrer Wirklichkeit halte sich immer. Und: Sie würden das Innenleben des Betroffenen verändern.

Das folgende Protokoll einer Monochordtrance und die Reflexionen darüber zeigen den Übergang von einer Ganzheitserfahrung in Leidvolles und das Bedürfnis zur Integration der Erfahrung. Zudem illustrieren Protokoll und Verarbeitung nochmals das Setting, den möglichen Ablauf und die zunehmende Vertiefung des Bewusstseins während einer Klangtrance.

> Bequem liege ich auf der Matte, Gemurmel rund um mich herum, ich habe schon die Augen geschlossen und fokussiere mich auf meine Atmung. Begleitet von Monikas sanfter Stimme, die mich monoton mit leichter Bestimmtheit in zunehmende Entspannung lotst, werde ich ganz schwer, richte meine Aufmerksamkeit zunehmend nach innen und spüre, wie ich sicher von dem Boden, auf dem ich liege, getragen werde. So kann ich mehr und mehr das Hier und Jetzt verlassen, auch die Wortfetzen aus dem Hintergrund ziehen ungehört an mir vorbei. Präsent ist nun nur mehr Monikas Stim-

me, die sichernd an mein linkes Ohr kommt, ganz vorsichtig und immer wieder unterbrochen von minutenlangem Schweigen, wo ich ohne Leine fliegen darf. Und wie ich fliege. Mittlerweile hat das Monochord zu spielen begonnen, irgendwo circa in der Mitte des Raumes. Die Fülle an Tönen und Obertönen hebt mich noch höher, ich fliege ins Universum. Ich bade in dem Klangsee, es fühlt sich warm und geborgen an, auch hell, fast flirrend wie ein Rauschen am Fernsehbildschirm ist es um mich. „Gerda, geht's dir gut? Wo bist du?“ Trotz dieser Verbindung in die „andere“

Wirklichkeit bleibe ich in meiner Welt, auch wenn ich antworte: „Alles gut. Ich fliege durch den Raum“. Pause. Genießen. „Es ist toll“. Weiterreisen. Minutenlang. Dann plötzlich meine ich, in dem Obertonreigen eine Rufterz rauszuhören, ja tatsächlich wieder, und schon wieder, so als würde mich jemand rufen. Das melde ich an Monika zurück. Es ist eine singende, wunderschöne Frauenstimme. Ich genieße. Ich frage nicht nach, sondern lasse es, wie es ist.

Dann beginnt Monika zu hinterfragen: „Kennst du die Stimme? Siehst du jemanden, der da ruft?“ Ich schaue mich genauer um. Ja, ganz in der Ferne, da taucht jetzt eine grüne Almlandschaft auf, so eine wie die, wo ich immer meine Sommerferien verbracht habe, gemeinsam mit meinem Bruder. Genauso wie damals, die Kühe, die Glocken, blauer Himmel, und dann sehe ich plötzlich auch mich selbst. Ich bin das, die da ruft. Ich als Kind mit vielleicht acht Jahren rufe mich selbst im Jahr 2021. Es ist wohl, was es ist. Es kommt mir in meiner Trance nicht seltsam vor. Neugierig nähere ich mich an die Almlandschaft an, ich schwebe hin. Das Mädchen winkt mir zu und gibt mir zu verstehen, singend, ich solle doch näher kommen. Monika fragt nach: „Wo bist du? – Wie geht es dir?“ Ich genieße, ich fühle all die Unbeschwertheit meiner Kindheit, die Lebensfreude und Energie, die sprühende Kreativität, die große Freiheit, die Sorglosigkeit, die Geborgenheit, die ich erleben durfte. Und dann taucht noch jemand auf in dem Bild, ich sehe ihn nur von hinten, etwas entfernt, fast schemenhaft. Wie ein dunkler Fleck in dem idyllischen Gemälde. Und plötzlich verfliegt alle Leichtigkeit, ein ungeheurer Schmerz erfüllt mich, legt sich mir auf den Brustkorb und schnürt ihn zusammen, sodass es mir fast den Atem raubt. Monika hat bemerkt, dass sich etwas verändert: „Gerda? – Gerda, wo bist du? Geht's dir gut?“. Ich kann einige Zeit nicht antworten, stecke fest, bin wie gelähmt, das Bild hat sich verdunkelt. Das Mädchen ist verschwunden, niemand ruft nach mir. Schmerz. Lähmung. Und dann kommt zunehmend Trauer auf, ich schnappe nach Luft, lasse die Augen geschlossen, Tränen drängen langsam, dann immer mehr zwischen die geschlossenen Lider, die sie am Fließen hindern wollen, doch es gelingt nicht. Tränen fließen, unendliche Traurigkeit findet ihren Ausdruck. Das Monochord verstummt, die Tränen fließen weiter. Monika ist da, einfach da, legt kurz ihre Hand auf meinen Unterarm und ist bei mir und mit mir, sie trägt den Schmerz mit mir in diesem Moment, das fühle ich ganz stark und das tröstet so sehr. Langsam komme ich zurück aus den Tiefen der Trance, bin enorm aufgewühlt, müde, immer noch sehr traurig und belastet, ratlos. Es ist mir im Moment völlig unklar, inwiefern mich dieses Erlebnis nun in irgend einer Form weiterbringen soll, es hat einfach wehgetan und schon verheilt Geglaubtes wieder aufgerissen und an die Oberfläche gebracht, es ärgert mich fast ein bisschen. Für den Rest des Tages bin ich sehr bedrückt, denke viel nach und versuche zu verstehen, ich fange mich wieder und kann das Erlebte integrieren. (Person G)

In der Reflexion zitiert sie zuerst aus der Archetypenbeschreibung von Strobel (innere Harmonie und tiefe Ordnung, Gefühle von ozeanischer Selbstentgrenzung, Aufgehobensein und Verbundensein mit allem), in dessen Aussage sie sich völlig wiederfindet.

Sie schreibt:

> Ich schwebte im All, glücklich, geborgen, schwerelos, ferner trat eine Regression ein, nicht ins intrauterine Alter, aber doch deutlich jünger als jetzt. Es kam die paradiesische Natur vor, auch dort Glück und Geborgenheit, ich war aufgehoben verbunden.

Zum weiteren Verlauf der Trance, zu ihrer persönlichen Entwicklung und zur möglichen Integration schreibt Person G:

> Die Wende in dieser Trance kam durch meine Biografie zustande. Zu der Zeit, als ich mich da auf der Alm sah, war sozusagen meine Welt noch in Ordnung, vor allem in Bezug auf meinen geliebten Bruder, der vier Jahre älter ist als ich und mit dem ich ein sehr enges Geschwisterverhältnis hatte. Damals waren wir unbeschwerte Kinder. Doch während und nach seinem Medizinstudium ist mein Bruder, der immer schon ein hochsensibler, komplizierter Mensch war, psychisch sehr krank geworden. Es gibt derzeit keine Kontaktmöglichkeit mit ihm. Ich hab viel gelitten, wollte immer helfen, wollte verhindern, abfangen, ausgleichen. Ich habe in all diesen Jahren so viele Schmerzen erlitten, auch Scham, schlechtes Gewissen, Schuldgefühle, und all dieser Schmerz, die ganze Trauer ist plötzlich aufgepoppt, wie ich da auf der schönen Alm unserer Jugend war und plötzlich diese gebrochene, mir abgewendete Gestalt erblickte, die nur mein Bruder sein konnte. Das achtjährige regredierte Mädchen weiß noch nicht, was da kommt, aber die große, erwachsene Gerda sehr wohl, und es zerreißt ihr das Herz. Das Monochord hat etwas lang Vergangenes wieder einmal schmerzlich bewusst gemacht.

Wieder lässt sie in ihrer Reflexion Strobel mit der Aussage zu Wort kommen, dass genau genommen nur das, was höheres Selbst, innerer Meister und im Schamanismus Kraft genannt werde, echte Heilung bewirken könne. Die Kraft sei, wenn man so wolle, göttlichen Ursprungs. Und sie folgert: „Ich meine, ich habe eine Ahnung von der Kraft bekommen in meiner Tranceerfahrung.“ Danach fragt sie sich noch, wieso die kleine Gerda die große gerufen hat: „Wollte sie ihr vielleicht zeigen, dass auch ihr Bruder dorthin zurückreisen kann, um sich dort von seinen Torturen zu erholen?“ Hier wird im Nachsinnen über die Tranceerfahrung der offenbare Charakter einer noch nicht verstandenen Autorität (vgl. James: noetische Qualität) erkannt.

Zusammenfassung

Zusammenfassend lässt sich über mystische Erfahrungen Folgendes sagen (Rüegg, 2018, S. 15 f.):

- Mystische Erfahrungen als anthropologisches Phänomen gibt es in allen Kulturen und Gesellschaften der Gegenwart und Vergangenheit. Viele Menschen kommen auf individuelle Art irgendwann im Leben bewusst oder un-

bewusst mit mystischen Erfahrungen in Berührung. Sie zeigen sich in einer großen erscheinungsmäßigen Vielfalt (inhaltlich, formal, modal, temporal). „Niedere Mystik“ (Sölle, 2016) kann sich über verborgene Regungen und in nichtrationalen, oft ästhetischen Momenten zeigen. Beispielsweise ein aufwallendes Zugehörigkeitsgefühl während eines Rituals, ein einsames Seebad bei Sonnenaufgang, eine unerwartete, kurze aufgeladene Begegnung mit einem Unbekannten usw.
- Eine mystische Erfahrung kennzeichnet als wesentlichstes Merkmal, etwas Überwältigendes erlebt zu haben, über das gleichzeitig kaum kommuniziert werden kann. Das subjektive Erleben ist oft geprägt von Betroffenheit, Erschütterung und ein allmähliches Erahnen, Wesentliches erfahren zu haben. Die Theologin Anemone Eglin spricht von der „äußersten Wachheit“ und verweist auf eine Definition von Bernard McGinn, eines Professors für Kirchengeschichte: Mystische Erfahrung als Bewusstsein der unmittelbaren Gegenwart Gottes (Eglin, persönliche Mitteilung). In der mystischen Erfahrung birgt sich das hohe Potenzial, das tägliche Leben zu beeinflussen und es unter Umständen deutlich zu verändern.
- Bezüglich disziplinärer Zuschreibung fällt auf, dass die Humanwissenschaften, insbesondere die Psychiatrie als Teilgebiet der Medizin und die traditionelle universitäre Psychologie gegenüber der Erfahrungswirklichkeit spiritueller und mystischer Erfahrung skeptisch sind und zu Ausblendung, Psychologisierung oder zur Pathologisierung neigen (Jacobowitz, 2014: Erklärender Reduktionismus). In der Transpersonalen Psychologie werden mystische Erfahrungen bezüglich Wachstumspotenzial, Heilswirkung, Gesundheitsgefährdung, Relevanz der Verortung innerhalb einer Religion und auslösende Faktoren untersucht und beschrieben (Hoffmann & Heise, 2017; Queckelberghe, 2017). Die Bewusstseinspsychologie spricht von ätiologieunabhängigen Erlebnisdimensionen veränderter Bewusstseinszustände (Dittrich, 1985) und hat Auslöser untersucht, die vergleichbare Entgrenzungs-, Auflösungs- und Visionserlebnisse zur Folge haben.

Die Erkenntnisse über die Verbreitung und die lebensweltlich relevanten Themen von mystischen Erfahrungen einerseits und die reduktionistische Betrachtungsweise von Medizin und Psychologie andererseits machen diese Erfahrungen für Psychotherapie bedeutsam. Dies erfordert konzeptionelle und praxisorientierte Schritte in Richtung einer disziplinären Verortung von Mystik, mystischen Erfahrungen, mystischem Bewusstsein und psychotherapeutischem Verständnis zu unternehmen.

4 Mystische Erfahrungen und psychotherapeutisches Verständnis

Was bedeutet es für ein psychotherapeutisches Verständnis, wenn Erfahrungsweisen dem mystischen Bewusstsein zugeordnet werden? Bei dieser Frage geht es nicht nur um die Betrachtung spezieller Momente innerhalb der therapeutischen Sitzung. Auch Erlebnisse und Erfahrungen in der Lebensspanne, während welcher die Therapie stattfindet, werden in diese zentrale Frage mit eingeschlossen. Einesteils führen Erlebnisse, die im begleiteten Setting gemacht wurden, zu weiterführenden Prozessen und Erkenntnissen mit Offenbarungscharakter, andererseits begünstigen unter Umständen Lebensereignisse und gegenwärtige Lebenswelten die Bereitschaft für eine besondere Erfahrung innerhalb des Settings. Es geht also darum, interdisziplinäre und weltanschauliche Bedeutung zu erörtern und sich über Implikationen Gedanken zu machen, die für eine solche Sicht- und Arbeitsweise möglicherweise wichtig sind.

Mystische und spirituelle Erfahrungen wollen erkannt werden

Gerade in Krisen, während Krankheiten und am Lebensende teilen sich zentrale Fragen in Form von besonderen Erfahrungen mit, die von den Betroffenen erstmals nicht als ein Gewahrsein erkannt werden, das sich von selbst in Erkenntnis wandelt und sich ins Leben integrieren lässt. Vielmehr treten diese Erfahrungen in Form von Sehnsucht, Angst, Ungewissheit oder als ein Erinnerungsbild auf (vgl. achtjähriges Mädchen von Person G). Oder die Erfahrungen erscheinen etwas später als weit hergeholt, fremd, unrealistisch und werden nicht weiter beachtet oder gar abgelehnt. Alle diese Konnotationen sind nicht etwa ein Widerspruch zu der noetischen Erfahrungsqualität. Sie sind viel mehr als Folgereaktionen auf ein erstes unmittelbares Ergriffensein zu verstehen. Gegebenenfalls als depressiv-abwertendes Reaktionsmuster aus einer gewohnt hoffnungslosen Position heraus.

Mystische Erfahrungen sind flüchtig (James, 1997), sie drohen zu verblassen oder werden oft nicht ernst genommen. Renz weist darauf hin, dass kompetente Begleitung dann gefragt ist, wenn das Transzendente ins Leben und in den Alltag einbricht. „Wie können wir dann den Menschen helfen, das Unfassbare zu interpretieren? Patienten lehren mich, dass das Heilige als solches erkannt werden muss, um nicht einfach zu verblassen und dass es sich für ihre Lebensqualität lohnt, eine spirituelle Erfahrung im Nachgang zu hüten“ (2014, S. 14). Nur wo spirituelle Erfahrung wahrgenommen wurde, erkannt worden ist und behalten wird, kann sie ihre Wirkung und Aussage über die Zeit hinaus entfalten. Therapeutisch wichtig ist das ergebnisoffene Wahrnehmen und spätere Aufgreifen solcher oft als überraschend oder unpassend erlebter affektiver Momente. Nachdem Erfahrungen nachklingen konnten, braucht es den richtigen Moment, sie zu verbalisieren.

Vertrauen in Transzendenz

Damit ist das Vertrauen in Transzendenzerfahrungen angesprochen. Vertrauen des Patienten in den Offenbarungscharakter der Erfahrung. Renz stellt als Psychotherapeutin und Theologin im Anschluss an eine spirituelle oder mystische Erfahrung die Frage in „Grenzerfahrung Gott“: „Glaube ich an das Erlebte? Darf es in meinem Menschen- und Gottesbild Bestand haben? Lasse ich mich dadurch berühren, wandeln?" (2010, S. 256). Sie stellt die Frage auch grundsätzlich als Anfrage an die Theologie, ob Erfahrungen, so wie sie sind, wahr sein dürfen und plädiert dafür, dass eine persönliche Erfahrung sich sowohl in der religiösen Tradition widerspiegeln kann als auch außerhalb der Tradition stattfinden kann.

Zudem geht es um das Vertrauen des Therapeuten in den Bedeutungsgehalt der mystischen Dimension innerhalb von Therapie. Hierzu fragt Renz, als Anfrage an die Psychotherapie, ob eine spirituelle Erfahrung Bestand haben könne, ohne psychologisiert oder pathologisiert zu werden. „Oder muss sie im Zuge des Tabus Religion umgedeutet und damit im Außerordentlichen ihrer Aussage und Wirkung wieder ausgelöscht werden?" (2010, S. 256).

Bezogenheit auf Transzendenz und existenzielle Offenheit

Gemäß der Psychologin und Psychotherapeutin Susanne Jacobowitz sollen spirituelle Erfahrungen mit ihren heilenden Potenzialen gewürdigt werden (2014, S. 291). Sie kritisiert die Ausblendung, Tabuisierung, Psychologisierung und Pathologisierung von Spiritualität und spirituellen Phänomenen in den Humanwissenschaften und ihren Anwendungsdisziplinen (ebd., S. 53). Bemerkenswert ist, dass sie als Psychologin auch mit dem bewusstseinspsychologischen Ansatz kritisch umgeht. Sie begrüßt zwar, dass „spirituelle, religiöse, mystische oder ganz allgemein transpersonale Erfahrungen [...] eng mit veränderten Wachbewusstseinszuständen (VWB) assoziiert werden" (ebd. S. 245), da sie als anthropologisches Grundpotenzial (ebd., S. 285) anerkannt werden, jedoch sieht sie es als problematisch an, dass VWB und somit spirituelle Erfahrungen ausschließlich dem innerpsychischen Bercich zugeordnet werden (ebd., S. 248). „Spirituelle Erfahrungen [sind] nicht nur als ein innerpsychisches Geschehen aufzufassen [...], sondern ebenso als Teilhabe an kulturell verankerten religiös tradierten Sinngestalten. Jede Kultur besitzt ein unermesslich reiches religiöses Erbe, und einzelne Menschen nehmen durch spirituelle Erfahrungen daran teil" (ebd., S. 159). Mit dem Begriff der Teilhabe will Jacobowitz auf einen grundsätzlichen Perspektivenwandel hinweisen: Teilhabe würdige die transsubjektive Komponente. Jacobowitz betont zwei weitere Komponenten spiritueller Erfahrung. Erstens ist die jeweils rein subjektiv gemachte Erfahrung als teilnehmende Erfahrung intersubjektiver kultureller Werte zu verstehen (intersubjektive Komponente). Zweitens geht sie davon aus, dass eine tief berührende Schau ins zwischenmenschliche Beziehungsgeschehen einfallen könne und sich „als gemeinsame Teilhabe an einer Offenbarung" manifestiere (soziale Komponente). Jacobowitz behält im Auge, dass spirituelle Einzelerfahrungen in länger währende Prozesse übergehen können, die zur Stabilisierung neuer Seins- und Erfahrungsweise führen. Sie spricht von Transformationsprozessen. Erst wenn all diese Komponenten ernst genommen würden, seien spirituelle Erfahrungen als transsubjektive partizipatorische Ereignisse mit transformativem Charakter erkannt (ebd., S. 284).

Aufgrund der zitierten und weiteren Betrachtungsweisen wurden andernorts fünf disziplinäre Perspektiven für die Relevanz von mystischen bzw. spirituellen Erfahrungen in Bezug auf Psychotherapie beschrieben (Rüegg, 2018, S. 22 f.): eine theologische, eine psychologische, eine bewusstseinspsychologische, eine psychiatrische und eine philosophisch-ethische Perspektive. Im vorliegenden Kontext interessiert letztere: Die philosophisch-ethische Perspektive würdigt mystische und spirituelle Erfahrungen in ihrer Intersubjektivität und gemäß einer Philosophie, die Spiritualität als nichtreduzierbare anthropologische Konstante anerkennt (Jacobowitz, 2014, S. 292). Im Vordergrund ist einesteils die der Ethik entsprechende offene Haltung, die über die wissenschaftliche Einleitung hinausgeht (epistemische Enthaltsamkeit, ebd., S. 296), und andernteils die Bereitschaft zu einer ungerichteten Aufmerksamkeit im therapeutischen Prozess (Rüegg & Eckert, 2019). Diese in der Praxis wichtige Grundhaltung wird im folgenden Abschnitt näher beleuchtet.

5 Therapeutische Präsenz und ihre Bedeutung für die Begleitung mystischer Erfahrungen

Wenn mystische Erfahrungen als bedeutend für therapeutisch induzierte persönliche Prozesse betrachtet werden, ist eine entsprechende therapeutische Verhaltensweise angebracht, die diesem Erfahrungsraum den erforderlichen Respekt entgegenbringt. Im Folgenden geht es um die Frage, wie eine solche Haltung im Therapiesetting gelebt werden kann.

Emotionale und erkennende Reaktionen von Teilnehmerinnen und Teilnehmern in Ausbildungs-, Selbsterfahrungs-, therapeutischen und supervisorischen Gruppen sind besonders gehaltvoll, wenn innerhalb einer vorgegebenen Rahmenstruktur mit nonverbalen Angeboten – dies gilt also nicht nur für die klanggeleitete Trance – wenig interveniert, kaum gedeutet und keine Erklärungen abgegeben werden. Ausdrucksstarke nonverbale Prozesse (z. B. musikalisch-gestalterische Improvisation mit Bewegungselementen in der musiktherapeutischen und kunsttherapeutischen Balintarbeit) und respektvolles einander Zuhören in ritualisierten Rückmeldungen führen gegebenenfalls zu Evidenzerlebnissen. Das Zulassen von Nichtwissen, Achtsamkeit, Neugierde, Bezogenheit und Vertrauen in den Prozess ist hier Kern einer Grundhaltung, die ich *therapeutische Präsenz* nenne. Es entsteht ein Raum für Erfahrungen, die aus einer existenziellen Tiefe kommen. Sie ereignen sich überraschend, sind bedeutungsvoll und gehen über das „eingeschränkte Alltagsbewusstsein hinaus […] in einen individuumsüberschreitenden, transzendierenden, deshalb transpersonal genannten Bewusstseinsbereich“ (Scharfetter, zitiert nach Hoffmann & Heise, 2017, S. VIII). Sie entsprechen den Kriterien, die vorgängig für mystische Erfahrungen definiert worden sind.

Durch Präsenz öffnet sich eine Atmosphäre, die gekennzeichnet ist durch große Nähe zwischen Therapeut und Patient, bei gleichzeitiger sorgfältiger innerer Abgrenzung. Diese Atmosphäre ermöglicht beiden Personen, in einen zumindest leicht veränderten Bewusstseinszustand zu gelangen.

Präsenz ist ein Schlüsselbegriff, dem im Folgenden weiter nachgegangen werden soll.

Daniel Hell, Psychiater und emeritierter Professor für klinische Psychiatrie, spricht angesichts von therapeutischer Verzweiflung und Hilflosigkeit in der Gegenwart von Menschen, die „sich selbst verloren haben oder sich selbst entfremdet sind" vom „genuin Seelischen" (2015, S. 52). Er plädiert für die Öffnung der Psychiatrie gegenüber dem Transzendenten. Für eine spirituell ausgerichtete Psychotherapeutin rücke die personale Beziehung zum Patienten auf dem Hintergrund eines umfassenderen transzendenten Beziehungsverhältnisses ins Zentrum (ebd., S. 56). Hell unterstreicht diese Art von Begegnung mit der Patientin durch ein Zitat des jüdischen Philosophen Martin Buber (1962): „Es ist eine Vermessenheit, dem Anderen helfen zu wollen, ohne in die Gegenseitigkeit einzutreten" (zitiert nach Hell, 2015, S. 57).

Auch der Psychiater und Psychoanalytiker Gaetano Benedetti sieht die Beziehung zum Patienten auf dem Hintergrund eines erweiterten Beziehungsverständnisses. Es sei gerade die therapeutische Verzweiflung, welche die Sicht frei machen könne für transzendente Hilfe (Hell, 2015, S. 56). Benedetti sieht in solchen Momenten die Patientin nicht als Behandelte, sondern als leidenden Mitmenschen und will diesem als „unantastbare Person" gerecht werden. Das bedeutet für Benedetti, „den leidenden Kern der Persönlichkeit anzusprechen" (zitiert nach Hell, 2015, S. 57). Ein solches Verhalten schließe die Fachkompetenz keineswegs aus. Es sei anspruchsvoll, in der Einzelsituation die Menschlichkeit im Dienst der Fachkompetenz von der Menschlichkeit im Dienste des „existenziellen Mitseins" (Benedetti, 1998) zu unterscheiden. Für Benedetti ist das Sich-zur-Verfügung-Stellen im Mitsein und die gleichzeitige Abgrenzung die Herausforderung.

André Louf, Theologe und Lehrer für geistliche Begleitung, setzt sich mit der Dynamik der menschlichen Begegnung in der spirituellen Begleitung auseinander. Ausgangspunkt der hier referierten Überlegungen von Louf ist nicht eine bereits gemachte Erfahrung von Transzendenz eines zu Begleitenden, sondern die Begleitung eines Menschen mit der Angst, schuldig zu sein oder der Überzeugung, hoffnungslos schuldig geworden zu sein. Louf spricht vom Skrupulanten als dem typischen Beispiel eines der Tyrannei des inneren Richters hilflos ausgelieferten Menschen (Louf, 1995, S. 97). Er fordert: „Am Beginn einer Begleitung ist das Gesprächsklima von höchster Wichtigkeit: In erster Linie das Zuhören und das Nicht-Beurteilen. Nicht-Beurteilen bedeutet, sich jedes Urteils zu enthalten, im positiven wie im negativen Sinn" (ebd., S. 71). Louf präzisiert: „Im allerersten Stadium, in dem ein Mensch seine tiefen Wünsche und Sehnsüchte äußert, ist weder Vergebung noch Verurteilung und auch keine Ermutigung angebracht". Es gehe nicht darum, einfach auf Interventionen zu verzichten und zu schweigen, gewissermaßen als Technik. Es erfordere ein Annehmen, das die Kraft berge, „im Anderen eine Dynamik in Richtung Heilung freizusetzen". Er bezeichnet dies als Liebe im Sinne von Paulus (1. Kor. 13, 4–7) und meint, „nur die Liebe vermag zu heilen" (Louf, 1995, S. 75).

Ralph Zwiebel, Zen-Meditierender und emeritierter Professor für Psychoanalytische Psychologie, betrachtet sowohl im Buddhismus als auch in der Psychoanalyse das Phänomen des praxisbezogenen Übungsweges (2011, S. 8). Die Erfahrung in der Meditation und die Haltung des Psychoanalytikers treffen sich im abwartenden Zuhören und im Bemühen, eine Haltung des Gewahrseins zu entwickeln, also alles, was auftaucht wahrzunehmen, aber nicht zu bewerten, zu vergleichen und festzuhalten, sondern für die eigene, sich ständig verändernde Bewusstheit offenzubleiben (ebd., S. 13). Die psychoanalytische Quelle für diese Haltung findet Zwiebel in einem Artikel vom britischen Psychoanalytiker W. R. Bion, der gesagt haben soll: „Kennen Sie den Patienten, der zur nächsten Stunde kommt, dann behandeln Sie den falschen Patienten" (zitiert nach Zwiebel, 2011, S. 9). Im abwartenden Zuhören des Analytikers würde sich seine Wahrnehmung nach außen sowie nach innen richten. In seinen Assoziationen würden Gedanken, Gefühle und Erinnerungen auftauchen, die sich sowohl auf den Patienten als auch auf sich selbst beziehen, die aber immer wieder suspendiert werden, um für den nächsten Moment offen zu sein. Die buddhistische Wurzel für Präsenz findet Zwiebel beim Zen-Meister Shunryo Suzuki und dessen Unterweisungen in Zen-Meditation im Buch „Zen-Geist – Anfänger-Geist" (Suzuki, 2016). Unser ursprünglicher Geist enthalte alles in sich, sei reich, genüge sich selbst. „Wenn euer Geist leer ist, ist er stets für alles bereit; er ist offen für Alles." (ebd., S. 23). Im Geist des Anfängers gäbe es viele Möglichkeiten, im Geist des Experten nur wenige. „Wenn wir nicht daran denken, etwas zu erreichen, nicht an uns selbst denken, sind wir wahre Anfänger. Dann können wir wirklich etwas lernen" (ebd.). Zwiebel erkennt in der Beschreibung des Anfängergeistes einen Bewusstseinszustand, der eine grundlegende Wachheit und Offenheit vor allen Erinnerungen, Erwartungen, Vergleichen, Bewertungen meint, die man als Präsenz auffassen könne.

Barbara Gindl, Musiktherapeutin und Psychologin, beschreibt mit dem Konzept der leibmusikalischen Resonanzfähigkeit, wie leibliche, atmosphärische und musikalische Phänomene im musiktherapeutischen Setting zueinander in Beziehung treten. Auch im Ereignis des mystischen Erlebnisses und deren Begleitung ereignen sich weitgehend unbewusste und rational wenig kontrollierte leiblich-atmosphärische Wechselwirkungen zwischen Begleiter und Begleitetem. Der Leibphilosoph Adam Fuchs spricht von „zwischenleiblicher Resonanz" (zitiert nach Eckert, 2014, S. 13). Therapeut und Patient sind von Anbeginn an in einer Sphäre von leiblichen Wechselwirkungen und erzeugen eine gemeinsame Atmosphäre, welche wiederum auf die beiden zurückwirkt. Präsenz entspricht demzufolge dem Gewahrsein für die eigene Leiblichkeit. Es bedeutet, sich selbst als Resonanzkörper zur Verfügung zu stellen. Barbara Gindl spricht von einer „Haltung hinspürender Bezogenheit" (Gindl, 2002, S. 153). Das bedeutet leibliches, seelisches und geistiges Wahrnehmen des Patienten und gleichzeitig heißt es, die eigen rationalen Bewertungen und Reflexionen vorerst zurückzustellen und auf die leiblichen Impulse zu vertrauen. Der „Zustand des Zulassens und der nicht agierenden Aktivität bzw. der Zustand der Leere, aber gleichzeitig der höchsten, wenn auch ungerichteten Aufmerksamkeit ist Präsenz“ (Gindl, zitiert nach Rüegg & Eckert, 2019, S. 10).

Alle oben geschilderten Ansätze und deren konzeptuelle Überlegungen in Bezug auf das Phänomen der Präsenz lassen in unterschiedlichem Sprachgebrauch ein Feld erkennen, in welchem Präsenz spürbarer wird. Jede Zugangsweise bringt einen eigenen Aspekt hervor, ohne dass dieser den anderen Aspekten widerspricht: Teilnehmendes Da-Sein zur Erfahrung des geteilten Leides (Hell, 2015), in therapeutischer Verzweiflung existenzielles Mitsein und Ansprache des heilen Kerns (Benedetti, 1998), strikte Enthaltsamkeit bezüglich Urteilen und Ermunterungen (Louf, 1995), abwartendes Zuhören und die Haltung des Anfänger-Geistes (Zwiebel, 2011), Sich-zur-Verfügung-Stellen als Resonanzkörper und die Erfahrung gemeinsamer leibseelischer Wirklichkeit (Eckert, 2014; Gindl, 2002) formen dieses Feld.

Für die Haltung der Präsenz lassen sich demnach annäherungsweise folgende Erkenntnisse ableiten:

- Das phänomenologische Hauptkriterium ist eine Offenheit für Transzendenz bzw. zur spirituellen Dimension.
- Empfangendes und Gebendes vermischen sich. Statisches (wie eine eingenommene Haltung) und Dynamisches (wie eine Erfahrung) vermischen sich. Absicht und Ereignis sind nicht ohne weiteres konsekutiv zu trennen.
- Zuordnung von Verhaltens- und Erlebnisweisen zur personalen Ich-Instanz und zu einer überindividuellen, in diesem Sinn transpersonalen, Instanz sind nicht klar zu vollziehen.

6 Empfänglichkeit für Mystisches

Therapeutische Präsenz lässt sich als Haltung kaum losgelöst von Erfahrung beschreiben. Die Haltung ist so stark durch ein Miteinandersein und ein meditatives Bewusstsein gekennzeichnet, dass mystische Erfahrung nicht als Folge von therapeutischer Präsenz im zeitlichen Ablauf betrachtet werden kann. Gelebte Präsenz ist als Teilhabe an der Atmosphäre eines spirituellen oder mystischen Erlebens des therapeutisch begleiteten Menschen zu sehen. Die interpersonelle Dynamik ist dann eher als vom Erfahrenden zum Begleitenden ausgerichtet zu verstehen oder eben als Gleichzeitigkeit, Resonanzgeschehen oder zirkuläres Ereignis. Gleichwohl gilt als grundsätzliche These: Gelebte Präsenz schafft Raum, in welchem mystische Erfahrung empfangen werden kann.

Atmosphärische Dichte

Die oben geschilderte Dynamik ist an einer großen atmosphärischen Dichte wahrnehmbar, die für Begleiteten und Begleiter eine Art Führung übernimmt. Indem sich beide dieser Dichte hingeben, erhalten der Dialog oder ggf. Monolog oder ein anhaltendes Schweigen eine Selbstverständlichkeit. Worte, die allenfalls geäußert werden, kommen passend und wie von sich selbst. Dieser Zustand von Dichte, Selbstverständnis, Erweiterung des Gewahrseins und der Gewissheit einer tiefen Erfahrung hält unterschiedlich lange an. Das Abnehmen dieser atmosphärischen Dichte kommt der Rückkehr in die Profanität des Alltagsbewusstseins gleich. Auch dies geschieht meistens wie von selbst und muss nicht vom Therapeuten gesteuert werden. Kleine Rituale, die sich oft spezifisch innerhalb einer therapeutischen Beziehung ergeben haben, sind für den Übergang hilfreich. Sie signalisieren gegenseitiges Einvernehmen für den Wechsel der Bewusstseinsebenen. Dieser anspruchsvolle Ablauf wird im Ritual der klanggeleiteten Trance durch das Setting hilfreich unterstützt: Leiborientierte Vorübungen, Vorgespräch, Lageveränderung und selbstfürsorgliches Sicheinrichten, verbale Einstimmung in die Trance, musikalische Tranceinduktion, während welcher tiefe Erfahrungen geschehen, Ausklang, Dauer der Stille und sorgfältiger Übergang in eine passende Rückmeldeform entsprechen dieser Dynamik. Nach der Rückkehr ins Tageswachbewusstsein sind die Rollen für den Fortgang des Geschehens in allen verbalen und nonverbalen Settings wieder von Bedeutung.

Mystik als metaphysische Dimension in der Psychotherapie

Wenn spirituelle oder mystische Erfahrung im therapeutischen Kontext in ihrem Offenbarungscharakter gewürdigt wird, verweist sie auf etwas Grundsätzliches. Spirituelles oder Mystisches ist immer im therapeutischen Klima vorhanden, als Dimension, die Patienten und Therapeut mit etwas Drittem in Verbindung bringt. Diese Dimension ist ständig Teil der Therapie. Die Konstante der gemeinsamen Bezogenheit zum Unfassbaren und Übergeordneten wird hier als mystisches Bewusstsein bezeichnet. Es meint Annahme und Erkennen vom überpersonal Gültigen und eines Weges zur Ich-Relativierung. Im Kontext von Therapie verweist es auf eine metaphysische Dimension und auf eine letztlich nie ganz zu ergründende Qualität in der therapeutischen Beziehung. Das heißt keineswegs, dass sich Denken und Verhalten eines Therapeuten dogmatisch nach einer kontextgebundenen Mystik oder Spiritualität zu richten haben. Das bio-psycho-soziale Verständnis und das ganze Repertoire therapeutischer Interventionen behalten ihre Gültigkeit und werden auch nicht hierarchisch einer Sensibilisierung für Spirituelles und Mystisches untergeordnet.

Vor dem beschriebenen Hintergrund sind psychische Störung, Krankheit und Leid bzw. ihre Heilswege immer aus zwei Perspektiven zu betrachten: Aus derjenigen des individuellen personalen Lebens (rationalistische bzw. bio-psycho-soziale Komponente) und aus derjenigen überpersonaler Teilhabe und Verbundenheit (metaphysische Komponente). Zu Beginn ist jede leidende Person in ihrer Fähigkeit zur Bewältigung des Alltages beeinträchtigt, Schwäche und Schmerz bedeuten oft narzisstische Kränkung. Im persönlichen Thema verbirgt sich das allgemeine archetypische Thema. In der Teilhabe des Therapeuten in speziellen Momenten wird dieses Thema für den Patienten, für den Therapeuten selbst oder für beide erfahrbar als überpersonal gültig und in der entsprechenden Form zum Leben oder zum Sterben gehörig. Über diesen transformativen Prozess wandelt sich egozentrisches und oft narzisstisch überhöhtes Leiden in allgemeines und unter Umständen angenommenes Leiden. Das Gefühl, durch Krankheit und Leiden von der Menschheit und der Welt abgetrennt zu sein, kann sich wandeln in ein Gefühl der tiefen Verbundenheit mit der Welt über dieses leidvolle bewusstgewordene Erlebnis. Die Erfahrung des Patienten, seines Schicksals und seiner Krankheit als Teilhabe am Ganzen machen im besten Fall die narzisstische Komponente seines Leidens bedeutungslos. Sie stiften einen neuen Sinneshorizont und ermöglichen eine andere Ausrichtung des Lebens. Den Weg, in diese Richtung weiterzugehen, braucht Ermunterung und Unterstützung. Therapie wird deshalb als psychologische und spirituelle Begleitung verstanden, die sich bedarfsweise der Ich-Entwicklung zuwendet und gleichzeitig den Weg der Ich-Relativierung zulässt und unterstützt. Ich-Entwicklung und Ich-Relativierung können schwerpunktmäßig aufeinanderfolgen oder auch parallel und sich ergänzend verlaufen. Der Weg führt ggf. punktuell zum mystischen Erleben. Mystisches Bewusstsein und wachsende Bereitschaft für Präsenz machen den Therapeuten für diese speziellen Momente empfänglich. Das Ereignis als solches ist Gnade. Das therapeutische Geschehen ist in diesem Moment nicht steuerbar. Kognitiv-affektive Ergriffenheit und das Unabweisbare sind für Patient und Therapeut Offenbarung.

Dieses Menschen- und Weltbild fordert vom Therapeuten eine breite Fachkompetenz im bio-psycho-sozialen und im spirituellen Bereich und die Bereitschaft, sich für diese besonderen Momente zur Verfügung zu stellen. Hierfür braucht es ein Bemühen um therapeutische Präsenz und eine Kultur, die dieses Bemühen schult und fördert.

Literaturverzeichnis:

Benedetti, G. (1998). *Botschaft der Träume*. Göttingen: Vandenhoeck & Ruprecht.

Dittrich, A. (1985). *Ätiologie-unabhängige Strukturen veränderter Wachbewusstseinszustände.* Stuttgart: Enke.

Eckert, K. (2014). *Leiblichkeit als Basis der Kommunikation. Die Relevanz leiblicher Phänomene für die Musiktherapie.* Unv. Diplomarbeit, Universität für Musik und darstellende Kunst, Wien.

Gindl, B. (2002). *Anklang – die Resonanz der Seele. Über ein Grundprinzip therapeutischer Beziehung*. Paderborn: Junfermann.

Grof, S. (1987). Psychedelische Therapie und holonome Integration. Therapeutisches Potential außergewöhnlicher Bewusstseinszustände. In A. Dittrich & C. Scharfetter (Hrsg.): *Ethnopsychotherapie* (S. 162–180). Stuttgart: Enke.

Hell, D. (2015). Die Haltung in der therapeutischen und seelsorgerischen Beziehung. In M. Seitlinger (Hrsg.): *Was heilt uns? Zwischen Spiritualität und Therapie* (S. 49–62). Freiburg im Breisgau: Herder.

Hofmann, L. & Heise, P. (2017). *Spiritualität und spirituelle Krisen. Handbuch zu Theorie, Forschung und Praxis*. Stuttgart: Schattauer.

Jacobowitz, S. (2014). *Spannungsfeld Spiritualität – Wissenschaft. Hintergrundanalysen zum problematischen Stand von Spiritualität in den Humanwissenschaften.* Sternenfels: Wissenschaft & Praxis.

Jacobowitz, S. (2017). Überlegungen zur postmodernen Spiritualität. Besonderheiten, Chancen, Risiken. *Bewusstseinswissenschaften, 23*(1), 21–31.

James, W. (1997). *Die Vielfalt religiöser Erfahrung*. Frankfurt am Main: Insel.

Louf, A. (1995). *Die Gnade kann mehr... Geistliche Begleitung.* Münsterschwarzach: Vier-Türme.

Maslow, A. (1990). *Religions, Values and Peak Experiences*. New York: Viking Press.

Renz, M. (2014). *Hoffnung und Gnade. Erfahrung von Transzendenz in Leid und Krankheit.* Freiburg im Breisgau: Kreuz.

Renz, M. (2010). *Grenzerfahrung Gott. Spirituelle Erfahrungen in Leid und Krankheit.* Freiburg im Breisgau: Kreuz.

Rüegg, U. (2018). *Mystisches Bewusstsein und Psychotherapie. Therapeutische Präsenz in der Begleitung mystischer Erfahrungen*. Masterarbeit, Theologische Fakultät der Universität Zürich. Eigenverlag.

Rüegg, U. & Eckert, K. (2019). *Die leibmusikalische Resonanzfähigkeit und die spirituelle Dimension in der Musiktherapie*. SFMT Newsletter November 2019. Wilchingen: Schweizerischer Fachverband für Musiktherapie SFMT.

Scharfetter, C. (2002). *Allgemeine Psychopathologie. Eine Einführung*. Stuttgart: Thieme.

Scharfetter, C. (2004). *Das Ich auf dem spirituellen Weg*. Sternenfels: Wissenschaft & Praxis.

Scharfetter, C. (2012). *Was weiß der Psychiater vom Menschen? Unterwegs in der Psychiatrie: Menschenbild, Krankheitsbegriff und Therapieverständnis.* Sternenfels: Wissenschaft & Praxis.

Sölle, D. (1997). *Mystik und Widerstand. „Du stilles Geschrei"*. Hamburg: Hoffmann & Campe.

Strobel, W. (1999). *Reader Musiktherapie. Klanggeleitete Trance, musiktherapeutische Fallsupervision und andere Beiträge*. Wiesbaden: Reichert.

Suzuki, S. (2016). *Zen-Geist – Anfänger-Geist. Unterweisungen in Zen-Meditation*. Bielefeld: Theseus.

Tart, C. T. (1969). *Altered States of Consciousness.* New York, Wiley.

Queckelberghe, R. van (2005). *Transpersonale Psychologie und Psychotherapie. Grenzenlose Grenze des Bewusstseins*. Frankfurt am Main: Klotz.

Queckelberghe, R. van (2017). Mystische Erfahrungen. In L. Hofmann & P. Heise (Hrsg.): *Spiritualität und spirituelle Krisen, Handbuch zu Theorie, Forschung und Praxis* (S. 180–190). Stuttgart: Schattauer.

Zwiebel, R. (2011). Präsenz und Einsicht – zum Dialog von Psychoanalyse und Buddhismus. *Transpersonale Psychologie und Psychotherapie, 17*(1), 8–18.

Monochordklangtrancen als Katalysator für psychotherapeutische Prozesse – Fallvignetten

Harald Neudert

Einführung

Schwerpunkt dieses Artikels ist eine Sammlung von Fallbeispielen, die die bemerkenswerte Wirksamkeit und Bandbreite von Klangtrancen verdeutlichen sollen. Auf Basis meiner über 20-jährigen beruflichen Erfahrungen mit dem Monochord habe ich Fälle ausgewählt und in den Kontext von Indikation und weiterem Therapieverlauf eingeordnet. Eine analytische Betrachtungsweise mit Ausblick schließt den Text ab.

Zwei Fallvignetten möchte ich voranstellen:

Vor einigen Jahren hatte ich in der Akutpsychiatrie über mehrere Wochen eine Patientin in einer Gruppe, die wie viele andere dort kaum schwingungsfähig und darüber hinaus sehr wortkarg war. Oft blieb es unklar, ob sie von dem Gruppengeschehen überhaupt profitieren konnte. Als Russlanddeutsche und Spätaussiedlerin kam eine gewisse Sprachbarriere durch eingeschränkte Deutschkenntnisse hinzu. Nach einer Gruppensitzung mit dem Monochord war die Patientin sichtlich ergriffen. In der Abschlussrunde sagte sie nur zwei kurze Sätze: „Ich habe mein Heimatdorf gesehen." und „Jetzt weiß ich, warum ich krank bin."

Ein zweites Beispiel aus der Suchtklinik: Über mehrere Wochen arbeitete ich mit einem alkoholabhängigen Patienten, der verschiedene Ängste hatte. An einem Punkt des therapeutischen Prozesses verwendeten wir das Körpermonochord, um auf eine andere Erfahrungsebene zu kommen, weg vom bewussten Material. Der Patient, der unter anderem an Höhenangst litt, erlebte Folgendes: In der Geborgenheit des Klanges angekommen, sah er sich auf einem dicken Seil hin und her spazieren, das zwischen zwei Hochhäusern gespannt war. Er fühlte sich völlig angstfrei, tief erfüllt von diesem Erleben. Er war auch nach Beenden der Trance unverändert berührt von der Erfahrung. In den nächsten Tagen stellte es sich heraus, dass seine Höhenangst sich vollständig aufgelöst hatte, was er mir in den folgenden Jahren bestätigte.

Beide Beispiele stehen für mich stellvertretend für die Wirksamkeit von Klangtrancen, die von einer tiefen emotionalen Erfahrung über eine mehrere Erfahrungsebenen umfassende Erkenntnis bis hin zu einer anhaltenden, tiefgreifenden Veränderung unseres „intuitiven, impliziten Wissens" (Bauer, 2002, S. 234), innerhalb eines für psychotherapeutische Prozesse relativ kurzen Zeitrahmens reichen.

Meine eigene Auseinandersetzung mit veränderten Bewusstseinszuständen begann im Rahmen meiner Gruppenlehrmusiktherapie bei Rose Strunck, einem zentralen Bestandteil meines Musiktherapiestudiums an der damaligen Hochschule der Künste in Berlin. Es folgte eine über 16 Jahre andauernde Balintgruppenarbeit bei Dr. Wolfgang Strobel, die für meine eigene Arbeitsweise essentiell war und ist. Meine Sichtweise auf therapeutische Prozesse hat sich in dieser Zeit grundlegend erweitert.

1 Klinischer Kontext

Ich arbeite seit 16 Jahren als Musiktherapeut einer privaten Klinik für Sucht- und Begleiterkrankungen. Das therapeutische Setting dort hat es mir ermöglicht, eine Arbeitsweise zu entwickeln, die bei vielen PatientInnen in kurzer Zeit tiefgreifende Prozesse in Gang setzt.

Musiktherapie ist ebenso wie Kunst- und Achtsamkeitstherapie Teil des psychotherapeutischen Kernprogramms von jeweils fünf Einzel- und Gruppentherapien pro Woche. Die im Durchschnitt sechzehn PatientInnen, die mir zugeteilt sind, haben bei mir wöchentlich zwei Gruppen- und eine Einzeltherapie, zusätzlich zu den drei verbalen Gruppen- und vier Einzelsitzungen bei den jeweiligen BezugstherapeutInnen. Ergänzend gibt es Achtsamkeits- und Sportangebote, kognitives Training, Psychoedukation uvm. Die Regeltherapiedauer beträgt vier Wochen, im Idealfall sind das vier Einzel- und acht Gruppentherapien in der Musiktherapie. Das sehr dichte Therapiesetting ermöglicht bei motivierten PatientInnen einen intensiven Therapieprozess, begleitet durch den engen Austausch im interdisziplinären Team.

Alle MusiktherapiepatientInnen haben eine Klangtrancegruppe (abwechselnd mit Monochord, Gong, und Klangschale) und eine aktive Musiktherapiegruppe in der Woche.

2 Indikationen

Das Monochord ist für mich unter folgenden Bedingungen indiziert:

- wenn es im Therapieprozess wichtig scheint, sich mit frühen Lebenserfahrungen auseinanderzusetzen
- wenn frühe oder aktuelle Bindungen in den Fokus kommen
- wenn Sicherheitsbedürfnisse in der Kindheit (massiv) verletzt worden sind, das Erleben von Verbundenheit und Sicherheit in der Kindheit nicht ausreichend erfolgte
- wenn PatientInnen in der Einzel- oder der Gruppentherapie auffällig auf den Klang reagieren, z. B. durch unmittelbare körperliche Stressreaktionen oder negative Assoziationen

- wenn die verbale Therapie momentan keine Impulse mehr geben kann, andere Erlebnisebenen gefragt sind
- wenn die PatientInnen psychisch und physisch stabil genug sind, auch tiefgreifende Erfahrungen zu machen und keine Gefahr einer Dekompensation besteht

3 Therapeutisches Setting

Die therapeutische Arbeit mit dem Monochord findet frühestens ab der zweiten Therapiewoche statt bzw. erst wenn ich das Gefühl einer tragfähigen therapeutischen Beziehung habe. Für mich versteht sich diese Behandlung in den meisten Fällen auch als körpertherapeutische Arbeit. Durch das Auflegen des Instrumentes auf den Oberkörper wird eine körperliche Wahrnehmung erzeugt, die die Wirkung des Klanges nochmals deutlich intensiviert. Besonders diese Körperempfindungen ermöglichen einen zusätzlichen Zugang zu frühen Lebenserfahrungen. Mein Hauptinstrument ist das Monochord in Tanpurastimmung (ein „Himmel und Erde“ von Christof Linhuber, gestimmt in zwei Saiten auf Cis, zwei auf cis, eine auf gis, 24 auf cis').

Ich versuche, ein Höchstmaß an Sicherheit für die PatientInnen herzustellen und im Verlauf der folgenden Tage in enger Abstimmung mit den anderen behandelnden TherapeutInnen in Einzeltherapien die Aufarbeitung des Erlebten zu gewährleisten.

Die PatientInnen haben vor der ersten Einzelarbeit durchweg schon Erfahrungen in den Gruppenklangtrancen sammeln können. Ungeachtet dessen stelle ich immer noch einmal die Bandbreite der möglichen Wirkungen dar, von völligem Unberührtsein bis hin zur Traumaexposition.

Ich gebe den PatientInnen die volle Selbstbestimmtheit, durch die explizite Aufforderung, jederzeit die Trance abzubrechen, falls das Erleben zu intensiv, zu aufwühlend, zu destabilisierend wird. Zusätzlich mache ich deutlich, dass ich jederzeit intervenieren würde, falls ich die Wahrnehmung hätte, dass die PatientIn selbst nicht mehr handlungsfähig wäre.

Die PatientInnen werden immer gefragt, ob die körperliche Nähe zu mir, die sich aus der Spielposition bedingt, für sie in Ordnung ist. Viele nehmen dies erst bewusst wahr, wenn sie mit ihrer Aufmerksamkeit dahin gelenkt werden.

In der Anfangsphase der Körperarbeit nach dem Auflegen des Monochordes und dem Beginn des Anspielens der Saiten, versuche ich, mich bewusst mit der Atmung der PatientIn zu synchronisieren, besonders in Intensität und Tempo meines Spiels. Dies ist nach meiner Erfahrung wichtig für das Erleben der PatientIn und verstärkt das Sich-Wahrgenommen-Fühlen. Im späteren Verlauf verändere ich meist die Intensität des Spiels, um andere emotionale Zustände und Erinnerungsbereiche zu erreichen. Manchmal steuere ich der körperlichen Reaktion der PatientIn entgegen, zum Beispiel wenn ein Erregungszustand zu entgleisen droht. In solchen Fällen interveniere ich auch verbal. Dies mache ich in der Regel nur bei besonderen Fragestellungen. (Im Gegensatz zu Strobel (1999), der während der Klangtrancen oft in verbalem Kontakt zu den PatientInnen bleibt und ihre Wahrnehmung z. T. führt).

Während der gesamten Klangarbeit registriere ich körperliche Reaktionen, den Puls, die Atmung, willkürliche und unwillkürliche muskuläre Bewegungen (z. B. anhaltendes muskuläres Zittern, welches auf eine Lösung traumabedingter Anspannung zurückzuführen sein könnte).

Mein eigenes Erleben spielt für die Analyse der Gegenübertragung eine wichtige Rolle: Welche Gefühle nehme ich bei mir war, welche Assoziationen und Körperwahrnehmungen werden bei mir ausgelöst? Immer wird das nahende Ende der Klangtrance durch eine kontinuierliche Verringerung der Dynamik, zum Teil auch durch ein abnehmendes Tempo angekündigt.

Nachdem die PatientIn wieder in ihrer ganzen Präsenz im Raum angekommen ist (oft helfen Dehnungsübungen, aufmerksam tiefes Atmen, eine bewusste Orientierung im Raum), folgt in der Regel eine Nachbesprechung, um das Verstehen und die Integration der Erfahrung zu unterstützen. Es gibt PatientInnen, die vom Erleben so tief berührt sind, dass eine Verbalisierung noch nicht angezeigt ist und stattdessen dem Erleben eher die Kraft nehmen könnte. In solchen Fällen lasse ich die Erfahrung weiter wirken, ohne sie zu „zerreden".

Eine Klangtrance dauert etwa zwanzig Minuten.

4 Fallbeispiele

Frau S.
ist eine 37-jährige, sportliche Lehrerin, die sich selbst als glücklich verheiratet beschreibt mit einer liebevollen Beziehung zur eigenen Tochter. Sie definiert die Funktion ihres Suchtmittels (Alkohol) darin, das Gefühl wegzumachen, das in ihr auftauchte, als ihre Eltern ihr vor vier Jahren bestätigten, dass sie nicht das leibliche Kind ihres Vaters, sondern das eines unbekannten Samenspenders sei. Sie hatte einen Bluttest veranlasst, der sich zufälligerweise als nicht mit den Blutgruppen der Eltern vereinbar herausgestellt hatte. Als Frau S. eine Erklärung einforderte, waren die Eltern zu keiner Antwort bereit. Für die Patientin war die Erkenntnis mit einer massiven Erschütterung ihrer Lebensgrundlagen verbunden.

In einer Klangschalenklangtrance waren bereits viele Erinnerungen an ihre Kindheit aufgestiegen. Diese waren geprägt vom Alkoholismus des Vaters, der ihre zentrale Bezugsperson war, und der depressiven Mutter, mit der sie keinerlei bewusste positive Erfahrungen verband und nie eine gute Bindung entwickelt hatte. In ihrer Erinnerung gab es viele Konflikte zwischen den Eltern, ihr eigenes Bemühen sich anzupassen und keine zusätzliche Mühe zu machen. Alle diese Themen wurden ausführlich in ihrer Gesprächstherapie mit ihrer Bezugstherapeutin bearbeitet.

In einer Gruppensitzung mit dem Monochord erlebte sie Folgendes: Einige der belastenden Situationen ihrer Kindheit, die sie zuvor mit der Bezugstherapeutin angesprochen hatte, tauchten wieder auf. Diesmal allerdings in der Form, dass sie sich einerseits als das kleine, bedürftige Mädchen erlebte, und andererseits gleichzeitig als erwachsene Frau mit ihren heutigen Kompetenzen, die das kleine Mädchen in diesen Situationen in den Arm nahm, tröstete und beschützte.

Sie war sehr berührt von dieser Erfahrung und äußerte in einer nachfolgenden Einzelsitzung, sich selbst nun nicht mehr als das kleine, hilflose Mädchen zu erleben, sondern in ihrer erwachsenen Kompetenz angekommen zu sein. Infolge aller Therapieerfahrungen fühlte sich die Patientin stabil genug, um ihren Alltag wieder gut ohne Alkohol meistern zu können.

Es wird deutlich, wie sich die Arbeit mit veränderten Bewusstseinszuständen nahtlos mit den laufenden psychotherapeutischen Prozessen verbinden kann. In der Einzeltherapie wurde mit dem inneren Kind gearbeitet, welches in der Klangtrance für die Patientin erlebbar und zu einer inneren Realität umgewandelt werden konnte. Frau S. spürte und äußerte, dass für sie der Prozess dadurch einen Abschluss fand.

Frau L.
ist eine freundliche junge Frau, extravagant gekleidet, u. a. mit Schuhen, die weithin hörbar sind. Sie tritt selbstbewusst auf, arbeitet seit einigen Jahren als Schauspielerin und absolviert aktuell ein entsprechendes Studium. Sie sagt von sich, dass sie in ihrer Ausbildung voll aufgeht, erlebt verschiedene Kurse wie Tanzen, Fechten, Singen als gutes Ventil für eigene Spannungszustände und Gefühle. Pandemiebedingt wurde ihr Studium auf Online-Seminare reduziert, seitdem hat sich ihr Suchtmittelkonsum (GBL, Benzodiazepine und Alkohol) vom Wochenend-Partymodus zu einem täglichen Konsum verändert.

Die Entscheidung für eine Therapie resultierte aus dem Erleben, dass sich aufgrund der Sucht Partner und FreundInnen von ihr distanziert hatten und sie in Schulden geraten war. Die Patientin hatte bereits an einigen Musiktherapiegruppen und einer Einzeltherapie teilgenommen, war präsent und gut in Kontakt, emotional jedoch verflacht (Endphase der Entgiftung mit einer kleinen Dosis Benzodiazepine). Ich erlebte sie nicht ihrem Alter entsprechend gereift, sie wirkte eher wie ein etwa 12-jähriges Mädchen.

In der zweiten Einzeltherapiestunde versuchte ich, ein besseres Verständnis für ihre Grundkonflikte zu bekommen. Außer der starken Belastung ihrer Beziehungen im Kontext des Suchtverhaltens wirkte sie oberflächlich gut aufgestellt. Aus ihrer Sicht verfügte sie über sehr gute soziale und ökonomische Ressourcen, erlebte eine stabile und liebevolle Elternbeziehung und pflegte einen positiven Lebensentwurf. Ein offensichtlicher Mangel, der durch den Suchtmittelkonsum kompensiert werden soll, war nicht erkennbar, deshalb schlug ich ihr eine Körperarbeit mit dem Monochord vor.

Sie hatte bereits einige positive Erfahrungen mit Klangtrancen im Gruppenangebot gemacht und ließ sich sofort auf das Angebot ein. Intuitiv spielte ich noch zarter, behutsamer als sonst, aus dem Gefühl heraus, dass wir mit sehr frühen, verletzlichen Persönlichkeitsanteilen in Kontakt sein würden. Nach wenigen Minuten vertiefte sich ihre Atmung sichtlich, gelegentlich gab es kleinere Zuckungen in der Bauchgegend. Gegen Ende der Trance kamen erste Tränen. Dann erzählte sie von ihrem Erleben: Sie hatte sich als kleines, etwa 5-jähriges Mädchen über ein Feld laufen sehen (mit anderer Haarfarbe und unbekanntem Kleid, aber in der Gewissheit dieses Mädchen zu sein), verbunden mit einem intensiven Gefühl von Freiheit und Unbeschwertheit. In der Nachbesprechung betonte sie immer wieder diese beiden Gefühle. Da in ihrem realen Leben seit Jahren Unbeschwertheit und Freiheit nicht mehr spürbar waren, formulierte sie das klare Bedürfnis, dass diese wieder Teil ihres Lebens werden sollten.

Einige Tage später wurde die Patientin in der Musiktherapiegruppe bei einer Gongklangtrance mit bedrohlichen Situationen ihrer Suchtvergangenheit konfrontiert. In der Einzeltherapie am Nachmittag desselben Tages fokussierten wir uns zunächst auf dieses Erleben. Sie wirkte diesbezüglich bereits gut reflektiert, hatte mit ihrer Bezugstherapeutin schon dazu gearbeitet. Ich erlebte sie gereift, weniger verletzlich, und brachte diese Wahrnehmung in das Therapiegespräch ein.

Abschließend hatte ich den Impuls, nochmals mit dem Körpermonochord zu arbeiten, die Patientin stimmte zu. Diesmal erlebte sie sich im aktuellen Alter am sonnigen Flussufer ihrer Heimatstadt entlangspazierend, wieder mit dem starken Gefühl der Freiheit und Unbeschwertheit verbunden, zusätzlich mit der Stärke, die vorher noch nicht vorhanden oder spürbar war.

Die Erlebnisse der beiden Körperarbeiten machten m. E. den Prozess, den die Patientin in den letzten Wochen durchlaufen hatte, für sie greifbar, verbunden mit einer klaren Orientierung für ihr künftiges Leben. Mit diesem Erleben könnte sie weiterhin immer wieder in Kontakt gehen.

Herr C.
ist ein 60-jähriger Marathonläufer, der ein ungewöhnliches Konsumverhalten gegenüber Alkohol zeigt: Er ist in der Regel über mehrere Wochen abstinent, ohne irgendetwas zu vermissen, sobald er aber den „Teufel im Kopf" hat, trinkt er einen Tag lang massiv. Der „Teufel" sind sehr negative, quälende Gedanken, die, wenn er ihrer zu spät gewahr wird, nicht mehr kontrollierbare Trigger sind. Der Patient schildert, dass es ihm nur durch Alkohol möglich wäre, eine gewisse vorübergehende Entspannung herbeizuführen. Intoxikiert entwickle er sich zu einer sehr negativen, verletzenden, abwertenden Persönlichkeit, so Herr C., und zieht die Parallele zu Dr. Jekyll und Mr. Hyde. Diese stehe seiner ihm vertrauten (positiven, wertschätzenden) Persönlichkeit diametral entgegen. Inzwischen habe dies zur räumlichen Trennung von seiner Lebensgefährtin geführt, um diese vor ihm zu schützen.

Sein Verhalten unter Alkohol setzt er vollständig mit dem Verhalten seiner verstorbenen Mutter gleich, die er als rechthaberisch, lieblos, den Vater schikanierend und dominant beschreibt. Den Vater schildert er konfliktvermeidend, machtlos gegenüber der Ehefrau, emotional distanziert. Eine gewisse Erklärung für die Verhaltensmuster der Mutter bieten die wenigen biographischen Details, die er über sie berichtet.

Diese war als junge Frau 1945 aus Danzig geflohen und durch viel Glück dem Untergang der „Wilhelm Gustloff“ entkommen. Schließlich als unwillkommener Flüchtling in Niedersachsen gelandet, konnte sie in der ehelichen Verbindung mit einem jüngeren, unerfahrenen, aber offenbar leistungsorientierten Mann vermutlich eine gewisse Sicherheit erreichen. Beide entwickelten sich in ihrer Heimatstadt zu erfolgreichen und bekannten Persönlichkeiten.

In einer Monochordklangtrance erinnerte sich der Patient an zwei Lebenserfahrungen, in denen er als Sohn für die Bekanntheit und zeitweise Unbeliebtheit seiner Eltern „büßen“ musste. Zum einen erlitt er mit sechs Jahren einen Schädelbasisbruch mit anschließendem Hörsturz über ein halbes Jahr, nachdem ihm ein feindlich gesinnter Mitschüler ein Bein gestellt hatte; zum anderen musste er mit fünfzehn Jahren erleben, dass ein Spottvers über seinen Vater in großen Buchstaben auf sein Schulgebäude geschrieben worden war. Beide Erinnerungen schilderte er ohne spürbare emotionale Beteiligung, hatte sie auch damals, wie es seine Eltern von ihm erwartet hatten, offenbar „einfach weggesteckt“.

In einer Gong-Klangtrance in der Gruppe durchlebte Herr C., nach einer durch den Körper wandernden Schmerzempfindung, eine der fürchterlichsten, alkoholisierten Auseinandersetzungen mit seiner Partnerin noch einmal. Im Anschluss nahm er wahr, dass ihn diese Erinnerungen jetzt nicht mehr quälten. Im Klinikalltag bemerkte der Patient Veränderungen. Sein Umgang mit Konflikten war anders geworden, als er das bisher von sich kannte: Er ließ sich nicht mehr provozieren, war gelassener.

In der darauffolgenden Einzeltherapie stimmte er einer Körperarbeit mit dem Monochord zu. In der Trance erlebte Herr C. eine typische Kindheitssituation mit seiner Mutter wieder: Er sah sich ihr gegenüberstehen und von einem tollen Erfolg berichten, verbunden mit dem Bedürfnis von ihr bestätigt zu werden. Es folgte ihre typische Reaktion, die darin bestand, dass sie ihre eigenen, vermeintlich noch viel größeren Fähigkeiten hervorhob. Er begann zu weinen, hatte gleichzeitig aber das Gefühl, diese negativen Beziehungserfahrungen (mit der Mutter) für sich verstanden und abgeschlossen zu haben. Der Patient war wieder in der Gegenwart, nahm die Sonne vor dem Fenster wahr, spürte Freude und erlebte: „Jetzt ist es gut“. Nach Beendigung der Körperarbeit sagte er:

> „Jetzt bin ich wieder etwas losgeworden, das Thema ist abgehakt.“

In der Nachbesprechung schilderte er die Beziehung zu seiner Mutter so, dass er sich immer beweisen musste, um geliebt zu werden. Seine Mutter hatte darauf aber nie mit Anerkennung, sondern mit Selbstüberhöhung reagiert. Selbst wenn sie ihn anderen Menschen gegenüber demonstrativ als großartig darstellte, erlebte er sich als Opfer und Objekt. Es ging nie um ihn, sondern er war großartig, weil er ihr Sohn war. Aufgrund ihrer eigenen Lebensgeschichte war die Mutter nicht in der

Lage gewesen, adäquate Beziehungsmuster zum Sohn zu entwickeln, sondern benutzte ihn zur Befriedigung ihrer eigenen narzisstischen Bedürfnisse.

Der Patient war im Alltag gut in der Lage, die verinnerlichten, aber eindeutig negativ bewerteten Verhaltensmuster der Mutter zu verdrängen. Nur im intoxikierten Zustand führte der einsetzende Kontrollverlust dazu, dass er diese Verdrängung nicht mehr leisten konnte und selbst in diese inadäquaten Verhaltensmuster verfiel. Das Erleben in der Klangtrance führte zu einem bewussteren Zugang zu diesen Erfahrungen und ihrer Integration.

Die inneren Konflikte, die beim Patienten zu einer Spaltung der Persönlichkeit führten, wurden durch die Körperarbeit zugänglich und integriert.

Frau Li.
kommt in die Klinik wegen Alkoholabhängigkeit in einer akuten Belastungssituation. Sie lebt nach siebzehn Ehejahren in Scheidung von ihrem Mann, einem Rechtsanwalt. Dieser versucht, ihr die gemeinsamen Kinder zu entziehen, blockiert ihren Kontakt zu ihnen. Aktuell ist sie dabei, ihr Leben neu aufzubauen und hat bereits eine neue Anstellung, sowie eine neue Wohnung im Anschluss an die Therapie gemietet.

Im ersten Kontakt, einer Monochordklangtrance in der Gruppe, wurde die Patientin von Erinnerungen an ihre beiden Töchter überflutet und emotional sehr berührt. In den folgenden Einzelsitzungen bei ihrer Bezugstherapeutin und mir war zunächst die Aufarbeitung der aktuellen Konflikte im Vordergrund. Später wurde ein Verständnis für Beziehungsmuster geschaffen, die sich in der für sie schädlichen Beziehung zu ihrem Mann wiederfanden. Die Patientin konnte auf gute Ressourcen zurückgreifen und wurde im Verlauf zunehmend stabiler und handlungsfähiger.

In der letzten Einzelstunde findet eine Körperarbeit mit dem Monochord statt. Die aktuellen Beziehungen standen diesmal nicht im Vordergrund. Die Patientin konnte es sich erlauben, in eine enge Verbundenheit zu ihrer Mutter zu kommen, die die zentrale Bezugsperson ihrer Kindheit war und vor wenigen Jahren an Krebs gestorben war. Frau Li. spürte ihre Sehnsucht nach körperlicher Nähe zur Mutter, ihre Trauer über den Verlust, verbunden mit starken körperlichen Reaktionen. Deutlich wurde hier, dass der Tod noch nicht verarbeitet war. Die Trauer hatte die ganze Zeit eine Überlagerung durch die Anforderungen der Familie und die Ehekonflikte erfahren und war für sie nicht mehr spürbar gewesen.

Aus der Monochordkörperarbeit resultierte für die Patientin die Erkenntnis, sich nach Stabilisierung der aktuellen Lebenssituation mit dem stagnierten Trauerprozess befassen zu müssen.

Nach meiner Erfahrung geschieht es immer wieder, dass scheinbar vordergründig wichtige Therapieinhalte in der Arbeit mit veränderten Bewusstseinszuständen auf tieferliegenden Ebenen durch andere Themen ersetzt werden, die anders kaum zugänglich sind oder unter Umständen nicht adäquat bewertet werden können. In diesem Beispiel war die aktuelle Lebenssituation so belastend, dass die ältere und offenbar lange verdrängte Trauer nicht auftauchte. Erst durch die Monochorderfahrung wurde sie für die Patientin in ihrer vollen Bedeutung spürbar und einer adäquaten Bewertung und weiteren Bearbeitung zugänglich.

Frau Q.
kommt mit einer Alkoholproblematik, die im 16. Lebensjahr begonnen hat. Sie ist Ärztin. In ihrer aktuellen Familie ist sie mit liebevollen Beziehungen zum Ehemann, den zwei Töchtern und den Schwiegereltern gut aufgestellt.

In der Therapie arbeitete die Patientin sehr motiviert mit, ihre ungewöhnliche Zugewandtheit und Freundlichkeit wirkte nicht fassadär. Als Grundkonflikt kristallisierte sich schnell die Beziehung zur Mutter heraus. Diese hatte drei Jahre vor der Geburt der Patientin eine Tochter im eigenen Leib sterben erlebt. Der Vater hatte der Patientin gegenüber einmal geäußert, dass diese Erfahrung seine Frau „zerstört" hätte.

Ihre eigene Erfahrung als Kind (und bis heute) war eine emotional und körperlich distanzierte Mutter, bitter und negativ in ihren Wahrnehmungen, Bewertungen und Äußerungen. Die Patientin hatte sehr früh versucht, ihrer Mutter nur Freude zu machen, war immer angepasst und „lieb".

Eine solche Mutterbeziehung war prädestiniert für eine Monochordkörperarbeit. Frau Q. hatte bereits zwei Klangtrancen im Gruppensetting erlebt, bei denen sie sehr berührt worden war. In einer kurzen Vorstellung der Klangschale hatte sie das Gefühl, in der Körpermitte „eingeschnürt zu werden, wie eine Sanduhr" (eventuell ein Erleben, das mit dem traumatisierten Zustand der Mutter bei ihrer ersten Schwangerschaft nach der Totgeburt verbunden war).

Am Anfang der dann folgenden Körperarbeit war es für mich ungewohnt schwierig, einen inneren Kontakt zur Patientin herzustellen, ihre körperlichen Reaktionen zu „lesen". Erst nach etwa fünf Minuten wurde die Atmung von Frau Q. deutlich tiefer und die in den Gesichtszügen festsitzende Freundlichkeit wich der trancetypischen Leere.

In der Nachbesprechung äußerte sie ihr anfängliches Bedürfnis, mir meine Arbeit zu erleichtern, also durch bewusst flaches Atmen das Monochord stabil auf ihrem Körper zu halten. Genau dieser Impuls löste bei mir offenbar diese Irritationen aus. Erst als die Patientin sich die Erlaubnis gab, sich in den Mittelpunkt zu stellen, sich versorgen zu lassen, konnte sie loslassen. Sie erlebte ein körperliches Verschmelzen mit dem Boden und tiefe Entspannung. Erinnerungen an ihre Töchter tauchten auf.

In der Erfahrung des Gut-machen-Wollens wurden für sie die Grundmuster ihres Beziehungsverhaltens greifbar, die die Orientierung auf das Gegenüber widerspiegelte, das Stets-bemüht-Sein, dass es allen anderen gut ginge. Um den Preis, dass ihre eigenen Bedürfnisse nach Zuwendung und Versorgung dabei nicht befriedigt, tatsächlich im Alltag oft nicht spürbar wurden.

In der weiteren Arbeit zeigte sich, dass bei Frau Q. ein hohes Bedürfnis nach verbaler Rückversicherung bestand, sie wichtige Gefühle immer den betreffenden

Menschen gegenüber verbalisieren musste und selbst oft bei anderen nonverbale Signale nicht richtig interpretierte. Auch hier kamen wohl die frühen Erfahrungen in der Kommunikation mit der mutmaßlich depressiven, traumatisierten Mutter zum Tragen. Eine Sicherheit im nonverbalen Kontakt war vermutlich nie hinreichend erlebt worden.

Als typischen Prozess erlebe ich in der Arbeit mit dem Körpermonochord, dass PatientInnen, die sich in besonderem Maße im Fokus der Aufmerksamkeit erleben, versorgt werden, ohne dafür eine „Gegenleistung“ bieten zu können, oft unmittelbar Erfahrungen frühkindlicher Anpassungsleistungen aufdecken. Die automatisierten, früh erworbenen Verhaltensmuster werden unmittelbar erlebbar und in ihren negativen Auswirkungen bewusst und veränderbar.

Herr. L.
ist ein Wiederkehrer und war vor vier Jahren in unserer Klinik. Seit acht Monaten leidet er wieder unter zunehmendem Kokainkonsum.

Beim routinemäßigen Vorspielen der Klangtranceinstrumente kam er sofort in Stress und brach den Monochordklang nach wenigen Sekunden ab. Auf die Nachfrage, was das Monochord ausgelöst hätte, zeigte er mir seine geballte Faust und die Haare auf seinem Arm, die sich aufgestellt hatten.

Als ich das archetypische Thema, die frühe Mutterbindung, als möglichen Zusammenhang benannte, sprudelt er fast über: Die Mutter würde ihn „verachten, ihn überall schlecht machen, ihn für alles, auch für ihren Alkoholismus, verantwortlich machen“ usw. Die letzte Verbindung, so der Patient, bestünde durch eine gemeinsame Firma, die von seinem Vater an ihn, seinen Bruder und seine Mutter vererbt wurde. Er hätte seinem Anwalt vor kurzem den Auftrag gegeben, sich um die Auflösung der Firma zu kümmern, damit auch dieses letzte Band zerschnitten würde. Seitdem ginge es ihm besser.

Innerhalb von wenigen Minuten wurde durch die körperliche Reaktion des Patienten auf den Klang der zentrale, alles beherrschende Lebenskonflikt deutlich und für ihn spürbar.

Ein Beispiel für die diagnostischen Qualitäten der Arbeit mit monochromen Klängen. In kürzester Zeit können zentrale Therapieinhalte spürbar und bewusst werden, die in einer rein verbalen Anamnese unter Umständen erst erarbeitet werden müssten.

Herr M.:
In einer Gruppensitzung mit Monochordklangtrance erlebte der Patient eine Flut von Erinnerungen aus unterschiedlichen Lebensaltern, zwischen Kindergartenerlebnissen mit einer damaligen Freundin bis zu gemeinsamen Urlauben mit der aktuellen Lebensgefährtin.

In der am selben Tag nachfolgenden Einzeltherapie berichtete er differenziert von seiner Tranceerfahrung. Aufhorchen ließen mich Regelverletzungen; das Schwänzen des Unterrichts gegen Ende der Schulzeit, das Hacken des Universitäts-Netzwerks im späteren Studium der Informatik (um einer Kommilitonin zu imponieren) und anderes.

In der Nachbesprechung ergab sich, dass der Patient etwa ab dem 14. Lebensjahr gezielt, im Umgang mit Eltern, Schule und Studium geltende Regeln des jeweiligen Systems missachtete, eine offene Auseinandersetzung aber konsequent vermied. Diese Handlungen waren für ihn eine Möglichkeit, seine Interessen durchzusetzen, ohne mit den jeweiligen Menschen bzw. Institutionen ernsthaft in Konflikt zu kommen. Später im Verlauf seines bereits suchtartigen Alkoholkonsums täuschte er seine darauf aufmerksam gewordene Partnerin dadurch, dass er das demonstrativ erworbene Alkoholtestgerät manipulierte und damit unbrauchbar machte. Infolge einer großen zusätzlichen Belastung durch zwei untätige Kollegen, deren Arbeit er mit übernehmen musste, steigerte sich sein Alkoholkonsum deutlich. Mithilfe des Suchtmittels konnte er die vorherrschenden Gefühle von Frustration, Wut und Überlastung verdrängen und den eigentlich anstehenden Konflikt mit den Arbeitskollegen umgehen. Der Alkohol hatte die Funktion der bisherigen Schlupflöcher und Vermeidungsstrategien übernommen.

Ohne die Fülle an Erinnerungen, die durch das Monochord ausgelöst worden waren, hätte dieser Bewusstwerdungsprozess so kaum stattfinden können. Der Patient erlebte, spürte und verstand in kurzer Zeit sein konfliktvermeidendes, suchtbegünstigendes Verhalten in der chronologischen Entwicklung. Herr M. hatte damit eine Grundlage für eine Veränderung, die über ein bloßes rationales Verstehen weit hinausging.

Herr O.
ist ein 32-jähriger Mann. Er war bereits vor fünf Jahren bei uns in Therapie, um seine Alkohol- und Cannabisabhängigkeit zu behandeln. Daraufhin über zwei Jahre abstinent, so der Patient, hatte er „die beste Zeit seines Lebens“. Die Grundsituation seiner Kindheit war bestimmt vom Alkoholismus seiner Mutter, seinem Gefühl sich immer anstrengen zu müssen, um diese Beziehung zu halten. Sein konfliktvermeidender Vater hatte ihn dafür instrumentalisiert, die Mutter zur Abstinenz zu bringen. Das Grundgefühl seiner Kindheit war letztendlich, alles zusammenhalten zu müssen, aber selbst zu kurz zu kommen und einer anhaltenden Überforderung und Ohnmacht ausgesetzt zu sein. Ein zentrales Thema seiner ersten Therapie bei uns war eine gescheiterte Ehe, in der sich die Beziehungsmuster seiner Kindheit reinszeniert hatten. Auslöser für den Rückfall nach zwei Jahren der Abstinenz war eine Frustration über den Vater und dessen Unverständnis. Der Rückfall war begleitet von einem Führerscheinverlust. Es folgte wieder eine längere Abstinenzphase bis zur Wiedererlangung des Führerscheins durch eine medizinisch-psychologische Untersuchung. Im Anschluss machte er eine mehrtägige Urlaubsreise mit zwei Freunden, in der er einmal mehr erlebte, dass seine eigenen Bedürfnisse nicht respektiert wurden und er sich, ohne diesem entgegenwirken zu können, in der Rolle des Versorgers wiederfand.

Die Konfrontation mit der Ohnmacht, dem Gefühl seiner Kindheitserfahrung, führte zu einem erneuten Rückfall und der Erkenntnis, dass seine Rückfälle Reaktionen auf das Handeln ihm wichtiger Menschen waren bzw. die Folge seiner Unfähigkeit, aus seinen frühen Reaktionsmustern auszusteigen.

In einer Monochordkörperarbeit erlebte Herr O. eine Geborgenheit, die ihm bis dahin gefehlt hatte, verbunden mit detaillierten Erinnerungen an seine Kindheit bis zum 12. Lebensjahr. In seiner Erinnerung blieb er fast immer allein, die Eltern als ehemalige Gastwirte waren selten zu Hause. Die vorherrschenden Gefühle dieser Lebensphase waren Einsamkeit und Trauer.

Zwei Situationen, die für mich bezeichnend und berührend waren: Die Mutter war an den Weihnachtstagen immer betrunken gewesen. Die Familie hatte jedoch versucht, nach außen hin eine heile Fassade aufrechtzuerhalten, während innerhalb eine ausgeprägte Enttäuschung und Trauer vorherrschte. Auch die Zuneigung des Vaters wurde selten spürbar und kristallisierte sich in einem geschenkten Geolino-Heft. Herr O. erinnerte seine Verzweiflung darüber, wie böswillige Mitschüler dies für ihn unerreichbar auf einen Schrank warfen. Durch den emotionalen Kontakt zu diesen zentralen, belastenden Kindheitserfahrungen wurde es dem Patienten möglich, seine Prägungen besser zu verstehen und die Auswirkungen auf seine Gegenwart nochmals tiefer zu begreifen. Mögliche Rückfallrisikosituationen konnten präzise formuliert werden.

Herr E.
ist ein 35-jähriger Mann mit multiplem Substanzmissbrauch, der v. a. wegen hohen Alkoholkonsums schon mehrere Krankenhaus- und Klinikaufenthalte hatte. Trotz der Aussicht, dass jeder weitere Konsum ein tödliches Organversagen zur Folge haben könnte, wurde er wiederholt rückfällig. Unter dem Eindruck seiner letzten Behandlung, in der er in ein längeres künstliches Koma versetzt werden musste, wirkte er mehr *compliant* als bisher.

Seine Lebenssituation ist einerseits geprägt von einer funktionierenden Partnerschaft mit zwei gemeinsamen Kindern, die ihm wichtig sind, andererseits von seiner beruflichen Tätigkeit in den Firmen, die er z. T. gemeinsam mit seinem Vater besitzt und führt. Letzteren schildert er als Patriarchen, der immer das letzte Wort hat, der ihm auch mal bei Kundengesprächen den Telefonhörer aus der Hand nimmt, um das Gespräch weiterzuführen. Sie hätten eine reine Arbeitsbeziehung, eine emotionale Bindung gäbe es nicht, hätte es auch noch nie gegeben. Für den Vater stünde die Firma an erster Stelle, für die Familie hätte er sich noch nie interessiert. Im Verlauf der Therapie wird schnell deutlich, dass dieser Vater-Sohn-Konflikt eine wahrscheinliche Ursache seines Suchtverhaltens ist.

Im Rahmen der parallelen Gesprächstherapie wurde deshalb ein Termin mit dem Patienten, dem Vater und dem Bezugstherapeuten vereinbart. Unmittelbar nach diesem Termin kam der Patient in die Musiktherapie, sehr aufgewühlt und auch eher enttäuscht vom Verlauf des Gespräches.

Aus dem Impuls heraus seine eventuell eingeengte Wahrnehmung bezüglich des Vaters etwas zu öffnen, schlug ich ihm eine Monochordkörperarbeit vor. Schnell folgte eine sichtbare, tiefe Entspannung.

Nach Beendigung der Klangtrance berichtet er tief berührt von vielen Erinnerungen, die sich auf gemeinsame Kindheitserfahrungen mit dem Vater bezogen. So war er mit diesem oft als Kind gemeinsam zu Verkaufsgesprächen für Traktoren bei den Landwirten unterwegs gewesen, während derer er dann im Kuhstall gespielt hatte.

Durch diese Erfahrung war es für den Patienten möglich, die Beziehung zum Vater differenzierter als bisher zu sehen und die einseitig negativen Emotionen diesem gegenüber etwas zu relativieren. Auch wurde die Erinnerung an regelmäßige Messen auf dem Firmengelände wach, die für die spätere Suchtentwicklung eine vermutlich wichtige Rolle spielten. Bei diesen Verkaufsveranstaltungen hatte der Patient die Aufgabe, den Besuchern Bier auszuschenken, was er für sich als sehr positiv erlebt hatte. Es gab dafür viel Wertschätzung vom Vater und den Besuchern, die es in anderen Bereichen kaum gab. Zu diesem Zeitpunkt begann sein eigener regelmäßiger Alkoholkonsum. In der Klangtrance wurde dem Patienten deutlich, welche positiven Erfahrungen und Gefühle den Beginn der Suchtentwicklung förderten. Für die Gegenwart blieb weiter zu klären, ob ungestillte Bedürfnisse nach Wertschätzung und Bindung Risikosituationen darstellten.

Herr J.,
ein erfolgreicher 50-jähriger Geschäftsmann ist sehr leistungsorientiert und energiegeladen. Sein Therapieimpuls resultiert aus zwei Einlieferungen auf der Intensivstation, die im Kontext seines zunehmenden Kontrollverlustes in Bezug auf Alkohol standen.

Mit dem Vater gemeinsam führt er eine Handelsfirma, was für ihn aufgrund der problematischen Beziehung einen zusätzlichen Druck bedeutet. Der Vater erwartet viel, zeigt wenig Anerkennung, wird als harter Selfmade-Unternehmer geschildert. Die berufliche Belastung ist sehr hoch, eine telefonische Verfügbarkeit rund um die Uhr und an allen sieben Wochentagen wird als selbstverständlich vorausgesetzt. Stressregulation fand maßgeblich über regelmäßigen Sport statt. Mit Pandemiebeginn sind diese Regulationsoptionen durch Schließung der Fitnessstudios weggebrochen, bei gleichzeitiger Zunahme der Arbeitsbelastung. Alkohol dient zunehmend als Entspannungs- und Einschlafhilfe.

Der Patient reagierte von Therapiebeginn an vor allem körperlich stark auf alle Klangerfahrungen. Das Spiel der Klangschalen erlebte er tief beruhigend, das des Monochords löste jedoch unmittelbar Kopfschmerzen aus. Der Gongklang bewirkte, dass er sich nach wenigen Minuten sichtlich verkrampfte, minutenlang in einer Art Boxer-Abwehrhaltung mit eingezogenen Schultern und erhobenen Armen und Fäusten verharrte.

Durch diese Erlebnisse war der Patient offen dafür, in den Einzelstunden mit der Bezugstherapeutin und bei mir die möglichen Hintergründe zu bearbeiten.

Anfänglich hatte Herr J. die Vaterbeziehung romantisch verklärt, nun ergab sich ein zunehmend differenzierteres Bild eines emotional distanzierten, auf seine Arbeit und finanzielle Erfolge fixierten Mannes, der seinem Sohn die ersehnte Aufmerksamkeit kaum geben konnte.

In einer Monochordkörperarbeit reagierte der Patient unmittelbar so stark körperlich, dass er verbal eine Änderung meiner Spielweise einforderte. Er beschrieb, wie die Basstöne bei ihm eine Kiefersperre und Kopfschmerzen ausgelöst hatten. Als ich entsprechend diese Töne wegließ, und nur noch die höheren Saiten erklangen, erfolgte sofortige Entspannung. Bei weiterer Abnahme der Dynamik kamen Erinnerungen an seine Mutter, der zentralen Bezugsperson der Kindheit. Er sah sie in der Küche der elterlichen Wohnung stehen und ihn anlächeln. Bei höherer Klangintensität war dieses Bild nicht zugänglich, nur in einem relativ engen Bereich niedrigster Intensität. Dies war vor allem zu Beginn und Ende der Trance gegeben.

Hier zeigt sich, wie sich bestimmte Klangqualitäten, in diesem Fall Tonhöhe und Dynamik, unbewusst mit erlebten Erfahrungen verbinden und unmittelbar bestimmten Personen und Situationen zugeordnet werden. In diesem Erleben können Beziehungsqualitäten deutlich spür- und erkennbar, und dadurch für eine verbale Bearbeitung zugänglich werden.

Herr N.

ist ein 59-jähriger Mann. Mit einer Kiefer-Gaumenspalte und anderen Missbildungen geboren, erlebte er ab seinem 6. Lebensmonat über dreißig größere korrigierende Operationen. Ein starker Hörverlust, 30-40 % Restgehör, den er in seinem Alltag gut kompensieren kann, bleibt. In den Musiktherapiegruppen ist dies für den Patienten und Therapeuten anfangs sehr belastend, da bestimmte Instrumente sowie leisere menschliche Stimmen für Herrn N. nicht differenziert wahrnehmbar sind. Daneben gibt es gewisse ästhetische Auffälligkeiten, vielleicht der Hauptgrund dafür, dass der Patient zwar gerne engere Beziehungen zu Frauen eingehen würde, bisher aber in einem Haus mit seiner Mutter allein lebt. Es besteht jedoch ein großer und stabiler Freundeskreis. Beruflich sehr erfolgreich mit einem eigenen Ingenieurbüro und mehreren, z. T. langjährigen Angestellten verfügt der Patient über gute Ressourcen, auch im Sinne von intensiv und regelmäßig betriebenen Hobbys, und wirkt in seinem Lebensrahmen stabil und gut aufgestellt.

Nach einer über drei Jahre andauernden Phase zunehmenden Alkoholkonsums, die er im Vorfeld einige Monate durch Abstinenz unterbrechen konnte, sucht Herr N. die Klinik auf. Das Bedürfnis seine Sucht besser zu verstehen und langfristig in den Griff zu bekommen, steht im Zentrum der Therapie.

Der Veränderung seines Trinkverhaltens vorausgegangen war die Zeit auf einer Intensivstation wegen einer allergischen Schockreaktion auf Medikamente. Das Behandlungsteam gewann bald den Eindruck, dass dieses erneute Erleben von Ausgeliefertsein und Ohnmacht während des Klinikaufenthalts eine Retraumatisierung im Kontext seiner vielen erlebten Operationen ausgelöst haben könnte.

In einer Monochordkörperarbeit bewirkte bereits das Liegen auf dem Rücken bei Herrn N. Unruhe, die er auch unmittelbar den erlebten Krankenhauserfahrungen zuordnen konnte. Wir vereinbarten, trotzdem mit der Arbeit fortzufahren. Er erlebte angenehme Körperwahrnehmungen, v. a. im Bauchbereich. Ich stellte allerdings das für ihn wohl nicht spürbare stark beschleunigte Pulsieren seiner Halsschlagader fest.

In der Nachbesprechung war der Patient von dieser Beobachtung sehr überrascht, normalerweise würde er seine Herzfrequenz gut spüren. Wir kamen zu der Annahme, dass er durch das erneute Ausgesetztsein dieser potentiell traumatisierenden Situation körperlich auf eine Weise reagierte, die für seine Wahrnehmung nicht zugänglich und komplett abgespalten war. Dementsprechend war er in Situationen, in denen er wieder diese Ohnmacht erlebte, rückfallgefährdet, weil sein Körper Traumastress entwickelte, den er nicht bewusst wahrnehmen und abbauen konnte. Der Patient spürte eher ein diffuses, unerklärliches Unwohlsein und Ohnmachtserleben, dass abgewehrt werden musste.

Für den Patienten wurden so Risikosituationen für einen Rückfall greifbar und konnten nachfolgend in den Therapien bearbeitet werden.

Frau Y.
ist Synästhetin und arbeitet als Künstlerin.

Zu Beginn der Monochordkörperarbeit erlebte sie die tiefen Töne als ich-synton:

> „Das ist mein Herzschlag, meine Schritte, mein Ich, stabil, unveränderbar."

Die hohen Töne erlebte sie als fremd, irritierend. Sie sah dabei das Bild zweier sich unterschiedlich schnell drehender, voneinander unabhängiger Kreise. Nach wenigen Minuten wurde sie neugierig auf das Fremde, wollte in Kontakt gehen, fühlte sich dabei sicher und wusste, dass sie das Fremde auch wieder ausgrenzen könnte. Schließlich, nach dem Erleben dieser für sie ungewohnten Handlungsfähigkeit, kam es zur Verschmelzung des eigenen Ichs mit dem Fremden, was die Patientin als sehr schön erlebte. In der kurzen Nacharbeit, es war die letzte gemeinsame Therapiestunde, konnten wir thematisieren, dass die Patientin sich als sehr verletzbar erlebte und dadurch ein hohes Schutzbedürfnis besaß, daneben aber Abgrenzungsprobleme hatte. Vermutlich bildete eine übergriffige Mutter den Hintergrund, wobei die Patientin bei ihrer Großmutter aufgewachsen war.

In der Körperarbeit erlebte sie eine Handlungs- und Abgrenzungsfähigkeit, die sie bis dahin im Alltag noch nicht genügend verwirklichen konnte. Auf einer unterbewusst-symbolischen Ebene konnte sie ihren Spielraum erweitern und gleichzeitig spüren, welche Gefühle dadurch ermöglicht wurden (Strobel, 1999, S. 135).[1]

1 Ein bereits verwendetes Beispiel in Galle-Hellwig und Baumann (2021, S. 41 f.)

Reflektion und Ausblick:

Was könnte die Wirkung des Monochordes erklären? Was macht die Arbeit mit veränderten Bewusstseinszuständen so effektiv, dass sie tatsächlich als Katalysator für psychotherapeutische Prozesse wirkt?

Zentral sind für mich drei Wirkungsfelder:

- tiefgreifende Erfahrungen von Sicherheit und Geborgenheit, die nachhaltige Veränderungen auslösen können
- Wiedererleben und Neubewertung von verdrängten/unterbewussten Lebenserfahrungen
- Einfluss auf intrapsychische Entwicklungsprozesse

Es gibt eine Parallelität zwischen unserem frühen Erleben und dem Erleben bei einer Monochordklangtrance: Das *„state dependent memory"* (Charf , 2017) ist ein möglicher Erklärungsansatz für den Zusammenhang zwischen bestimmten (Körper-)Gefühlen und dem Auftauchen entsprechender Erinnerungen. Es gibt Hinweise darauf, dass unser Gehirn beim Wiedererleben bestimmter multisensorischer Zustände mit einer gewissen Wahrscheinlichkeit Erinnerungen ins Bewusstsein bringt, die diesen Zuständen entsprechen. Auf Monochordklangtrancen übertragen, evoziert das Gefühl der Geborgenheit Erinnerungen, die mit diesem Gefühl verbunden sind. Meine Erfahrungen mit dem Monochord stimmen mit diesem Erklärungsansatz überein, wissenschaftlich scheint dies aber noch nicht gesichert zu sein.

Timmermann betont die Bedeutung des Hörens für das frühe Selbsterleben und macht verständlich, warum besonders frühe Lebenserfahrungen durch Klänge und Körperwahrnehmungen zugänglich werden können: „Nach Abschluss der Entwicklung des Gehirns und des Nervensystems steht der Vestibularapparat also über das Rückenmark in nervaler Verbindung zu jedem Muskel unseres Körpers. Die Verteilung von Spannungen im Körper, Verkrampfung oder Schlaffheit, Muskeltonus, Haltung, Motorik und Feinstmotorik werden durch das Ohr als Kontrollorgan reguliert. Therapeutisch relevant ist die Tatsache, dass das ursprüngliche Zusammenwirken von Körper- und Klangerfahrung, von haptisch-taktilen Reizen, von Tastsinn und Gehörsinn, von Körperhaltung und Hören, Gleichgewichtssinn und ganzheitlichem Hören und Spüren im frühesten Erleben verbunden sind." (2016, S. 159).

Der Klang des Monochords, intensiviert durch die Körperwahrnehmungen beim Auflegen des Instrumentes auf den Oberkörper, löst bei den meisten Patienten ein Erleben von Geborgenheit aus, oft verbunden mit intrauterin anmutenden Erfahrungen („sicher geborgen, von einer warmen Flüssigkeit umgeben"). Auf biographisch späteren Erfahrungsebenen kommen Erinnerungen an wichtige Beziehungssituationen, von der frühen Kindheit bis zur Gegenwart, bis hin zu spirituellen Erlebnissen („in einem Kloster auf einer Bergspitze", intensive Naturbilder usw.) und transpersonalen Erfahrungen (Strobel, 1991, S. 88 ff.).

Strobel (persönliche schriftliche Mitteilung) spricht vom Zustand der „inneren Verbundenheit" und meint damit das Verbundensein mit der inneren Quelle, aus der jeder Mensch hervorgegangen ist. Es ist aus seiner ganzheitlichen Sicht der basale Zustand jeder heilen Existenz bzw. der heilige Zustand jeder Existenz. Seelisch-emotionales Leiden bis hin zu psychischen Erkrankungen sind für ihn Ausdruck des letztlich in einem weiten Sinne durch Trauma bedingten Abreißens dieser inneren Verbundenheit.

In Klangtrancen erlebe ich häufig, dass PatientInnen diesen Zustand (wieder-)erleben, verbunden mit dem Bedürfnis, dies wieder in ihr Leben zu integrieren. Es gibt PatientInnen für die diese Erfahrung erschütternd ist, vielleicht zum ersten Mal im Leben erlebt wird, und dann oft mit einer tiefgreifenden intrapsychischen Veränderung einhergeht. Diese zeigt sich für andere meist durch eine deutliche Veränderung der Körperspannung, Ausstrahlung von Ruhe, adäquatere soziale Interaktion usw. PatientInnen, bei denen diese grundlegende Erfahrung von Verbundenheit durch entsprechende Lebenserfahrungen gestört worden ist, kommen oft in Kontakt mit dieser Problematik, bei frühen Störungen eher auf Körperebene als durch visuelle Erinnerungen (Strobel, 1999, S. 109 f.).

Auf neurobiologischer Ebene würde man die Parallelität des Erlebens vermutlich so darstellen:

Die zentrale Hörbahn, zwischen Innenohr und Gehirn, ist unter anderem direkt mit der Amygdala verbunden, einem zentralen Teil des limbischen Systems (Stegemann, 2018, S. 164). Bauer formuliert, dass „seelische Gesundheitsstörungen ihre Basis in Fehl- und Unterfunktionen funktioneller Schaltkreise, insbesondere des für kognitive und emotionale Leistungen verantwortlichen limbischen Systems" haben, wobei diese „durch frühe sozioemotionale Ereignisse eingeprägt" seien (Braun & Bogerts, 2001, nach Bauer, 2002, S. 230). M. E. ist dies vergleichbar dem „Abreißen der inneren Verbundenheit" bei Strobel (1999, S. 109 f.).

Etwas ausführlicher beschreibt Bauer den Zusammenhang zwischen der subjektiven Bewertung, die bestimmte Situationen in uns auslösen (wieder unter Aktivierung des limbischen Systems und der Großhirnrinde), und den Vorerfahrungen, die das Individuum in ähnlichen Situationen gemacht hat, die in Nervenzell-Netzwerken gespeichert sind und mit denen das Gehirn die aktuelle Situation abgleicht (Bauer, 2002, S. 54 ff.). Dies entspricht m. E. dem *„state dependent memory"* und dem frühen multisensorischen Erleben bei Timmermann. Die entscheidende Wirkung von Psychotherapie liegt für Bauer darin, dass in der Beziehung zur PsychotherapeutIn u. a. „neue emotionale Erfahrungen gemacht" werden können, die „intuitives, implizites Wissen" verändern (ebd., S. 234).

Verschiedene Autoren haben aus unterschiedlichen Blickwinkeln Erfahrungen und wissenschaftlich gesicherte Ergebnisse formuliert, die greifbarer machen können, was in veränderten Bewusstseinszuständen geschehen kann:

Strobel (1999, S. 137) beruft sich auf Erickson (Erickson & Rossi, 1989, S. 527 ff.), wenn er formuliert, dass das Fehlen grundlegender Lebens- und Bindungserfahrungen unsere vorhandenen Ressourcen entscheidend beschränken und durch Klangtrancen „nachgeliefert“ werden können. Ich möchte hier nochmals Strobel zitieren: „Nach Durcharbeitung der ursprünglich schlimmen Erfahrungen, [...] kann der Patient von dem Klang hingeführt werden zu dem eigentlichen archetypischen Erleben. Mit einer solchen erlebnismäßigen Aufarbeitung wird ein wirkliches Durcharbeiten möglich. Die Wirksamkeit solcher korrigierender Neuerfahrungen ist beträchtlich. Auch wenn ein quantitatives Nachholen nicht möglich ist, so können doch bestimmte Erlebnisqualitäten das Repertoire vorhandener Ressourcen erweitern.“ (Strobel, 1999, S. 89). Annähernd vergleichbar ist hier der Fall Frau Y., die aus der anfänglichen Irritation durch eine fehlende Bindung zur Mutter in eine Erfahrung von Handlungsfähigkeit und Verschmelzung gekommen war. Ebenso das Beispiel von Frau S., die sich in den Klangtranceerfahrungen über eine Konfrontation mit ihren frühen Bindungsdefiziten zu einem Erleben von erwachsener Autonomie und Selbstfürsorge entwickeln konnte.

Als Psychotherapieforscher formuliert Grawe (nach Stegemann, 2018, S. 120): „Wir können als nachgewiesen ansehen, dass psychische Prozesse durch Psychotherapie wirksam und dauerhaft verändert werden können. Daraus ergibt sich, dass Psychotherapie dauerhaft neuronale Prozesse und Strukturen verändern kann. Psychotherapie wirkt, wenn sie wirkt, darüber, dass sie das Gehirn verändert.“

Veränderte Bewusstseinszustände, die durch den spezifischen Klang des Monochords ausgelöst werden, aktivieren offensichtlich bestimmte neuronale Netzwerke, die vor allem in tiefen Entspannungszuständen des Gehirns aktiv sind. Diese Netzwerke ermöglichen den Zugang zu abgespeicherten Informationen, die entweder nicht bewusst abrufbar sind, weil sie z. B. Erinnerungen aus den ersten Lebensjahren vor dem Spracherwerb betreffen, die aufgrund von Überforderungssituationen bzw. Traumata verdrängt worden sind, oder die auf einer körperlichen Erfahrungsebene abgespeichert sind. Diese Informationen können verschiedene Sinnesebenen umfassen: rein visuelles Material, Emotionen, Körperwahrnehmungen, Klänge und Geräusche, Gerüche oder eine Kombination von mehreren oder allen dieser Sinne. Die Informationen vermitteln in der Regel einen in sich geschlossenen, stringenten Eindruck oder Verlauf einer bestimmten Erfahrung (im Gegensatz zur traumatypischen Zersplitterung des Erlebten, welches erst durch den psychotherapeutischen Prozess in ein Narrativ und damit eine integrierbare Erfahrung geführt werden kann).

In Klangtrancen ist es möglich, Erinnerungen zusammenhängend als geschlossene Einheit wiederzuerleben und zu integrieren mit der Chance auf Veränderung, wie vorstehend von Grawe beschrieben. (Bei Traumata bedarf es daher auch einer soliden traumatherapeutischen Kompetenz des behandelnden Therapeuten. Er oder sie muss in der Lage sein, die Stabilität der PatientInnen einzuschätzen, sie in diesen Prozess hineinzuführen, zu begleiten und beim Verarbeiten des Erlebten zu unterstützen, um die reale Gefahr einer Retraumatisierung zu minimieren.)

Einige PatientInnen berichteten, dass Erfahrungen aus der Hypnotherapie identisch mit denen der Klangtrance wären. Strobel bezieht sich auf die Hypnotherapie, sieht aber Klänge als andere potentere Form der Tranceinduktion an (Strobel, 1999, S. 99 und 131). Dies entspricht auch meiner Erfahrung. Im Gegensatz zur Arbeit mit Klangtrancen ist die Hypnotherapie ein weithin bekanntes und akzeptiertes Verfahren, das auch von vielen Ärzten angewendet wird. Aus meiner Sicht wäre weitere gezielte Wirkungsforschung zugunsten einer größeren Akzeptanz dieses einzigartigen, psychotherapeutisch hochwirksamen Verfahrens wünschenswert.

Literaturverzeichnis

Bauer, J. (2002). *Das Gedächtnis des Körpers.* Frankfurt am Main: Eichborn.

Erickson M. H., & Rossi, E. L. (1989). *Hypnotherapie. Aufbau, Beispiele, Forschungen.* München: Pfeiffer.

Galle-Hellwig, C., & Baumann, M. (Hrsg.) (2021). *Musiktherapeutische Ansätze in der Suchttherapie.* 29. Fachtagung am Freien Musikzentrum München e. V. (6.–7. März 2021). Wiesbaden: Reichert.

Charf, D. (2017). *Basismodul 1 SEI. Frühe Verletzungen und Entwicklungstrauma heilen.* Online-Fortbildung.

Seth, A. (2016). *Das Gehirn in 30 Sekunden.* Kerkdriel: Librero IBP.

Skrypek, H., Schmidt H. U., & Timmermann, T. (2016). *Der Körper in der Musiktherapie.* Wiesbaden: Reichert.

Stegemann, Th. (2018). *Was MusiktherapeutInnen über das Gehirn wissen sollten.* München: Reinhardt.

Strobel, W. (1999). *Reader Musiktherapie. Klanggeleitete Trance, musiktherapeutische Fallsupervision und andere Beiträge.* Wiesbaden: Reichert.

Konzertmonochord im Einzelsetting

Monochordklänge in der Kinder- und Jugendpsychiatrie – ein Erfahrungsbericht

Christoph Dachauer

Der folgende Erfahrungsbericht basiert auf einer aktuell vierjährigen Tätigkeit als klinischer Musiktherapeut im Bereich Kinder- und Jugendpsychiatrie in Deutschland und in der Schweiz. Es handelt sich einerseits um eine Klinik mit Kinder- und Jugendstation mit integrierter Klinikschule andererseits um eine Tagesklinik mit assoziierter Klinikschule. Die Erfahrungen, die im Verlauf der Arbeit in diesen Settings gemacht werden konnten, führten über die Jahre zum Wandel der musiktherapeutischen Tätigkeit. Deshalb sollen die gewonnenen Erkenntnisse zum Einsatzbereich und zur Wirkung des Monochords im psychiatrisch-psychotherapeutischen Setting mit Kindern und Jugendlichen hier dokumentiert und ausgewertet werden, zudem es bislang noch keine Forschung in diesem Bereich gibt.

1 Das Monochord im Klinikschulsetting

Die klinische Arbeit mit dem Monochord war der damaligen ärztlichen Leitung der Kinder- und Jugendstation unbekannt, so dass ich diese anregte. Es gibt nun ein stehendes Konzertmonochord mit zwei Spielflächen, zum Einsatz des Liege-Monochords kam es bislang nicht.

Im Rahmen eines Pilotprojektes begannen Monochordinterventionen im Gruppensetting. Vorgängig wurde für das Lehrerteam der Klinikschule das Instrument und das Monochordspiel eingeführt. Die Lehrer konnten anschließend selbst entscheiden, ob sie sich für das Pilotprojekt zur Verfügung stellen. Zwei Lehrerinnen entschieden sich dafür. Der Effekt der Klangwirkung wurde durch einen kleinen Fragebogen mit Smileys (Rating 1–5 zum Wohlbefinden) vor und nach der Intervention erfasst. In ausgewählten Klassenzimmern der Klinikschule wurde einmal pro Woche das Monochord zu Schulbeginn oder nach der morgendlichen Hofpause für zehn Minuten gespielt.

Das Schulzimmer wurde aus logistischen und organisatorischen Gründen als Spielort ausgewählt. Der Musiktherapieraum war zu weit von den Klassenzimmern entfernt. Das Monochord wurde frontal vor der Klasse neben dem Lehrerpult vom Musiktherapeuten gespielt. Eine kurze Instruktion beinhaltete den Hinweis, dass die Schüler sich entspannen dürften und ohne aktives Zutun den Klängen lauschen. Es wurde empfohlen, bei Bedarf den Kopf auf den Schreibtisch oder auf die Arme zu legen. Insgesamt wurden sieben Interventionen unter Teilnahme der Lehrperson durchgeführt mit jeweils vier bis sechs Kindern im Alter von elf bis fünfzehn Jahren.

Die Umsetzung der Projektidee hatte auf mehreren Ebenen einen herausfordernden Charakter, insbesondere für die verhaltensauffälligen Kinder. Neben der ungewohnten gleichzeitigen Anwesenheit der heilpädagogisch-orientierten Lehrperson und des Musiktherapeuten war das Monochord ein neuartiger Reiz im Kleinklassen-Setting. Einige Kinder zeigten ein eher störendes Verhalten, indem sie während der Intervention aktiv Kontakt mit anderen Kindern suchten. Auf diese Reaktionen adäquat zu reagieren, i. S. vom Aufrechterhalten eines Settings, welches Konzentration auf sich selbst und Entspannung bieten sollte, gestaltete sich für den Musiktherapeuten wie auch für die Lehrperson als sehr herausfordernd. Nach siebenmaliger Wiederholung wurde das Pilotprojekt aus verschiedenen Gründen beendet. Die ärztliche Leitung kam zum Schluss, dass das Schulzimmer kein günstiger Therapieort wäre und die Klanginterventionen im Therapieraum weitergeführt werden können – einem Raum, der eher eine Safe-Place-Atmosphäre aufweist.

Die Klangwirkung zeigte unterschiedliche Effekte bei den Schülern. Grundsätzlich zeigte sich eine Steigerung des Wohlbefindens, insbesondere für Kinder und Jugendliche mit eher depressiven Störungen und angespannter internalisierender Symptomatik. Überlagert wurde das Gruppensetting aber am stärksten durch das störende Kontaktverhalten von Kindern und Jugendlichen, welche diagnostisch ein ADHS, ASS oder eine Störung im Sozialverhalten aufwiesen.

Einzelne Kinder berichteten von einem tieferen Wohlbefinden nach der Intervention. Dies kann mit dem Auftreten von negativen Themen aus der Biographie, dem Bewusstwerden einer körperlichen Müdigkeit oder auch einer spielerisch, provokativ intendierten Manipulation der Rating-Skala in Verbindung gebracht werden. Jedenfalls zeigte sich in den Ratings, dass die subjektive Einschätzung des Wohlbefindens nicht als reliabel oder valide und somit auch nicht als repräsentativ eingeschätzt werden kann. In diesem Pilotversuch wäre das anschließende Gruppen- und/oder Einzelgespräch mit den Kindern wichtig und wertvoll gewesen, um den individuellen Prozess im Rahmen der Intervention aufzuarbeiten und mehr über das qualitative Erleben zu erfahren. Dies konnte im Klassenzimmer aber nicht geleistet werden und ist ein weiterer Grund, der gegen eine Gruppenintervention im Rahmen des Schulsettings spricht.

Der Pilotversuch brachte einige wichtige Einsichten mit sich. Ein Gruppensetting ist in diesem Bereich mit Herausforderungen im Sozialverhalten der Kinder und Jugendlichen gekoppelt. Insbesondere eine neuartige Intervention, welche vordergründig zu Entspannung führen soll, kann in ihrer Ausführung auch zu chaotischen Szenen führen. Einzelne Kinder finden zu einem inneren Anklang, während das Monochord für Kinder mit Bindungsstörungen, Aufmerksamkeitsstörungen und Störungen im Sozialverhalten als aversiver Reiz wirkt und diese in der Folge ein auffälliges Verhalten zeigen und Kontaktmöglichkeiten bei Mitpatienten suchen.

In diagnostischer Hinsicht ist solch eine Intervention sicherlich aufschlussreich, aber als therapeutisches Setting bietet das pädagogisch und eher leistungsorientierte Klassenzimmer für diese Kinder zu wenig Schutz und Geborgenheit für einen Anklang im Innen sowie dem Fördern von Entspannung. Das Monochord als unspezifischer Verstärker und Katalysator wirkt in diesem Setting in alle Richtungen: entspannend, ordnend, aktivierend, bedrohlich, Halt verlierend, unangenehm öffnend. Gegensätzliche Reaktionen werden verstärkt, es intensiviert sich das Kontaktverhalten, aber auch eine Hinlenkung auf den Fokus nach Innen und zu den eigenen Gedanken und Kognitionen.

Der Abbruch des Pilotversuchs war in diesem Moment eine gute Entscheidung und unterstrich die situative Notwendigkeit der räumlichen Abgrenzung des therapeutischen vom pädagogischen Setting. Zudem hat der Versuch aufgezeigt, dass die Wirkung des Monochords unterschätzt werden kann.

Der Klang hatte das Potential, auf verschiedenen Ebenen des Bewusstseins zu wirken und so auch unangenehme Themen wie fehlende sichere Bindungen und fehlendes Urvertrauen an die Oberfläche zu schwemmen und im sozialen Kontext auffällige Verhaltensweisen zu verstärken.

Es soll nicht ausgeschlossen werden, dass das Monochord in einer Klinikschule gut eingesetzt werden könnte. Doch die Einführung müsste über ein Einzelsetting im Musiktherapieraum geschehen und dann im Gruppensetting weitergeführt werden. Der Pilotversuch soll dem nicht entgegenstehen, dass eine Monchordintervention im Klassenzimmer einer normalen Regelschule direkt eine positiv verstärkende Wirkung bei gesunden Schülern entfalten kann.

2 Einzelsetting bei Kindern und Jugendlichen mit dem Monochord

Vorbemerkungen

Nach den Erfahrungen in der Gruppe wurde vermehrt im Einzelsetting mit dem Monochord gearbeitet. Zur Wirkung gab es keine systematische Datenerhebung. Das Konzertmonochord ist eines von vielen Instrumenten im Musiktherapieraum und wird sowohl für die aktive wie auch rezeptive Musiktherapie verwendet. Im rezeptiven Setting wurde es nur gespielt, wenn einerseits das Interesse und andererseits Einverständnis der Kinder und Jugendlichen vorhanden war.

Dieses Saiteninstrument hat aufgrund seiner Position und Größe einen hohen Appellcharakter und wird von vielen aufmerksam gemustert. Es ist höher als die meisten anderen Instrumente im Raum und hat in seiner klaren Form und symmetrischen Erscheinung etwas Neuartiges für die Kinder und Jugendlichen. Viele stellen Fragen, wie z. B. was das sei, wie es klinge, wie es heiße.

Das Monochord wirkt im Raum sehr einladend und ist aufgrund der einfachen Spielweise niederschwellig in der Anwendung. Gleichzeitig haben die Kinder viel Respekt vor dem Instrument aufgrund des filigranen Charakters der Saiten und des dünnwandigen Resonanzkörpers. Die Erfahrungen in der aktiven Musiktherapie zeigen, dass das Monochord ein leistungsfreies und harmonisch wirkendes Spiel ohne spezielle Vorkenntnisse ermöglicht. Im aktiven Spiel wird eine Selbstwirksamkeitserfahrung ermöglicht. Die Kinder erzielen ohne vorgängige Erfahrungen oder vom zu erwartenden Ergebnis ein meist faszinierendes Klangerlebnis. Der Klang berührt die meisten Kinder und Jugendlichen.

Im rezeptiven Setting haben diese selbst keine Kontrolle über die Klanggestaltung, sie sind dem Klang und dem Klanggeschehen ausgesetzt. Das Monochord wie auch der Monochordklang sind für die meisten Kinder ein neuartiger Reiz, der verarbeitet und eingeordnet werden muss. Die Hörerfahrung wird gemäß den Rückmeldungen mit wenigen Ausnahmen als angenehm eingestuft.

Von den negativ Reagierenden berichtet eine, dass der Klang „schrecklich" war. Ein weiteres Kind äußerte, dass das Monochord in ihm ein ungutes Gefühl weckte, auf Nachfrage, dass etwas in Bewegung komme, was es als unangenehm empfände. Diese Erlebnisse weisen darauf hin, dass das Monochord auch als aversiver Reiz empfunden werden kann und entsprechend mit Vorsicht und Rücksichtnahme auf den jungen Klienten anzuwenden ist. Die Reaktionen liefern ebenso Hinweise auf dahinter liegende Störungen und Potentiale.

Einzelrückmeldungen und die bestehenden Erfahrungen durch das oben beschriebene Klinikschulsetting bestärken die Haltung, dass das Monochord im ersten Einsatz idealerweise im Einzelsetting eingesetzt werden sollte. So können die Reaktionen auf die Monochordintervention individuell aufgefangen und eingeordnet werden. Auch gruppenspezifisch bedingte Reaktionsmuster können so unterbunden und die individuellen Erlebnisse ohne situative Verzerrungen bzw. Setting-Bias kontrolliert und eingeordnet werden.

Das individuelle Erleben im Einzelsetting in der Kinder- und Jugendpsychiatrie

Das Einzelsetting im Musiktherapieraum erlaubt die Herstellung einer Safe-Place-Atmosphäre. Die Beziehung von Klient und Therapeut wird in der Eins-zu-eins-Situation bedeutsamer. Die Beziehung erfährt keine zusätzlich Belastung oder auch Entlastung über die Gruppe. Das kann zu einer vertieften Erfahrung oder auch zu einer erhöhten Selbstkontrolle im Rahmen der Behandlung führen. Das Monochord wird vom Autor nach dem Aufbau einer therapeutischen Beziehung und frühestens nach zwei bis drei Therapiestunden eingesetzt.

Eine standardisierte Spielsituation

Im Einzelsetting wird das Konzertmonochord physisch jeweils zwischen dem Musiktherapeuten und dem Klienten positioniert. Das Kind oder der Jugendliche sitzt in einem bequemen Sessel. Optional können für eine vibro-akustische Stimulation die Füße über einen Fußhocker in Richtung Monochord gehalten werden.

Die Position des Monochords zwischen Therapeut und Klient zeigt physisch eine klare Grenze und hat eine Safe-Place-Funktion. Dem Klient wird ein eigener Raum für das Klangerlebnis und Entspannung gewährt. Das Monochord steht als Trennbalken auf einer geraden Linie zwischen Klient und Therapeut, bei eher unsicher wirkenden Kindern ist die Sitzposition eher gewinkelt angelegt, damit jederzeit ein Sichtkontakt bestehen bleibt. Das Konzertmonochord erlaubt – im Gegensatz zur Behandlung mit einem Liegemonochord – eine individuelle Anpassung von Nähe und Distanz im Therapiesetting.

Die aufrechte Position auf dem Stuhl wird (vs. liegende Position) gewählt, weil diese mehr Sicherheit bietet und die körperliche Exposition auf ein kontrollierbares Maß reduziert. Zugleich ist erfahrungsgemäß das Potential der Tranceinduktion herabgesetzt. Das Kind behält so die Kontrolle über das Ausmaß der Hingabe zum Klang und zur Trance. Zudem hat es die Möglichkeit, aus dem Fenster auf die Straße und in die Natur zu blicken. Die Position vermindert die Wahrscheinlichkeit, dass nicht aufgedeckte Übergriffe oder traumatische Ereignisse erinnert werden, schwere Retraumatisierungen aufgrund von mangelnden Kontrollmöglichkeiten eintreten oder es zu einem Erstarren des Körpers kommt. Die jungen Klienten haben somit einen gewissen Einfluss in Bezug auf das Alignement.

Der Ablauf

Die Bespielung mit dem Monochord gestaltet sich unterschiedlich, abhängig von der Aufenthaltsdauer in der Klink, von der Vertrautheit der Klienten mit dem Raum, der Atmosphäre sowie der therapeutischen Beziehung. Ist eine Atmosphäre des Vertrauens etabliert, macht der Musiktherapeut situativ den Vorschlag für eine rezeptive Intervention mit dem Monochord. Der Therapeut instruiert den Klienten, sich dem Klang möglichst offen hinzuwenden, ohne aktiv etwas beisteuern zu müssen und dabei möglichst in eine entspannte Haltung zu kommen.

Die Interventionsdauer beträgt i. d. R. zwischen drei bis fünfundzwanzig Minuten. Kürzere Sequenzen sind oft begründet mit rückversichernden Fragen seitens des Therapeuten zu Erstempfindungen (z. B. „Ist es angenehm oder eher unangenehm?“) sowie zum persönlichen Erleben beim ersten Mal. Bei positiver Rückmeldung wird dann mit einer längeren Sequenz fortgefahren.

Erfahrungen, Erlebnisse und Ergebnisse zur Monochordintervention

In der Kinder- und Jugendpsychiatrie ist neben der Therapie auch die Diagnostik ein wichtiger Bestandteil der täglichen Arbeit. In den Fallbesprechungen und in der ärztlichen Visite können die Reaktionen der Jugendlichen und Kinder oftmals hilfreiche Informationen für das Fallverständnis liefern. Dies ist ein zentraler Faktor, weshalb beim Autor nach Möglichkeit schon kurz nach dem Klinikeintritt in der Musiktherapie das Monochord Anwendung findet. Wie die Erfahrungen bislang zeigten, kann das Monochord mit seinem monotonalen Klangfluss für gewisse Kinder und Jugendliche sehr herausfordernd sein. Dies trifft insbesondere auf Klienten mit Bindungsstörungen oder traumatischen Belastungen zu. Nur schon das Nicht-Zustande-Kommen einer Monochordintervention kann einen Hinweis auf die Persönlichkeitsdisposition liefern. Dies gilt grundsätzlich für alle Instrumente im Musiktherapieraum. Jedes Instrument hat seinen eigenen Klangcharakter und bietet sich als Symbol und Projektionsfläche an. Nach Strobel (1999, S. 85 ff.) steht das Monochord archetypisch für das Einhüllende, Mütterliche und einen fortwährenden Fluss. Die individuellen Reaktionen der Kinder und Jugendlichen können hinsichtlich dieser Themen tiefenpsychologisch gedeutet werden.

Für das Fallverständnis und die tiefenpsychologischen Analysen liefern die Berichte zum persönlich qualitativen Erleben im Rahmen der ausgeführten Monochordintervention wichtige Hinweise. Dieses Erleben wurde vom Musiktherapeuten in Form von retrospektiven Gedächtnisprotokollen direkt nach der Therapiestunde im Klinik-Informations-System (KIS) festgehalten. Für den vorliegenden Artikel wurden die protokollierten Erlebnisse von 49 Kindern und Jugendlichen über einen Zeitraum von achtzehn Monaten in den Jahren 2021 bis 2022 retrospektiv analysiert.

Erlebnisberichte

Die Analyse der KIS-Einträge zeigt 89 inhaltlich auswertbare Therapieberichte für die 49 Klienten zum Erleben mit dem Monochordklang. Die Berichte wurden inhaltlich quantitativ ausgewertet und den Bewusstseinsstufen nach Strobel (1999, S. 87) zugeordnet (Abb. 1; vgl. auch Dachauer, 2020). Hierbei muss betont werden, dass die Erlebnisberichte und deren Zuordnung zu den Bewusstseinsstufen nicht trennscharf vollzogen werden können und jeweils mit Vorsicht zu interpretieren sind.

Die Kinder und Jugendlichen wurden unterschiedlich lange bespielt. Zumeist zwischen drei und fünfundzwanzig Minuten. Der Zeitpunkt des Eintretens von Tiefenentspannung ist sehr heterogen, wie die Erfahrung in der Praxis zeigt. Es kann nicht davon ausgegangen werden, dass eine längere Bespielung auch einen

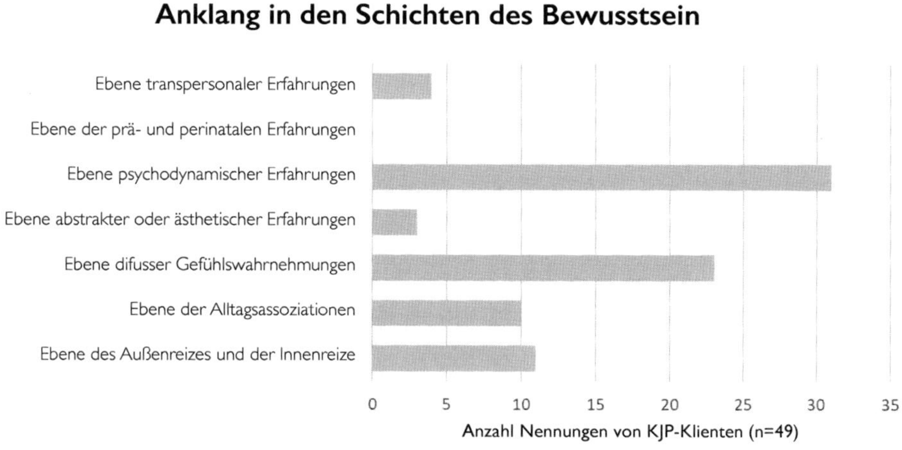

Abb. 1: Häufigkeit des Anklangs in den verschiedenen Schichten des Bewusstseins

höheren Grad von Tiefenentspannung mit sich bringt. Das qualitative Erleben in der Intervention hängt erfahrungsgemäß von mehreren Faktoren wie Commitment (sich auf das Setting einlassen), Alignement (sich auf den Klang ausrichten), biographischem Hintergrund und tagesaktuellem leib-seelischen Zustand des Klienten ab. Als quasi Hintergrundrauschen wirkt die psychische Störung auf das Erleben der jungen Klienten. Ebenso hat die Person des Therapeuten einen Einfluss auf die Safe-Place-Atmosphäre und auf die Intensität des qualitativen Erlebens.

Das Erleben der Monochordintervention

Die jungen Patienten können ihre Erfahrungen und Erlebnisse im Rahmen der Monochordintervention oftmals nicht in Worte fassen. Erst beim konkreten Nachfragen, ob sie Bilder bzw. bildhafte Erlebnisse hatten, kommen die Patienten teilweise ins Erzählen. Die Brücke vom Erleben ins Erzählen muss oft vom Therapeuten erbaut werden.

Die Jugendlichen beschreiben den Klang des Monochords mehrheitlich als angenehm, entspannend wirkend. Spontan beschreiben einige Jugendliche den Klang mit den Farben Gelb und teilweise Rot. Oftmals werden im Rahmen der Tiefenentspannung Naturbilder assoziiert, die Farbe Grün ist vorherrschend in Form von Wiesen und Wäldern. In einigen Berichten kommt das Element Wasser vor.

Basale Ebene der Außen- und Innenreize

Die Ebene der Außen- und Innenreize (vgl. Abb. 1) wird elfmal erwähnt. Die Zuweisung zu dieser Ebene beruht auf der anschließend zur Intervention geäußerten Selbstwahrnehmung der Klienten sowie auf der Fremdwahrnehmung des Therapeuten. Zumeist ist eine aktive visuelle Wahrnehmung des Raumes bzw. ein fokussierter Blick der Kinder und Jugendlichen während der Intervention ein Hinweis auf die Zuordnung.

Konkret ist den Protokollen zu entnehmen, dass die Aufregung nach und nach abgelegt werden konnte, die Grundstimmung sich etwas besserte, die Augen nicht geschlossen wurden oder der Klient während der Intervention eher angespannt und haltend wirkte. Zu lesen sind auch Einträge, dass der Klient mit offenen Augen die Wand anstarrt oder sprunghaft im Wesen und angespannt bleibt, wach ist, aber offener im Kontakt nach der Intervention.

Für Reaktionen auf der basalen Ebene der Wahrnehmung kann gefolgert werden, dass sich das Alignement (bzw. sich auf das Setting einlassen) und sich auf den Klang ausrichten für diese Personen herausfordernd gestaltet. Sie bleiben wachbewusst in Innen- und Außenreizen verankert bzw. verhaftet.

Ebene der Alltagsassoziationen

Auf der Ebene der Alltagsassoziationen (zehn Zuweisungen, vgl. Abb. 1) werden Gedanken, Bilder, Erinnerungen zu Alltäglichem geschildert. Themen sind hierbei die Schule, Angelegenheiten im Alltag oder Erinnerungen an Freizeitausflüge und die Gemeinschaft mit Familie oder Freunden. Ideen kommen ins Bewusstsein für kreative Beschäftigung. Zumeist wird berichtet, dass sich eine Anspannung, sei sie akut oder andauernd, im Rahmen der Intervention etwas lösen konnte. Konkret berichten die Klienten, dass sie z. B. Inspirationen für das Kochen oder Kleiderfärben gewannen, über Dinge, Schulbelange und das Leben nachdachten, körperliche Entspannung fühlten, positive Gedanken hatten, an eigene Tiere oder an den Schulmorgen dachten, Zuckung am Bein spürten, dass spaßige Erinnerungen an Ferien und Familie Gefühle von Wut, Trauer und Frust verdrängten. Die Alltagsassoziationen erscheinen grundsätzlich nicht mit negativen Themen behaftet, sondern wirken tendenziell positiv besetzt.

Ebene der diffusen Gefühlswahrnehmung

Das eigene Befinden zu beschreiben, ist für Kinder und Jugendliche oftmals herausfordernd. Differenziert auf die eigene Befindlichkeit einzugehen und seelische, emotionale oder affektive Prozesse zu reflektieren, fällt ihnen schwer. Meist werden die Adjektive „gut“, „schlecht“ oder „okay“ benutzt. Die Rückmeldungen der Klienten wurden in 23 Fällen der Ebene der diffusen Gefühlwahrnehmung zugeteilt. Dies weist auch darauf hin, dass Kindern oftmals das Vokabular für die Äußerung der inneren Vorgänge und Prozesse fehlt. Die Fähigkeiten zur Introspektion, Analyse und differenzierten Reflexion der innerpsychischen Vorgänge ist noch nicht ausgebildet. Einzelne Klienten berichten explizit, das Erlebte nicht beschreiben zu können. Allerdings gibt es einige Kinder und Jugendliche mit fein ausgeprägter sensorischer Wahrnehmung, welche sehr differenziert über die körperlichen Reaktionen und Prozesse berichten.

Auf der Ebene der diffusen Gefühlswahrnehmung berichten die Jugendlichen mehrheitlich von körperlichen Gefühlen, z. B. dass sich durch die Intervention die Anspannung reduzierte, ein wohligeres Gefühl in der Magengegend sich ausbreitete, ein schlechter Gemütszustand sich verbesserte, Knieschmerzen weniger stark waren, das Zittern am Körper sich reduzierte, weniger aggressive Impulse verspürt wurden als vor der Intervention, sich ein positiveres Gefühl von Sicherheit und Geborgenheit ausbreitete, jemand eingeschlafen sei und sich etwas erholt und weniger emotional belastet fühle. Aber es gab auch drei negativ gefärbte Gefühlswahrnehmungen in den Klientenberichten, u. a. dass das Monochord unangenehm wirbelnd und zu laut sei, ein unangenehmes Gefühl geweckt habe. Ein Kind wurde während der Intervention lebhafter und aktiviert, so dass die Intervention abgebrochen wurde. Insgesamt ist es auf der Ebene der diffusen Gefühlswahrnehmung mehrheitlich zu positiven Transformationen mit einer Verbesserung des Wohlbefindens gekommen.

Ebene der abstrakt ästhetischen Erfahrungen

Dieser Ebene sind aufgrund der Berichte nur wenige Elemente zuteilbar. In den Therapieberichten werden Aussagen wie Farbempfindungen oder abstrakte Formen gefunden. Der Klang evoziert bei einem Kind die Farbe Gelb, ein Junge berichtet von einer wurm-artigen Form, welche beim Erklingen des Monochords erscheint. Diese Form habe die Farbe Gelb und erscheine weiter entfernt eher rötlich. Ein Mädchen berichtet von unschönen Farbpaletten und mag den Klang nicht, ein anderes berichtet von einem intensiven Bild des Himmels. Die nur wenigen Schilderungen abstrakt ästhetischer Erlebnisse sollen aber nicht ausschließen, dass diese Ebene nicht dennoch erfahren wurde. Möglicherweise fehlt den Kindern und Jugendlichen ein stimmiges Vokabular, um das Erlebte in Worte zu fassen.

Ebene der psychodynamischen Erfahrungen

Eindrücke auf der Ebene der psychodynamischen Erfahrungen sind mit über dreißig Nennungen am häufigsten dokumentiert. Hierbei geht es um Erlebnisse und Erkenntnisse auf der Ebene des transformierten Bewusstseins. Es geht um Prozesse, welche autonom auf seelisch-emotionaler Ebene ablaufen und nicht bewusst gesteuert werden. Oftmals schlafen die Klienten, tauchen ab in einen Zustand veränderten Bewusstseins. Die Bespielten berichteten, dass sie sich nach der Intervention leichter, freier fühlten, Schwere und Trägheit aufgelöst wären. Auch das Bauchweh sei verschwunden, berichtete ein Klient. Insgesamt entwickeln sich positive Gedanken über das Selbst und die eigene Zukunft, es entsteht Optimismus und Zuversicht. Lösungen für Probleme werden gefunden und Mut gefasst, belastende Belange zu erledigen. Ein innerer Motor wurde abgestellt und Glücksgefühle angebahnt, Wohlbefinden markant gesteigert. Ein Klient fühlte sich wie auf einem Parkplatz ruhend, was aber nicht nur als angenehm empfunden wurde. Oftmals kommen regressive Bilder bei Mädchen, die sich selbst als kleines Mädchen meist in der Natur wandelnd sehen und als glücklich und befreit beschrieben wurden. Das Auftauchende war begleitet von viel Sonnenschein. Neben dem Gefühl von einem Halbschlaf-Halbwach-Zustand mit positiven Gedanken wurde oft die Natur geschildert, wie z. B. ein See mit einer Schar bunter Vögel, die Betrachtung eines Waldes mit Nadelbäumen verbunden mit dem Gefühl von Verwurzelung oder Regen und dann Wolken ohne Regen, als schön gewertete Assoziationen einer Jugendlichen. Weiter wurde Bäumen, Wiesen, Flüssen und Haustieren begegnet, verbunden mit dem Gefühl von Freiheit. Oder das regressiv anmutende Bild von sich als Kind in einer Yogastunde. Eine Klangassoziation zu einem Wikinger Horn verband sich mit dem Abtauchen und dem Verbleiben in einer Unterwasserwelt. Eine Erinnerung an Australien lässt das Retten eines Falters aus dem Wasser auftauchen. Eine traumähnliche Begegnung mit Elefanten unter Bäumen findet eine Woche später seine Fortsetzung in einer Safari und der Kommunikation mit Giraffen, Löwen, Tigern und Elefanten. Ein Junge spürt die Vibrationen des Monochords stark und berichtet, dass sich jeder Klang von der Fußsohle durch den Körper geschlängelt habe. Er machte eine Reise in den Zoo und bezeichnete sein Erleben als eine Reise in das „Archiv der Gedanken“ sowie den „Raum der Träume“.

Ein weiterer Junge berichtete, dass er das Monochord in einem antiken Tempel spielend wahrgenommen habe. Der Klang gehöre für ihn in einen Tempel, sein Befinden sei wie nach einem Dampfbaderlebnis gewesen, gepaart mit viel Stille. Derselbe Junge war grundsätzlich an der Antike interessiert und konnte im Rahmen der Interventionen bewusst Phantasie- und Gedankenreisen unternehmen. Ein achtjähriger Junge berichtete, dass alle seine körperlichen und geistigen Anteile präsent waren und beim Monochord zuhörten, was sonst eher ein Problem sei. Sein „Beingeist“ springe sonst immer davon. Er begründete dies: „Er“ weiß nicht, was da rauskommt. Wenn aber „seine Anteile“ wissen, was geschieht und was kommt, dann seien diese Anteile nicht dabei wie beim Klavierspielen oder Fußball, was sich ja immer ähnlich oder gleich gestalte.

Die Jugendlichen berichteten grundsätzlich von einer subjektiv empfundenen Steigerung des Wohlbefindens. Hierzu zählen die Entwicklung von positiven Gedanken, resultierende Gefühle von Leichtigkeit, Glück und Zuversicht. Die Jugendlichen wirkten nach der Intervention meist entspannter und wacher, präsenter und mit einer adäquaten Nähe-Distanz-Regulation. Der Blick der Jugendlichen war nach der Intervention oftmals geprägt von vertrauensvoller Nähe und vermehrt in sich ruhend.

Zusammenfassend kann festgehalten werden, dass als häufigste Elemente meist Natur, Tiere und Menschen auftauchen, zu denen die Klienten eine gute Beziehung haben oder welche positiv besetzt sind. Regen, Sonne, Wald, Wiese, Fluss, Tiere sowie das Eintauchen in die Natur und die Kommunikation mit Tieren werden oft genannt, das Reisen in die eigene Vergangenheit, entfernte Länder und vergangene Zeitepochen werden als Erlebnisse geschildert. Meist hat die Intervention einen positiven Effekt auf den aktuellen Gemütszustand, positive Erinnerungen aus der Vergangenheit tauchen auf, teilweise werden optimistische Bilder der persönlichen Zukunft entwickelt.

Das bildhafte Erleben und deren Symbolhaftigkeit können Rückschlüsse auf Wünsche, Bedürfnisse, biographische Ereignisse oder versteckte Sehnsüchte ermöglichen. Die Symbole werden oftmals zusammen mit den Patienten gedeutet und ein möglicher Transfer der Symbole in den Alltag hergestellt. Die oftmals positiv besetzten Bilder können eine nährende Erfahrung im Rahmen des Klinikalltags bieten.

Ebene der prä- und perinatalen Erfahrungen

Es werden keine Erlebnisse benannt, die vorgeburtliche oder perinatale Erfahrungen beinhalten. Es bleibt unklar, ob solche Erlebnisse nicht doch erfahren und erlebt werden oder in veränderter Form auftauchen, jedoch der Sprache und dem Ausdruck nicht zugänglich sind. Das Erlebnis des Fliegens wie ein Vogel über dem

Feld oder in ein anderes Land oder zu einem unbekannten Ort im Rahmen einer Monochordintervention kann auf einen vorgeburtlichen Sehnsuchtsort hinweisen. Das Erleben von Leichtigkeit und Freiheit und das Element Wasser und Eintauchen unter Wasser scheint in einzelnen Berichten auf. Doch die Zuweisung zur prä- und perinatalen Erfahrungsebene lässt sich nicht rechtfertigen.

Die Ebene der transpersonalen Erfahrungen

Eine Zuweisung der Erlebnisberichte zur transpersonalen Ebene umfasst lebhafte Schilderungen von Zuständen, die entweder stark spirituell konnotiert waren oder in der linearen Zeit weit zurückreichten. Bei diesen Klienten zeigte sich ein Zustand der Trance mit Tiefenentspannung und geschlossenen Augen über einen Zeitraum von fünfzehn bis zwanzig Minuten.

Aufgrund einer depressiven Episode wurde eine 16-jährige Patientin behandelt, deren Vater kürzlich verstorben war. Sie konnte sich leicht auf das Monochordsetting einlassen und berichtete im Anschluss, dass der Klang angenehm gewesen sei. Erinnerungen an ihren Vater tauchten auf, wie er lachte und fröhlich war. Erinnerungen an positive Momente. Sie sah ihn mit seinen guten Seiten in einem weißen Licht und war bei und mit ihm. Er habe nicht mit Worten geredet. Während des Berichtens wirkte die Klientin sehr berührt. Das Erlebnis konnte sie etwas trösten und insbesondere die negativen Erinnerungen an ihren Vater für einen Moment vergessen machen. Das Mädchen brauchte anschließend eine enge Begleitung, um das Erlebte zu verarbeiten.

Ein stark belastetes Mädchen von vierzehn Jahren mit Tendenz zu Selbstverletzung berichtete nach der Klangtrance, dass sie sich fliegend unterwegs mit Freunden und Familie sah. Ihre Arme erlahmten, der Arm blutete und die anderen flogen davon, weg von ihr. Sie geriet in ein Gewitter, das sich mit negativen Aussagen über ihre Person vermischte, sie stürzte zu Boden und blieb dort liegen. Neben sich sah sie Blumen im Licht, aber es regnete über ihr, nur über ihr. Nebenan schien die Sonne.

Ein 13-jähriger Junge, interessiert an der Antike, berichtete, er sei zurück in die Vergangenheit gereist. Er war in Sparta, in seinem Traum haben Athener und Spartaner Frieden geschlossen, was in der realen Geschichtsschreibung aber nicht so gewesen sei. In einer zweiten Klangsitzung sei er wieder bei den Spartanern gelandet und auf eine Schiffreise im antiken Griechenland eingeladen worden. Er war auf einem antiken Segelboot mit Seeleuten. Sie hätten sich gemeinsam über die griechische Kultur und Griechenland unterhalten.

Solche detailreichen Berichte mit spirituell-transformativen, traumähnlichen, im Anschluss an die Intervention erinnerte Zustände werden der transpersonalen Ebene zugewiesen. Wie oben erwähnt, ist die Zuweisung zu den Bewusstseinsebenen subjektiv und nicht immer trennscharf.

Die detailreichen und teilweise eindrücklichen Schilderungen der Erlebnisse und Symbolisierungen eignen sich für tiefenpsychologische Analysen und Deutungen. Den Jugendlichen bietet sich in der tagesklinischen Betreuung genügend Raum und professionelle Unterstützung für die Verarbeitung und Deutung solcher Erlebnisse. Das spirituelle Erlebnis des Mädchens – in der Begegnung mit dem verstorbenen Vater – stellt eine Ausnahmeerscheinung im Rahmen der Monochordinterventionen dar. Das Erlebnis zeigt das Potential des Instruments und dessen Wirkung im klinisch-therapeutischen Setting.

Resümierende Gedanken

Die Beschreibung der Erlebnisse im Rahmen der Monochordintervention ist abhängig vom bewussten und erinnerten Erleben, von der Fähigkeit das Erlebnis in Worte zu fassen und vom Vertrauen in das Gegenüber bzw. den Therapeuten, das Erleben zu teilen. Die Kinder und Jugendlichen im KJP-Setting empfinden das Monochord als einladend, so dass sie sich aktiv oder passiv damit auseinandersetzen. Der Appellcharakter des Instruments ermöglicht eine Kontaktanbahnung, indem das Instrument und sein Klang eine Brücke zum Gegenüber herstellt. Das Unbekannte in Form des Instruments kann gemeinsam exploriert werden. Die Einfachheit in der Anwendung und im Spiel ermöglicht einen niederschwelligen Einstieg ins aktive Musizieren und in die rezeptive Musik. Das Monochord wird meist als einfach zu spielen und mit einem angenehmen Klang ausgestattet beschrieben. Insbesondere mit oppositionellen und depressiv verstimmten Kindern und Jugendlichen kann die Anbahnung der therapeutischen Beziehung mittels einer aktiven oder passiven Monochordintervention gut hergestellt werden. Eine Selbstwirksamkeitserfahrung ist im aktiven Musizieren mit dem Monochord für die Kinder und Jugendlichen schnell erreichbar.

Die Erlebnisse sind vielfältig und das Monochord findet in unterschiedlichen Schichten des Bewusstseins Anklang. Das Berichten über das Erleben fällt vielen Kindern und Jugendlichen schwer. Das In-Worte-Fassen braucht ein sensibles Nachfragen über konkrete Bilder, wie z. B. hast Du die Natur erlebt oder bist du bestimmten Gedanken nachgegangen. Die größte Herausforderung für den Therapeuten ist den stimmigen Zugang zum qualitativen Erleben beim Klienten zu finden. Oftmals berichten die Klienten, dass sie nichts erlebt haben oder sich nicht aktiv an etwas erinnern können. Hierbei scheint jedoch eine Bewertung des Erlebens vorzuliegen, nämlich das Erlebte als nicht erwähnenswert zu erachten. Im Erfragen und Erforschen des Erlebten liegt ein Potential begraben.

Bislang wurde noch kein Zusammenhang zwischen dem Erleben und prävalenten psychischen Störungen bzw. klinischen Diagnosen hergestellt. Grundsätzlich zeigt sich die Tendenz, dass eine beruhigende Wirkung der Intervention zu beobachten ist, falls es zu einer Intervention kommt, welche etwas länger dauert als eine über wenige Minuten dauernde Testphase. Die beruhigende und entspannende Wirkung des Monochords zeigt bei depressiven Jugendlichen eine

Verbesserung der Körperwahrnehmung, die Entwicklung von positiven Gedanken über sich selbst und für die eigene Zukunft. Depressive Jugendliche wirken offener und weniger belastet im Kontakt nach einer Monochordintervention. Kinder und Jugendliche mit ADHS, welchen der Übergang vom aktiven Musizieren in das rezeptive Setting gelingt, erleben oft eine als wohltuend eingeschätzte körperliche Entspannung, teilweise aber auch eine als unangenehm empfundene Müdigkeit und Schwere. Weiter zu beobachten und als auffällig einzuordnen sind Reaktionen bei posttraumatischen Belastungsstörungen und Zwangserkrankungen. Als These wird hier angeführt, dass traumatische Erlebnisse zur Ausbildung überlebensnotwendiger Verdrängungsmechanismen oder zu spezifisch ausgebildeten Kontrollmechanismen führen. Diese spezifischen Persönlichkeitsdispositionen erschweren den Klienten, im Rahmen der Monochordintervention z. B. die Augen zu schließen oder vom Commitment ins Alignement zu gelangen. Diese Patienten überkommt im Rahmen der Intervention ein Gefühl von Angst und Unsicherheit. Möglicherweise erleben sie ein unangenehmes Gefühl von Kontrollverlust bezüglich ihrer innerpsychischen Vorgänge und der Therapiesituation.

Es soll mit Umsicht weiter erforscht werden, welche Mechanismen den Klienten verunmöglichen, sich mit geschlossenen Augen auf den Klang und die Klangwirkung einzulassen. Aus den Einzelbeobachtungen kann keine These erstellt werden, doch diagnostisch gesehen, ist die Reaktion der Klienten auf den monotonalen Reiz aufschlussreich und bietet einen Einstieg ins Anschlussgespräch. Das Monochord hat einen herausfordernden Charakter, weil dem Klang eine monotonale, fokussierende, fließende Bewegung inhärent ist und eine resonante Wirkung beim Klienten in dieselbe qualitative Richtung zielen kann. Voraussetzung, sich auf den Klang einzulassen, ist sicherlich, sich selbst für den Klang zu öffnen, sich auf die zentrierende und fokussierende Wirkung einzuschwingen und auf den starken Sog-Moment bzw. Klangfluss einzulassen. Für Menschen mit Zwangserkrankungen, verschüttetem Urvertrauen und Bindungsstörungen kann diese Qualität des Monochordklanges im Erstkontakt herausfordernd wirken. Doch Möglichkeiten zur Heilung könnte den Klienten möglicherweise genau dieses Instrument bieten, indem der Klang die Klienten einlädt, mit ihren eigenen Anteilen in Verbindung zu treten und im Klangfluss diese Stück für Stück integrativ zusammenzufügen.

Schlussbetrachtungen

Nach Behrendt (2007, S. 144 ff.) ist es überall der Ton, der die Welt ordnet. Der Klang ruft die „Partikel“ zur Ordnung, Struktur und Schönheit. Der Klang ruft die Welt. Die Welt ruft in Klängen. Die Welt ist Klang, Nada Brahma. Ein Ordnungsprozess auf Mikro-, Meso- und Makroebene, in allen Schichten des Daseins. Diese von Behrendt beschriebenen Themen Schönheit, Struktur, Ordnung zeigen sich auch in den Berichten der Kinder und Jugendlichen. Assoziationen, Bilder und das Erleben werden mehrheitlich in einem angenehmen Kontext beschrieben und harmonisch erlebt. Der persönliche Alltag wird unter dem Einfluss des Monochords teilweise transformiert wahrgenommen und meist zu einem positiven Bild zusammengefügt. Geliebte Objekte tauchen in der Reise durch die verschiedenen Schichten des Bewusstseins in Bildern und Symbolen auf. Die auftauchenden Objekte bei den Kindern und Jugendlichen sind zumeist sehr natürliche Elemente, Naturbilder, Orte von Schönheit, Ruhe und Klarheit, Tiere, geliebte Menschen, positiv konnotierte Erlebnisse aus der Vergangenheit. Ruhe, Fließen und sanfte Bewegung tauchen als positiv gerichtete Energien im Bewusstsein auf.

Die Monochordinterventionen führen grundsätzlich zu einem positiven Selbsterleben. Ohne aktiv etwas beitragen zu müssen, kann im Rahmen einer psychiatrisch-psychotherapeutischen Behandlung ein nährender Moment hergestellt und im Gespräch zusammen eingeordnet werden. Das Monochord hat das Potential eine Brücke zwischen den verschiedenen Bewusstseinsschichten zu schlagen, Themen ins Bewusstsein zu rücken, welche gemeinsam besprochen werden können. Es geht gleichzeitig um ein Berührt-Werden ohne aktiv zu berühren. Sie erfahren Schutz, Berührung, Heilung – Momente, welche die Kinder und Jugendlichen in ihren akuten Krisensituationen unterstützen.

Das Monochord in der Praxis – ein zusammenfassender Überblick zur Funktion des Monochords in der Therapie (KJP)

Aus heuristischer Perspektive wird eine nicht abgeschlossene Übersicht zu potentiellen Funktionen und Wirkungen des Konzert-Monochords erstellt. Eine Liste, welche Korrekturen oder Ergänzungen erfahren darf und zu Diskussionen anregen soll.

Das Monochord unterstützt im therapeutischen Setting:

- Herstellen von leistungsfreiem Raum und Atmosphäre
- Safe-Place für die (meisten) Klienten
- Kontaktgestaltung non-verbal
- Herstellen von Vertrauen und Nähe
- Vertrauen in die Situation und das Gegenüber gewinnen
- Aufbau von Kontakt, Unterstützung für den Aufbau einer therapeutischen Beziehung
- Entlastung im Kontakt, in der therapeutischen Beziehung – wie das eigentlich jedes Instrument ermöglicht
- Wahlmöglichkeit zwischen aktivem und rezeptivem Setting
- Im rezeptiven Für-Spiel etwas bedingungslos geschenkt erhalten
- Oftmals letztes Mittel der Wahl – Monochord als neutrales Medium neben Stille, Schweigen, das noch als Angebot akzeptiert und geschätzt wird von Jugendlichen mit oppositionellen und/oder depressiven Anteilen

Zur therapeutischen Wirkung im Therapieprozess:
Das Monochord kann folgendes bieten

- Entspannung
- Lernen loszulassen
- Sich auf etwas einlassen können
- Meditative Wirkung ohne aktives Zutun
- Aufdecken unbewusster Themen
- Lösung von emotionalen Blockaden
- Steigerung des aktuellen körperlichen Wohlbefindens
- Zugang zum Selbst finden
- Selbsterfahrung mittels Trance-Induktion
- Gedanken- und Fantasiereise

Literaturverzeichnis

Behrendt, J. E. (2007). *Nada Brahma. Die Welt ist Klang* (7. Aufl.). Berlin: Suhrkamp.

Dachauer, C. (2020). *Anklang des Monochords*. Unv. Masterarbeit, Zürich: Hochschule der Künste.

Strobel, W. (1999). *Reader Musiktherapie. Klanggeleitete Trance, musiktherapeutische Fallsupervision und andere Beiträge*. Wiesbaden: Reichert.

3
Körpertambura

Die Körpertambura – Entwicklung, Wirktheorien und Einsatz

Olaf Zeigert/Christiane Trost

1 Einleitung

Seit fünfzehn Jahren begleitet mich nun schon die Körpertambura im klinisch-psychiatrischen Kontext. Erstmals setzte ich das Instrument in einem Praktikum während meines Musiktherapiestudiums in Wien ein.

Nachdem ich auf dem Europäischen Kongress für Musiktherapie in Eindhoven auf die Körpertambura aufmerksam geworden war, kam Bernhard Deutz – der Entwickler dieses Therapieinstruments – auf Initiative einer Studienkollegin und mir in den Folgejahren mehrmals an die Universität für Musik und darstellende Kunst Wien, um mit Musiktherapiestudierenden Baukurse durchzuführen. Der hohe Zulauf dieser Veranstaltungen brachte mit sich, dass die Körpertambura in Österreich schnell an Popularität gewann und sowohl bei vielen Kollegen, als auch in Kliniken und Einrichtungen zum Standard wurde. Ich selbst baute zwei dieser Instrumente und erwarb mehrere für die Erweiterung des musiktherapeutischen Spielraums in Kliniken. Mein anhaltend großes Interesse an der Körpertambura kulminierte im Verfassen meiner Diplomarbeit zu diesem Körperinstrument. Ähnlich der damaligen Fragestellung, doch heute mit einem deutlich umfassenderen Wissen, soll dieser Artikel klären, wie der klinische Einsatz der Körpertambura in unterschiedlichen psychiatrischen Bereichen zu bewerten ist. Im Vorfeld wird auf die Geschichte der Körperinstrumente sowie ihre Wirktheorien eingegangen.

2 Geschichte der Körperinstrumente

Da die Körpertambura als Auflege- oder Aufliegeinstrument zu den Körperinstrumenten zählt, einer besonderen Gattung in der Musiktherapie, soll hier, da es anderweitig noch keine Verschriftlichung[1] der Entstehungsgeschichte gibt, darauf eingegangen werden.

Zwei Pioniere im Körperinstrumentenbau, ein Wegbereiter in der Entwicklung der rezeptiven Musiktherapie in Deutschland wie auch der Sohn des schwedischen „Liegemonochord"-Urvaters, standen für Interviews zur Verfügung.

1 Die Grundlage für diesen Teil des Artikels bilden die Interviews, die Olaf Zeigert 2012 für seine unveröffentlichte Abschlussarbeit Universität Wien verschriftlichte.

Joachim Marz

berichtet, dass er der erste Instrumentenbauer im deutschsprachigen Raum gewesen sei, der die Idee zum Bau einer Klangliege[2] gehabt habe. Inspiriert wurde er durch den italienischen Architekten, Designer und Künstler Nicola Strippoli. Jener habe bereits 1988 beim Betrachten einer Barke die Idee zum Bau einer Chaiselongue namens Eterna gehabt. Dieses Möbelstück bestand aus Holz und Kupfer. Im Gegensatz zu den heute gängigen Klangliegen waren die Saiten über der Liegefläche und damit über dem Liegenden gespannt und nicht darunter. Marz hatte Strippoli 1989 kennengelernt und daraufhin seinen Plan zum Bau einer Klangliege weiter in die Schweiz getragen, wo er dieses besondere Instrument im selben Jahr zum ersten Mal baute. Aus seiner Sicht gibt es im Wesentlichen zwei Gründe für die Entwicklung von Körperinstrumenten: zum einen die tranceinduzierende und zum anderen die vibroakustische Stimulation für den Bespielten, die u. a. mit den Wirkfaktoren des Klanges zusammenhängt.

Hans-Peter Klein,

ein weiterer Pionier des Körperinstrumentenbaus, berichtet ebenfalls, als Erster eine Klangliege gebaut zu haben. Im Monochordbaukurs von Tonius Timmermann und Jan Dosch 1980, damals die Premiere einer sich etablierenden Reihe, war er erstmalig in Kontakt mit dem Instrument gekommen. In dieser Zeit bespielte sich Klein mit einer indischen Tambura. Klang und Wirkung dieser Selbsterfahrung hatten eine enorme Faszination auf ihn ausgeübt. In Verbindung mit seinem Reiki-Erleben formte sich 1988 die Idee, ein Liegemonochord zu bauen, auf welchem der Liegende neben dem Monochordspiel auch Reiki erhalten könne. 1989, also im gleichen Jahr wie Marz, baute Klein seine erste Klangliege. Diese ließ er sich umgehend in Deutschland, Österreich und der Schweiz für insgesamt zwölf Jahre patentieren, was verständlicher Weise Unstimmigkeiten in der Instrumentenbauszene nach sich zog.

Wolfgang Strobel

kam als klinischer Musiktherapeut in einer Psychiatrie bereits 1984, nachdem eine Patientin in der Einzelmusiktherapie während seines Bassmonochordspiels Gefahr gelaufen war, psychotisch zu werden, auf die Idee zum Einsatz eines Körpermonochordes. Damals hatte er versucht, die Situation durch vorsichtigen Körperkontakt zu wenden, doch die Patientin reagierte panisch. Spontan hatte er so sein zwei Meter langes Bassmonochord umgedreht und die Patientin daraufgelegt. Diese Intervention hatte raschen Erfolg gezeigt. Die Patientin war ohne körperliche Berührung zur Ruhe gekommen, woraufhin der therapeutische Prozess fortgesetzt

---

2 Es existieren mehrere Bezeichnungen für dieses Instrument, u. a. Ganzkörper-Monochord, Klangbett oder Liegemonochord.

werden konnte. Für Strobel war dies eine tiefgehende Erfahrung. Besonders das Bassmonochord erwies sich als für diesen Einsatz geeignet, da die tiefen Frequenzen äußerst starke Vibrationen erzeugen und sich gut auf den Körper der Patienten übertragen. Als Standfüße hatte er später ein Eisengestell für das provisorische Bass-Liegemonochord gebaut, dessen geringe Breite beiderseitig durch Schaumstoffklötze ausgeglichen, und dieses noch jahrelang in seiner Praxis genutzt.

Aleks Pontvik

begann 1940 seine musiktherapeutische Arbeit und begründete die Psychorhythmie. Als Bewunderer Hans Kaysers und dessen Bemühen, die Harmonik wiederzubeleben, war für ihn die Übertragung von Vibrationen auf den zu Behandelnden so wichtig, dass er in den Jahren 1942/43 ein Gerät konstruierte, das „mikrophon ähnlich Ton und Schwingung zugleich vermitteln konnte, und das in direkte Berührung mit dem Körper des Patienten gebracht, erstaunliche Beobachtungen ermöglichte" (Pontvik, 1955, S. 136). Dies mündete in den 50-er Jahren des 20. Jahrhunderts in der Idee, ein Monochord bauen zu lassen, welches der Übertragung von Vibrationen dient. Das Psychochord entstand. Peter Pontvik, Aleks' Sohn, teilte mit, dass er sich an das Vorhandensein eines elektrischen Tonabnehmers erinnere, der die Vibrationen des Psychochords gleichzeitig mit dem akustischen Erlebnis in den Körper des Patienten leiten sollte. Die Saiten seien, wie beim Monochord, alle auf den gleichen Ton gestimmt worden. Außerdem habe Aleks Pontvik auf dem Psychochord mit Hilfe von Stegen Skalen nach pythagoreisch-harmonikalem Vorbild eingestellt.

Nachdem Kayser, der große Wiederentdecker harmonikalen Gedankenguts, der Erste gewesen war, der sich im 20. Jahrhundert ein Monochord bauen ließ, geht vermutlich jedes später gebaute Monochord, auf das zurück, welches Kayser in seinem Hauptwerk „Lehrbuch der Harmonie" (1950) beschreibt (Deutz, 2013). Laut Cramer (2005, S. 74) gründet wiederum auf Aleks Pontvik der Einsatz des Monochords in der Musiktherapie. Infolge dieser Entwicklung und der ersten Körperinstrumente wurde neben Klangstuhl und dem Monochord der Ton-Transfer-Methode die Körpertambura durch Bernhard Deutz 2002 entwickelt, die eine Handlichkeit in der rezeptiven Arbeit mit Bettlegerigen bieten sollte, um deren Körperwahrnehmung zu verbessern.

3 Wirktheorien

3.1 Vibroakustik und Neuropsychologie

Vibroakustik bezeichnet das Grenzgebiet zwischen Akustik und Vibration und stellt den Vorgang der Übertragung von hör- und spürbaren Schwingungen, Klang und Vibration eines Instruments auf Körper, Geist und Seele des Rezipienten dar.[3]

Akustisch gesehen kommt es bei der Bespielung zur Schalltransduktion, die Überführung des Schalls über das äußere Ohr und das Mittelohr zum Innenohr, zur Schalltransformation, die Umwandlung von mechanischer Energie (Schall) in elektrische Energie im Nervensystem (die Impulse im Hörnerv), und zur Signalverarbeitung, der Verarbeitung der elektrischen Nervenzellaktivitäten in den verschiedenen Regionen des Gehirns, z. B. dem limbischen System, in dem die ankommenden Signale aufgrund von Vorerfahrungen eine emotionale Färbung bekommen (Ross, 2010, S. 72 ff.).

Für die Vibrationswahrnehmung im Klangerleben sind die Exterozeption, die Wahrnehmung von Dingen außerhalb unseres Organismus, wie das Spielen einer auf dem Oberkörper liegenden Körpertambura, und die Interozeption, die bewusste Aufnahme und Verarbeitung von Signalen aus den inneren Organen, entscheidend. Zu Letzterem gehören die Tiefensensibilität und die Empfindungen der inneren Organe, also die Wahrnehmung über das Innere unseres Körpers aus den Eingeweiden (Kirschbaum, 2008). In der weiteren Aufschlüsselung der Wahrnehmung sind schließlich die Pacini-Körperchen spezialisiert auf die Verarbeitung von Vibrationsreizen und verantwortlich für die Weiterleitung dieser in den somatosensorischen Kortex. Ross beschreibt „somato-sensorische Landkarten" (2010, S. 78) im Kortex als Repräsentationszonen von Körperregionen. Wird die Körpertambura auf dem Körper gespielt, werden mit der entstehenden Körperempfindung auch die entsprechenden Gedächtnisinhalte des Bespielten aktiviert, Angenehmes wie Unangenehmes kann auftauchen. Auf diese Weise ist fast unsere gesamte Köroberfläche, inklusive der darunterliegenden Regionen, Muskeln, Gelenke, Eingeweide, mit bestimmten emotionalen Bedeutungen belegt. Außerdem ist es für die Anwendung der Körpertambura interessant, dass Sensoren in Muskeln, Gelenken usw. (Interozeption) reagieren, was sich wesentlich auf Regulationsprozesse[4] auswirkt. Ross (S. 80 f.) vermutet, dass ein wiederholtes vibroakustisches Reizangebot die Nervenzellverbindungen und -aktivität im somatosensorischen Kortex erhöht, gleich einem wiederholt trainierten Muskel. Diese Verbesserung der Körperwahrnehmung schafft den Boden für eine erhöhte Stress- und Selbstregulation.

Ebenso wird bei einer Bespielung der Informationsfluss aus Lunge, Herz-Kreislauf-System und Magen-Darm-Trakt beeinflusst, der zu neunzig Prozent über den

3 Definition Olaf Zeigert

4 Moser sagt treffend: „Seit Jacobsen wissen wir, dass Spannung nachfolgende Entspannung erzeugt. Vibration ist ein schneller Wechsel von beidem und daher in der Lage, Verspannungen zu lösen. Neurophysiologisch passiert dies wahrscheinlich durch Aufwecken der Sensoren im Muskel, die die Verspannung durch Gewöhnung nicht mehr bemerken" (Hildebrandt, Moser & Lehofer, 1998, S. 7).

Nervus Vagus läuft, der wiederum parasympathische Aktivität bestimmt und daher bei Entspannungsprozessen eine wichtige Rolle spielt.

Es kann also zu umfassenden Entspannungsreaktionen kommen, die sich auf das neuromuskuläre, kardiovaskuläre und das zentrale Nervensystem sowie Respiration, Stoffwechsel und elektrodermale Eigenschaften auswirken. Auf psychischer Ebene kann das Erleben von Entspannung (Derra, 2007, Vaitl & Petermann, 2000) mentale Frische, nach innen gerichtete Aufmerksamkeit, Erhöhung der Wahrnehmungsschwellen für äußere Reize, vermehrtes assoziatives Denken und ein Gefühl der Gelassenheit mit sich bringen. Cramer (2002, S. 262 f.) belegt Effekte wie Durchblutungsförderung, Schmerzlinderung, Spannungsabbau, Kopfschmerzreduktion, Minderung von Schwindelgefühlen und Abbau von perioperativem Stress.

3.2 Harmonik[5]

Das große Wissensgebiet der Harmonik, genauer gesagt der harmonikalen Proportionen, hat bei der Entwicklung der Körpertambura eine wesentliche Rolle gespielt. Um das Instrument möglichst ganzheitlich zu verstehen, wird hier auf einige Details wie Stimmung eingegangen.

Die Körpertambura ist auf die Töne a – d' – d' – d gestimmt, der Klang beginnt also aufsteigend mit der Quarte zum verdoppelten Grundton und endet auf der Basis, der Unteroktave.

Die Intervalle in der Reihenfolge ihrer Konsonanz: Die Verdoppelung der mittleren zwei Saiten, des Grundtons d', ergibt eine Prime. Dies stellt das reinste Intervall im Obertonverhältnis 1:1 dar, welches für vollkommene Konsonanz steht. Dann folgt der Sprung zur Unteroktave von der dritten auf die vierte Saite, von d' – d. Die Oktave ergibt sich aus dem Verhältnis 2:1 und ist das zweitreinste Intervall. Prime und Oktave verhalten sich mit völliger Schwebungsfreiheit der Obertöne zueinander und sorgen für einen Pol von Konsonanz und Einklang. Den Gegenpol dazu, die Polarität, bilden die beiden verbleibenden Intervalle, die innerhalb der Saitenstimmung der Körpertambura vorkommen, Quinte und Quarte. Von der vierten auf die erste Saite, von d – a, ergibt sich eine reine Quinte im Verhältnis 3:2. Der Sprung von der ersten auf die zweite Saite, von a – d', ist eine reine Quarte, und stellt das Verhältnis 4:3 dar. Baut man beide Obertonreihen von d und a auf und vergleicht diese, so fällt auf, dass jeder dritte Teilton identisch ist. Ähnlich verhält es sich mit den Obertonreihen von a und d', deren Obertöne mit jedem vierten Teilton des Grundtons übereinstimmen. Dies deutet auf einen hohen Verschmelzungsgrad beider Obertonreihen hin, die entsprechend häufiger vorkom-

5 "Durch die Kategorie des Hörens werden die Entsprechungen zwischen den Wissenschaften, die Analogien zwischen Natur, Mensch und Musik sichtbar – besser gesagt "hörbar" – und es entstehen Verbindungen, die von der einzelnen Wissenschaftsdisziplin nicht in den Blick kämen. Vergleicht man die Natur mit einem Teppichgewebe, dann bilden die einzelnen Naturwissenschaften Längsfäden, an denen entlang jedes Gebiet Wenn/Dann-Forschung betreibt, die Harmonik aber entspricht den Querfäden, indem sie Analogien aufzeigt, welche die einzelnen Bereiche verknüpfen. Führen die Naturwissenschaften zu einem Teilweltbild, stellt die harmonikale Perspektive eine komplementäre, ergänzende Seite dar" (Haase, 2003, S. 50).

menden Obertöne werden besonders verstärkt (Dietrich & Deutz, 2005, S. 65). Harmonikal betrachtet fällt sofort auf, dass diese vier in der Körpertamburastimmung vorkommenden Intervalle – Prime, Oktave, Quinte und Quarte – gleichzeitig die vier ersten Intervalle innerhalb der Naturtonreihe sind. Es handelt sich also um eine nartürliche, archetypische Stimmung. Zudem entsteht eine Dur-Lastigkeit des Klanges, der physikalische und hörphysiologische Ursachen hat.

Auch die Anzahl der Saiten mit 28 ist nicht zufällig gewählt und lässt sich wiederum harmonikal deuten. 28 ist eine sogenannte vollkommene Zahl.[6]

3.3 Regulation

Diese ist das funktionelle Grundelement aller Lebewesen (Anske, 2003, S. 33). Sie dient der Anpassung an die Umwelt, sowie der Aufrechterhaltung der Homöostase. Regulation stellt keine statische lineare Reiz-Reaktionsbeziehung dar, sondern basiert auf flexiblen, eng miteinander vernetzten Regelkreissystemen. Regulation steht für die Fähigkeit des menschlichen Organismus, auf akute Belastungsphasen adaptiv zu reagieren und nach Abklingen dieser Phasen wiederum in einen körperlich und psychisch entspannten Ruhezustand zurückzukehren. Stress bewirkt eine Verkürzung der Regulation, langandauerndem Disstress folgt das Erschöpfungssyndrom. Die funktionelle Zeitstruktur (innerlich abgebildete Biorhythmen) des Körpers zerfällt zunehmend, was wiederum als Stressor wirkt.

Hier kann die musiktherapeutische Arbeit mit der Körpertambura und die damit stattfindende musikinduzierte Entspannung ansetzen, um für eine Flexibilisierung und Ausbalancierung vegetativer Rhythmen, Sympathikus und Parasympathikus, des Patienten zu sorgen.

4 Einsatz des Klanges

Zu Beginn meiner Arbeit mit der Körpertambura war die Inspiration von und durch Bernhard Deutz und Urs Rüegg (und damit auch das Konzept der klanggeleiteten Trance von Wolfgang Strobel) im Vordergrund. Im Laufe der Jahre kam es ganz organisch zu einer Adaption dieser Arbeitsweisen – klinisch Bewährtes wurde übernommen, ansonsten vieles verändert und ausgedünnt. Meine Verfahrensweise stellt heute eine starke Vereinfachung und Verkürzung der klanggeleiteten Trance dar. Im Folgenden möchte ich diese erläutern und über zwei Hauptbereiche des Einsatzes der Körpertambura im psychiatrischen Kontext berichten, die sich auf meine neunjährige Erfahrung als Musiktherapeut in einer Akutpsychiatrie Niederösterreichs und meine Erkenntnisse, die ich in einer Einrichtung für medizinisch psychiatrische Rehabilitation im ambulanten Setting in Linz gewinnen konnte, beziehen.

---

6 Vollkommene Zahlen sind eine Summe aufeinanderfolgender Zahlen, hier 28 = 1 + 2 + 4 + 7 + 14 bzw. 28 = 1 + 2 + 3 + 4 + 5 + 6 + 7 (Brockhaus, 2006, S. 225).

4.1 Akutpsychiatrie für Erwachsene in Niederösterreich

Das Setting umfasst sowohl Einzelmusiktherapie als auch eine musiktherapeutische Entspannungsgruppe, in welcher ausschließlich auf der Körpertambura gespielt wird.

4.1.1 Einzelsetting

Typischerweise finden die Einheiten im Musiktherapieraum auf der Station statt und dauern im Normalfall 25 Minuten, da erfahrungsgemäß volle Einheiten die meisten Patienten[7] überfordern. Nach einem verbal dominierten Kennenlernen ist die Körpertambura oftmals das geeignete Instrument zur näheren therapeutischen Beziehungsanbahnung. Zunächst spiele ich selbst einige Augenblicke bis Minuten auf dem Instrument, bis ich dem Patient anbiete, es selbst einmal auszuprobieren.

Von der hausinternen Schreinerei ließ ich mir zu diesem Zwecke ein Holzstockerl (Schemel) fertigen, auf welchem die Patienten ihre Füße platzieren können. So ist gewährleistet, dass ihre Oberschenkel zum Körper hin abfallen und sie so das Instrument mit beiden Händen spielen, ohne Gefahr zu laufen, dass das Instrument ins Wanken gerät oder verrutscht. Das Holz dieses Untersatzes ist von hoher Qualität und dementsprechend schwer und stabil und ermöglicht ein sicheres Spiel, ohne dass die Füße ihren Halt verlieren.

Sobald die Patienten die Spielweise der Körpertambura verinnerlicht haben, setze ich mich ans Klavier, um in einen musikalischen Dialog überzugehen oder ihr Spiel zu unterstützen. Meine Wahl fällt in den meisten Fällen auf das Klavier, da die beiden Instrumente klanglich sehr gut zusammenpassen. Meine Spielweise ist ruhig, oftmals mit Wechselbass, und auf der Tonika D beginnend. Im Verlauf der Improvisation und je nach Spielweise des Patienten kommt es dann meinerseits zu einer Erweiterung der Harmonie, hin zu den bekannten, einfachen Begleitmustern: I – V – I, I – IV – V – I, I – VI – IV – V – I usw. Impulsgeber ist dabei das Spiel des Patienten, den sicheren, gleichmäßigen, ruhigen Rahmen bildet mein Klavierspiel. Die Rezeption dieser Intervention ist durchgehend positiver Natur, wodurch sich meine Arbeitsweise in diese Richtung entwickelte. Die Spieldauer passt sich individuell an und reicht von wenigen Augenblicken bis hin zu mehreren Minuten.

4.1.2 Gruppensetting

Aufgrund der zahlreichen positiven Erfahrungen und Rückmeldungen seitens der Patienten, entschied ich mich nach einer gewissen Zeit, eine musiktherapeutische Entspannungsgruppe als Basisprogramm in den Wochenplan zu implementieren. Dieses spezifisch musiktherapeutische Angebot richtet sich grundsätzlich an Patienten sämtlicher Diagnosegruppen, dazu gehören u. a. Anpassungsstörungen, af-

7 Unter der männlichen Bezeichnungsform werden alle Geschlechtsformen subsummiert.

fektive Störungen, Persönlichkeitsstörungen und Psychosen. Kontraindikationen sind lediglich akut-psychotische sowie schwerst-depressive Zustandsbilder und Menschen, die ich noch nicht in der Einzelmusiktherapie erlebt habe und daher nicht genügend einschätzen kann.

Die Durchführung therapeutischer Gruppen auf einer akut-psychiatrischen Station ist in den meisten Fällen eine große Herausforderung. Bis alle Patienten sich im Raum befinden, vergeht meist eine gewisse Zeit. Vor Beginn der musiktherapeutischen Entspannungsgruppe bereite ich den Raum vor: frische Luft, zur Seite Räumen der Stühle (der Raum wird für Besprechungen aller Art genutzt), das Auslegen von Matten. Die Spieldauer begrenze ich auf sieben Minuten, je nach Zusammensetzung der Patientengruppe, und verlängere es bis maximal zwanzig Minuten. Während des Spiels ist es mir wichtig, jede und jeden unauffällig im Blick zu behalten, um mich seines Wohlbefindens zu vergewissern. So kann bei gewissen Regungen meine Spieldauer und/oder –intensität adaptiert werden.

4.2 Ambulante psychiatrische Rehabilitation für Erwachsene

Auch in einer ambulanten psychiatrischen Reha-Einrichtung in Oberösterreich kommt die Körpertambura täglich zum Einsatz. Der Zyklus, den die Patienten durchlaufen dauert sechs Wochen, der Einstieg in die Maßnahme verläuft fließend, das heißt, es sind halboffene Gruppen, da jede Woche zwischen ein bis drei Patienten aufhören bzw. neu beginnen. Im Gegensatz zur anderen Klinik findet die Musiktherapie hier ausschließlich im Gruppensetting statt. Eine Einheit dauert zwischen 75 und 150 Minuten. Als besonders zielführend hat es sich herausgestellt, die Klangentspannung mit der Körpertambura als letzte Intervention anzubieten und hierfür circa dreißig Minuten einzuplanen. Nachdem also der erste Teil mit aktiven Improvisationen abgeschlossen ist, biete ich den Patienten an, sich auf die am Boden vorbereiteten Matten zu legen und sich vom Klang der Körpertambura mitnehmen zu lassen. Im Gegensatz zu meiner Arbeit auf der Akutpsychiatrie überlasse ich die Entscheidung meinen Patienten, ob sie dem Klang lediglich klassisch-auditiv lauschen oder ob Einzelne die körperliche Erfahrung durch Auflegen des Instrumentes erleben wollen.

So spiele ich das Instrument entweder auf meinen Oberschenkeln liegend oder auf dem Oberkörper eines Patienten. Ritualisiert hat sich, dass Patienten, die die letzte Einheit Musiktherapie in ihrem sechswöchigen Turnus erleben, bei der vibroakustischen Intervention bevorzugt werden. Dadurch kommt es dazu, dass selbst Patienten, die dieses Angebot bis dahin nicht in Anspruch nahmen, davon Gebrauch machen und begeistert sind. Negative Rückmeldungen blieben bislang aus.

Vorbereitend entscheidet der Patient, ob er das Instrument auf den vorderen Oberkörper oder den Rücken gelegt haben möchte. Etwa zwei Drittel wählen vorne und ein Drittel hinten. Ist jemand unschlüssig, ermutige ich ihn, das Instrument zunächst auf dem Rücken auszuprobieren, da der Rücken weniger offensiv, geschützter ist.

Die Intervention mit der Körpertambura wird auch hier durchgehend positiv angenommen. Die durchschnittliche Dauer des Bespielens beträgt wiederum sieben Minuten (Orientierung siehe Cramer). Wichtig ist die Freiheit des Patienten, sich jederzeit melden zu können, sollte die Intervention zu viel sein. Außerdem gilt es darauf zu achten, dass der Spielende eine möglichst bequeme Sitzposition an der Körpertambura einnimmt. Für mich bedeutet dies, so nah wie möglich an der Person im Fersensitz auf einer gefalteten Matte zu sitzen, um beim Spielen einen möglichst geraden Rücken zu gewährleisten. Je bequemer und entspannter der Therapeut sitzt und spielt, desto eher überträgt sich diese Entspannung auf den Patienten. Der Klang sollte sich sanft und gefühlvoll entfalten, jegliche Form von unnötiger Intensität und Spektakularität sind zu vermeiden. Außerdem ist auf eine möglichst stabile Position des Instruments auf dem Körper des Patienten zu achten, damit keine Bewegung den körperlichen Entspannungszustand des Patienten verhindert. Eine weitere Besonderheit des körperlichen Bespielens ist das beiderseitige Erleben der Gleichzeitigkeit von Nähe und Distanz. Einerseits entsteht eine für die klinische Arbeit ungewöhnlich nahe Position zum Patienten, andererseits ist durch das Vorhandensein des Instruments auf dem Körper eine gewisse Distanz gegeben, die den Patienten Sicherheit und Schutz, auch im Sinne einer schützenden Decke, bieten kann.

5 Klangtherapeutische Ergeb- und Erlebnisse – Veränderungen in Psyche und Emotionen

Über die Jahre konnten eine Reihe sich wiederholender Reaktionen auf die Körpertamburabehandlung, d. h. Veränderungen im psychischen und emotionalen Haushalt der Bespielten oder Hörenden, verifiziert werden.

In der Regel findet nach dem Körpertamburaspiel eine kurze Reflexion statt, wobei es den Patienten freisteht, ihre Erfahrungen mit der Gruppe zu teilen. Wenn das Instrument auflag, wird explizit erfragt, wie das Spiel wahrgenommen wurde. Die Patienten berichten von individuellen Erfahrungen: Sie fühlen Beschütztsein, Geborgenheit, Loslassen, Befreitsein oder ein Anheben der Stimmung, nehmen positiv-angenehme Gefühle war, erleben Leichtigkeit oder etwas Spielerisches in sich, kommen vom Stress zur Entspannung, können ihre Gedanken schweifen lassen oder kommen im Hier und Jetzt an. Bilder wie Blumenwiese, Spiel zweier Mädchen tauchen auf. Ist der Patient von körperlichen Schmerzen geplagt, verschafft der Körpertamburaklang Erleichterung. So fühlt sich der Bespielte danach fröhlich, gelöst, aufgelockert, leicht, schmunzelt und in der Folge des Wahrnehmens von eigenen körperlichen Verspannungen kann es zur Lösung kommen.

Auch von klanglichen Assoziationen wird berichtet: Zwitschern, Surren, Sägen, Bordun, Glocken, Panflöte, Engel- oder Frauenchören.

Zusammenfassend kann gesagt werden, dass die Wirkung primär oft Entspannung ist, wobei diese gleichzeitig immer wieder mit einem Gefühl von Aktivierung und Energetisierung wahrgenommen wird.

Abschließend soll ein Beispiel aus einer musik- und körpertherapeutischen Gruppenerfahrung stehen.

Die sechsköpfige Gruppe arbeitete seit längerer Zeit miteinander und hatte dadurch eine gute Basis, miteinander Erfahrungen auszutauschen. In der abschließenden Reflexionsrunde des gemeinsamen Wirkens berichtete Frau L.:

> „Für mich waren diese Klangerfahrungen ganz besonders, ich weiß auch nicht, das habe ich noch nie erlebt, ich bin jedesmal geflogen, heute beim letzten Mal über eine Landschaft, die ich nicht kenne und dabei habe ich fast die ganze Welt bereist."

Sie war erstaunt, ratlos und auch erfreut über ihr Erleben. Da sie selbst keine weitere Interpretation für sich fand, blieb das Erleben unkommentiert.

Frau B. war gleich anfangs ihrer vor dreißig Jahren verstorbenen Mutter begegnet. Sie hatte sehr an ihr gehangen, so dass in diesem Moment eine wichtige Begegnung stattfand. Das Klangerleben führte sie weiter in große Verbundenheit mit der Gruppe und dem sie Umgebenden. Dies drückte sie in einem kreisförmigen Bild, das nach der Klangerfahrung gemalt wurde, durch kräftige gelbe und orange Farben aus. Freude und Lebendigkeit traten in dem leuchtendem Bild zutage. Sie interpretierte ihr Erleben im Sinne der Gruppenerfahrung, nach anfänglicher Scheu hätte sie sich sehr wohl gefühlt, konnte auftanken und Menschen begegnen, bei denen sie einfach sie selbst sein konnte. Das war eine ganz wichtige neue Erfahrung.

Frau E. war emotional sehr aufgewühlt, als sie erzählte, dass sie mehrfach ein Wigwam oder Tipi gesehen hätte. Vor diesem saß ihre verstorbene Mutter mit ihr, ein Bild, was gleichzeitig große Trauer, Sehnsucht und Freude auslöste. Im Vorfeld hatte sie einen schützenden Kokon erlebt und interpretierte für sich ebenfalls, dass die Geborgenheit in der Gruppe ihr erlaubt hätte, mit dem Klang in solche Tiefe und wichtiges Erleben zu gehen. Gleichzeitig hatten sie ihre schon langanhaltenden und scheinbar behandlungsresistenten Rückenschmerzen verlassen.

Die Bilder von Frau S. sollen beispielgebend der Abschluss sein. Diese spürte im ersten Erleben den Klang in sich wie ein großes Loslassen, eine Abwärtsbewegung, einen Strudel, der zum Grund führt, ein Nicht-mehr-sie-selbst-Sein hatte das im positiven Sinn zur Folge, sie sah rote Blüten. In der Abschlusssitzung entstand ein ähnliches Bild, diesmal allerdings wuchsen sich schlängelnde Rankenpflanzen mit roten Blüten gen Himmel. Frau S. war insgesamt deutlich besser zumute, hatte ein Gefühl von Auftanken, behielt sich aber eine letztendliche Deutung der Bilder offen und sagte, dass sie darüber noch weiter nachdenken und -fühlen wolle.

Literatur

Anske, U. (2003). *Pilotstudie zur Charakterisierung funktioneller Gesundheitszustände mittels Chronopsychobiologischer Regulationsdiagnostik.* Diss. Medizinischen Fakultät Charité. Berlin:. Humboldt-Universität.

Cramer, A. (2002). *Grundlagen und Möglichkeiten der Musik- und Klangtherapie als Behandlungsmaßnahme bei Tinnitus.* Köln: Dohr.

Derra, C. (2007). *Progressive Relaxation.* Köln: DÄV.

Deutz, B. (2013). *Monochorde (Polychorde).* Berlin: Klangwerkstatt.

Dietrich, C. & Deutz, B. (2005). *Körpertambura – ein neues musiktherapeutisches Musikinstrument.* Jahrbuch Musiktherapie 1. Wiesbaden: Reichert.

Hildebrandt, G., Moser, M. & Lehofer, M. (1998). *Chronobiologie und Chronomedizin.* Stuttgart: Hippokrates.

Haase, R. & Schulze, W. (2003). *Die Harmonik der Welt.* Tattva Viveka 20, S. 51–62.

Kirschbaum, C. (Hrsg.) (2008). *Biopsychologie von A bis Z.* Heidelberg: Springer.

Ross, U. H. (2010). Klangarbeit aus neuropsychologischer Sicht. In P. Hess und C. M. Koller (Hrsg): *Peter Hess – Klangmethoden im Kontext von Forschung und Wissenschaft.* Uenzen: Hess.

Vaitl, D. & Petermann, F. (2000). *Handbuch der Entspannungsverfahren.* Weinheim: Beltz.

Zeigert, Olaf (2012). *Die Körpertambura – ein vibroakustisches Saiteninstrument für die Musiktehrapie.* Unveröfft. Diplomarbeit. Wien: Universität für Musik und darstellende Kunst.

Die Körpertambura in der Einzelmusiktherapie bei Angststörungen – eine Einzelfallanalyse

Maike Krullmann

1 Einleitung

Der Ursprung dieser Fallstudie findet sich in einer schon lange vor meiner musiktherapeutischen Ausbildung entfachten Faszination für monochrome Klänge und klangtherapeutische Instrumente. Damals gab es zwar noch keine Körpertambura, sie wurde erst 2002 von dem Berliner Instrumentenbauer Bernhard Deutz entwickelt, jedoch kam ich schon vorher in Kontakt mit dem Monochord und dem Klangstuhl. Die Sehnsucht nach dem Gefühl, im Klang zu baden, Teil des Klangs zu werden und die seelisch-physischen Auswirkungen zu spüren und zu erleben und andere daran teilhaben zu lassen, führten vor einigen Jahren dazu, dass ich mich entschloss, mir selbst eine Körpertambura in der Werkstatt von Deutz zu bauen und diese in meine musiktherapeutische Arbeit in einer akutpsychiatrischen Klinik für Erwachsene einzusetzen. Sehr schnell wurde deutlich, dass meine Begeisterung und Faszination von vielen Kolleg*innen als auch Patient*innen geteilt

Abb. 1: Bild der Patientin entstanden im Musiktherapieverlauf

wurden. Der Klang schuf Verbindung, Wohlbefinden, setzte Assoziationen frei, löste Emotionen aus oder ließ die Bespielten einfach nur genießen.

Dann begegnete ich Frau M., einer jungen Patientin der Klinik. Sie ist ein Mensch, der – vielleicht wie die Körpertambura – auffällt, sein Gegenüber in den Bann zieht und mein Interesse weckte. Sie machte auf mich einen sehr zarten Eindruck, ihr Gesicht hatte etwas von Elfenbein. Die schwarzen Haare und die große, sehr schlanke Figur Frau M.s unterstrichen die scheinbare Zerbrechlichkeit und lösten einen Beschützerinstinkt in mir aus. In ihren Bildern, die in unserem Flur ausgestellt waren, erlebte ich allerdings eine kraftvolle, ausdrucksstarke Seite, die extrem künstlerisch, klar, stark im Kontrast und scharf konturiert war. Die Diagnose der Patientin lautete „Phagophobie", Schluckangst, eine seltene Angsterkrankung, die zu den isolierten Phobien gehört.

Von der Körpertambura war sie „geflasht", wie Frau M. es später beschrieb. Auch durch Vorerfahrungen war sie einer körpertherapeutischen, tranceinduzierenden Intervention sehr zugeneigt. Wir begannen die musiktherapeutischen Sitzungen mit der Körpertambura vorerst mit dem Ziel, eine vertrauensvolle Beziehung zu schaffen, auf deren Basis weitergearbeitet werden konnte. Das Instrument zeigte sich als der „Türöffner in das Innere der menschlichen Psyche", wie Deutz (2013, S. 263) seine therapeutischen Instrumente charakterisiert.

Mit dieser Fallstudie möchte ich die qualitativen Wirkungen der klangtherapeutischen Interventionen mit der Körpertambura und deren Einfluss auf den Verlauf der Phagophobie beschreiben. Die Therapie dauerte sieben Monate an[1] und fand in der Regel einmal wöchentlich statt, erst stationär, später ambulant. In die Forschungsarbeit flossen siebzehn Sitzungen in einem Zeitraum von viereinhalb Monaten ein. Folgende Fragestellungen ergaben sich und liegen der Arbeit zugrunde:

1. Welche direkten körperlichen und psychischen Wahrnehmungen beschreibt die Patientin nach einer Intervention durch das Spielen der Körpertambura und welche Auswirkungen hat dies auf die Entwicklung der Sitzung?
2. Welche Themen werden durch die Körpertambura angesprochen? Gibt es Themenbereiche, die immer wieder anklingen?
3. Welche Wirkungen haben die klangtherapeutischen Interventionen mit der Körpertambura auf den Verlauf der Schluckangst?

2 Die Körpertambura

2.1 Entwicklung und Bauart

Die hier verwendete Körpertambura ist ein von dem Berliner Instrumentenbauer Bernhard Deutz 2002 entwickeltes musiktherapeutisches Saiteninstrument. Es stellt eine Verschmelzung von indischer Tanpura und Monochord dar. Die Tan-

1 Diese wurde aufgrund meines Verlassens der Klinik beendet.

pura, oder Tambura, ist eines der ältesten Instrumente der klassischen indischen Musik. Sie ist eine gezupfte, 4-saitige Langhalslaute, die einen sehr obertonreichen Klang besitzt und als Borduninstrument der Stimmbegleitung dient. Aufgrund der besonders heilsamen Qualitäten des Klangs wird sie in Indien u. a. zur Geburtsvorbereitung genutzt, indem die werdenden Mütter sie an ihren Bauch halten und dazu singen (Hess, 2005). Das Monochord ist ein von Pythagoras in der Antike entwickeltes, ursprünglich einsaitiges Instrument, welches zum Messen proportionaler Verhältnisse der Saitenteile zueinander diente. Er begann, die Ordnung der Obertöne, die Beziehungen zwischen Musik und Zahlen zu erforschen und darzustellen. Seine Entdeckung war es, dass die grundlegenden Intervalle (Oktave, Quinte, Quarte) auf einfachen Zahlenverhältnissen beruhen, und somit Phänomene der Wahrnehmung von Natur auf einfachen mathematischen Strukturen beruhen. Eine Saite ist über einen hölzernen Resonanzboden gespannt, mit Hilfe eines verschiebbaren Steges kann die Saitenlänge beliebig verändert werden. So können die Teiltöne in Beziehung zueinander gesetzt und musikalische Intervalle akustisch-visuell nachvollziehbar gemacht werden. In der Weiterentwicklung zum heute gebräuchlichen Monochord wurden mehrere gleich gestimmte Saiten (im Primabstand) nebeneinander gespannt. Mit den Fingerkuppen gleichmäßig angestrichen entsteht ein obertonreicher, monochromer, schwebungsfreier Klangteppich, eine vollkommene Konsonanz. Das Monochord mit seinen klanglichen Eigenschaften und seinen vielfältigen Einsatzmöglichkeiten wurde in den letzten Jahrzehnten zunehmend für die Musiktherapie entdeckt. (Deutz & Dietrich, 2005; Dosch & Timmermann, 2005; Spitzer, 2002; Timmermann, 2021).

Durch Anfragen aus der musiktherapeutischen Arbeit mit Wachkomapatient*innen wurde die Körpertambura mit der Intention entwickelt, ein Klanginstrument zu haben, welches durch Auflegen auf den Körper die Möglichkeit bietet, verschiedene Körperregionen zu „bespielen“. Neben dem Klang kann so auch die feine Vibration am Körper erfahren werden. Boden und Decke des leichten Korpus sind konkav gewölbt. Damit ist das Instrument der Körperform angepasst und kann auf den Körper aufgelegt werden. Die 28 Saiten sind, der Idee des Monochords folgend, gleichgestimmt. Allerdings nicht alle auf den gleichen Ton, sondern, entsprechend der Stimmung der indischen Tanpura, auf drei Tonhöhen, die in gleicher Reihenfolge siebenmal nacheinander erklingen (a – d' – d' – d). Die Folge endet mit der letzten Saite auf einem tiefen D. Diese spezielle Stimmung, die durch die Sprünge nach oben und das „Fallen“ auf den Grundton gekennzeichnet ist, verbindet zugleich das Gefühl des Sich-Aufschwingens mit dem des Geerdet-Seins. Klang und Vibrationen wirken unmittelbar auf den Körper und können so therapeutisch eingesetzt werden. Die schwingenden Saiten bringen nicht nur den Instrumentenkorpus zum Schwingen, sondern finden im mitschwingenden menschlichen Körper eine Erweiterung des Resonanzraums (Deutz & Dietrich, 2005).

2.2 Forschung

Seit ihrer Entstehung im Jahr 2002 wird die Wirkung der Körpertambura erforscht. Ein Großteil der Studien sind im Bereich von *Palliative Care* angesiedelt. Vor allem werden positive Auswirkungen auf Entspannungszustand, Schmerzreduktion und Wohlbefinden beschrieben:

Cordula Dietrich, Musiktherapeutin aus Berlin, berichtet von Schmerzreduktion bei Sterbenden in einem Hospiz in Indien (Dietrich et al., 2015). Eine weitere Studie belegt entspannende und beruhigende Effekte, Auswirkung auf das Körpergefühl (Leichtigkeit) und das Hervorrufen angenehmer Bilder und Visualisierungen bei zu behandelnden Personen einer Palliativstation (Teut, Dietrich, Deutz, Mittring & Witt, 2014). In dem gleichen Bereich wurde bei 84 Teilnehmenden das Bespielen, erweitert durch Vokalimprovisation, mit verbal geleiteter Entspannung verglichen. Die musiktherapeutische Intervention wies signifikante Effekte im Hinblick auf Entspannung und Wohlbefinden (Messung hochfrequenter Oszillationen in der Herzfrequenz) und eine starke Symptomverbesserung bei Fatigue auf (Warth, Keßler, Hillecke & Bardenheuer, 2015). In einer Pilot EEG-Studie mit onkologisch erkrankten Personen konnte eine Hirnaktivität gemessen werden, welche einen Anstieg an Theta-Wellen[2] und somit eine Entspannungsreaktion zeigte (Lee, Bhattacharya, Sohn & Verres, 2012). Lelong et al. (2005) beschrieben in ihrer Studie Entspannung und positive Körpergefühle bei Patientinnen während einer Risikoschwangerschaft. Bei 54 von COPD betroffenen Personen wurden signifikante Verbesserungen der Lungenfunktion aufgezeigt (Hartwig, Schmidt & Hartwig, 2016).

2.3 Der Klang und seine Entstehung

Der „Zauberklang“ (Dosch & Timmermann, 2005, S. 15), der beim Spielen der Saiten der Körpertambura entsteht, erzeugt sofort erhöhte Aufmerksamkeit, verzauberte Gesichter, wohlige Laute, mindestens jedoch immer fasziniertes Interesse. Was macht diesen „Zauberklang“ aus? Und wohin kann er uns führen?

Grundsätzlich besteht ein Ton, wenn eine Saite gestrichen oder ein Blasinstrument angespielt wird, aus einem Grundton und einer Reihe von Obertönen. Diese sind die ganzzahligen Vielfachen der Grundfrequenz und werden auch als Harmonische bezeichnet. In der sogenannten Obertonreihe erklingen Oktave (Schwingungsverhältnis 2:1), Quinte (3:2), Quarte (4:3), Terz (5:4) usw. mit. Die Obertöne werden in der Regel nicht einzeln wahrgenommen, sondern bilden in ihrer Ganzheit und Mischung den Klang. Aber nicht nur aus der Zusammensetzung der Obertöne, sondern auch aus dem Ein- und Ausschwingvorgang und der Spielweise ergibt sich die Klangfarbe. Die Geschwindigkeit der Bewegung, der Druck, auch

2 Theta-Wellen sind Gehirnwellen in einem Frequenzbereich von 3–8 Hz und deuten auf einen Entspannungszustand hin.

auf welcher Höhe der Saiten und mit welchem Bereich der Finger gespielt wird, haben klangformende Auswirkungen.

Die Saiten der Körpertambura sind – wie oben beschrieben – in Quarte, Oktave und Quinte zueinander gestimmt. Das sind die grundlegenden, sogenannten reinen Intervalle der Musik, bei denen der Grad an empfundener Konsonanz[3] am höchsten ist. Sie entsprechen den ersten Obertönen, die bei jeder Saite, wann immer diese angeregt wird, mitschwingen. Timmermann beschreibt die „Bevorzugung von ganzzahligen Verhältnissen [...] [als] ein Naturgesetz und dem Menschen eingeboren als eine archetypische Grundlage psychischen Lebens" (1989, S. 146). Als eine Basis unserer Musikkultur sind wir an diese grundlegenden Intervalle gewöhnt und hören sie als eine harmonische Einheit, erleben sie als etwas Natürliches und Angenehmes (Spitzer, 2002).

2.4 Wahrnehmung und Wirkung des Klangs beim Hören und Fühlen

Klang ist Schall, und Schall wird durch Schwingungen hervorgerufen, die sich in einem Medium wie zum Beispiel Luft oder auch in festen oder flüssigen Gegenständen wellenförmig ausbreiten. Diese Schwingungen wirken über das auditive und das somatosensorische System auf den menschlichen Organismus. Ersteres wird durch den Hörbereich des Menschen zwischen 20 und 20.000 Hertz[4] bestimmt.

Durch das gleichmäßige Streichen der Saiten entsteht ein Klangkontinuum, ein scheinbar endloser Klang jenseits zeitlicher Strukturen. Er breitet sich im Raum aus und kann als etwas Umhüllendes beschrieben werden. Wir fühlen uns geborgen, aber auch schwebend, ganz leicht, von allen Lasten befreit. Die Aufmerksamkeit kann den an- und abschwellenden Obertönen und den sich dabei herausbildenden Melodien folgen. Durch das als subjektive Klangerscheinung im Innenohr entstehende Phänomen der Kombinationstöne ergibt sich aus einem besonders intensiv hörbaren 5. Oberton eine natürliche Dur-Lastigkeit, die wir als eine heitere, gelöste Grundgestimmtheit empfinden (Deutz & Dietrich, 2005, S. 66). Diese Hörempfindung trägt zum charakteristischen Klang der Körpertambura bei.

Der Klang des Monochords kann durch seine vollkommene Konsonanz paradiesische Gefühle kosmischer Verbundenheit bis hin zu „ozeanischer Selbstentgrenzung" (Strobel, 1999, S. 109) erzeugen. Jedoch wird die Offenheit des Klangs auch als bodenlos und beängstigend empfunden. Demgegenüber erscheint der Tamburaklang unverfänglicher, Halt gebender und erdender (Deutz & Dietrich, 2005, S. 65). Von Bedeutung ist hier die Abfolge der Töne: ein sich nach oben

---

3 Verschiedene Erklärungstheorien beschäftigen sich mit dem Phänomen der Konsonanz: Pythagoras, der Erfinder des Monochords, fand heraus, dass, je einfacher das Schwingungsverhältnis der Töne zueinander, desto konsonanter ihr Intervall ist. Die Klangverwandtschaftstheorie von Helmholtz sagt, dass zwei Töne konsonant sind, wenn einer oder mehrere ihrer Obertöne zusammenfallen. Nach der Verschmelzungstheorie von Stumpf sind zwei Töne um so konsonanter, je mehr (ungeschulte) Hörer diese als einen einzigen empfinden (Michels, 2008, S. 21).

4 Der Frequenzbereich der Körpertambura liegt zwischen 73 Hz (D), 147 Hz (d) und 294 Hz (d'), der höchste Klavierton, das c'''', liegt bei etwa 4.000 Hz.

in himmlische Sphären öffnender Quartsprung, der anschließend wieder sanft auf dem Boden der Bassoktave landet. Die durch die oben beschriebenen Klangqualitäten möglichen, erfahrbaren regressiven Zustände, das völlige Einssein mit der Welt, das Auflösen der Ich-Grenzen, führt in der Praxis immer wieder zu zurückhaltenden bis warnenden Stimmen. Christiane Trost untersuchte und diskutierte dies eindrucksvoll in ihrer Arbeit mit der Klangliege und kommt zu dem Schluss, dass Klangtherapie „äußerst effektiv“ ist und „Menschen wieder mit ihren abgeschnittenen und unterdrückten Gefühlen“ verbinden kann (2021, S. 102).

Das Hören und Fühlen von Klängen gehört mit zu den ersten Erfahrungen, die ein Fötus im Mutterleib macht[5]. Das bestätigt sich auch in der Erfahrung Glennies: „Hearing is basically a specialized form of touch.”[6] Klänge und Töne sind mehr als nur hörbare Erfahrungen, denn sie werden mit dem ganzen Körper aufgenommen. „Sie sind spürbar, sie schwingen in uns, sie beeinflussen und verändern uns“, schreibt der Filmproduzent Thomas Riedelsheimer in den Notizen über seinen Film „Touch the sound“ (2004). Die weltberühmte Percussionistin Evelyn Glennie, die seit ihrer Kindheit nahezu gehörlos ist, hat gelernt, ihren Körper als Resonanzraum zu nutzen und die Klänge zu spüren. Die bei ihr besonders gut ausgebildeten mechanischen Sinne der Haut, also Druck-, Berührungs- und Vibrationssinn und eine große Tiefensensibilität, geben ihr die Rückmeldung über Tonhöhe und Lautstärke. Der Film schlägt auf eindrucksvolle Weise eine Brücke zwischen den Sinnen und lässt die Klänge hör- und fühlbar werden (Altenmüller, 2018, S. 239). Kampik (1930, nach Cramer, 2002, S. 258) fand heraus, dass diese enge Verwandtschaft zwischen Vibrations- und Gehörsempfindungen sogar dazu führt, dass sie miteinander verwechselt werden können.

Hörsinn, wie auch Muskel-, Gleichgewichts-, Druck-, Berührungs- und Vibrationssinn werden vorwiegend über Mechanorezeptoren, die u. a. in der Haut, im Innenohr und an Muskeln und Eingeweiden liegen, angeregt.[7] Einige Mechanorezeptoren reagieren auf Berührung (Meissner-Körperchen) oder auf Vibration (Vater-Pacini-Körperchen) und leiten die verschiedenen Empfindungsqualitäten über sensible Nervenbahnen[8] in wenigen Millisekunden zum Großhirn und zum Kleinhirn weiter, wo sie im somatosensorischen Kortex verarbeitet werden. Die Rezeptoren sorgen für das Wahrnehmen der Schwingungen innerhalb eines Frequenzbereichs bis 400 Hz mit einer Bestfrequenz von 150 bis 300 Hz.

5 Etwa ab der 22. Schwangerschaftswoche hört das Ungeborene Herzschlag, Atemgeräusche und das Gluckern der Verdauungssäfte.

6 Evelyn Glennie: „Hören ist im Grunde eine spezielle Form der Berührung.“ (https://www.evelyn.co.uk/hearing-essay/, [15.02.2021]).

7 So kommen z. B. auch sensible Fasern des Nervus vagus, einem der Hauptnerven des Parasympathikus, im äußeren Gehörgang und am Trommelfell an die Oberfläche (Tomatis, 1996, S. 22). Der Nervus vagus ist u. a. für die Versorgung wichtiger innerer Organe, wie z. B. des Kehlkopfs, zuständig.

8 Sensible Nervenfasern leiten Wahrnehmungen des Tastens wie Druck, Berührung, Vibration, Schmerz und Temperatur zum Zentralnervensystem. Darüber hinaus gibt es sensorische Nervenfasern, die Wahrnehmungen des Geruchs-, Geschmacks-, Hör- und Sehsinns weiterleiten, und die motorischen Nervenfasern, die vom ZNS ausgehend die Kontraktionen der Muskulatur und somit die Bewegungen des Körpers steuern.

Die Körpertambura erweitert und vertieft die Hörerfahrung durch den unmittelbaren Schwingungskontakt und ermöglicht so die Übertragung der Vibrationen über die Haut, die nun mit dem ganzen Körper aufgenommen werden. Die Körpertambura liegt mit ihrem Frequenzbereich (d = 147 Hz, d' = 294 Hz) genau innerhalb dieses Bereiches. Ferner gerät auch das subkutane Weichteilgewebe des Körpers, welches zu circa 68 % aus Wasser besteht, in Vibration. Hierdurch werden die Mechanorezeptoren der Muskeln und Eingeweide gereizt (Ross, 2010, S. 109). Man kann also davon sprechen, dass hier ein gesamtes System, der Mensch mit allen Zellen und Gewebestrukturen, über Haut und Knochenleitung in Schwingungen gerät und so zum Bestandteil des Klangkörpers wird.

3. Möglichkeiten und Wirkung der Körpertambura aus verschiedenen Perspektiven

3.1 Klangtherapie als psychotherapeutische Methode

Die rezeptive Musiktherapie, in der die Klangtherapie ein Teilgebiet darstellt, setzt live oder medial eingespielte Musik mit unterschiedlichen Techniken und Zielen in verschiedenen Settings und einer Vielzahl an Praxisfeldern ein. Das Zuhören steht im Mittelpunkt. Dabei handelt es sich um einen aktiven, bewusst wahrnehmenden und bewusst erlebten Prozess (Frohne-Hagemann, 2004, S. 7), bei dem Körperempfindungen, Bilder, Assoziationen, Erinnerungen oder Gefühle gleichermaßen im Fokus sein können. In der Klangtherapie kommt eine weitere Ebene dazu: Der Klang ermöglicht als schwingendes Element das körperliche Erleben (Cramer, 2002). Die verbale Aufarbeitung ist ein wichtiger Bestandteil der rezeptiven Musiktherapie.

Wirkung von Musik und Klängen auf die menschliche Seele und Psyche beschäftigt die Menschen schon lange. Das Harfenspiel des Hirten David für seinen an schwerer Depression erkrankten König Saul, beschrieben im 1. Buch Samuel[9], ist eines der frühen Zeugnisse aus dem Alten Testament. In der Antike herrschte der Glaube, die Bewegung des Kosmos und die der Menschenseele beruhten auf den gleichen harmonischen Zahlenproportionen. Die Musik sei aufgrund ihres innewohnenden Zahlenprinzips ein Abbild der Weltordnung, nehme jedoch umgekehrt auch Einfluss auf das Gemüt und den Charakter des Menschen. In den philosophischen Traditionen der Pythagoreer, Platons und Aristoteles' heißt es weiterhin über die Aufgabe der Musik und der ihr innewohnenden kosmisch-harmonischen Gesetze, der Klang führe die Seele, „um wieder in Konsonanz mit der höheren Wirklichkeit zu sein“ (Frohne-Hagemann, 2021, S. 532). Auch in der arabischen Welt wurde Musik bereits im 10. Jahrhundert zur Heilung eingesetzt und in Lehrbüchern erwähnt (Altenmüller, 2018, S. 401 ff.). Alte schamanische und spirituelle

9 Erstes Buch Samuel, Kap. 16, Vers 23: „Sooft nun der böse Geist von Gott über Saul kam, nahm David die Harfe und spielte darauf mit seiner Hand. So wurde es Saul leichter, und es ward besser mit ihm, und der böse Geist wich von ihm.“ (Die Bibel).

Heilmethoden der Naturvölker, die wohl ältesten der Menschheit, nutzten die in der Musik enthaltenen „magischen Kräfte“ (Wörner, 1980, S. 27), um damit andere Bewusstseinszustände und hierdurch andere Wirklichkeiten, die Heilung versprachen, zu erreichen. In dieser Tradition steht die Klangtherapie. Sie arbeitet mit weniger komplexen Strukturen, einzelnen Geräuschen oder tranceinduzierenden Klängen und ist zu einem festen Bestandteil der rezeptiven Musiktherapie geworden. Häufig werden therapeutisch beabsichtigte veränderte Bewusstseinszustände herbeigeführt, die eine Intensivierung der inneren Wahrnehmung ermöglichen, Assoziationen und Fantasien erleichtern. Dem zugrunde liegt eine ganzheitliche, auf seelisches und spirituelles Wachstum ausgerichtete Orientierung. Der Schweizer Psychiater und Musiktherapeut Urs Rüegg erklärt den ganzheitlichen Ansatz als einen bio-psycho-sozio-spirituellen, bei dem Krankheit und Heilung aus möglichst vielen Perspektiven betrachtet werden. Krankheiten oder psychische Erkrankungen sind Ausdruck eines seelischen Ungleichgewichts und vergleichbar mit einem „Herausfallen aus der Geborgenheit des Ganzen“ (2016, S. 3 f.).

Verschiedene rezeptive Methoden nutzen das Potenzial der Musik für das Arbeiten mit veränderten Bewusstseinszuständen. Beispiele musiktherapeutischer Vorgehensweisen, die mit klassischer Musik arbeiten, sind die Guided Imagery and Music (GIM) von Helen Bonny (1976), sowie die musiktherapeutische Tiefenentspannung (MTE) nach Hans-Helmut Decker-Voigt (2009). Mit monochromen Klängen arbeiten die klanggeleitete Trance nach Wolfgang Strobel (1988) und die Klangtrance nach Rittner, Fachner und Hess (2009).

Alle Ansätze sind psychotherapeutische Methoden, bei denen es nicht um ein „Wohlfühl- oder Entspannungsprogramm“ oder um eine „Berieselung“ im Sinne einer musikalischen Hausapotheke geht. Vielmehr geht es um die Möglichkeiten, mit tieferen Schichten des eigenen Selbst in Kontakt zu kommen, bestimmte Gefühlsqualitäten wahrzunehmen und dieses innere Erleben und Fühlen gemeinsam mit der*dem Therapeut*in zu bearbeiten. Dem dialogischen Prinzip Bubers folgend, können erst durch die innere Haltung des bewertungsfreien, achtsamen Wahrnehmens und der Akzeptanz Gemeinschaft und Verbundenheit entstehen (Steinmetz, 2018). Stabilität und Vertrauen dienen als Basis für die Entwicklung einer therapeutischen Beziehung. Innerhalb dieser Beziehung kann sich ein Prozess gestalten, der die Grundvoraussetzung für die therapeutische Arbeit ist.

Für die Entwicklung und Erforschung der Körperinstrumente innerhalb der rezeptiven Musiktherapie und v. a. auch der Musikmedizin spielen die Forschungen des Norwegers Olav Skille eine große Rolle. Er entwickelte 1968 die Vibroacoustic Therapy (VAT), die auf den Grundlagen der Schallvermittlung über den mechanokutanen Vibrationssinn basiert. Diese erfolgt durch Kontakt des Körpers mit einer schwingenden Materie. Skille erfand das „Musikbad“, bei dem eine Matte zum Einsatz kam, in der über Lautsprecher mit Hilfe tieffrequenter Sinustöne zwischen 30 und 120 Hz in einer Lautstärke von 90 dB Vibrationen erzeugt wurden. Im weiteren Verlauf entstanden verschiedene Klangmöbel, die mit elektrisch erzeugter Schwingung betrieben werden. Die VAT nutzt die „Energie musikalischer Schallwellen, die direkt auf den Körper einwirken, um entspannende physiologische und psychologische Wirkungen zu erzielen" (Skille, 1989, zitiert nach Trost, 2021, S. 22)[10]. Die positiven physiologischen Effekte, wie u. a. die Absenkung der sympathikotonen Aktivierung, Blutdruckregulation, Sauerstoffanreicherung des Blutes, sind bis heute Gegenstand von Forschungen vor allem im Bereich der Musikmedizin. Unumstritten ist, dass die Vibrationen der Musik einen Anteil innerhalb des therapeutischen Effektes haben. Die Forschungen beschäftigen sich nun mit der Frage, welchen Anteil sie haben (Spintge & Nöcker-Ribaupierre, 2021, S. 552 f.).

Die musiktherapeutischen Interventionen mit der Körpertambura, wie ich sie anwende, bedienen sich der Elemente aus der klanggeleiteten Trance und der musiktherapeutischen Tiefenentspannung. Beide Methoden werden im Folgenden näher erläutert.

3.1.1 Klanggeleitete Trance nach Strobel

Als Synthese verschiedener therapeutischer Ansätze wie Musiktherapie, Hypnotherapie, Psychoanalyse und Tiefenpsychologie stellt Wolfgang Strobel seine Arbeit mit der durch monochrome Klänge geleiteten Trance dar. Mit Hilfe monotoner Reize, in diesem Fall die sich wiederholenden Klang- und Rhythmusstrukturen der gespielten Musik, kann das Erreichen eines Trancezustandes, eines veränderten Wachbewusstseinszustand (Altered States of Consciousness = ASC) unterstützt werden. Charakteristisch für diesen sind die Veränderung des Denkens, des Zeitempfindens und der Selbstkontrolle, außerdem die Veränderung der Emotionalität, des Körperschemas und der Wahrnehmung des Bedeutungserlebens (Ludwig zitiert nach Fachner, 2021). Ein solcher Zustand ermöglicht das Ausblenden der Außenwelt und ein Hinwenden zu inneren Prozessen wie Bildern, Gedankenströmen und Gefühlen.

Untersuchungen zu tranceinduzierender Musik und ASC[11] zeigten eine verringerte funktionelle Konnektivität im Hirnstamm, d. h., das Zusammenspiel verschiedener Hirnregionen war gemindert, was auf eine Entkopplung innerhalb der zentralen Hörbahn und somit auf die Unterdrückung der Wahrnehmung des zentralen Stimulus hinweist. Die Folgen sind eine erhöhte Fokussierung intern und eine reduzierte Wahrnehmung extern. Hinzu kommt, dass die Voraussagbarkeit dessen, was musikalisch-rhythmisch eintritt, dem Gehirn die „Arbeit" erleichtert und ein Abschalten ermöglicht (Fachner, 2021; Stegemann, 2020).

Die klanggeleitete Trance ist ein rezeptives Verfahren, das mit der Methodik der Tranceinduktion der Hypnotherapie nach Erickson und Rossi (1989) arbeitet. Neben dem Auftauchen innerer Bilder werden oft Gedanken, Assoziationen

10 Detailliert nachzulesen ist die Entwicklung der *Vibroacoustic Therapy* und die Erforschung der Arbeit mit der manuell gespielten Klangliege bei C. Trost – Die Klangliege in der musiktherapeutischen Einzelarbeit (2021).

11 In der Studie einer Forschergruppe der Harvard Medical School wurde die Hirnaktivität von 15 Männern und Frauen während einer musikinduzierten Trance untersucht (Stegemann, 2020, S. 107).

und Gefühle erlebt und erfahren und können Hinweise auf unbewusste Themen und Konflikte enthalten, deren therapeutische Bearbeitung möglich wird. Als Ergänzung zur hypnotherapeutischen Vorgehensweise nach Erickson und Rossi übernimmt der Klang eine zusätzliche Funktion. Strobel verweist auf die unterschiedlichen Klangfarben der verschiedenen monochromen Instrumente (Monochord, Ocean-Drum, Rahmentrommel…). Diese lassen bestimmte Klangarchetypen entstehen, die bestimmten psychischen Themenfeldern zugeordnet werden (Strobel, 1992). Trost zählt aus ihrer therapeutischen Arbeit mit der Klangliege mit Tamburastimmung einige spezifische Wirkungen auf: „Gefühle ozeanischer Selbstentgrenzung, aber auch das Stärker-in-den-Körper-geholt-Werden, Leichtigkeit, mütterliche Geborgenheitsgefühle“ (Trost, 2021, S. 34). Ein weiterer Zustand, der beim Spielen des Monochords in der klanggeleiteten Trance häufig beschrieben wird, ist das Gefühl von Geborgenheit in einem Zustand völliger Bedürfnislosigkeit, der dem des intrauterinen Zustands gleicht. Das Sehnen danach begleitet die Menschen ein Leben lang und ein Bad im vollkommenen Klang des Monochords kann im Sinne einer Erholungsregression gesehen werden und zutiefst regenerierende Auswirkungen haben oder entsprechende Mangelerfahrungen in der Therapie an die Oberfläche bringen.

Um ein archetypisches Thema erlebbar zu machen, weist Strobel jedoch auf die entscheidende Bedeutung der therapeutischen Beziehung hin. Die besondere Wirkung des Klangs wird erst ermöglicht durch eine Wechselbeziehung zwischen Therapeut*in und Patient*in. Es entsteht ein Prozess, der eine gemeinsame Resonanzerfahrung möglich macht und der „alle Gesetzmäßigkeiten des Dialogischen auf[weist], wie sie in jeder Therapieform auftreten (Übertragung, Gegenübertragung, Präsenz, usw.)“ (Rüegg, 2014, S. 57).

(Fachner, 2021; Rittner et al., 2009; Rüegg, 2014; Schmucker, 2004; Strobel, 1988, 1999; Trost, 2021).

3.1.2 Musiktherapeutische Tiefenentspannung nach Decker-Voigt

Hans-Helmut Decker-Voigt stellt seine seit den 1980er Jahren entwickelte Methode der Musiktherapeutischen Tiefenentspannung (MTE) in den Kontext von Musikmedizin, Tiefenpsychologie und Humanistischer Psychologie. Sie stellt einen Ansatz problem- und lösungszentrierten Handelns dar. Auch er entnimmt seine Methodik der Tranceinduktion der Hypnotherapie nach Erickson. Im Unterschied zur klanggeleiteten Trance werden in der MTE entweder die vom Band kommende „Lieblingsmusik“, die Klangliege oder selbst gewählte Instrumente der jeweiligen zu behandelnden Personen genutzt. Es wird während der Sitzung gemeinsam die Musik gehört, bzw. für die Person gespielt. Zunächst kann noch eine meist trophotrope[12] Improvisation angeboten werden. Nach einer prä-suggestiven Phase, in

12 Trophotrope Musik wirkt entspannungsfördernd und beruhigend, im Gegensatz zu ergotroper Musik, die anregend und antriebsfördernd wirkt. Ob eine bestimmte Musik ergo- oder trophotrop wirkt, hängt von individuellen Faktoren, situativem Kontext etc. ab. Die „typische Entspannungsmusik“ gibt es

der nach dem Prinzip „Führen durch Folgen" Therapeut*in und Klient*in die Atmosphäre herstellen, schließen verschiedene Schritte der Induktion an. Es geht in aufeinanderfolgender Reihe um die Sensibilisierung auf den Körperkomfort, also die Sitz- oder Liegeposition, auf die Atmung, den Umgang mit äußeren und inneren Bildern oder auch mit Emotionen sowie um die auditive Wahrnehmung. Nach der Rücknahme oder Exduktion in das Hier und Jetzt erfolgt nach einer Phase des Nachspürens die verbale Aufarbeitung, in der aus Sicht der*des Behandelten Körperwahrnehmung, innere Bilder und alle Erfahrungen mitgeteilt werden können. So können z. B. „homöostasenahe Empfindungen"[13] benannt und verankert werden und können einem Ressourcenaufbau außerhalb der therapeutischen Sitzung dienen. In dieser Phase gibt es ebenfalls die Möglichkeit einer tiefenpsychologischen Bearbeitung und Deutung. Die sogenannten „Anbindungsfragen" stellen einen Weg dar, die Bedeutung des Erlebten mit dem Gegenwartserleben und Lebenserfahrungen zu verknüpfen. Am Ende erfolgt mit dem Rolling back der Übergang in das Folgegeschehen des Alltags (Decker-Voigt, 2009).

Für Decker-Voigt ist die Eigengestaltung und -aktivität der behandelten Person von großer Bedeutung. Und so sind alle Schritte und Übergänge nicht starr, sondern sollen bedürfnisorientiert und flexibel eingesetzt werden.

3.2 Neurowissenschaftliche Perspektive

Für die Neuroplastizität[14] des Gehirns, die Tatsache, dass unser Gehirn bis ins hohe Alter veränderbar ist, neue Verknüpfungen und Vergrößerungen bis hin zu Neubildung von Nervenzellen möglich sind, ist Musik von großer Bedeutung. Sowohl beim Hören von Musik als auch beim aktiven Musizieren kommt es zu Verschaltungen verschiedener Regionen des Gehirns und zur Verknüpfung von Millionen Nervenzellen, je nachdem, was und wie es getan wird. Es gibt kein singuläres Musikzentrum im Gehirn, im Gegenteil, es wird eine Vielzahl von Arealen – wie die Hörrinde, motorische Bereiche, Gedächtnisnetzwerke und das limbische System – aktiviert. Das Musizieren und das Hören von Musik sind ganzheitliche Vorgänge, die auf das Gehirn und damit auch auf den ganzen Menschen bezogen sind (Hüther, 2004, 2017; Spitzer, 2002; Altenmüller in Stegemann, 2020).

3.2.1 Entspannung

Ein als physiologisch und psychologisch angenehm und befriedigend empfundenes Leben erfordert wechselnde Phasen der Spannung und Entspannung. Um entspannt zu sein, braucht der Mensch eine Zeit der Anspannung und umgekehrt,

nicht (Stegemann, 2020, S. 74). Trophotrope Musik meint also eine vom Menschen als angenehm empfundene Musik.

13 Homöostase ist die Tendenz eines Organismus' oder Systems, einen ausgeglichenen und konstanten inneren Zustand aufrechtzuerhalten und so z. B. Spannungen aufzulösen.

14 Unter dem Begriff der Neuroplastizität werden ständig stattfindende Anpassungsprozesse im Gehirn als Reaktion auf neue Erfahrungen oder sich verändernde Lebensumstände verstanden.

ein Wechselspiel, das sich eigentlich automatisch aus unseren Aktivitätsrhythmen ergibt. Die Lebensweise unserer heutigen Zeit mit hoher Leistungsorientierung, permanenter Erreichbarkeit und Reizüberflutung führt zu einer Verschiebung der Phasen zugunsten längerer Zeiten der Rastlosigkeit, des Termindrucks oder der Arbeitsverdichtung. Auch Zeiträume der Krankheit führen oft dazu, dass das Verhältnis von An- und Entspannung in eine Dysbalance gerät. So begünstigen chronischer und akuter Stress in hohem Maße psychische und körperliche Erkrankungen, v. a. Angst- und depressive Störungen wie auch kardiovaskuläre Krankheiten. Aus der Unfähigkeit, Phasen der Beruhigung im Lebensalltag zu finden, ergibt sich oft eine Notwendigkeit, Entspannungsphasen aktiv und bewusst herbeizuführen, bestimmte Verfahren neu zu erlernen und zu üben. Dabei können über die körperliche Entspannung im Sinne einer Reduktion des Sympathikotonus Wohlbefinden, Ressourcenaktivierung, Selbstbesinnung und -erkenntnis, Kreativität bis hin zu spirituellem Wachstum ermöglicht werden (Ross, 2010). Auch trägt das Erlangen der Kontrolle über primär autonome Vorgänge, wie z. B. Atmung oder Pulsfrequenz, zu dem Gefühl der Selbstwirksamkeit bei und stellt somit einen wichtigen, heilsamen Effekt dar.

Es gibt inzwischen eine Vielzahl an Entspannungsverfahren[15], welche gut bekannt sind und häufig angewandt werden. Ihre Wirksamkeit bei einem breiten Spektrum an Störungsbildern gilt als gesichert (Wöller & Kruse, 2015). So sind sie als eigenständige psychotherapeutische Verfahren oder als Elemente sowohl in der Verhaltenstherapie als auch in der psychodynamischen Therapie von großer Bedeutung. Zu den Hauptindikationen zählen im Besonderen die Angsterkrankungen, deshalb ist u. a. die Progressive Muskelrelaxation nach Jacobson ein fester Bestandteil im therapeutischen Leitfaden zu deren Therapie und Bewältigung (Schmidt-Traub, 2014, S. 70).

Nach Ross wird unter dem Begriff Entspannung ein „angenehmer Zustand mit gelöster Muskulatur, Ausgeglichenheit im Denken und Fühlen sowie Zufriedenheit" verstanden (2010, S. 102). Die Entspannungsreaktion umfasst eine Absenkung des sympathikotonen Aktivierungsniveaus und ist durch sowohl physiologische als auch psychologische Veränderungen gekennzeichnet. Die wichtigsten physiologischen Kennzeichen sind (Vaitl, zitiert nach Stegemann, 2020):

- neuromuskuläre Veränderungen (Muskeltonus und Reflextätigkeit sinken)
- kardiovaskuläre Veränderungen (Vasodilation[16], RR[17] und Puls sinken)
- respiratorische Veränderungen (Atemfrequenz und Sauerstoffverbrauch sinken)
- elektrodermale Veränderungen (Hautleitfähigkeit sinkt)
- zentralnervöse Veränderungen.

15 Zu den gängigen Entspannungsmethoden gehören u. a. (Ross, 2010): Autogenes Training, Progressive Muskelrelaxation, Biofeedback, Imaginative Verfahren, Hypnose, Meditation, Klangmassage.

16 Erweiterung der Blutgefäße, was zu einer besseren Durchblutung führt.

17 „Riva-Rocci", in der Medizin verwendete Bezeichnung für den Blutdruck.

Aus psychologischer Sicht wird ein Zustand entspannter Wachheit beschrieben, bei dem die Wahrnehmungsschwelle erhöht ist, verbunden mit Gefühlen des Wohlbefindens und der seelischen und körperlichen Gelöstheit. Kennzeichen hierfür sind u. a. mentale Frische und affektive Indifferenz, d. h. eine emotionale Gelassenheit.

Mit anderen Worten beschreiben Eigner und Rüegg den Prozess bei der Arbeit mit der Methode der klanggeleiteten Trance: ein Wandel von Ge- bzw. Verspanntheit hin zu Entspannung auf der körperlichen Ebene und auf psychologischer Ebene, der Wandel „von Zielorientiertheit zum Verweilen im Hier und Jetzt und von einer suchenden, u. U. hadernden Gestimmtheit zu einer dankbaren, ergebenen und nachdenklichen Gestimmtheit" (2006, S. 70 f.).

Stegemann hat in seiner Dissertation[18] 2013 die Zusammenhänge zwischen Stress, Entspannung und Musik im Hinblick auf rezeptive Musik beleuchtet. Aus verschiedenen Perspektiven untersucht er die der stressreduzierenden und entspannungsfördernden Wirkung von Musik zugrunde liegenden neurobiologischen Mechanismen. Anhand des von ihm entwickelten „musikbezogenen neurobiologischen Entspannungsmodells" MNEMO lässt sich nachvollziehen, dass und auf welche Weise Musik hinsichtlich einer Entspannungsreaktion wirksam ist:

„In diesem Modell wird davon ausgegangen, dass [...] allgemeine musikalische Parameter direkt auf vital relevante Regulationssysteme wirken (Arousal-, Stress- und limbische Systeme), die [...] Entspannung und Stressreduktion vermitteln. Parallel dazu werden [...] Prozesse wirksam, die für die individuell unterschiedlichen – da erfahrungsabhängigen – Wirkungen von Musik auf den menschlichen Organismus verantwortlich sind" (Stegemann, 2020, S. 169).

Von Bedeutung für die vorliegende Fallstudie ist hier besonders die Erkenntnis, dass akustische Informationen ohne den Einfluss höherer kognitiver Vorgänge unabhängig von individuellen Vorlieben direkt auf die Amygdala einwirken. Die Amygdala ist ein Teil des limbischen Systems und spielt eine wichtige Rolle bei der emotionalen Bewertung von Situationen oder äußeren Stimuli, und somit bei der Entstehung von Angst und Furcht. Die Stimulation der Amygdala kann eine emotionale Verstärkung in Richtung Ruhe und Entspannung bewirken und somit Wut und Angst mindern (Stegemann, 2020).

3.2.2 Embodiment

Die Embodiment-Forschung beschäftigt sich intensiv mit den Wechselwirkungen zwischen Körper und Psyche. Gedanken oder Gefühle können körperliche Reaktionen auslösen, wie z. B. die Beschleunigung des Herzschlags oder einen Schweißausbruch. Genauso bewirken Veränderungen auf körperlicher Ebene ebensolche im Gehirn und beeinflussen unser Denken, Fühlen und Handeln. „Körper und Geist, Denken und Fühlen sind untrennbar miteinander verbunden" (Hüther, 2017, S. 77). Diese Verknüpfung macht deutlich, wie wichtig eine ganzheitliche Be-

18 Stress, Entspannung und Musik – Untersuchungen zu rezeptiver Musiktherapie im Kindes- und Jugendalter [https://ediss.sub.uni-hamburg.de/handle/ediss/5168].

trachtung des Menschen mit seinen Erfahrungen, in seiner aktuellen Situation und im Hinblick auf Genesung und ein Leben im Gleichgewicht ist. Hüther beschreibt eine von immer neuen Erkenntnissen bereicherte neurobiologische Forschung der letzten Jahre, aus der klar wird, dass zunehmend aus dem Körper stammende, neuroaktive Signalstoffe entdeckt werden, die über den Blutkreislauf und sensorische Nervenbahnen zum Hirn gelangen und damit auch psychische Zustände verändern. Somit bietet der Körper also einen leichten Zugang zu Ebenen des Erlebens, Verhaltens, zu Gefühlen, unbewussten Verhaltensmustern und auch frühen Sinneseindrücken. Das Wiederherstellen der „verloren gegangenen Einheit" (ebd. 2017, S. 91) ist sogar eine Voraussetzung für eine nachhaltige Veränderung von Mustern, die „reale Erfahrungen [braucht], die die betreffende Person mit all ihren Sinnen macht, und nicht nur verbale Repräsentationen von Erfahrungen" (Grawe, zitiert nach Hüther, 2017, S. 94). Die Erregungsmuster aus verschiedenen Sinneskanälen können gekoppelt werden, so dass auch das Auslösen nur eines Reizes zu dem entsprechenden Reaktionsmuster führen kann. Von diesen Erkenntnissen ausgehend ist der Kontakt zum eigenen Körper eine ganzheitliche, elementare Erfahrung, durch die der Zugang zu sich selbst ermöglicht wird.

3.3 Musikmedizin

Der Begriff der Musikmedizin wurde in den siebziger Jahren durch die Mediziner Spintge und Droh geprägt (Spahn, Bernatzky & Kreutz, 2015). Vornehmlich geht es hierbei um den funktionalen Einsatz von Musik in der Medizin mittels einer standardisierten Vorgehensweise, wie z. B. das Musikhören als nicht-pharmazeutische Intervention während diagnostischer Untersuchungen oder medizinischer Eingriffe. Therapeutische Interventionen aus dem Bereich der musikmedizinischen Musiktherapie und der neurologischen Musiktherapie, die sich als ein Teilbereich spezialisiert hat, arbeiten u. a. mit der vegetativen Wirkung des Klanges im Hinblick auf Entspannung und Beruhigung oder mit der Wirkung des Elements Rhythmus auf motorische Prozesse. Es gibt weitreichende Forschungen zum Einfluss rezeptiver Musikinterventionen im Bereich der Schmerztherapie, innerhalb derer die musikmedizinisch basierte Musiktherapie inzwischen als ein Regelverfahren eingesetzt wird (Spintge, 2021). Diese kommen zu dem Schluss, dass es eine schmerzlindernde und angstlösende Wirkung gibt. Für diese sogenannte anxioalgolytische Wirkung ist Studien zufolge eine „Verschiebung des Aufmerksamkeitsfokus in Verbindung mit positivem Erleben von großer Bedeutung" (Stegemann, 2020, S. 102).

Im Kontext der musikmedizinischen Verfahren ist auch die schon weiter oben beschriebene Vibroacoustic Therapy nach Skille zu sehen, in deren Zusammenhang umfangreiche Forschungen zu den Auswirkungen der vibro-akustischen Instrumente angestellt und beschrieben wurden.

4. Angst – Angststörungen

4.1 Physische und psychische Spezifik

Herzklopfen, Atemnot, Übelkeit, Muskelanspannung, eine erhöhte Alarmbereitschaft, aber auch das Gefühl, gelähmt zu sein, sind Symptome der Angst, und die meisten Menschen haben diese schon einmal in ihrem Leben erlebt. Angst ist ein uns sehr vertrautes Gefühl und erst einmal eine sinnvolle, aus evolutionärer Sicht überlebensnotwendige, psychophysiologische Reaktion auf eine potenzielle Bedrohung. Sie beinhaltet eine essenzielle Schutz- oder Planungsfunktion. In der Angst stecken zentrale Botschaften, die zur Änderung der Situation oder gar des Lebensweges führen sollen (Hüther, 2020, S. 9). Wie ein Signal warnt sie uns vor Gefahren und gibt uns gleichzeitig den Impuls, sie zu überwinden. „Angst gehört unvermeidlich zu unserem Leben", und nehmen wir sie an und meistern sie, entwickeln wir uns und reifen ein Stück (Riemann, 2002, S. 7 ff.). Angst ist also ein Motor, führt uns in etwas Neues und fordert uns auf, Gewohntes zu hinterfragen und vielleicht auch loszulassen. Auch Kast schreibt in ihrem Buch „Vom Sinn der Angst" (2014), dass uns die Begegnung und Auseinandersetzung mit der Angst einen Zugang sowohl zu dem, was uns ängstigt ermöglicht als auch Halt gibt. Wir seien „mehr mit unseren Gefühlen verbunden, [...] echter und damit lebendiger" (2014, Vorwort). Nicht immer sind wir in der Lage, die Angst als eine solch positive, wegweisende Kraft zu sehen. Menschen geraten in Not, wenn sie aufgrund psychopathologischer Prozesse die Angst als etwas Überwältigendes, Bedrohliches erleben. Dies zeigt sich in exzessiven Angstreaktionen bis hin zu Panikattacken und führt häufig zur Vermeidung des mit der Angst verknüpften Auslösers. Damit einher gehen ein hoher körperlicher und psychischer Leidensdruck und starke Beeinträchtigungen im sozialen, beruflichen und familiären Umfeld. Der Wegfall sicherer Bindungen und sozialer Kontakte bedeutet für die Betroffenen wiederum einen Verlust der für die psychosoziale Gesundheit sehr wichtigen Resilienzfaktoren, was einer Abwärtsspirale gleichkommt und nicht selten in Depression, Abhängigkeitserkrankungen oder sogar Suizidalität mündet (Metzner, 2012).

Angststörungen gehören zu den häufigsten psychischen Störungen. Hinsichtlich ihrer Einschätzung als mit Behinderung gelebter Lebensjahre (Years Lived with Disability; YLD) liegen sie laut WHO weltweit auf dem sechsten, in hoch entwickelten Ländern auf dem vierten Rang aller psychischen und somatischen Erkrankungen (WHO, 2017).

Die 12-Monats-Prävalenz[19] bei Erwachsenen in Deutschland liegt bei 15,4 %, Frauen erkranken zwei- bis dreimal so häufig wie Männer. Unterschieden werden die phobischen Störungen (in den klinisch-diagnostischen Leitlinien des ICD 10: F40), bei denen die Angst durch klar definierte, meist ungefährliche Situationen oder Objekte ausgelöst wird (Agoraphobie, soziale Phobie, spezifische (oder isolierte) Phobie) und die Angststörungen (F41), bei denen die Angst nicht auf

19 Die 12-Monats-Prävalenz bezeichnet die Häufigkeit der Erkrankung innerhalb eines Jahres.

bestimmte Umgebungssituationen oder Objekte begrenzt ist (Panikstörung, generalisierte Angststörung und Angst und Depression gemischt). Die am häufigsten auftretende Form ist die spezifische Phobie. Hier erkranken Frauen sogar gut dreimal häufiger[20].

Unbehandelt nehmen Angststörungen meist einen chronischen Verlauf, Spontanremissionen sind äußerst selten und mit Rückfällen ist zu rechnen. Die Komorbidität, d. h. das Auftreten einer Begleitkrankheit, ist bei Angsterkrankungen mit 50–90 % sehr hoch. Es besteht vor allem ein erhöhtes Risiko für andere Angststörungen, Depressionen, somatoforme Störungen und Suchterkrankungen. Überzufällig häufig sind sie mit körperlichen Erkrankungen wie Schilddrüsenerkrankungen, Atemwegserkrankungen, Arthritis, Migräne oder Allergieerkrankungen verbunden (Berger, 2009; Jacobi et al., 2014; Schmidt, Stegemann & Spitzer, 2020).

4.2 Entstehung der Angst

Die Entstehung von pathologischer Angst ist am ehesten über ein Vulnerabilitäts-Stress-Modell erklärbar (Schmidt et al., 2020, S. 173 ff.).

Als Vulnerabilität wird die Anfälligkeit des Menschen verstanden, auf bestimmte Belastungen zu reagieren und infolge zu erkranken. Faktoren wie die genetische Disposition[21], eine allgemein erhöhte Ängstlichkeit, Erfahrungen von Unkontrollierbarkeit und Unvorhersehbarkeit (Trennung der Eltern, Tod, Alkoholmissbrauch in der Familie), ungünstige Lernerfahrungen und Erziehungsstile (v. a. Überbehütung und Zurückweisung), Persönlichkeits- und neurobiologische Faktoren können zu einer erhöhten Vulnerabilität führen. Auslösende Faktoren oder auch Stressoren sind traumatische Erlebnisse, Drogeneinfluss, akute Belastungen im familiären oder beruflichen Umfeld und körperliche Erkrankungen. Eine zentrale Rolle sowohl als symptomauslösender als auch aufrechterhaltender Faktor spielt psychosozialer Stress. Besonders bei Personen, bei denen eine Empfindlichkeit für die Entwicklung von Angst vorhanden ist, kommt es bei Stress schneller zur Ausbildung von Symptomen (Plag & Ströhle, 2020, S. 330 f.). Positive Lebenserfahrungen wie Bewältigungsstrategien, sichere Bindungsstile, stützende Lernerfahrungen oder ein gutes soziales Netzwerk können im Sinne von Ressourcen die Resilienz erhöhen und für die Anhebung der Angstschwelle bzw. den Zeitpunkt der Symptombildung oder des Krankheitsausbruchs eine wichtige Rolle spielen (Ströhle, Gensichen & Domschke, 2018).

Verhaltenstherapeutische Erklärungsansätze basieren auf lerntheoretischen Krankheitsmodellen, die von einer Entstehung, Aufrechterhaltung und Chroni-

20 Der Anteil an Frauen unter den Patient*innen mit einer Phagophobie, um die es im hier untersuchten Fallbeispiel geht, beträgt nach Aussage einer Studie, die die Praxisklinik Dr. Weiß z. Zt. durchführt, in Deutschland sogar 77,8 % (Verfügbar unter: https://www.weiss.de/forschung, [21.04.2022]).

21 Der Anteil genetischer Faktoren, die bei Angsterkrankungen (Agoraphobie, soziale Phobie, spezifische Phobien) eine Rolle spielen, liegt zwischen 30 und 67 % (Ströhle, Gensichen, & Domschke, 2018).

fizierung der Krankheit durch dysfunktionale Verhaltensmuster ausgehen. Geeignete Lernprozesse können wiederum das Fehlverhalten zum Positiven verändern.

Ein psychodynamisches Verständnis fußt auf der Angsttheorie von Freud. Sein Konfliktmodell der Angst (1926), welches auch als Signalangsttheorie bezeichnet wird, hat einen hohen Erklärungswert für phobische Ängste (Wöller & Kruse, 2015). Freuds Hypothese war, „dass bei den Phobien die bewusst wahrgenommene äußere Bedrohung in Wahrheit symbolisch für eine innerpsychische Bedrohung steht, welche dem Individuum jedoch unbewusst ist" (Bassler, 2002, S. 1). Somit wird die innere Bedrohung, der unbewusste, intrapsychische Konflikt, durch ein Abwehrverhalten wie eine angstauslösende Bedrohung von außen behandelt, die an eine Situation oder ein Objekt geknüpft ist. So ist auch erklärbar, dass eine vergleichsweise harmlose Situation oder ein ungefährliches Objekt unangemessen beängstigend sein können.

Die Wahl des gefürchteten Objekts ist aus psychodynamischer Sicht jedoch nicht rein zufällig, sondern unbewusst assoziativ verknüpft mit einem intrapsychischen Konflikt. Dieser wird durch Verschiebung abgewehrt und kann nun als „Gefahr von außen" bekämpft bzw. vermieden werden. Die Intensität und qualitative Ausprägung des Angstaffekts lassen dann wiederum Rückschlüsse auf unbewältigte phasentypische Konflikte aus der Kindheit zu (ebd., S. 2). Die Annahme, dass die gefürchteten Situationen und Objekte eine symbolische Repräsentanz intrapsychischer Konflikte sind, führt zu dem Schluss, dass bei einem konfliktaufdeckenden und -bearbeitenden therapeutischen Vorgehen, die phobische Abwehr überflüssig wird (ebd., S. 10).

Das Strukturschwächemodell (Wöller & Kruse, 2015) beschreibt ein Auftreten von Verlustangst bei jemandem, dessen schwach ausgebildetes Selbst durch innere und äußere Krisen, Überforderung oder andere Belastungen in Gefahr gebracht wird. Die Bildung einer resilienten Selbststruktur konnte infolge ungünstiger lebensgeschichtlicher und evtl. traumatischer Ereignisse nicht geschehen. Panik und Angst sind Ausdruck eines überforderten Selbst. Dieses Modell erklärt v. a. die Panikstörung und die generalisierte Angststörung, beide Modelle ergänzen sich (ebd., S. 395).

Aus der Bindungstheorie von Bowlby (1976) weiß man, dass der menschliche Säugling das angeborene Bedürfnis hat, die Nähe zu seinen Bezugspersonen zu suchen. Droht der Verlust dieser oder wird das Bedürfnis nicht erwidert, wird beim Säugling das Motivationssystem Bindung aktiviert und es resultiert Trennungsangst als ein Affekt, der beim Gegenüber Fürsorglichkeit hervorruft und so eine Trennung vermieden werden soll (Hoffmann & Hochapfel, 2009, S. 36). Diese frühe und prägende Bindungserfahrung wird internalisiert. Psychodynamisch von Bedeutung sind dabei auch die Auswirkungen auf die Ausgestaltung der intrapsychischen Selbst- und Objektrepräsentanzen. So kann eine dauerhaft unsichere Bindung durch einen Mangel an Zugewandtheit und Spiegelung zu einem unsicheren Selbstbild führen und eine Disposition für ein unsicheres Selbstwertgefühl begünstigen. Die unsichere Bindungserfahrung führt oft zu einem ängstlich-unsicheren Verhalten, fehlender Selbststeuerung und dem Angewiesensein auf Außensteuerung.

4.3 Phagophobie

Bevor die therapeutische Arbeit vorgestellt wird, soll diese spezifische Angsterkrankung etwas detaillierter beschrieben werden.

Unter Phagophobie oder Schluckangst (griech. *phagein* = schlucken) wird die Angst verstanden, sich bei der Aufnahme von fester Nahrung, Tabletten und auch Flüssigkeiten zu verschlucken und daran zu ersticken, das kann sich bis auf das Verschlucken am eigenen Speichel erstrecken. Es besteht keine Schluckstörung (Dysphagie) und auch keine organische Beeinträchtigung.

Im ICD-10 zählt die Störung zu den spezifischen (isolierten) Phobien (F40.2). Diese liegt nach den klinisch-diagnostischen Leitlinien vor, wenn eine deutliche Angst vor einer einzelnen, umschriebenen Situation oder einem Objekt oder deren Vermeidung besteht. Als häufige phobische Objekte oder Situationen gelten Tiere, Höhe, Naturgewalten, Fliegen mit dem Flugzeug, kleine geschlossene Räume, Zahnarztbesuche, der Anblick von Blut oder Injektionen. Die Betroffenen wissen, dass ihre Angst unangemessen und übertrieben ist, können sie jedoch nicht kontrollieren und vermeiden die Situationen oder Objekte, bzw. müssen diese unter großer Belastung ertragen. Phobien können mit panikartigen Angstanfällen verbunden sein. Hierdurch entsteht auch das Phänomen der „Angst vor der Angst", welches wiederum zum Vermeidungsverhalten führt (Hoffmann & Hochapfel, 2009, S. 109).

Im seit 2013 gültigen DSM-V wird die Phagophobie in der Kategorie vermeidende/ restriktive Essstörungen aufgezählt. In Abgrenzung zur Anorexia nervosa besteht bei der Phagophobie der phobische Schluckreiz, der zur Vermeidung der Aufnahme von Nahrungsmitteln oder Getränken und letztendlich zu Gewichtsverlust führt. Die Betroffenen wollen essen, vermeiden dies jedoch aus Angst. Weitere Folgen wie sozialer Rückzug, Angstzustände und Depressivität führen zu einem hohen Leidensdruck. Im weiteren Verlauf wird klar, welche weitreichenden Auswirkungen auf alle Lebensbereiche diese Angst haben kann.

Die allgemeine Datenlage zur Phagophobie ist überschaubar, die Krankheit gilt als selten. In der Forschung wurden vorwiegend Einzelfallstudien vorgenommen. Aus einer bisher unveröffentlichten, alle Altersgruppen umfassenden Online-Studie einer Spezialklinik in Mannheim[22] in Zusammenarbeit mit der dortigen Universität mit sechzig Teilnehmenden können folgende Ergebnisse zusammengefasst werden:

Entgegen bisherigen Annahmen, dass Schluckangst v. a. bei Kindern und Jugendlichen auftritt, zeigt es sich, dass die Angst in jedem Altersabschnitt auftreten kann. Es sind vorwiegend Frauen betroffen (77,8 %). Eine Erklärung dafür könnte sein, dass hohe Sensibilität als ein Risikofaktor gilt.

22 Praxisklinik Dr. Weiss, eine Privatpraxis bestehend aus einer medizinischen, psychotherapeutischen und physiotherapeutischen Praxis mit einem systemischen Ansatz und einem multimodalen Therapieangebot (https://www.weiss.de, [23.01.2021]). Im Verlauf der Behandlung von Frau M. wurde die Praxis von unserer Psychologin beratend hinzugezogen.

Die Angst besteht vorwiegend vor dem Verschlucken an fester Nahrung, dann folgen Tabletten, Getränke und andere Dinge, u. a. auch der eigene Speichel. Feste und auch flüssige Nahrung sowie das Essen werden vermieden, wenn die Betroffenen völlig allein sind. Ebenso gehen sie auch Essen in der Öffentlichkeit, wie Geschäftsessen oder Familienfeiern aus dem Weg.

Der häufigste Auslöser einer Phagophobie ist eine ungünstige Erfahrung im Zusammenhang mit der Essenseinnahme, das Verschlucken an fester Nahrung. Es gibt noch eine Vielzahl weiterer Auslöser wie z. B. das Beobachten einer Person, die sich verschluckt oder auch eine Situation beim Schwimmen, die nach dem Verschlucken von Wasser zu heftiger Angst vor dem Ertrinken geführt hat. Gemeinsam ist diesen Situationen das Gefühl sehr großer Angst.

Die Symptomatik der Phagophobie tendiert nicht dazu, schnell vorbeizugehen. Etwa die Hälfte der Betroffenen litt ein bis zehn Jahre unter den Symptomen, etwa ein Viertel gab an, länger als zehn Jahre davon betroffen zu sein.

Der charakteristische Gegensatz der Phagophobie ist ein seltenes tatsächliches Verschlucken vs. der unablässigen Angst vor dem Verschlucken. Die Folgen sind neben erheblicher Depressivität und Lebensbeeinträchtigung schwerwiegend. Nach dem WHO-5-Fragebogen[23] zur Einschätzung der Lebensqualität liegt das Mittel bei Menschen mit einer Schluckangst bei 7,5 (zum Vergleich: einer depressiven Symptomatik entsprechen alle Werte unter 13).

4.4 (Musik-)Therapeutisches Vorgehen bei Angststörungen

Nach den S3-Leitlinien von 2014 werden der Einsatz von Psychotherapie und Psychopharmaka bei Angststörungen gleichermaßen empfohlen, abhängig von verschiedenen Kriterien wie u. a. der Schwere der Erkrankung, der Präferenz des/der Behandelten, der Vor- und Nachteile des jeweiligen Ansatzes, sowie der Verfügbarkeit therapeutischer Möglichkeiten. Bei spezifischen Phobien besteht höchster Evidenz- bzw. Empfehlungsgrad einzig für Psychotherapie, während medikamentöse Behandlung nicht indiziert ist.

Als psychotherapeutischer Ansatz erster Wahl gilt die kognitive Verhaltenstherapie (KVT) gefolgt von psychodynamischer Psychotherapie. So soll den „Patienten mit einer spezifischen Phobie […] eine Expositionstherapie angeboten werden […].“ Weiterhin heißt es bei den meisten Angststörungen, dass „eine psychodynamische Psychotherapie angeboten werden [sollte], wenn sich eine KVT nicht als wirksam erwiesen hat, nicht verfügbar ist oder wenn eine diesbezügliche Präferenz des informierten Patienten besteht“ (Bandelow, Wiltink & Alpers, 2014, S. 24).

---

23 Der WHO-5 Fragebogen zum Wohlbefinden wurde von der Weltgesundheitsorganisation (WHO) entwickelt. Er umfasst nur 5 Fragen, die zu einer Einschätzung des Wohlbefindens führen sollen, um ggf. in Interviews weiter nachzufragen (Psychiatric Research Unit, WHO Collaborating Center for Mental Health, Frederiksborg General Hospital, DK-3400 Hillerød) (https://www.psykiatri-regionh.dk/who-5/Documents/WHO5_German.pdf, [23.01.2021]).

In der Behandlung der Patientin Frau M., die im späteren Verlauf noch vorgestellt wird, wurde lange Zeit mit dem Expositionsverfahren, einem wesentlichen Element der kognitiven Verhaltenstherapie, gearbeitet. Hier findet nach einer eingehenden Aufklärung der Betroffenen die Konfrontation mit dem angstauslösenden Reiz in graduierten Schritten statt. Da der Körper nur über einen begrenzten Vorrat an Stresshormonen verfügt, sinkt das Angstniveau nach einer gewissen Zeit, obwohl die Situation und somit der Reiz, bestehen bleibt. Allerdings führte diese Behandlung in dem hier vorgestellten Fall zu keiner Verbesserung der Symptomatik, sondern zu einer Verschlechterung. Eine spätere Recherche zum Krankheitsbild bestätigte, dass Exposition bei Phagophobie kontraindiziert ist.

In der psychodynamischen Therapie wird je nach diagnostischer Einordnung (strukturschwach oder konfliktbedingt) konfliktzentriert deutend-konfrontativ oder stabilisierend Ich-stärkend vorgegangen (Wöller & Kruse, 2015, S. 396). Eine Kombinationsbehandlung aus verhaltenstherapeutischen und psychodynamischen Elementen wird immer häufiger in Betracht gezogen und scheint ermutigende Ergebnisse zu liefern (Bassler, 2002; Herbold et al., 2016). Auch der Einsatz achtsamkeitsbasierter Verfahren wurde von Rodrigues et al. (2017) in einer Literatur-Review untersucht und als eine wirksame Strategie bei Angststörungen erfasst.

Therapieziele sind bei allen Angststörungen u. a. die Reduktion der Angstsymptome, der Abbau der Einschränkungen im Alltagsleben und Verbesserung des psychosozialen Funktionsniveaus und die Wiederherstellung der beruflichen Leistungsfähigkeit (Schmidt et al., 2020, S. 175). Ressourcen gelten als ein wichtiger Wirkfaktor der Psychotherapie. Deren Aktivierung und somit die Mobilisierung von Selbstheilungskräften tragen wesentlich zum Erfolg der Therapie bei (Grawe, zitiert nach Wöller & Kruse, 2015, S. 168). Als Ressource sind nicht allein positive Gedanken und Gefühle über die eigene Person zu sehen, vielmehr geht es zusätzlich darum, positive Körperzustände und -gefühle herzustellen (ebd., S. 169). Im Sinne einer erforderlichen Ablenkung vom Schluckvorgang, wie sie in der Behandlung der Phagophobie als ein therapeutisches Ziel formuliert wird. Die Orientierung an Stärken und Ressourcen und weniger die an Problemen und Defiziten ist ein wichtiger Aspekt. Studien zur Phagophobie beschreiben signifikante Symptomverbesserung nach medikamentöser Behandlung mit Antidepressiva in Verbindung mit Entspannungstechniken und Kognitiver Verhaltenstherapie (Wulandari, 2020), sowie nach zwölf Sitzungen mit Hypnotherapie (Reid, 2016). Evans & Pechtel (2011) zitieren in ihrer Einzelfallstudie verschiedene Autor*innen, die über eine Verschlechterung bei Expositionstherapie berichten und haben gute Ergebnisse erzielt, wenn psychotherapeutische Elemente Entspannungstechniken ergänzten. Nach einer bisher unveröffentlichten, alle Altersgruppen umfassenden Online-Studie mit sechzig Teilnehmenden der Spezialklinik in Mannheim[24] in Zusammenarbeit mit der dortigen Universität, umfasst die aufgrund der gewonnenen Erkenntnisse entwickelte Therapie u. a. körpernahe Entspannungstechniken,

24 Praxisklinik Dr. Weiss (https://www.weiss.de, [27.02.2021]).

Atem- und Schlucktraining und Psychotherapie. Ein Gefühl der Sicherheit zu erzeugen, gilt als ein wesentlicher Teil. Weitere Ziele sind Stressmanagement und die Bewältigung allgemeiner Lebensprobleme, bei deren Bearbeitung der Fokus auf einer Steigerung der Selbstwirksamkeit liegt.

Die Behandlung mit der Körpertambura kann als ein hervorragender Bestandteil der therapeutischen Vorgehensweise gesehen werden. Folgt man der Studienlage sind Entspannungsverfahren aufgrund ihrer positiven Auswirkung auf physiologische und psychologische Parameter eine wichtige Komponente in der Therapie von Angststörungen im Allgemeinen, aber auch Phagophobie im Besonderen. Zwei sich widersprechende Reaktionen, Angst und Entspannung, können nicht gemeinsam auftreten.

Das Spiel der Körpertambura erlaubte eine sanfte indirekte Berührung, die die Patientin eine intensive körperliche Zuwendung erfahren ließ. Gerade im Zeitraum der Behandlung während der Corona-Pandemie im Winter 2020/21 war das Bedürfnis nach Berührung umso größer. Das Bild der Umhüllung, des Sich-Geborgen- und Gehalten-Fühlens spielte in der Therapie mit Frau M. immer wieder eine wichtige Rolle. In Form von Gesten, die eine Hülle um sich selbst andeuteten, oder Metaphern wie „eine Decke, die auf mir liegt", beschrieb sie das vom Klang und dem angenehmen Gewicht der Körpertambura gestillte Bedürfnis. Die musiktherapeutische Vorgehensweise des „Für-Spiels" ermöglichte die Verwirklichung psychotherapeutischer Techniken wie „Containing", „Holding" oder „Nähren". Der Klang der Körpertambura unterstützte eine mütterlich-haltende Beziehungserfahrung. Zuwendung und elementare Bedürfnisse konnten ohne Bedingung und Gegenleistung erfahren werden und knüpften somit an „ein entwicklungspsychologisch frühes Gefühl sicheren Gehaltenseins" an (Timmermann in Decker-Voigt, Oberegelsbacher & Timmermann, 2020, S. 61). Es wurde eine Atmosphäre geschaffen, die beruhigend, unterstützend, geborgen, friedlich und liebevoll war, und somit Regeneration und Heilung ermöglichte (Kölsch, 2019, S. 99).

5 Fallbeschreibung

Die Identität der Patientin ist durch Anonymisierung gesichert. Die Daten wurden so verändert, dass größtmögliche Anonymität gewährleistet ist, der therapeutische Verlauf jedoch schlüssig und nachvollziehbar bleibt. Therapieprotokolle, Notizen zu Supervisionen, Gespräche mit und Texte der Patientin anhand gestellter Orientierungsfragen werden aus Datenschutzgründen nicht abgedruckt, sondern allenfalls in kurzen Auszügen wiedergegeben.

5.1 Erste Begegnung

Ich begegnete Frau M. häufiger in den Raucherbereichen des geschlossenen Gartens der akutpsychiatrischen Klinik. Sie fiel auf: groß, schlank, schwarze Haare, elfenbeinfarbene Haut. Die Patientin hatte etwas Zerbrechliches, stand oft etwas gebeugt, als ob sie sich kleiner machen wollte und lächelte mich leicht an. Auch wenn ich sie zur Musiktherapie einlud, lächelte sie, lehnte aber ab. Frau M. war zu dem Zeitpunkt Ende 30. Zu Beginn ihres Klinikaufenthalts lag sie noch auf einer Station, auf der ich nicht arbeitete. Bei den Teammitgliedern war sie oft Gesprächsthema und ich hörte interessiert zu. Die Diagnose war mir völlig neu, den anderen auch – Phagophobie. Es ging ihr sehr schlecht, die Tatsache, dass sie keine Nahrung und Flüssigkeit zu sich nahm, war lebensbedrohlich. Es kursierten verschiedene Annahmen, z. B. sie hätte doch eine Essstörung. Ihre Geschichte rief bei denen im Team, die mit ihr Kontakt hatten, sehr unterschiedliche Reaktionen und Gefühle hervor. Das therapeutische Vorgehen wurde kontrovers diskutiert.

Der Ergotherapeutin gelang es, eine engere Beziehung zur Patientin aufzubauen. Mit dem Hintergrund, dass Frau M. als Künstlerin arbeitete, initiierte die Therapeutin auf dem Klinikflur eine Ausstellung. Eine stützende, ressourcenorientierte Intervention, die sowohl bei den Patient*innen als auch Angestellten interessiert wahrgenommen wurde. Die Bilder waren für mich wie ein erster, tieferer Kontakt mit Frau M. Bald darauf wechselte die Patientin die Station und ich kam in einen direkten Austausch, da ich sie – wie alle Patient*innen – aufsuchte und versuchte, sie für die Musiktherapie zu gewinnen.

5.2 Diagnosen und therapeutische Vorgeschichte

Die Diagnosen Frau M.s gebe ich an dieser Stelle so wieder, wie sie in den Unterlagen der Klinik standen.[25] Ihre psychiatrische Vorgeschichte begann dreizehn Jahre vor der hier beschriebenen Behandlung. Die Patientin war aufgrund eines Malignen Melanoms und einer sich entwickelnden Depression stationär aufgenommen worden. Vier Jahre später, in dem Jahr, in dem sich ihre Eltern trennten, trat erstmals eine Agoraphobie mit Panikattacken auf. Dies resultierte in einem fünfwöchigen, stationären Aufenthalt. Drei Jahre erhielt Frau M. eine Verhaltenstherapie. Eine weitere Zeit in einer psychosomatischen Klinik folgte noch während der ambulanten Therapie. Schon zwei Jahre darauf begann ein weiterer Zyklus Verhaltenstherapie, parallel dazu ein dreimonatiger stationärer und tagesklinischer Aufenthalt, diesmal wegen Depressionen und Panikstörung. Am Ende dieser Zeit stand die stationäre Aufnahme von der 38-Jährigen in einer akutpsychiatrischen Klinik für knapp sieben Monate. Diagnose: Phagophobie. Die Entwicklung dieser lebensbedrohenden Erkrankung war der Gipfelpunkt einer langen Krankheitsphase und muss als Wendepunkt der Betrachtung und Behandlung der Patientin gesehen werden. Die Betreuung wurde später ambulant mit Hilfe verschiedener Therapien, darunter Musiktherapie, weitergeführt.

---

25 Es ist häufig beeindruckend, wie viele Diagnosen sich im Laufe einer psychiatrischen Karriere anhäufen. Hier zeigt sich, wie stark die Diagnosen von den einschätzenden Personen und ihren Kriterien abhängig sind, bzw. welche Symptome bei der Aufnahme vordergründig sind. Eine ICD-Kodierung ist jedoch aus ökonomischen Gründen notwendig (siehe hierzu auch: https://www.aerzteblatt.de/archiv/185491/Interview-mit-Tom-Levold-Systemischer-Psychotherapeut-Wir-duerfen-Sinn-nicht-medikalisieren, [16.07.2021]).

Expositionstraining und Psychoedukation bestimmten den Anfang der Psychotherapie mit Frau M., wobei die interozeptive Exposition Gedanken und Gefühle beim Schlucken herausarbeitete und die angstauslösenden Reize mit Intensitätsgraden in eine Angsthierarchie gebracht werden sollten. Die Patientin aß gemeinsam mit den Pflegekräften. Obwohl sie selbst ihren eigenen Zustand oft als stagnierend wahrnahm, wurde die Exposition nach und nach erweitert. Die Therapie führte bei Frau M. zu massivem Druck, sie zeigte sich verzweifelt und äußerte Suizidabsichten. Die Psychologin verordnete daraufhin Pausen, um „positiven Dingen nachzugehen", aber insgesamt verschlechterte sich der Zustand. Das Körpergewicht sank innerhalb des ersten verhaltenstherapeutisch orientierten Therapieabschnittes, das heißt innerhalb von weniger als vier Monaten, lebensbedrohlich.

Durch einen eher zufällig bedingten Stations- und Therapeutinnenwechsel, den Kontakt zu einer Spezialklinik in Mannheim[26] mit viel Erfahrung und Forschung auf dem Gebiet der Phagophobie, erfolgte eine Änderung der Strategie.[27]

Frau M. begann zunächst mit Atemtherapie, Ablenkung, Refokussierung und Entspannungstraining. Ziele waren erst einmal die Gestaltung einer ruhigen Atmosphäre und die Wiederherstellung von Sicherheit und Stabilität. Zur Gruppenmusiktherapie wurde sie wie alle Patient*innen ebenfalls eingeladen. Verpflichtend war das Angebot jedoch für niemanden. Das sorgte für eine sehr wechselhafte, relativ unvorhersehbare Zusammensetzung der Gruppen. Die Teilnahme an der aktiven Musiktherapie fiel Frau M. u. a. aufgrund sozialphobischer und selbstunsicherer Faktoren schwer und sie vermied das Dabeisein. Es war genau die Zeit, in der meine selbstgebaute Körpertambura in der Klinik zum Einsatz kam. Gemeinsam mit dem Team entstand die Idee, Frau M. Einzelmusiktherapie mit dem Instrument anzubieten. Die Indikation für eine rezeptive, klangtherapeutische Intervention war für mich gegeben, da eine Entspannung mit Hilfe einer körpernahen Methode und die Wiederherstellung von Sicherheit Ziele im therapeutischen Gesamtkonzept waren. Mit dem Klang der Körpertambura sollte Frau M. zu Beginn v. a. Halt und Stütze erfahren. Im Sinne eines Klangbads unterstützte dies die Regeneration, durch die es zu einer Linderung der körperlichen Angstsymptome wie Atemnot, Engegefühl in der Brust, Schwindel, erhöhter Herzfrequenz kommen sollte. Das Schaffen einer vertrauensvollen Beziehung als Basis für unsere therapeutische Arbeit war ebenfalls ein grundlegendes Ziel der ersten Interventionen.

Beim ersten Besuch im Zimmer der Patientin zeigte es sich, dass Frau M. aufgrund ihrer Vorerfahrungen mit Hypnotherapie und Trance dieser Art von therapeutischer Intervention sehr zugeneigt war. So war der Grundstein für unsere Therapie gelegt.

Von den siebzehn in diese Studie einfließenden Sitzungen in einem Zeitraum von viereinhalb Monaten fanden die ersten sechs mit einer Dauer von 30 bis 50 Mi-

26 Die schon weiter oben erwähnte Spezialklinik Dr. Weiss.

27 U. a. erfolgte dies aufgrund der Erfahrung der Spezialklinik, dass Expositionstraining bei Phagophobie meist zu Exazerbation führt.

Abb. 2: Bild von Frau M.

nuten im Zimmer von Frau M. statt, ab der siebten war ein Treffen von 50 bis 60 Minuten im Musiktherapieraum möglich.

5.3 Musiktherapeutischer Verlauf

In der ersten Phase der Therapie ging es v. a. um stützende und nährende Aspekte und um den Aufbau einer vertrauensvollen Beziehung. Ich begann alle Sitzungen mit einer Frage zur Befindlichkeit Frau M.s. Oft eröffnete sich ein Thema, welches in die Klangbehandlung mit hineingenommen wurde. Themen der Anfangsphase waren Vertrauen, Akzeptanz, Loslassen. Die Körpertambura legte ich ihr meist auf die Vorderseite des Oberkörpers, in direktem Kontakt mit der Brust und den Oberschenkeln. Frau M. gefiel schon das Auflegen des Instruments, es sei wie eine schützende Decke. Während der dann folgenden Induktion lenkte ich die Aufmerksamkeit auf das Wahrnehmen von Körper und Atmung, sowie auf Geräusche im Außen und Innen und das Kommen und Gehen von Gedanken. Diese Achtsamkeitsübung bewirkte vor allem das Schulen einer bewussten, bewertungsfreien Selbstwahrnehmung mit dem Ziel, diese zu sensibilisieren und differenzieren.[28] Während des Spielens mit der Körpertambura entstand durch den Klang eine Ebe-

28 Wetzel schreibt: „Mit der Grundübung der Achtsamkeit können wir […] Körperempfindungen, Gefühle und emotionale Reaktionen oder Muster, Grundstimmungen und Gedanken bemerken. Wenn wir sie bemerken, ist das ein erster Schritt heraus aus der vollständigen Identifikation mit ihnen. Wir nehmen

ne, die das Hören über das auditive System und das Spüren über das sensomotorische System mit in die Wahrnehmung integrierte. Woher kommt ein Klang? Wie verbreitet er sich? Welche Empfindungen und Anmutungen löst er aus? Wo wird er im eigenen Leibe gespürt und geortet? Therapieziele waren eine ganzheitliche Erfahrung von Resonanz und eine Bewusstwerdung des Körpers, um das eigene Körperbild, Körpergefühl und das Selbstgefühl zu verbessern (Frohne-Hagemann, 2004). Die Klangphase dauerte zwischen 10 und 15 Minuten. Oft summte ich mit. Das hatte ich mir vorher nicht überlegt, ich folgte meiner Intuition. Diese nährte sich u. a. aus dem vorher im Team formulierten Ziel, Frau M. das Gefühl von Sicherheit und Halt zu geben und aus meinem häufig in der Gegenübertragung vorhandenen Bedürfnis, ihr Geborgenheit und Nähe zu vermitteln[29] im Sinne des Beziehungsaufbaus. So sollte das Mitsingen oder -summen eine „nachnährend-matrizentrische Dimension des Erlebnisses" (Rittner, 1997, S. 72) fördern. Etwas allgemeiner bezeichnet Loos die Musiktherapie per se als eine „matrizentrische Behandlungsform, d. h., sie ist nährend und gewährend, wachstumsfördernd, raumgebend, empathisch, spielerisch und leistungsfern" (1995, S. 9). Musiktherapie kann das Bedürfnis nach Angenommen-Sein, Nähe und Verlässlichkeit befriedigen. Später beschrieb mir Frau M., dass das Summen einen „erheblichen Einfluss auf die Sitzung" hatte und dass dadurch eine „Vollkommenheit mit der Körpertambura" entstand.[30]

Die Patientin kam aus einem ostdeutschen Bundesland. Sie wurde kurz vor der Wende geboren und hatte einen jüngeren Bruder (-4). Beide Eltern arbeiteten im sozialen Bereich. Ihr Vater war Jahrgang 1960 und in der DDR groß geworden. Gelobt wurde sie von ihrem Vater „nie", auch heute nicht. Als sie einmal ein künstlerisches Projekt fertig hatte und dies in einem großen Schaufenster ausgestellt und beworben wurde, habe sie von ihrem Vater nur ein „Daumen-hoch"-Zeichen per Textnachricht geschickt bekommen. Wenn sie Kinder hätte, wäre sie vor Begeisterung ausgeflippt. Lob und Anerkennung gab es jedoch kaum. Es habe immer nur geheißen: Sabine, mach das nicht, Sabine, lass das sein. Frau M. beschrieb die Atmosphäre zu Hause einmal so:

> „Es wurde immer wahnsinnig viel geredet, aber nie wirklich etwas gesagt."

Die Verbindung zu ihrem Vater wollte sie heute gerne abbrechen.

> „Nur weil das Familie ist, muss man doch keinen Kontakt haben."

---

eine schöpferische Distanz zu den inneren Prozessen ein, oder in der Sprache des Buddhismus: Wir entdecken den Raum zwischen den Gedanken und Gefühlen" (Reddemann & Wetzel, 2018, S. 60).

29 „Die Möglichkeit, mit der Stimme Distanz aufzuheben, […], ist bereits für das Kleinkind zur Regulation von Verschmelzung in Nähe und Individuation in Distanz von größter angstmindernder Bedeutung" (Rittner, 2021, S. 664).

30 Timmermann schreibt zu dem Bedürfnis, sich als Teil eines Ganzen, also vollkommen, zu fühlen: „Die Sehnsucht, einen solchen paradiesischen Seinszustand [im klingenden, schwingenden, Einheitsgefühl mit der Mutter, Anm. MK] wiederzuerlangen, ist tief im Menschen verwurzelt. […] Nun können wir nicht wieder zurück in den Mutterleib, aber wir können uns wieder einschwingen und unsere Teilhabe am Ganzen fühlen" (1989, S. 27).

Zu ihrer Mutter war das Verhältnis enger. Diese würde weinen, wenn sie über die aktuelle Situation und die Geschichten von früher sprechen würden. Allerdings war auch diese Beziehung belastet. Eine Geschichte, die mir die Patientin erzählte, zeigte die häusliche Atmosphäre: Nach dem wöchentlichen Putzen des Bades durch die 13-jährige Frau M. mit einem Mikrofasertuch kam ihre Mutter und suchte und fand immer Fusseln auf den Fliesen und zeigte ihre Unzufriedenheit. Es war noch nicht genug, obwohl Frau M. sich doch Mühe gegeben hatte. Sie entwickelte mit der Zeit eine enorme Angst und Abneigung gegen den Freitag und gegen Mikrofasertücher. Das Gefühl, ihr Bestes zu geben, jedoch nicht zu genügen, kein Lob, keine Anerkennung zu finden, trat immer wieder auf, auch aktuell. Die Eltern trennten sich, als sie 25 Jahre alt war, was Frau M. schwer belastete. Eine Trennung stand schon einmal im Raum als sie 19 Jahre alt war. Heute doppelt so alt, spürte sie keine Trauer und keinen Groll mehr, sagte sie. Sie glaubte, sie habe die Trennung verarbeitet. Die Eltern hatten inzwischen neue Partnerschaften.

Das Leben Frau M.s zeigte sich als eine Ansammlung mangelnder Unterstützung, fehlender elterlicher Zuwendung und der Erfahrung, nicht so gesehen und angenommen worden zu sein, wie sie war. Diese Verletzung der emotionalen Grundbedürfnisse nach Verbundenheit und Geborgenheit zum einen und nach Autonomie und eigenen Gestaltungsmöglichkeiten zum anderen, erzeugt im Gehirn eine „sehr starke Inkohärenz“ (Hüther, 2020, S. 112). Kohärenz ist jedoch der von uns angestrebte Zustand, in dem unser Energieverbrauch am geringsten ist und welchen wir u. a. erleben, wenn wir Verbundenheit mit anderen oder auch mit dem ganzen Universum spüren. Durch eine bewusste Auseinandersetzung und Überwinden von schwierigen Gedanken und Gefühlszuständen wird das Kohärenzgefühl immer wieder gestärkt. Den Zustand der Inkohärenz im Sinne eines Fehlens der „Ordnung stiftenden Orientierung“ (ebd. 2020, S. 37) galt es also immer wieder wahrzunehmen und zu bearbeiten.

Generell zeigte sich, dass es Frau M. relativ leicht fiel, ihre Wahrnehmung nach innen zu lenken. Durch den Body-Scan[31] zu Beginn wurde ihr meist klar, wie hoch ihr Anspannungslevel war. Im Laufe der Klangbehandlung konnte sie die Veränderungen immer deutlicher wahrnehmen. Das „Spüren des Körpers“ war wieder möglich und sie beschrieb es als ein „schönes und dankbares Erlebnis“. Es war ein lang vermisster Zustand der Entspannung, der eintrat. Die Vibrationen der Körpertambura spürte sie tief im Rumpf und in den Beinen. Die Arme, Hände und manchmal auch die Beine „verschwanden“ in ihrer Wahrnehmung, Empfindungen von Leichtigkeit traten in den Vordergrund.

Immer wieder berichtete Frau M. von Farben, die während der Klangbehandlung vor ihrem inneren Auge entstanden und die miteinander verschwammen, was sie aus ihren Tranceerfahrungen kannte. Lila und magenta – ihre Farben für Sicher-

31 Das gedankliche Abtasten des gesamten Körpers hat zum Ziel, Körperempfindungen, Gefühle und Gedanken wahrzunehmen und sich dieser bewusst zu werden, ohne sie zu bewerten. Der Body-Scan wird als einleitende Übung zur Stressbewältigung durch Achtsamkeit (MBSR) eingesetzt, einer Methode auf Grundlage der buddhistischen Achtsamkeitsmeditation.

heit und das Gefühl des Angenommen-Seins. Es zeigte sich, dass die Klangbehandlung als ein „Für-Spiel“ im Sinne einer Zuwendung durch eine Bezugsperson ohne Bedingung und Gegenleistung (Timmermann, 2020, S. 58) dienen konnte. Diese Form der tiefen Entspannung, die auf eine erste Stufe des veränderten Wachbewusstseins deutet, wurde ein ihr „sehr lieber Zustand“.

Frau M. beschrieb sich als kreativen, empfindsamen und empathischen Menschen. Schon als Teenager war sie künstlerisch sehr interessiert. Nach dem Abitur begann sie eine Lehre in einer Großstadt, auch um aus der Stadt, in der sie aufwuchs herauszukommen. Schon während ihres letzten Lehrjahres übernahm die Patientin viel Verantwortung, was zu früh gewesen sei. Anerkennung und Lob gab es nie. Sie arbeitete weiter angestellt und baute sich nebenher selbständig etwas auf, mit eigenen Projekten, in denen sie sich künstlerisch verwirklichen konnte. Frau M. hatte einen sehr hohen Anspruch an ihre eigene Leistung und an ihre Umwelt. Durch ein hohes Maß an Perfektionismus und Selbstkritik war sie selten zufrieden mit dem, was sie tat. Im Gegenzug übernahm die Patientin aber häufig viel Verantwortung, wollte es anderen recht machen, was einem alten Muster zu entsprechen schien. Die negative Überzeugung, sowohl die eigene Wertschätzung als auch die durch andere Personen seien an Bedingungen und Leistungen geknüpft, war durch frühe Erfahrungen von Zurückweisung und Beschämung durch die elterlichen Bezugspersonen internalisiert worden.

Der Ausbruch der Corona-Pandemie und der damit einhergehende Rückgang der Aufträge führte bei Frau M. zu existenziellen Sorgen. Das Wegbrechen von Freizeitaktivitäten, die nicht mehr möglichen Besuche als Hockey-Fan von Sportveranstaltungen und die Kontaktbeschränkungen bedeuteten den Verlust sonstiger stabilisierender Faktoren.

In diesem Zusammenhang stand der Beginn der Phagophobie. Über die vermutlich auslösende Situation berichtete Frau M.:

> „Es war in der Nacht vom 5. auf den 6. Juni 2020. Ich schaute im Internet Videos rund um die Black Lives Matter Bewegung in den USA an, in denen es um die Demonstrationen im Zuge des gewaltsamen Todes von George Floyd am 25.05.2020 ging[32]. Ein starkes Gefühl von Bedrohung stellte sich bei mir ein, da viele meiner in Detroit lebenden Freunde, wie mein Ex-Ehemann, dunkelhäutig sind.“

Im Moment großer Instabilität und Verletzbarkeit führte diese Situation zu einer Panikattacke, mit der einher ging, dass Frau M. plötzlich nicht mehr schlucken konnte. Nach der Einnahme eines Beruhigungsmittels (Tavor[33]), das durch ihre

32 Die Proteste wurden durch den gewaltsamen Tod George Floyds durch einen Polizisten ausgelöst und richteten sich gegen Polizeigewalt und strukturellen Rassismus. Sie fanden in großen Städten der USA und auch weltweit statt. Amnesty International belegt, dass es „im Mai und Juni vielfache und schwere Menschenrechtsverletzungen gegen Protestierende der Black-Lives-Matter-Bewegung, Rettungspersonal, Medienschaffende sowie Rechtsbeobachterinnen und Rechtsbeobachter“ durch die Polizei gegeben hatte (https://www.amnesty.de/allgemein/pressemitteilung/vereinigte-staaten-von-amerika-amnesty-bericht-belegt-polizeigewalt, [30.03.2021]).

33 Tavor ist ein beruhigendes und angstlösendes Arzneimittel (Tranquilizer) aus der Wirkstoffgruppe der Benzodiazepine.

Angsterkrankung zu Hause vorrätig war, trat Entspannung ein. Am nächsten Tag konnte sie wieder schlucken, der Zustand verschlechterte sich jedoch nach und nach.

In den ersten Sitzungen erzählte die Patientin mir vorsichtig ein paar Dinge aus ihrem Leben. Wir tasteten uns langsam zu den Themen, die eine Rolle für sie spielten, vor. Es ging darum, den Zustand erst einmal wahrzunehmen und zu akzeptieren. Sie funktionierte nicht mehr so, wie sie es gewohnt war und konnte sich und ihrem Körper, der sie nun in diese lebensbedrohliche Situation gebracht hatte, nicht mehr vertrauen. Frau M. hatte schlecht gelernt, auf ihre eigenen Bedürfnisse zu achten und oft erfüllt, was von außen an sie herangetragen wurde – mit einem hohen Maß an Verantwortung und Pflichterfüllung. Positive Zuwendung und Beziehung waren nicht bedingungslos, sondern abhängig von erbrachter Leistung. Eine ihrer verinnerlichten, negativen Grundüberzeugungen war:

> „Ich bin nicht gut so wie ich bin, sondern muss erst etwas leisten, um Anerkennung und Liebe zu erfahren."

Frau M. konnte sich zu diesem Zeitpunkt nicht mehr vorstellen, dass sie auch um ihrer selbst willen geliebt wurde. Sie spürte fortwährend einen immensen Druck, funktionieren zu müssen und war schnell überfordert. Die Patientin hatte während ihrer Kindheit keine stabilen bzw. verlässlichen Objekt- bzw. Selbstrepräsentanzen entwickeln können, die sich über Erfahrungen mit dem Objekt erst konstituieren und internalisieren, weshalb schon geringe Konfliktspannungen zu intensiven Gefühlen von Überforderung und Hilflosigkeit führten, was zugleich ausgeprägte Angst und Besorgtheit auslöste.

In den ersten musiktherapeutischen Sitzungen ging es um das Sich-Spüren. Frau M. schien den Kontakt zu sich selbst verloren zu haben, war verunsichert, suchte Resonanz durch andere.[34] Ihre eigenen Bedürfnisse nahm sie nicht wahr. Es schien, als bräuchte sie ihre Umgebung, um sich dieser bewusst zu werden. Frau M. liebte das Gefühl, vom Klang der Körpertambura berührt und umarmt zu werden und die Vibrationen zu spüren. Er war ihre Schutzhülle, hielt sie fest, bot Sicherheit. Mir war es wichtig, diesen Halt zu geben, ihr bewusst zu machen und aufzuzeigen, dass Schutzmechanismen eine positive Funktion haben. So galt es auch, ihre Schluckangst als eine Schutzfunktion zu bewerten und dem „Warum" nach und nach auf den Grund zu gehen. Was wollte sie nicht schlucken? Wovor musste sie sich schützen? Redewendungen unserer Alltagssprache zeigen in dieser Hinsicht eine starke Symbolik auf: „Ich habe den Hals voll.", „Ich will das nicht mehr schlucken.", „Diesen Kloß schlucke ich nicht.", „Man hat einen Kloß

34 Das zeigte sich unter anderem in einer Sitzung, in der sie mich bat, ein Instrument – in dem Fall die Bassschlitztrommel – in dem Raum zu spielen, wodurch die Saiten im offenen Resonanzkasten des Klaviers zum Klingen gebracht wurden. Sie kroch fast in den Kasten, in den Klang hinein und äußerte, dass sie sich darin sehr beschützt und wohl fühlte. Als sie das Instrument selbst spielte und die Resonanz wahrnahm, hörte sie sofort stark verunsichert auf. „Das klänge nicht gut, sie könne doch nichts." Für mich zeigte sich ein starker Wunsch, sich über Resonanz zu spüren, ihre eigene Fähigkeit dazu war jedoch blockiert, das Vertrauen in ihren selbst erzeugten Klang war nicht da.

im Hals.“ Betrachtet man die Psychodynamik dahinter, kann es darum gehen, belastende und angstbesetzte Gefühle oder unangenehme emotionale Botschaften, die zu einer Überforderung oder Ängsten führen, am Hineinströmen zu hindern (Rittner, 1997, S. 80).

Frau M.s Zustand hatte sich so weit stabilisiert, dass sie vor den Weihnachtsfeiertagen entlassen werden konnte. Die Anbindung erfolgte danach über die PIA (Psychiatrische Institutsambulanz). Es konnten weiterhin wöchentliche, musiktherapeutische Sitzungen in jeweils 50-minütigen Einheiten stattfinden.

Die Abnabelung der Patientin von der stationären, Halt gebenden Versorgung führte zu starker Unsicherheit und Ängsten. So fürchtete sie sich vor der mangelnden Fähigkeit, sich selbst zu versorgen, bzw. ausreichend Versorgung zu erhalten. Oder auch die Befürchtung vor der eventuell eintretenden Situation, dass ein gerufener Notarzt das Chaos in ihrer Wohnung sehen könnte: „Was würde der denn denken?“ Die Ängste und Gedanken gingen in alle Richtungen. Frau M. stellte ihr Selbstvertrauen wieder stark in Frage und es traten vermehrt Überforderungsgefühle auf. Die große Anspannung zeigte sich in unseren Sitzungen in Form eines starken Redebedürfnisses direkt zu Beginn. In der Gegenübertragung spürte ich oft selbst die Überforderung sehr stark. Ich konnte die ganzen Gedanken nicht mehr sortieren, fühlte mich hilflos und spürte irgendwann Resignation. Ich musste aufpassen, dass die Körpertambura zum Einsatz kam und wir hinterher noch Zeit hatten, um das Erlebte zu besprechen und aufzuarbeiten. Zeitgleich mit den Schwierigkeiten, die manchmal wie ein Rückschritt schienen, wurde die Wirkung der Klangbehandlung deutlicher und spürbarer. Frau M. beschrieb nun häufiger einen Prozess:

> „die Gedanken waren wild, dann konnte ich sie gehen lassen“ oder „erst fühlte ich mich schwer, dann leicht“.

Häufig wanderte der Fokus vom Kopf in den Körper, ein Prozess, den auch Frau M. interessiert wahrnahm. Durch die Eingangsgespräche wurden die belastenden, „großen und schweren“ Gedanken thematisiert, die Tatsache, dass sie diese loslassen konnte und nach dem Einheitsempfinden mit der Körpertambura als nicht mehr so belastend empfand, war ein sehr positives Erlebnis.

Das Loslassen während der Musiktherapie führte dazu, dass die Patientin anfing, mit ihren Gefühlen in Kontakt zu kommen. In ersten kleinen Schritten waren Wut, Aggression und Trauer spürbar. Diese zunächst diffusen Empfindungen konnte sie zulassen und in der Therapie verbalisieren.

Vor der Schluckangst befriedigte Frau M. ihr Bedürfnis nach Genuss u. a. durch Essen und Trinken, was sie „liebte“. Sie kochte begeistert und fantasievoll und aß gerne gemeinsam mit ihren Freundinnen und Freunden. Seit ihrer Erkrankung verwehrte sie sich dieses Grundbedürfnis. Durch die regressiven Phasen der Entspannung fing sie an, das Bedürfnis wieder stärker zu spüren und sich dessen bewusst zu werden, dass sie diesen Zustand schmerzlich vermisste.

In einer Schlüsselsitzung, es war unsere fünfzehnte, hatte ich das erste Mal das Gefühl, eine „echte" Frau M. zu sehen. Sie öffnete sich, zeigte sich verletzlich, zeigte ihre Bedürftigkeit. Eine Bedürftigkeit, die anscheinend als Kind nicht genährt worden war, keine Resonanz gefunden hatte, und die sie im Laufe ihres Lebens zu verstecken lernte. Es war eine Sitzung, in der wir recht schnell mit der Klangbehandlung begonnen hatten, obwohl der Redebedarf von Frau M. groß war. In der Stunde davor war explizit über eine solche Vorgehensweise gesprochen worden, um mehr Zeit für die Nachbesprechung zu haben. Diese Sitzung soll nun etwas ausführlicher geschildert werden, da sie ein wichtiger Schritt im Therapieprozess war.

Frau M. hatte in der Zeit ihres Krankenhausaufenthalts ein großes Kunstprojekt zu Ende gebracht und wollte aus Dankbarkeit etwas davon an einige Mitarbeitende der Klinik verschenken. Die Vorstellung vom Vorgang der persönlichen Übergabe führte zu großen inneren Spannungen und Angst. Die Patientin wurde sehr stark mit ihrer Angst vor Ablehnung durch die Beschenkten konfrontiert, mit dem „alten" Gefühl, dass sie ihr Bestes gegeben hatte und dies aber nicht genug war. Mit dieser Anspannung kam sie zu mir in die Musiktherapie und wir begannen nach wenigen Worten mit dem Body-Scan und der Körpertambura. Ich platzierte das Instrument wie gewohnt auf der oberen Körpervorderseite. Die Klangphase dauerte fünfzehn Minuten, nach ca. fünf Minuten begann ich zu summen, während der letzten vier Minuten spielte ich nur noch. Dann holte ich Frau M. langsam zurück, sie räkelte sich, atmete durch, setzte sich – es herrschte noch Stille. Das Zulassen der Stille war über die Zeit immer häufiger möglich geworden und die Phase wurde zunehmend länger und selbstverständlicher. Irgendwann fragte ich die Patientin nach ihren Gedanken, Wahrnehmungen und Gefühlen. Es sei heute „ziemlich wild" gewesen. Frau M. zeigte auf ihren Kopf. Am Anfang hätte sie gedacht, den Zustand nicht aushalten zu können. Die Anspannung sei sehr groß gewesen, das Gefühl, loslassen zu sollen war überfordernd. Es war wie ein „Überschäumen oder Überkochen von Spannung". Aber dann hätte es irgendwann aufgehört, Gedanken hätten sich entknotet und es hätte sich eine „Stille" breit gemacht, die angenehm war. Zwischendurch seien noch viele Dinge passiert und organisatorische Gedanken wären ihr durch den Kopf gegangen. Wichtig war jedoch das Spüren von Traurigkeit, die dann in Tränen zum Ausdruck kam. Es war die Trauer darüber, dass sie so vieles nicht mehr genießen konnte. Kochen, essen, trinken, den Geschmack von leckeren Dingen, das Alleinsein, aber auch das Zusammensein mit anderen. Beim Spiel der Körpertambura hätte sie irgendwann genießen können, wie die Patientin berichtete, auch das Summen wäre so angenehm gewesen.

Frau M. schaffte es in der geschilderten Sitzung, die vielen Spannungen auszuhalten und die Stille zuzulassen. Ihrer Angst vor der Stille und davor, dass durch die Stille oder in diese hinein eine Panikattacke ausgelöst werden könnte, konnte sie begegnen. Die Erfahrung war eine sehr positive und – wie sie sagte – auch „erkenntnisreiche". So sprach die Patientin vom „Sinn der Angst" und erkannte, dass die Angst sie vor etwas schützen wollte, was es herauszufinden galt. Frau M. spürte die Trauer, berichtete von der großen Bedürftigkeit, gesehen und geliebt zu werden. Aber gleichzeitig konnte sie nichts annehmen, nichts schlucken, nichts zu sich nehmen, was sie aber doch so gerne zu sich genommen hätte. Es stellte sich mir die Frage, ob eine Scham für die Bedürftigkeit existierte. Gab es in Frau M. unterbewusst die Vorstellung, dass sie es nicht wert war, geliebt zu werden und Zuwendung zu bekommen, und schämte sie sich unbewusst für dieses Bedürfnis? War also der Zweck der Angst evtl. auch ein Schutz vor der Scham? Sie hatte sich mir gegenüber heute emotional sehr verletzlich gezeigt, hatte ihren nicht erfüllten Bedürfnissen Raum gegeben. Ich empfand dies als einen Vertrauensbeweis und einen großen Schritt. In der folgenden Sitzung wollte ich sehr behutsam vorgehen, auf ihre Signale hören, mich ganz von ihr führen lassen und nicht der Versuchung verfallen, sie auf das Erlebte direkt anzusprechen. Ich wollte, dass Frau M. die Kontrolle über das, was geschah, behielt, wollte keinen Druck aufbauen und weiterhin auf der Wahrnehmungsebene arbeiten.

Die beiden nun folgenden Sitzungen waren nicht die letzten unserer gemeinsamen Arbeit, hier soll ihre Schilderung allerdings den Abschluss bilden, da das Geschehen eine tragende Rolle im Therapieprozess spielte.

Die Körpertambura kam nicht mehr zum Einsatz, sie lag jedoch neben uns und wirkte wie ein sicheres Objekt. Frau M. suchte vor allem das Gespräch und äußerte dies auch ganz klar. Oft hatte ich die Erfahrung gemacht, dass nach Sitzungen, in denen sich viel bewegte, vermeintliche Rückschritte stattfanden.

Frau M. berichtete von einer „sehr emotionalen" Woche. Das Bedürfnis, genießen zu wollen, sei ihr sehr bewusst geworden und der Verlust dieser Fähigkeit hätte in ihr Gefühle von Trauer und Wut, aber auch Ungeduld im Sinne einer nicht befriedigten Lebenslust und Erschöpfung ausgelöst. Ich stellte in diesem Moment keinen möglichen Zusammenhang zu der vorigen Sitzung her, war mir jedoch sicher, dass der Raum, den wir geöffnet hatten, nachklang. Sie berichtete mir von der Situation, die auslösend für die Phagophobie galt, und wir sprachen über das möglicherweise Symbolische hinter der Schluckangst. Das hörte sie, ging jedoch nicht weiter darauf ein.

In der kommenden Woche verstärkte sich mein Gefühl, dass die Sitzung, in der mir Frau M. mit ihren Tränen etwas von ihrem inneren Zustand gezeigt hatte und mit ihren Gefühlen auf diese Art und Weise in Kontakt kam, einiges in Bewegung gebracht hatte. Diesmal sprühte sie vor Energie. Ein erfolgreiches, berufliches Projekt war Thema, bei dem sie ihre Stärken gespürt hat. Das Gefühl von Sicherheit und Kontrolle im Job hatte sogar dazu geführt, dass sie ihre Komfortzone, ihren sicheren Bereich, verlassen hatte und mit dem Auto die Stadt verlassen konnte. Frau M. spürte Stolz und konnte ihren Erfolg genießen. Ihr Selbstwert wurde in dem Moment gestärkt und sie war sich ihrer selbst sehr bewusst.

Ich möchte mit diesem positiven Ausblick enden. Der Prozess ging langsam weiter, Frau M. musste sich sehr in Geduld üben, da die Fortschritte klein waren. Sie bekam bis zum Ende unserer Zusammenarbeit weiterhin zweimal wöchentlich Infusionen, die sie auch nicht beenden wollte. Sie ließ den Kontakt zu ihren Eltern für eine Weile ruhen, was ein wichtiger Schritt der Loslösung und der Selbstbesinnung war. Von der Musiktherapie mit der Körpertambura und unserer Beziehung, die inzwischen eine sehr vertraute und verlässliche geworden war, konnte sie sich nur schwer trennen. Auch dies gehörte zum Lernen des Loslassens.

6 Kategorienbildung/ Themenfelder

Mit Hilfe der Methodologie der Grounded Theory wurden Therapie- und Supervisionsprotokolle sowie von der Patientin beantwortete Orientierungsfragen ausgewertet und zu Kategorien verdichtet. Diese Herangehensweise bot größtmögliche Offenheit innerhalb des therapeutischen Prozesses, indem aufgestellte Codes immer wieder hinterfragt und verglichen und das Vorgehen entsprechend modifiziert werden konnte.

Aus den Themenfeldern, die durch die klangtherapeutische Intervention mit der Körpertambura anklangen, wurden folgende Kategorien entwickelt.

- Klang als Schutz/ Hülle
- Wahrnehmung – Körper/ Bedürfnisse/ Gefühle
- Selbstbild/ Selbstwert – Wer war ich? Wer bin ich? Wer will ich sein?
- Genuss
- Leistung
- „Alles ist im Fluss“ – Auflösung – Veränderung

Innerhalb der Themenfelder fanden sich folgende Aspekte:

Klang als Schutz/ Hülle

– Festhalten – Mantel – Decke – „Der Klang legt sich wie eine Schutzhülle um mich.“

Wahrnehmung

Körper	Bedürfnisse	Gefühle
– Leichtigkeit – Auflösung der Körpergrenzen – Hitze, Feuer – „Der Körper ist einfach da.“ – Anspannung – Schäumen, Überkochen	– Wunsch nach Angenommen-Sein „So wie ich bin.“ – Wunsch nach Akzeptanz – Wahrnehmen, dass die Bedürfnisse nicht gestillt werden. – Verletzbarkeit wird sichtbar	– Schuld – Wut – Trauer – Angst – Scham – Aggression

Selbstbild/ Selbstwert – Wer war ich? Wer bin ich? Wer will ich sein?

- schwacher Selbstwert
- Selbstzweifel
- „Ich bin nicht gut, so wie ich bin."
- „Ich hatte das Gefühl, nicht richtig und eher fehl am Platz zu sein – zu stören."
- „Bin ich das wert?"

Leistung

- „Ich bin nicht gut, so wie ich bin, wurde viel über Leistung definiert."
- positive Zuwendung über Leistung
- Beziehung über Leistung
- „Ich muss funktionieren."
- Überforderung
- Druck
- „Wie soll ich das alles schaffen?"
- „Ich soll..."

Genuss

- tiefe Entspannung
- Genießen der Stille

„Alles ist im Fluss" – Auflösung – Veränderung

- Auflösung
- Loslassen
- Thema ist groß, dann klein
- Gedanken sind groß und schwer, dann leicht
- schwere Last verändert sich zu Leichtigkeit
- Lösung von fester, schwerer Atmung
- Auflösung der Körpergrenzen

7 Betrachtung der Themen und Einordnung in den musiktherapeutischen Verlauf

Das Wahrnehmen und Spüren des Körpers („Der Körper ist einfach da.") durch die Vibrationen war für Frau M. ein lang vermisstes Gefühl zu Beginn der musiktherapeutischen Sitzungen. Das Thema „Klang als Schutz" spielte im weiteren therapeutischen Prozess eine große Rolle. Der Klang der Körpertambura und das Auflegen des Instruments kamen für die Patientin einer Schutzhülle gleich. Sie fühlte sich wohl und geborgen. Sicherheit und Wohlbefinden als ein übergeordnetes Grundbedürfnis (Wöller & Kruse, 2015) konnten so als Grundlage der Therapie möglich gemacht werden. Dies war wichtig und beziehungsfördernd, und somit eine Voraussetzung für die gemeinsame Arbeit. Die regressiven, zutiefst entspannten Momente boten Erholung und ließen Frau M. mit ihrem Körper und ihren inneren Themen in Berührung kommen. Ich sehe sie als Erfahrungen der wohltuenden, genießenden Hingabe, in denen die Patientin sich fallen lassen konnte – ganz im Gegensatz zu dem von ihr als Kind erlernten Prinzip der „Akzeptanz und Liebe gegen Leistung“. Sie waren ein Ausdruck des Vertrauens. Verdrängte Versorgungswünsche wie der Wunsch nach Angenommen-Sein „so, wie ich bin“ rückten ins Bewusstsein und machten Frau M.s nicht erfüllte Bedürfnisse deutlich.

Das Thema „Leistung“ wurde als ein die Patientin begleitendes und hinderndes Thema identifiziert. Es stand dem Genuss im Weg. Vor allem zu Beginn hatte Frau M. das Gefühl, eine „gute Patientin“ sein zu müssen und sich entspannen zu müssen, als eine Art Gegenleistung. Jedoch sind Hingabe, Sich-Überlassen, Es-geschehen-Lassen oder Genießen Vorgänge, die man nicht leisten kann (Timmermann, 1989). Sie bedeuteten eine Aufgabe der Kontrolle, was für Frau M., deren Kontroll- und Sicherheitsbedürfnis groß war und deren Selbstwert sich stark über Leistung definierte, sehr schwierig war. Dieser Widerspruch wurde im Laufe der Sitzungen deutlich und konnte thematisiert werden. Verschiedene Aspekte ihrer Leistungsbereitschaft und -fähigkeit konnten jedoch auch im Sinne einer Ressource erkannt und aktiviert werden.

In der musiktherapeutischen Arbeit mit der Körpertambura wurde das Thema „Genuss“ ein zentrales. Die Sehnsucht danach wurde deutlich. Genießen im Sinne von Wahrnehmen, Zulassen und Hingabe konnte erspürt und geübt werden. Die Befriedigung des Grundbedürfnisses nach Lustgewinn (Grawe, 2007) war eine wesentliche Säule in der therapeutischen Beziehungsgestaltung.

Sowohl innerhalb einer Sitzung als auch bei Betrachtung des gesamten Prozesses wurden Veränderungen deutlich, die Frau M. immer wieder halfen, die Fortschritte ihres Heilungsprozesses wahrzunehmen. Dies war für sie sehr wichtig. Der Weg war mühsam und wurde auch von Rückschritten begleitet. Durch das Gewahrwerden kleiner Veränderungen körperlicher und gedanklicher Zustände, die ins Fließen gerieten, schöpfte die Patientin Kraft und Hoffnung.

8 Fazit

Der musiktherapeutische Ansatz mit der Körpertambura stellt eine ganzheitliche Vorgehensweise dar, bei der die Patientin mit ihrer Erkrankung vor allem in ihrer Ganzheit im Sinne eines bio-psycho-sozio-spirituellen Verständnisses (Rüegg, 2016) betrachtet und behandelt wurde. Erkennbar wird in der Arbeit, dass der klang- und körpertherapeutische Zugang als ein psychodynamisch verstandenes Therapieangebot verstanden wird und für Angststörungen im Allgemeinen und die

Phagophobie im Besonderen eine erweiternde bis vollwertige Möglichkeit der bestehenden therapeutischen Interventionen bietet.

Die Ergebnisse fließen in die Beantwortung der Forschungsfragen ein:

Welche direkten körperlichen und psychischen Wahrnehmungen beschreibt die Patientin nach einer Intervention durch das Spielen der Körpertambura und welche Auswirkungen hat dies auf die Entwicklung der Sitzung?

Die beschriebenen Klangwahrnehmungen verknüpfte die Patientin mit einer Schutzhülle, einem Eingehüllt-Werden. Im Sinne einer regressiven Erholung spürte sie hier ein Angenommen-Sein ohne Gegenleistung, was eine wichtige Voraussetzung für Vertrauen war. Das Bedürfnis nach Bindung wurde so genährt. Ein Sich-Öffnen und Sich-Mitteilen war dadurch erst möglich und Voraussetzung für das Gelingen der Therapie. Die Vibrationswahrnehmung wurde v. a. im Oberkörper beschrieben und führte zu einem Gefühl von Leichtigkeit und zu einer Auflösung der Körpergrenzen. Die Patientin kam durch die körpernahen Interventionen wieder stärker in Kontakt mit ihrem Körper. Hingabe und Loslassen ermöglichten das Entdecken und Vermissen ihrer Genussfähigkeit. Die Interventionen wirkten spannungsregulierend. Körperliche Anspannungen konnten gelöst werden. Auch der Prozess des Auflösens negativer Gedankenspiralen oder „wirrer“ Gedanken war spürbar und konnte durch die Verbalisierung nach der Intervention bewusst gemacht werden.

Welche Themen werden durch die Körpertambura angesprochen? Gibt es Themenbereiche, die immer wieder anklingen?

Die Wahrnehmung und klang- und sensomotorisch geleitete Fokussierung auf körperliche Vorgänge führten zum leiblichen Empfinden körperlicher und seelischer Blockaden. Diese rückten durch die Verbalisierung ins Bewusstsein. Themen wie Selbstwert, Leistung, Genuss und das Wahrnehmen von Bedürfnissen klangen häufig an. Durch den Prozess des Nachnährens und Nachreifens wurde das Bedürfnis nach Bindung gestillt und Autonomiebestrebungen geweckt. Das Gewahrwerden eines Prozesses der Veränderung war ein wichtiger, häufig erlebter Vorgang, welcher die Möglichkeit der Selbstwirksamkeit erlebbar machte.

Welche Wirkungen haben die klangtherapeutischen Interventionen mit der Körpertambura auf den Verlauf der Schluckangst?

Alle Themen, die im Laufe der Therapie anklangen, spielten meiner Meinung nach eine große Rolle für eine ganzheitliche Wahrnehmung der Patientin mit ihrer Erkrankung. Das Spielen auf der Körpertambura und das damit möglich gewordene Erleben funktionierten zunächst im Sinne des Containments als ein Aushalten schmerzhafter, dissonanter Erfahrungen. Die ganzheitliche Konsonanzerfahrung führte zu einem Prozess des Nachnährens und ließ Ressourcen bewusstwerden und sich verstärken, was für die Behandlung der Angsterkrankung eine erhebliche Rolle spielt. Grundbedürfnisse nach Bindung und Autonomie, Stärkung des Selbstwertes, Lustgewinn (Stucki & Grawe, 2007) wurden befriedigt. Das Bedürfnis nach Kontrolle war in den Sitzungen stark zu spüren, diesem wurde Raum gegeben, da es der Patientin eine große Sicherheit gab. Diesen Schutz benötigte sie, um langsam loslassen zu können und zu genießen.

Für die Phagophobie und auch für Angsterkrankungen im Allgemeinen spielten die Interventionen insofern eine Rolle, als sie den therapeutischen Prozess unterstützten und die Patientin zunächst stärkten. So wurde es möglich, dass sie sich ihren negativen Gefühlen und Empfindungen stellen und diese zulassen konnte.

Auf die möglichen psychodynamischen Erklärungen für die Ursachen der Angsterkrankungen Bezug nehmend, stellt der klangtherapeutische Zugang mit der Körpertambura eine große Chance dar, mangelnde frühe Bindungserfahrungen nachzunähren und so das Selbst zu stärken. Frühe Konflikte können mit Hilfe der auftauchenden Themen ins Bewusstsein gelangen.

Die klangtherapeutische Therapie ermöglichte Frau M. im Laufe der Zeit das Zulassen und Zuwenden zu den möglichen Ursachen ihrer Erkrankung, die sie weiterbearbeiten konnte.

Abb. 3: Bild von Frau M.

Literaturverzeichnis

Altenmüller, E. (2018). *Vom Neandertal in die Philharmonie: Warum der Mensch ohne Musik nicht leben kann*. Berlin: Springer.

Bandelow, B. et al. (2021). *Deutsche S3-Leitlinie Behandlung von Angststörungen, Version 2.* Verfügbar unter https://www.awmf.org/uploads/tx_szleitlinien/051-028l_S3_Behandlung-von-Angststoerungen_2021-06.pdf [16.09.2022].

Bassler, M. (2002). *Tiefenpsychologisch fundierte Psychotherapie von Angststörungen*. Vortrag im Rahmen der 52. Lindauer Psychotherapiewochen. Lindauer Psychotherapiewochen. Verfügbar unter https://www.lptw.de/archiv/vortrag/2002/bassler-markus-tiefen-psychologisch-fundierte-psychotherapie-von-angststoerungen-lindauer-psychotherapie-wochen2002.pdf [16.09.2022].

Berger, M. (Hrsg.) (2009). *Psychische Erkrankungen: Klinik und Therapie* (3. bearb. und erw. Aufl. mit Online-Zugang). München: Elsevier, Urban & Fischer.

Cramer, A. (2002). *Grundlagen und Möglichkeiten der Musik- und Klangtherapie als Behandlungsmaßnahme bei Tinnitus*. Köln: Dohr.

Decker-Voigt, H.-H. (2009). *Musiktherapeutische Tiefenentspannung (MTE): Einführung in eine Methodik rezeptiver Musiktherapie*. Lilienthal/Bremen: Eres-Ed.

Decker-Voigt, H.-H., Oberegelsbacher, D. & Timmermann, T. (2020). *Lehrbuch Musiktherapie* (3. akt. Auflage). München: Reinhardt.

Deutz, B. (2013). »Bauen Sie eigentlich auch Instrumente, mit denen man richtige Musik machen kann?«. *Musiktherapeutische Umschau*, *34*(3), 260–273.

Deutz, B. & Dietrich, C. (2005). Körpertambura – Ein neues musiktherapeutisches Instrument. In Berufsverband der Musiktherapeutinnen und Musiktherapeuten in Deutschland (Hrsg.): *Jahrbuch Musiktherapie* (Bd. 1, S. 59–82). Wiesbaden: Reichert.

Dietrich, C. et al. (2015). Treating Palliative Care Patients with Pain with the Body Tambura: A Prospective Case Study at St. Joseph's Hospice for Dying destitute in Dindigul South India. *Indian Journal of Palliative Care*, *21*(2), 236–241.

Dosch, J. & Timmermann, T. (2005). *Das Buch vom Monochord: Hören – Spielen – Messen – Bauen*. Wiesbaden: Reichert.

Eigner, D. & Rüegg, U. (2006). Trance, klanggeleitet-rhythmusgeleitet. Östliche und westliche Heilrituale im Vergleich. *Musikerziehung, Organ der AGMÖ*, *61*(12/06), 69–72.

Evans, I. M. & Pechtel, P. (2011). Phagophobia: Behavioral Treatment of a Complex Case Involving Fear of Fear. *Clinical Case Studies*, *10*(1), 37–52.

Fachner, J. (2021). Trance. In H.-H. Decker-Voigt & E. Weymann (Hrsg.): *Lexikon Musiktherapie* (3. überarb. und erw. Auflage, S. 639–645). Göttingen: Hogrefe.

Frohne-Hagemann, I. (Hrsg.) (2004). *Rezeptive Musiktherapie: Theorie und Praxis*. Wiesbaden: Reichert.

Frohne-Hagemann, I. (2021). Rezeptive Musiktherapie. In H.-H. Decker-Voigt & E. Weymann (Hrsg.): *Lexikon Musiktherapie* (3. überarb. und erw. Auflage, S. 532–537). Göttingen: Hogrefe Verlag.

Glogau, E. & Wölfl, A. (Hrsg.) (2015). *Der Angst begegnen – in der Musiktherapie*. Wiesbaden: Reichert.

Hartwig, B., Schmidt, S. & Hartwig, I. (2016). [COPD und Klangtherapie: Pilotstudie zur Wirksamkeit einer Behandlung mit Körpertambura bei COPD-Patienten]. *Forschende Komplementarmedizin (2006)*, *23*(4), 240–244.

Herbold, W., Böhm, V., & Körner, K. (2016). Beziehung und Exposition. *Psychotherapeut*, *61*(5), 399–406.

Hess, P. (2005). Der Einsatz des Monochords in der Psychiatrie. In J. Dosch & T. Timmermann (Hrsg.): *Das Buch vom Monochord: Hören – Spielen – Messen – Bauen* (S. 43–55). Wiesbaden: Zeitpunkt Musik, Reichert.

Hoffmann, S. O. & Hochapfel, G. (Hrsg.) (2009). *Neurotische Störungen und psychosomatische Medizin* (8. überarb. und erw. Auflage). Stuttgart: Schattauer.

Hüther, G. (2004). Ebenen salutogenetischer Wirkungen von Musik auf das Gehirn. *Musiktherapeutische Umschau*, *25*(1), 16–26.

Hüther, G. (2017). Wie Embodiment neurobiologisch erklärt werden kann. In M. Storch, B. Cantieni, G. Hüther & W. Tschacher: *Embodiment: Die Wechselwirkung von Körper und Psyche verstehen und nutzen* (3. Auflage, S. 73–97). Bern: Hogrefe.

Hüther, G. (2020). *Wege aus der Angst. Über die Kunst, die Unvorhersehbarkeit des Lebens anzunehmen.* Göttingen: Vandenhoek & Ruprecht.

Jacobi, F. et al. (2014). Psychische Störungen in der Allgemeinbevölkerung. *Der Nervenarzt*, *85*(1), 77–87.

Kast, V. (2014). *Vom Sinn der Angst: Wie Ängste sich festsetzen und wie sie sich verwandeln lassen* (13. Auflage). Freiburg: Herder.

Kölsch, S. (2019). *Good Vibrations – Die heilende Kraft der Musik*. Berlin: Ullstein.

Lee, E.-J., Bhattacharya, J., Sohn, C. & Verres, R. (2012). Monochord sounds and progressive muscle relaxation reduce anxiety and improve relaxation during chemotherapy: A pilot EEG study. *Complementary Therapies in Medicine*, *20*(6), 409–416.

Lelong, C., Körting, A., Maul, H. & Stammer, H. (2005). Musiktherapeutische Entspannung für Frauen mit einer Risikoschwangerschaft: Erste Erfahrungen und Ergebnisse einer Pilotstudie. *Fortschritte der Neurologie · Psychiatrie*, *73*(10), A55.

Loos, G. K. (1995). Der Dialog in der Musiktherapie zwischen diagnostischen und therapeutischen Dimensionen. *Musiktherapeutische Umschau*, *16*(1), 5–15.

Metzner, S. (2012). Ein Fall von Zimmerlautstärke – Musiktherapie und soziale Angst. *Musiktherapeutische Umschau*, *33*(3), 253–268.

Michels, U. (2008). *dtv-Atlas Musik, Systematischer Teil: Musikgeschichte von den Anfängen bis zur Renaissance* (22. durchges. und korr. Auflage). München: Dt. Taschenbuch-Verlag.

Plag, J. & Ströhle, A. (2020). Angststörungen. In G. Roth, A. Heinz & H. Walter (Hrsg.): *Psychoneurowissenschaften* (S. 327–354).

Reddemann, L. & Wetzel, S. (2018). *Der Weg entsteht unter deinen Füßen: Achtsamkeit und Mitgefühl in Übergängen und Lebenskrisen* (Neuausgabe). Freiburg Basel Wien: Herder.

Reid, D. B. (2016). A Case Study of Hypnosis for Phagophobia: It's No Choking Matter. *American Journal of Clinical Hypnosis*, *58*(4), 357–367.

Riemann, F. (2002). *Grundformen der Angst* (34. überarb. und erw. Auflage). München; Basel: Reinhardt.

Rittner, S. (1997). Vom Sinn der Sinnlichkeit – Körper und Bewußtsein. In H. J. Leuner & M. Schlichting (Hrsg.): *Jahrbuch 1996 des Europäischen Collegiums für Bewußtseinsstudien* (S. 69–85). Berlin: VWB.

Rittner, S. (2021). Vokale Musiktherapie. In H.-H. Decker-Voigt & E. Weymann (Hrsg.): *Lexikon Musiktherapie* (3. überarb. und erw. Auflage, S. 663–668). Göttingen: Hogrefe.

Rittner, S., Fachner, J. & Hess, P. (2009). Klangtrance. In H.-H. Decker-Voigt & E. Weymann (Hrsg.): *Lexikon Musiktherapie* (2. überarb. und erw. Auflage, S. 234–240). Göttingen: Hogrefe.

Rodrigues, M. F., Nardi, A. E. & Levitan, M. (2017). Mindfulness in mood and anxiety disorders: A review of the literature. *Trends in Psychiatry and Psychotherapy*, *39*(3), 207–215.

Ross, U. H. (2010). Entspannung: Neuropsychobiologische Aspekte einer vernachlässigten Selbstverständlichkeit. *Schweizerische Zeitschrift für Ganzheitsmedizin/Swiss Journal of Integrative Medicine*, *22*(2), 100–113.

Rüegg, U. (2014). Rezeptive Musiktherapie mit spezieller Berücksichtigung musikinduzierter Veränderter Wachbewusstseinszustände. In T. Stegemann & E. Fitzthum (Hrsg.): *Wiener Ringvorlesung Musiktherapie: Grundlagen und Anwendungsfelder der Musiktherapie; ein Kurzlehrbuch* (S. 51–64). Wien: Praesens.

Rüegg, U. (2016). *Mystische Spiritualität und Ganzheitliche Therapie; Betrachtungen zu einem erweiterten Krankheits- und Heilungsverständnis in Psychotherapie, Psychiatrie und Medizin.* Unveröffentlichte Diplomarbeit. Theologische Fakultät der Universität Zürich.

Schmidt, H. U., Stegemann, T. & Spitzer, C. (Hrsg.) (2020). *Musiktherapie bei psychischen und psychosomatischen Störungen*. München: Elsevier.

Schmidt-Traub, S. (2014). *Panikstörung und Agoraphobie: Ein Therapiemanual* (4. überarbeitete Auflage). Göttingen: Hogrefe.

Schmucker, A. (2004). Die klanggeleitete Trance nach Wolfgang Strobel. In I. Frohne-Hagemann (Hrsg.): *Rezeptive Musiktherapie: Theorie und Praxis* (S. 65–87). Wiesbaden: Reichert.

Spahn, C., Bernatzky, G. & Kreutz, G. (2015). Musik und Medizin – Ein Überblick. In G. Bernatzky & G. Kreutz (Hrsg.): *Musik und Medizin: Chancen für Therapie, Prävention und Bildung* (S. 17–24). Wien: Springer.

Spintge, R. (2021). MusikMedizin. In H.-H. Decker-Voigt & E. Weymann (Hrsg.): *Lexikon Musiktherapie* (3. überarb. und erw. Auflage, S. 390–394). Göttingen: Hogrefe.

Spintge, R. & Nöcker-Ribaupierre, M. (2021). Schmerztherapie. In H.-H. Decker-Voigt & E. Weymann (Hrsg.): *Lexikon Musiktherapie* (3. vollständig überarbeitete und erweiterte Auflage). Göttingen: Hogrefe.

Spitzer, M. (2002). *Musik im Kopf: Hören, musizieren, verstehen und erleben im neuronalen Netzwerk*. Stuttgart, New York: Schattauer.

Stegemann, T. (2020). *Was MusiktherapeutInnen über das Gehirn wissen sollten. Neurobiologie für die Praxis*. München: Ernst Reinhardt.

Steinmetz, A. (2018). Leiblichkeit in der Begegnung mit dem kommunikativ eingeschränkten Menschen – Die verkörperte Haltung des Dialogischen Prinzips. *NovaCura, 49*(4), 21–24.

Strobel, W. (1988). Klang – Trance – Heilung. Die archetypische Welt der Klänge in der Psychotherapie. *Musiktherapeutische Umschau, 9*(2), 119–139.

Strobel, W. (1992). Die klanggeleitete Trance. Eine analytisch orientierte Form nonverbaler Hypnotherapie. *Hypnose und Kognition, 9*(1+2), 98–117.

Strobel, W. (1999). Die klanggeleitete Trance in der Psychotherapie. In W. Strobel (Hrsg.): *Reader Musiktherapie: Klanggeleitete Trance, musiktherapeutische Fallsupervision und andere Beiträge* (S. 99–142). Wiesbaden: Reichert.

Ströhle, A., Gensichen, J. & Domschke, K. (2018). Diagnostik und Therapie von Angsterkrankungen. *Deutsches Ärzteblatt, 115*, 611–620.

Stucki, C. & Grawe, K. (2007). Bedürfnis- und Motivorientierte Beziehungsgestaltung: Hinweise und Handlungsanweisungen für Therapeuten. *Psychotherapeut, 52*(1), 16–23.

Teut, M. et al. (2014). Perceived outcomes of music therapy with Body Tambura in end of life care – A qualitative pilot study. *BMC Palliative Care, 13*(1), 18.

Timmermann, T. (1989). *Die Musen der Musik: Stimmig werden mit sich selbst*. Zürich: Kreuz.

Timmermann, T. (2021). Harmonikale Forschung. In H.-H. Decker-Voigt & E. Weymann (Hrsg.): *Lexikon Musiktherapie* (3. vollständig überarbeitete und erweiterte Auflage, S. 235–238). Göttingen: Hogrefe.

Tomatis, A. (1996). *Der Klang des Lebens: Vorgeburtliche Kommunikation – die Anfänge der seelischen Entwicklung*. Reinbek bei Hamburg: Rowohlt.

Trost, C. (2021). *Die Klangliege in der musiktherapeutischen Einzelarbeit*. Wiesbaden: Reichert.

Warth, M. et al. (2015). Effects of vibroacoustic stimulation in music therapy for palliative care patients: A feasibility study. *BMC Complementary and Alternative Medicine, 15*(1), 436.

Wulandari, P. (2020). Panic Disorder with Choking Phobia: A Case Report. *Scientia Psychiatrica, 1*(2), 25–30.

Wöller, W. & Kruse, J. (Hrsg.) (2015). *Tiefenpsychologisch fundierte Psychotherapie* (4. akt. Auflage). Stuttgart: Schattauer.

Wegbegleitung am Ende des Lebens mit monochromen Klängen und der Stimme. Lebensgeschichten aus vierzig Jahren musiktherapeutischer Arbeit mit schwerkranken und sterbenden Menschen.

Marie-Luise Zimmer/Christiane Trost

1 Erinnerungsspuren (M.-L. Zimmer)

Über vierzig Jahre musiktherapeutische Begleitungen von schwerkranken und sterbenden Menschen liegen hinter mir. Häufig wurde ich in meinem Leben gefragt: „Wie schafft man denn das, sich immer mit sterbenden Menschen zu beschäftigen?" Für mich ist es anders; für mich sind es über vierzig Jahre Erinnerungen an die Arbeit mit jungen und alten Menschen, ein unglaublicher Reichtum an Begegnungen und Erfahrungen. Es sind Erinnerungen, die meine Arbeit, mein Leben und mich geprägt haben. Davon möchte ich berichten. Ich spreche ungern von Fällen, Fallbeispielen oder Vignetten. Ich schildere einige lebensgeschichtliche Erfahrungen und Erlebnisse von Menschen am Ende ihres Lebens, die sie in der gemeinsamen Begegnung mit Klängen und mit mir gemacht haben, ohne jeglichen Anspruch auf fachliche Begründungen, Analysen oder Deutungen, aber mit großer Achtsamkeit ihres sehr individuellen Lebens und Sterbens.

Ausgangspunkt, den Schwerpunkt meiner musiktherapeutischen Arbeit gerade auf diese Menschen zu legen, ist meine eigene Erfahrung in jungen Jahren. Von meinem elften bis vierzehnten Lebensjahr lag ich wegen einer schweren Erkrankung im Krankenhaus, davon ein halbes Jahr im Koma. Das Einzige, was ich heute aus dieser Zeit erinnere: Es hat jemand für mich gesungen. Viele Jahre später, als ich schon musikpädagogisch und musiktherapeutisch tätig war, allerdings noch kaum bis gar keine Erfahrung mit monochromen Klängen hatte, begann meine erste Lehrtherapiestunde bei Gertrud Katja Loos, in der sie mich mit den Klängen des Monochords bespielte. Es war mir fremd, sollte und wollte ich mich dem anvertrauen? Mir blieb gar keine Wahl, die Klänge schalteten sehr bald mein Wachbewusstsein aus, und ich hörte plötzlich eine Männerstimme singen. Bilder und Erinnerungen aus meiner Krankheitszeit in jungen Jahren tauchten auf, die tief in mir verborgen waren. Ich musste Gewissheit haben und fragte danach meine Eltern, ob sie mir zu dieser Männerstimme und den Bildern etwas sagen könnten: Es war damals ein Arzt, 1954 in der Klinik, der seinen täglichen Dienst damit beendete, sich an mein Bett zu setzen und mir ein Gutenachtlied zu singen.

Diese Kindheitserfahrungen wurden der Motor sowohl für meine Berufswahl, als auch für meine spätere Entscheidung, den Schwerpunkt meiner Arbeit auf die Begleitung von schwerstkranken und sterbenden Menschen zu legen. Ich bin absolut sicher, dass Töne, Klänge und die Stimme Menschen auch dann noch erreichen, wenn sie noch nicht oder nicht mehr im Hier und Jetzt leben.

2 Im Gespräch (C. Trost)

Marie-Luise Zimmer berichtet von ihrem reichhaltigen Leben. Trotz ihrer umfangreichen Studien und Ausbildungen betont sie, dass sie keine Wissenschaftlerin, sondern eine Praktikerin ist. „Als Musikpsychotherapeuten sind wir nicht so sehr an Statistiken interessiert, immer steht der eine Mensch und nicht hunderte im Fokus unserer Begleitung. Besonders im Hospiz und palliativen Bereich analysiere ich nicht gerne Fallvignetten."

Mit dem durch Gertrud Katja Loos geprägten Signum „Du bist ein wandelnder Schichtkäse" beginnt Zimmer, von ihrem Weg zu berichten. Viele Jahre, die sie nicht zur Schule gehen konnte, führten dazu, als ersten Schritt ins Erwachsenwerden die Mittlere Reife abzuschließen und Kindergärtnerin zu werden. Die „Begabtensonderprüfung für Nicht-Abiturienten", so hieß es damals, erlaubte ihr, Lehramt mit Musik und Geschichte zu studieren, um dies später noch durch Abschlüsse in Kirchenmusik, Musik im Elementarbereich bei Lilly Friedemann und experimenteller Musik bei Gertrud Meyer-Denkmann zu ergänzen. Nebenher arbeitete sie bereits mit musikalischer Früherziehung und gründete in Bremen als Musikpädagogin die erste freie Musikschule. In dieser Zeit bemerkte sie immer wieder motorische Defizite bei den Kindern, z. B. konnten sie nicht rückwärts laufen oder auf einem Bein stehen, weil ihnen die Räume zum Spielen fehlten. Als Autodidaktin kam die Pädagogin so zur Musiktherapie und ging ab 1988 in Berufsverbände, um Dinge zu verändern. Bei Gertrud Katja Loos begann sie die Ausbildung und Lehrtherapie, die ab den neunziger Jahren in einer langjährigen Zusammenarbeit mündete. Parallel dazu absolvierte sie an der Europäischen Akademie EAP (Fritz Perls Institut) ein reguläres Studium der Integrativen Musiktherapie. Später vergrößerte Zimmer ihre Kompetenzen in therapeutischen Bereichen durch die Weiterbildungen in Konzentrativer Bewegungstherapie bei Miriam Goldberg, Atemtherapie nach Ilse Middendorf, psychodynamisch imaginative Traumatherapie bei Luise Reddemann und schließlich noch Psychoonkologie.

Der Impuls, umfassend pädagogisch und therapeutisch zu arbeiten, entsprang dem Bewusstsein, dass Musik etwas Grundlegendes ist, das zu jedem Menschen gehört. Eine Erfahrung, die sie weitergeben wollte.

Geprägt durch die persönlichen Vorerfahrungen führte der Weg Zimmer als selbstständig tätige Musiktherapeutin mit freier Praxis in die klinischen Bereiche von Kinderonkologie und Neonatologie, in denen sie jeweils über zehn Jahre tätig war. In der Zusammenarbeit mit Monika Nöcker-Ribaupierre lernte sie die auditive Stimulation mit Mutterstimme kennen, die sie dann zu einer Krisenintervention für Mütter weiter entwickelte mit einem grundlegenden psychotherapeutischen

Ansatz für Elternarbeit. Später baute sie in Bremen die erste Palliativstation mit auf, in der Musiktherapie bis heute eine wichtige Rolle einnimmt. Nebenher gründete Zimmer im Jahr 2000 das Projekt PEGASUS „Kinder und Jugendliche krebskranker Eltern und Geschwister", in welchem sie bis 2017 sowohl die Koordination als auch die Gruppenbetreuung innehatte. Im Zentrum standen hier die aktive Musiktherapie und Klangreisen, begleitet von monochromen Saiteninstrumenten, ergänzt durch lösungsorientierte, systemische und familientherapeutische Ansätze.

Heute, achtzigjährig, nimmt Zimmer immer noch die Körpertambura unter den Arm, um alte und noch ältere Menschen zu besuchen: „Das ist keine Therapie im eigentlichen Sinn mehr, das ist Lebensbegleitung. Ich komme noch aus einer Zeit, in der die Arbeitszeit weniger getaktet war. Vieles wurde ehrenamtlich geleistet. Das ist heute anders, aber das ist auch gut so." Als Lehrtherapeutin spürte sie, wie sich das Berufsbild langsam veränderte, sich sowohl die Ausbildung als auch das Knowhow der Musiktherapeuten positiv entwickelten.

Die erste Begegnung mit dem Monochord war grundlegend für die musiktherapeutische Entwicklung von Zimmer. Die Kontrolle im Klang abzugeben verunsicherte sie, gleichzeitig war sie zutiefst überrascht, wie schnell ein Klang ihre frühen Kindheitserlebnisse, die fast vierzig Jahre verschüttet waren, ins Bewusstsein heben konnte. Diese eigene Erfahrung wurde so ein Schlüssel für ihr Tun.

Gerade monochrome Klänge können auf basal emotionaler Ebene in Grenzsituationen – wie am Ende des Lebens – noch neue Erfahrungen bewirken. In der Sterbebegleitung bietet dies die Chance, etwas zu spüren, was über das Sicht- und Greifbare hinausgeht. Die klanglich-therapeutische Begleitung ermöglicht Transzendenzerfahrungen. Die Erkenntnis, dass es noch etwas gibt, was größer ist als die eigene Persönlichkeit: Natur, Gott, Musik. Aus diesem Grund sind die monochromen Saiteninstrumente für den Einsatz im palliativen Bereich prädestiniert, da die Klänge genau diese Erfahrungen möglich machen, dem schwerkranken Menschen diesen Klang- und Erfahrungsraum bieten. Alles darf in Schwingung kommen, sich hingeben zu dem Einen, dann loslassen, bevor es um das letzte Loslassen geht. Das bestätigten Rückmeldungen der Patienten immer wieder, wie Zimmer berichtet. Einerseits spielt das Verschüttetsein wie auch das Bewusstwerden der eigenen Spiritualität eine große Rolle, andererseits können lebensgeschichtliche Erfahrungen plötzlich an die Oberfläche gebracht, ins Bewusstsein gehoben und verbalisiert werden. Manchmal reicht das Gewahrwerden, um Frieden zu schließen, manchmal schenkt dies neue Kräfte, um noch Unerledigtes zu bereinigen. Es dürfen schwierige lebensgeschichtliche Probleme auftauchen, die gelöst oder losgelassen werden können. Einen Zugang zur eigenen Spiritualität zu finden, steht im Zentrum der Klangerfahrung, egal wie diese definiert sein mag. Der Klang erlaubt, tiefer in sich einzutauchen, ins Unbewusste einzudringen und damit sich selbst mehr in sich zu verankern. Das ist Wachstum im Sterbeprozess. Viele Menschen berichten, dass sie sich nach dem Klangerleben eins mit sich fühlen. „Da gibt es nichts mehr dazwischen“. Für Zimmer gibt es in der therapeutischen Arbeit am Lebensanfang bei den extrem kleinen, zu früh geborenen Kindern in der Neonatologie und bei den sterbenden Menschen am Ende ihres Lebens Gemeinsamkeiten. Es ist etwas Existenzielles und hat mit dem Ursprung im weitesten Sinne zu tun. Das Hören von Klang bildet hierbei eine Brücke ins Leben wie auch aus dem Leben. Im Moment des Lauschens ist der Mensch hingegeben, ganz verbunden: „Ich bin heil“, als Erleben und Ausdruck von Spiritualität.

Schwierig in der therapeutischen Arbeit können Widerstände sein, die durch eine falsch verstandene Spiritualität und eine Vermischung mit Esoterik entstehen. Mit Spiritualität ist hier eine Urerfahrung von Ganzheit und Unversehrtsein gemeint.

Zimmer nutzt bei schwerkranken Menschen meist den weicheren Klang der Körpertambura und des Klangstuhls, da sie die Erfahrung gemacht hat, dass die Stimme des Monochords manchmal als bedrohlich empfunden wird. Das Klangspektrum dieser Instrumente verwendet sie sowohl zur Entspannung und Meditation, als auch für angeleitete oder begleitende Imaginationen – z. B. zum sicheren Ort – und in Momenten des Abschieds und Sterbens. Die erfahrene Therapeutin berichtet, dass manche Menschen schwerer aus dem Leben gehen können, wenn noch Angehörige im Raum sind, die ihrerseits aber den Sterbenden nicht allein lassen wollen. In solchen Situationen setzt sich Zimmer mit der Körpertambura zu dem Sterbenden und seinen Angehörigen, deren Aufmerksamkeit sich nun auf den Klang ausrichtet, wodurch dem Sterbenden das Loslassen vom Leben erleichtert wird.

In der Kinderonkologie machte Zimmer die Erfahrung, dass Kinder häufig sehr früh eine Ahnung von ihrem Tod haben. Damit sie sich nach dem Tod nicht so allein fühlen, schaffen sich diese ein Netzwerk in eine jenseitige Welt: „Da wartet mein Bruder, meine Oma…“, zudem nehmen sie häufig im Spiel ihre Lebensperspektiven vorweg. Kinder schützen ihre Eltern vor seelischem Schmerz. Sie sprechen deshalb über ihr Wissen, ihre Ahnung von ihrem bevorstehenden Tod nur in Symbolen und Bildern.

Körpertambura und Klangstuhl sind Körperinstrumente. Legt man die erstere auf den Körper oder erlebt den Klang sitzend im Klangstuhl, fühlt der Bespielte die Schwingungen des Klangs im Körper. Manche Menschen lehnen dies ab, für andere wirkt gerade das Fühlen des Klangs stabilisierend und öffnend. Das Beziehungsgeschehen vollzieht sich sowohl auf körperlicher Ebene wie auch sozial, psychisch, und spirituell. Der Klang dieser Instrumente ist Kommunikationsmittel und Gestalter der Atmosphäre. Er wirkt als Schutzhülle, die Geborgenheit und Nähe vermittelt, trägt zur Schmerzentlastung bei und schenkt Urvertrauen und ein Gefühl von Heilsein. Die Qualität des Mediums Musik – so scheint es – wird durch den Versuch herabgesetzt, quantitative Ergebnisse zu erzielen. Sind seelische Aspekte, Spiritualität, tiefenpsychologische Wirkungen durch den Klang, die in einer Erfahrungsdisziplin wie der Musikpsychotherapie entstehen, wirklich quantifizierbar? Ist nicht viel mehr Sicherheit und Vertrauen das existentielle Bedürfnis von schwerkranken und sterbenden Menschen? „Ich kann mich anvertrauen, es passiert mir nichts, ich bin sicher."

3 Begleitung von Menschen am Lebensende mit monochromen Klängen und der Stimme (M.-L. Zimmer)

„Hallo, Paula, hier bin ich wieder"[1]

Es war still, sehr still in dem Zimmer, in dem die zehnjährige Paula am Ende ihres kurzen Lebens seit einigen Wochen im Koma lag.

Paula und ich kannten uns gut. Wir waren schon einen jahrelangen Weg auf der onkologischen Station miteinander gegangen. Trotz ihrer weit fortgeschrittenen Leukämieerkrankung hatte sie einen unbändigen Spaß am Spiel mit den Instrumenten. Die größte Freude für sie aber war unser gemeinsames Singen. Bekannte Lieder wurden von ihr mit eigenen Texten unterlegt, in denen sie all ihre Gefühle ausdrückte, häufig wütend und stürmisch über ihr Schicksal, aber dann auch traurig und sehnsüchtig mit der nicht zu überhörenden Frage: Warum denn ich?

Jetzt gehe ich jeden Tag zu Paula. Sie liegt immer in der gleichen Haltung mit offenen Augen und leerem Blick im Bett. Ob sie etwas sieht? Es gibt keine äußeren Reaktionen auf mein Kommen. Dabei ist sie entsetzlich unruhig. „Hallo, Paula, hier bin ich wieder." Ich sage meinen Namen und beginne in ihrem Atemrhythmus zu summen, einzelne Töne auf und ab, kleine Melodiefetzen ihrer so geliebten Lieder. Paula reagiert nicht. Ob die Töne Paulas Welt erreichen, ob sie stören oder ihr angenehm sind? Unentwegt laufen meine Töne in immer gleichem Rhythmus. Und doch ist da plötzlich etwas anders: Mein Rhythmus verändert sich, meine Töne werden langsamer und nach langer Zeit wird das Wischen ihrer Hände auf der Bettdecke weniger und weniger. Zum Schluss verabschiede ich mich von Paula, sage ihr, dass ich jetzt gehe und morgen wiederkomme. Keine Reaktion, sie schaut weiter unbeweglich und starr, gefangen in ihrer eigenen Welt. Und dann, nach einigen Tagen, sehe ich es! Aus ihren Augenwinkeln rinnen Tränen.

Dies war an jedem Tag Paulas Abschiedsgruß an mich, bis sie sich von allem verabschiedete.

1 Alle Namen geändert.

„Das ist meine gute Lebensmelodie“

Hertha war 43 Jahre jung und an Darmkrebs erkrankt. Von den behandelnden Ärzten hieß mein Auftrag, ihr musiktherapeutische Unterstützung zur Schmerzlinderung und als Palliativmaßnahme zu geben.

Hertha trägt eine Morphinpumpe um den Bauch, die sie sich je nach Schmerzintensität selber einstellen kann. Äußerlich wirkt sie kühl, herb, erstarrt, fast wie eingefroren, ein Habitus, den wir oft bei Schmerzpatienten beobachten können. Im Kontakt ist sie distanziert, auch etwas misstrauisch. Sie komme wegen ihrer Schmerzen. Außerdem könne sie seit langem nicht mehr schlafen:

> „Da hilft mir kein Arzt und auch kein Schlafmittel.“

Nachdem Hertha bereit ist, sich in Decken eingehüllt auf die Matten zu legen, gehe ich mit ihr und dem Monochord auf Reisen. Ich stimme sie mit meinen Worten ein. Einstimmen heißt beeinflussen, damit wir zur Ruhe kommen und den Klang einlassen können. Ich baue mit meinen Worten einen Kokon, einen Schutzraum um Hertha. „Einatmen – ich nehme mir, was ich brauche – ausatmen – ich gebe ab, lasse los von dem, was ich nicht mehr brauche, damit Platz in mir wird für Neues“ (Anm. übernommen von Gertud Katja Loos): Der Atem als Symbol für Festhalten oder Aufgeben von Schmerzen, Ängsten, Sorgen und alten Mustern. Ich ermutige Hertha, in den schmerzenden Brustkorb, den schmerzenden Bauch zu atmen. Meine Stimme läuft ständig weiter. Hertha atmet ruhig. Dann beginne ich zu spielen. Sicher eine halbe Stunde lang hülle ich Hertha in den Klang ein. Und plötzlich höre ich auch von ihr eine kleine Melodie – sie schnarcht. Sie ist tief und fest eingeschlafen. Nachher kann sie es selbst kaum glauben. Ihre Rückmeldung:

> „Das war gut! Ich fühlte mich geborgen; brauchte nicht mehr zu denken!“

Aber dann plötzlich:

> „Das kann doch nicht sein, ich darf nicht einschlafen, ich muss immer die Kontrolle behalten, sonst passiert etwas Schlimmes.“

Plötzlich sind wir mittendrin in ihrer Geschichte. Sie berichtet von psychischen und physischen Gewalterfahrungen in der Kindheit, weshalb sie die Kontrolle nicht abgeben dürfe. Innerlich einsam und verängstigt müsse sie immer aufpassen, im Schlaf nicht in dunkle Abgründe zu fallen. Das strengt an und potenziert noch die Schmerzen, lässt keinen Raum für heilsamen Schlaf.

Ich bespielte für Hertha eine CD mit dem Monochord, die zu Hause zu ihrer Einschlafmusik wurde. „Das ist meine gute Lebensmelodie“, sagt sie.

Zu ihrer Beerdigung spielte ich das Monochord.

„… und jetzt ich“

Die Gruppe in meiner Praxis bestand aus vier 15- bis 17-jährigen Mädchen. Bei allen waren die Väter an Krebs erkrankt. Der Zustand vom Vater der 15-jährigen Jessica verschlechterte sich plötzlich, er wurde zu uns auf die Palliativstation verlegt.

Jessica wollte ihn nicht besuchen, obwohl sie große Sehnsucht nach dem Vater hatte, aber die Angst vor seinem Zustand war größer, gepaart mit Schuldgefühlen ob ihrer Verweigerung. Der Vater litt ebenso darunter, er sehnte sich nach seiner Tochter, zumal er spürte, dass ihm nur noch sehr wenig Zeit blieb.

In der Gruppenstunde berichte ich den Jugendlichen, wie sehr Jessicas Vater den Klangstuhl genießt, wie ihn das auch immer wieder fröhlich stimmt, trotz aller Trauer um den bevorstehenden endgültigen Abschied. Jessica wurde neugierig, und wir beide vereinbaren einen gemeinsamen Besuch beim Vater. Als wir auf der Station ankommen, sitzt der Vater schon im Klangstuhl und wartet auf uns. Die Freude bei ihm war groß, aber Jessica hatte nur Angst. Weinend bleibt sie an der Tür stehen. Es gibt Situationen in der Arbeit, die wir vorher nicht planen können, sie geschehen. Ich ließ Jessica an der Tür stehen, gehe zum Vater und beginne zu spielen. Und dann geschieht das Wunderbare, Jessica kommt näher, und wir spielen gemeinsam. Nach einer Weile ziehe ich mich immer mehr aus dem Spiel zurück. Jessica hört auf zu weinen, und nur noch sie bespielt, nein berührt behutsam ihren Vater mit den Klängen. Nach dem Ende des Spiels setzt sich der Vater auf den Bettrand und sagt: „...und jetzt ich!" Jessica setzt sich in den Klangstuhl, und der Vater bespielt seine Tochter.

Kurz darauf verstarb der Vater.

Im weiteren Gruppenverlauf begann und endete seit dem Tod des Vaters jede Stunde mit dem Klangstuhl. Eine Jugendliche setzte sich hinein, eine andere bespielte sie. Für Jessicas Lebensbewältigung nach dem Tod des Vaters war es wichtig, ihm in der letzten Lebensphase emotional nahe gewesen zu sein. Der Klangstuhl wurde zum hilfreichen Dritten. Seine Klänge haben über den Tod hinaus Nähe und Gemeinsamkeit zwischen Vater und Tochter geschaffen. Musik kann zur Brücke werden, wenn Liebe nicht oder nicht mehr gezeigt werden kann.

„Das sind Freudentränen"

Frau Bach ist fünfzig Jahre alt und an Brustkrebs erkrankt, inzwischen mit Metastasen im ganzen Körper. Sie hat zudem große Luftnot und braucht Sauerstoff über eine Nasenbrille zur Atemunterstützung. Über Musik bekomme ich schnell Kontakt zu ihr und bespiele sie mindestens zweimal wöchentlich mit dem Klangstuhl. Die Stunden laufen eigentlich ohne große Variationen immer gleich ab.

Ich komme, wir begrüßen uns, ich setze Frau Bach in den Klangstuhl und beginne zu spielen. Während des Spiels scheint sie in einer anderen Welt zu sein, ganz weit entfernt, dabei locker und gelöst. Auffallend ist, dass sie während des Spiels keine Atemunterstützung braucht und offensichtlich den Klang und die Körperberührung im Klangstuhl genießt. Nach dem Spiel legt Frau Bach sich hin, ich verabschiede mich und gehe. Gesprochen haben wir nur das Allernötigste. Dann, eines Tages, laufen bei ihr nach dem Spiel die Tränen unaufhaltsam über ihre Wangen.

„Das sind Freudentränen,“

sagt sie,

> „ich bin auf einer wunderbaren Wiese mit meinem Vater, er wirft mich jauchzend in die Luft und fängt mich wieder auf. Jetzt habe ich endlich Frieden mit meinem Vater gefunden. Ich habe nicht mehr daran geglaubt, dass das noch möglich ist.“

Hinterher berichtet sie, dass sie seit Jahren keinen Kontakt mehr zu ihrer Ursprungsfamilie gewollt habe, weil sie in den schmerzhaften Gefühlen so gefangen sei. Einige Zeit danach durfte ich das Wiedersehen von Frau Bach mit ihrem inzwischen 85-jährigen Vater auf der Station erleben.

„Du bist das Beste, was mir im Leben passiert ist“

Der ambulante Palliativdienst bat mich, ein Ehepaar mit ihrer achtjährigen Tochter zu Hause zu begleiten. Die Mutter, ich nenne sie Maria, sei 39 Jahre alt und an Amyotropher Lateralsklerose im fortgeschrittenen Stadium erkrankt. Die Lähmung habe inzwischen ihren gesamten Körper erfasst. Sie könne nur noch kurze Zeit selbstständig ohne Beatmungsgeräte atmen. Sprechen falle ihr trotz Sprachcomputer sehr schwer, den sie aber über Augenkontakt noch bedienen könne. Maria leide unter Panikattacken, Luftnot, Schlafstörungen und starken Schmerzen. Der Ehemann wisse von dem baldigen Ende seiner Frau, sei mit der Situation aber restlos überfordert und mache sich neben der Angst um seine Frau große Sorgen um seine Tochter Anna, so die Information der Ärzte an mich.

Unter Tränen zeigte sich im vorbereitenden Gespräch mit dem Ehemann seine große Not und Zerrissenheit:

> „Wie soll ich denn mit Anna reden? Ich kann ihr doch nicht sagen, Mama stirbt bald. Kann sie es aushalten, wenn meine Frau hier zu Hause stirbt? Ich muss Anna doch schonen, aber ich weiß überhaupt nicht wie. Ich wage nicht, meine Frau anzusprechen, ob sie auf der Palliativstation oder hier zu Hause sterben möchte. Bitte helfen Sie mir, ich kann das alles nicht.“

Fragen auch bei mir: Kann ich mir das zutrauen? Einerseits hatte ich großen Respekt vor dieser Aufgabe, andererseits war ich aber sicher, dass mir ein Weg gezeigt wird.

Als ich das erste Mal in die Familie komme, liegt Maria im Wohnzimmer in ihrem Bett. Über das Beatmungsgerät lächeln mich ihre Augen freundlich an, kaum zu sehen zwischen einem riesigen Berg von Kissen und unzähligen Apparaten und Tropfständern. Die Tochter hüpft fröhlich und mit einer großen Selbstverständlichkeit um das Bett der Mutter herum und fragt mich neugierig, welches Instrument ich denn mitgebracht habe. Ohne große Erklärungen setze ich mich ans Bett und beginne auf der Körpertambura zu spielen. Und wieder geschieht dieses kleine Wunder: Die Klänge verändern sofort die Atmosphäre im Raum, schlagen eine Brücke zwischen Maria, der Tochter und mir, alle Scheu, Unsicherheit oder

Fremdheit sind verschwunden. Maria schläft friedlich ein, Anna sitzt auf der Erde und summt zu den Klängen. Uns blieben nur wenige Monate, in denen ich zweimal wöchentlich zu Maria gehe, meist sind wir allein. Immer aber stehen die Klänge der Körpertambura im Mittelpunkt. Sie strukturieren die Stunde, geben Halt und Sicherheit. Maria findet zwischen ihren kurzen Satzsequenzen Zeit zum Ausruhen, bis sie genug Kraft für eine Antwort, eine nächste Frage hat. Es entwickelt sich ein ständiges Wechselspiel zwischen Wort und Klang, kleine Einheiten mit häufig zusammenhanglos erscheinenden Wortfetzen, abwechselnd mit immer größer werdenden klanglichen Ruhepausen. Und dann häufig nach dem Körpertamburaspiel die Überraschung für mich, Marias zusammenhanglos erscheinende Worte ergeben bei der nächsten Wortsequenz einen Sinn. Ihr Aufschrei:

> „Ich bin doch noch so jung… warum muss ich jetzt schon sterben… was habe ich getan… ich habe mir meine Tochter so gewünscht, und nun kann ich meine Lebensaufgabe nicht erfüllen… warum, warum?“

Mit dem Ehemann und Anna finden begleitende Gespräche statt, um sie auf das bevorstehende Sterben von Maria vorzubereiten. Der Zustand von Maria verschlechtert sich zunehmend, Worte werden unwichtiger, die Klänge nehmen immer mehr Raum ein. Anna und ich spielen jetzt häufiger gemeinsam das Schlaflied auf der Körpertambura für die Mutter. Nach dem Spiel dann ein letzter kleiner Dialog zwischen Mutter und Tochter:

> „Ich weiß Mama, dass Du stirbst, aber Du bleibst meine Mama. Du wohnst dann nur woanders, Du wohnst dann auf dem Himmelsweg 18“ (Anm., dies ist die Hausnummer der Familie).

Nach einer großen Pause antwortet Maria:

> „Meine Anna, du bist das Beste, was mir im Leben passiert ist.“

Als die Schwierigkeiten zu Hause wachsen, wird Maria auf die Palliativstation verlegt. Ihr Wunsch an mich ist, sie auch dort mit den Klängen bis zu ihrem letzten Atemzug zu begleiten. Die ganze Familie zieht auf die Station. Maria entspannt sich sichtlich, die Unruhe lässt nach. In wachen Momenten genießt sie ihre spielende Tochter, die auf der sommerlichen Wiese vor ihrem Zimmer dicke Blumensträuße für sie pflückt, bevor sie ins Bett der Mutter hüpft.

Drei Tage blieben Anna, dem Vater und Maria auf der Station, um voneinander Abschied zu nehmen. Gemeinsam liegen sie tagsüber zu dritt im Bett, während die Körpertambura ihnen ihr Lied spielt.

Am dritten Tag wurde Anna von den Großeltern abgeholt. Maria lag in den Armen ihres Mannes, der Arzt saß an ihrem Bett, und ich spielte die Körpertambura bis es ganz still im Raum wurde. Maria hatte ausgeatmet.

4 Erfahrungen mit dem Klangstuhl – Momente (M.-L. Zimmer)

61-jährige Frau mit vielen Gewalterfahrungen:

„Mein enger Brustkorb, auf dem immer eine Steinmauer liegt und ich deshalb kaum atmen kann, fühlt sich plötzlich ganz weit an. Zuerst hatte ich etwas Panik, dann wollte ich die Beine anziehen und mich ganz klein und krumm machen und am liebsten in den Stuhl hineinkriechen. Danach habe ich die ganze Woche noch ein weites Gefühl in mir gehabt."

70-jährige Frau, deren Sohn durch Drogentod gestorben ist:

„Ich höre Glocken, Kirchen in Spanien? Da habe ich mich immer geborgen gefühlt, auch wenn das Leben noch so mistig war. Mir ist die Idee gekommen, ob die Glocken für mich läuten, vielleicht für meine eigene Beerdigung? Ich werde jetzt meine Beerdigung planen. Das ist ein gutes Gefühl."

Und dann nach einer Pause:

„Ich glaube, ich habe jetzt Frieden mit meinem Sohn gefunden."

60-jährige Frau mit Angst- und Panikattacken. Sie wurde als Kind häufig im Keller eingesperrt. Die Patientin rutscht auf dem Klangstuhl unruhig hin und her:

„Ich kann nicht sitzen, es ist unangenehm, ich habe Klumpen im Rücken."

Nach einer Weile beruhigt sie sich:

„Jetzt ist es plötzlich ganz anders… ich sehe Rosen in meinem Garten, samtweiche Blätter. Ist das schön. Hier fühle ich mich sicher. Das ist eine Rosenhecke, wie bei Dornröschen. Die Stacheln sind aber nur nach außen; nach innen, wo ich bin, sind es samtweiche Blüten. Es duftet. Ich brauche keine Tür mehr abzuschließen. In der Hecke ist eine Tür, die ich auf- und zumachen kann."

65-jähriger Mann mit massiver Atemnot gepaart mit großer Angst, ersticken zu müssen:

„Ich bin hoch oben auf einem Berg. Um mich herum, soweit ich sehen kann, sind schneebedeckte Berge. Es ist hell, warm, weit. Ich kann tief durchatmen, nichts drückt mehr. Ich bekomme ganz viel Luft, so viel wie ich brauche. Das ist einmalig, unglaublich. Wenn ich so sterben kann, habe ich keine Angst mehr."

Abb. 1: Klangstuhl im therapeutischen Setting

Schlussbetrachtung

Christiane Trost

Therapie verändert, Berührung mit Musik und Klang verändern, wenn man es zulässt. In der Therapie mit dem Klang geht es um diese Berührung des Inneren, um die Berührung der Innenwelten. Die Klangreisenden, die Hörenden begegnen verborgenen oder verdrängten Welten, die eigene Ressourcen und Potentiale beherbergen.

Marie Luise Zimmer beschrieb, wie wichtig es am Ende des Lebens ist, Spiritualität zu entdecken, sie wahrzunehmen und dass damit ein Heilsein, im Sinne von Ganzsein oder Verbundensein zu verstehen ist. Doch ist die Auseinandersetzung mit der Endlichkeit des Seins nicht immer wichtig? Bereichert diese Auseinandersetzung den Menschen nicht in jeder Phase seines Lebens? Durch die Evolution, die biologisch-physische Entwicklung, ist der Mensch geprägt vom Klang, ist Sprache entstanden, hat Schwingung den Menschen geformt. Diese Rückerinnerung, Rückanbindung (re-ligio, auch Rückhalt finden) an das ursprüngliche Wesen, den Seinskern, vielleicht sogar das Spüren von Verbundenheit im großen universellen Verständnis, hilft Klang und Musik zu vollziehen, denn hier ist die Begegnung lauschend, mitschwingend und das auf allen Ebenen des Seins möglich – körperlich, geistig, seelisch oder psychisch – der Klang erlaubt Verschmelzung ohne Verlust, ohne Verlassenwerden oder Verlassensein. Der Klang will nicht manipulieren, sondern berührt sanft die Schwingungsfähigkeit des Selbst, so wird auch dem erstarrten Selbst ein ungefährlicher Raum angeboten.

Alle AutorInnen berichten von der Kraft der Schwingung, der Kraft, die es vermag den Menschen zu verändern, wenn er es erlaubt, oder die ihm wie in der Präventivbehandlung eine verbesserte Lebensqualität bringt, wie Dachauer signifikant feststellen konnte. Das In-Beziehung-Treten, das Spüren des Selbst und des Anderen ist erwünscht in der Musiktherapie und wird durch die Arbeit mit Tönen unterstützt. Aus der neurologischen Forschung weiß man bereits lange, wie stark emotionale Störungen (u. a. Angst) oder gar dadurch hervorgerufene dauerhafte Schädigungen des Hormonhaushaltes (wie fortwährende Cortisolausschüttung) geistige und körperliche Fähigkeiten herabsetzen. Das unterstreicht nochmal, dass der Mensch nicht aus einzelnen Elementen, wie Körper, Seele, Geist, besteht, sondern ein lebendiges System bildet, das sich gegenseitig durchdringt und beeinflusst. In einem größeren Zusammenhang von Schwingung steht jedes Lebewesen, in einer wiederum alles beeinflussenden Umwelt lebt es, ein Mikro- im Makrokosmos. Wie Krullmann und Rüegg treffend sagen, in der Klangbehandlung wird der Mensch in seiner Ganzheit im Sinne eines bio-psycho-sozio-spirituellen Verständnisses betrachtet und behandelt. Die Bespielung durch die monochromen Saiteninstrumente zeigt sich als ein klang- und körpertherapeutischer Zugang, aus dem ein psychodynamisch verstandenes Therapieangebot erwächst. Musik und Klang wirken sowohl präventorisch als auch therapeutisch in einem umfassenden Sinn.

Wenn der Mensch in die Tiefen des eigenen Seins eintaucht, sich erlaubt, die Oberfläche zu verlassen, kommt er in Schwingung mit sich und wird so selbst zu einem besonderen Klang, der andere wiederum berührt. So kann er aus seiner Einsamkeit in ein Feld von Klang und Berührung eintauchen, in ein umfassendes Spüren und Wahrnehmen kommen.

Danksagung

Als Herausgeberin dieses Buches möchte ich mich bei allen Autoren bedanken, die ihre Erkenntnisse zur Verfügung stellen, und bei allen Menschen, die ihre Klangerfahrung und Lebensgeschichte preisgeben, um damit andere Menschen wiederum zu bereichern. Schließlich möchte ich mich bei der Andreas Tobias Kindt Stiftung bedanken, die die Entstehung des Buches finanziell unterstützte.

Autorenverzeichnis

Christoph Dachauer,
Jahrgang 1973, studierte an der Universität Zürich Soziologie, Sozialpsychologie und Allgemeine Psychologie. Nach einigen Jahren als Business Analyst in der Privatwirtschaft und Projektleiter im Finanz- und Industriesektor sowie im Software-Sales folgte er seiner Faszination für Sounds sowie Erforschung der Wirkung von Klang und Schwingung und absolvierte die Ausbildung als Klangtherapeut bei Hans Hägi Santana in der Schweiz. Nach dem Aufbau seiner eigenen Praxis in Zürich folgte der Master of Advanced Studies in klinischer Musiktherapie an der Zürcher Fachhochschule. Seit 2018 arbeitet er im Bereich der Kinder- und Jugendpsychiatrie in Deutschland und der Schweiz als klinischer Musiktherapeut. Das Monochord begleitet ihn seit über zehn Jahren in der täglichen Arbeit, sei es als Therapeut oder als Klangmusiker in spirituellen Settings.

Eva Klaus,
Jahrgang 1955, ist Cellistin und geprägt durch ihre langjährige Berufserfahrung in Musikpädagogik und Improvisation. Mit dem Abschluss Master of Advanced Studies an der Zürcher Hochschule der Künste, wo sie ebenso als Dozentin für Improvisation in der Musiktherapie-MAS-Weiterbildung wirkte, begann ihre Arbeit als Musiktherapeutin in Einzel- und Gruppensettings mit der Spezialisierung auf Krisenintervention und Psychosomatik in eigener Praxis in Thun. Zu ihren Tätigkeiten gehören die Lehrmusiktherapie, die Leitung von Sing- und Improvisationsgruppen und die Arbeit als Autorin von Bilderbüchern, Liederbüchern, Musikkarten.

Maike Krullmann,
Jahrgang 1973, ist konzertierende Musikerin, Diplom Musikpädagogin und hat den Master in Musiktherapie an der Universität der Künste in Berlin abgeschlossen. Nach einer Zeit in Festanstellung in einer akutpsychiatrischen Klinik für Erwachsene in Berlin, der Weiterbildung in Psychoonkologie, dem Abschluss als psychotherapeutische Heilpraktikerin, arbeitet sie aktuell als selbständige Musiktherapeutin in einem Tages- und stationären Hospiz.

Harald Neudert,
Jahrgang 1964, studierte Jazzgitarre an der Hochschule für Musik Würzburg/ Dipl. Musiklehrer mit einer mehrjährigen Folgezeit als Berufsmusiker. Das Diplom als Musiktherapeut an der HdK Berlin und der Heilpraktiker für Psychotherapie waren Grundlage für die selbständige Tätigkeit in musiktherapeutischer Praxis, in den Fachabteilungen für Psychiatrie und Psychotherapie im KKH Tauberbischofsheim und seit 2006 an der My Way Betty Ford-Klinik Bad Brückenau, einer privaten

Suchtklinik. Zudem erfolgte die Weiterbildung zum Tinnitustherapeuten (TIM), Tätigkeit als Lehrmusiktherapeut im früheren Masterstudiengang Musiktherapie in Frankfurt am Main und als Referent FMZ München 2021. Diverse musikalische Projekte als Komponist, Gitarrist und Oud-Spieler sowie Aufnahmeleiter für den Bayerischen Rundfunk.

Dr. Urs Rüegg
ist Psychiater und Psychotherapeut FMH, Musiktherapeut SFMT, absolvierte die Lehranalyse in Analytischer Psychologie nach C. G. Jung, ist Körper- und Trancetherapeut, Supervisor, Kontemplationslehrer Via Integralis LKS, MAS Universität Zürich in Spiritualität. Rüegg arbeitet als Lehrbeauftragter für Rezeptive Musiktherapie an den Universitäten für Musik und darstellende Kunst Wien und Graz, gibt Seminare für Therapie, Selbsterfahrung und Weiterbildung in Ganzheitlicher Psychotherapie (Unterstützungs-, Vertiefungs-, Weiterbildungs- und Schweigeseminare) und hat eine Praxis in Stäfa inne. Er bietet diverse musiktherapeutische Balintgruppen im In- und Ausland an, pflegt Forschungs- und Vortragstätigkeit im Bereich veränderte Wachbewusstseinszustände.

Christiane Trost,
Jahrgang 1970, absolvierte Studien (Lehramt, MA, Kirchenmusik) an den Universitäten Rostock und Greifswald in den Bereichen Musik und Musikwissenschaft, Philosophie, Theologie, Pädagogik, Literatur- und Sprachwissenschaft. Es folgten Yogalehrerausbildung, Weiterbildungen in Rhythmik, Elementarer Bewegungs- und Tanzpädagogik/ Mozarteum Salzburg. Musik- und Psychotherapieweiterbildungen: HP Psychotherapie/ Hamburg, Bachelor Psychologie/ Hagen, Guided Imagery and Music/ Berlin bei Frohne-Hagemann, Trance- und Körpertherapie/ Würzburg bei Strobel, Master Musiktherapie/ Berlin UdK. Seit 2000 freiberuflich tätig als Musikerin, Dozentin und Pädagogin verschiedener Fachbereiche, in eigener Praxis arbeitet sie als Musik-, Körper- und Lehrtherapeutin, ambulant für den Kinder-SAPV und Erwachsenenhospiz, freie Mitarbeiterin in der KlangWerkstatt Deutz Berlin.

Olaf Zeigert,
Jahrgang 1981, studierte Musiktherapie (Mag.art.) und Harmonik an der Universität für Musik und darstellende Kunst Wien. Seit 2010 arbeitet er durchgehend im klinisch-psychiatrischen Setting sowie als selbständiger Musiktherapeut. Es folgten weitere, teils mehrjährige Fortbildungen in Körperpsychotherapie, Qi Gong und Klangtherapie. Ursprünglich ist er gelernter Demeter-Gärtner. Die Arbeit mit der Körpertambura begleitet ihn nun schon seit dem Jahr 2008.

Marie-Luise Zimmer
ist Musikpädagogin, Integrative Musiktherapeutin, Lehrmusiktherapeutin, Traumatherapeutin, absolvierte Weiterbildungen in Konzentrativer Bewegungstherapie,

Körper- und Atemtherapie, Psychoonkologie. Sie arbeitete mit den Schwerpunkten onkologische Erkrankungen, Gewalterfahrungen, Trauer- und Sterbebegleitung, Palliativ Care, auditive Stimulation in der Neonatologie. Sowohl die freie Praxis- als auch die Kliniktätigkeit in Bremen (Intensivstation Neonatologie 1997–2010, Pädiatrische Onkologie 1997–2004, Palliativstation 2003–2013) prägten das Arbeitsfeld. Gründung und Leitung des Projekts PEGASUS „Kinder und Jugendliche krebskranker Eltern oder Geschwister“ 2000–2018 und andere musiktherapeutische ehrenamtliche Tätigkeiten.